Lesewunder.de
von Katja Bode und Tom Horn

AF386192

Katja Bode und Tom Horn

Das vergessene Lied

Band II
Wandel und Wahrheit

Bibliografische Information
der Deutschen Nationalbibliothek:
Die Deutsche Nationalbibliothek verzeichnet
diese Publikation in der Deutschen Nationalbibliografie;
detaillierte bibliografische Daten sind im Internet über
dnb.dnb.de abrufbar.

Umschlaggestaltung:
inspirited books Grafikdesign | www.inspiritedbooks.at

Herstellung und Verlag:
BoD – Books on Demand, Norderstedt

ISBN: 978-3-758-38315-1

Reif für die Wahrheit

Was ziehst du zum Sommerfest an?«, fragte Ruth ihre beste Freundin Venia. Sie saßen im Gras am kleinen See, eine halbe Stunde von Friedweiler entfernt. Ein schmaler Zugang über die Wiese ermöglichte es, darin baden zu gehen. Das übrige Ufer war mit Schilf und Sträuchern zugewuchert. Schwäne und Enten tummelten sich darauf und riesige Libellen surrten umher. Im Frühsommer gaben an lauen Abenden und Nächten die Frösche ein so lautes Balzkonzert, dass es weithin zu hören war. Und im Winter schlitterten die Kinder des Dorfes über das gefrorene Eis. Venia liebte das, doch Ruth sah es sich lieber vom Ufer aus an.

»Ma hat versprochen, mir ein schönes Tanzkleid zu nähen, eines, das wunderbar schwingt. Ich habe mir nur die Farbe gewünscht, lindgrün. Bei dem Schnitt vertraue ich ihr. Du kennst sie ja, es wird bestimmt etwas Besonderes sein.«

»Wie gut du es hast. Meine Ma sagte, ich dürfe eines von ihren Kleidern tragen. Aber mein Busen ist kleiner als ihrer, das wird nicht so passen.«

»Dann stopfen wir etwas rein«, überlegte Venia. »Oder ich leihe dir eines meiner anderen Kleider.«

»Das ist lieb von dir. Doch meine Ma sagt, die Kleider von dir und deiner Ma seien nichts für unsere Familie.«

»Warum nicht?«

Ruth zuckte mit den Schultern. »Wohl zu auffällig.«

»Aber es tragen doch auch andere unsere Kleider.«

»Ja ... Na, ich weiß nicht. Sie deutete mal etwas an, ich habe es nicht verstanden.«

»Was deutete sie an?«

»Dass es für eine Frau zu gefährlich sei, so auffällig zu sein.«

»Wie meint sie das? Wegen der Männer?«

Ruth zuckte wiederum die Schultern und wechselte das Thema. »Glaubst du, dass David aus Jenasdorf auch kommen wird? Den finde ich so süß.«

»Bestimmt, unser Fest ist doch weithin bekannt. Endlich sind wir 17 und dürfen bis in den späten Abend bleiben.«

»Und du? Freust du dich darauf, Johannes wiederzusehen?«, wollte Ruth wissen.

»Ach nein, ich finde ihn nicht mehr so nett. Er hat neulich sehr mit den vielen Talern angegeben, die er jetzt in Meerstadt nach seiner Lehre beim Schmied verdient. Und außerdem ist er nicht mehr oft in Friedweiler.«

»Oh, dann schwärmst du nicht mehr für ihn?«

»Nein.«

»Und gibt es schon einen anderen Jungen?«

»Nein, aber meine Ma sagt, wenn der Richtige auftaucht, weiß man es recht bald. So war es bei ihr mit Pa auch. Und sie war schon deutlich älter als wir jetzt.«

»Meine Eltern sind nicht mehr so verliebt wie deine«, stellte Ruth fest. »Ich weiß nicht mal, ob sie es je waren. Ich glaube, sie heirateten nur, weil mein Bruder unterwegs war. Jedenfalls erzählte Ma einmal, dass es ihr peinlich war, bei der Trauung schon einen dicken Bauch zu haben.«

»Meinst du? Aber wenn sie ein Kind gezeugt haben, dann müssen sie sich doch geliebt haben.«

Erneut zuckte Ruth mit den Schultern. Ihre Ma war für sie oft nicht zu durchschauen. Sie fühlte sich bei Venias Familie viel mehr zu Hause. Venias Eltern waren herzlich, hatten immer ein offenes Ohr für die beiden Mädchen und gaben ihre lebensbejahende Einstellung auf eine Weise weiter, die nicht aufdringlich war.

Ihre eigenen Eltern hingegen waren streng, schwiegen viel, fragten kaum etwas und wenn, dann nur zu Alltagsbelangen, die zu erledigen waren. Bei Venia zu Hause wurde viel gelacht und man setzte sich abends gern zum Kartenspiel, Vorlesen und Erzählen zusammen.

»Und doch haben sie auch dich noch bekommen«, gab Venia zu bedenken und unterbrach damit Ruths stillen Vergleich.

»Ja, das stimmt, aber ich hörte meine Ma mal zu ihrer Freundin Martina sagen, Liebe sei ein Märchen und das im Bett werde überbewertet.«

»Was meint sie denn damit schon wieder?« Venia schüttelte verständnislos den Kopf.

Ruths Schultern zuckten erneut.

»Also meine Ma sagt, Liebe zwischen Mann und Frau ist etwas ganz Schönes und Vertrautes.«

»Ihr redet über so etwas?«, staunte Ruth.

»Ja, natürlich. Wir reden über alles. Bei uns gibt es keine Geheimnisse«, sagte Venia stolz.

»Deine Eltern sind wirklich anders und ich mag sie sehr. Wenn sie zusammen in einem Raum sind oder wenn einer vom anderen spricht, spürt man ihre Liebe. Das habe ich bei meinen Eltern noch nie gespürt.«

»Hm, das stimmt leider, Ruth. Wenn ich bei euch bin, ist irgendwie jeder für sich, obwohl wir zusammen zu Abend essen. Aber es wird nur das Nötigste gesprochen und schnell gehen alle wieder auseinander.«

»Ja. Ich wünsche mir, dass ich einen Mann finde, wie deinen Pa, und eine Familie haben werde, wie du sie hast.«

»Das wünsche ich dir auch, Ruth, und du wirst sie bestimmt bekommen. Schau, du denkst doch schon anders darüber und so wirst du es auch anders machen.«

Ruth seufzte. »Ich hoffe es.« Wieder wechselte sie das Thema. »Wie ist es eigentlich mit Toni weitergegangen, der seine Hausaufgaben nicht machen will?«

Venia lachte auf. »Das ist interessant und verrückt, das erzähle ich dir auf dem Heimweg, denn ich muss los, Rodolf bat mich um Hilfe am späten Nachmittag.«

Venia machte seit einem Jahr in ihrer eigenen Dorfschule eine Ausbildung zur Lehrerin, bei ihrer eigenen Lehrerin Frau Dornbusch. Sie waren bereits gut eingespielt, weil Venia ihr schon immer geholfen hatte. Aber nun lernte sie erst richtig, wie das Lesen und Schreiben vermittelt wurde, welche Themen in jedem Schuljahr zu behandeln waren, worauf bei Prüfungen geachtet werden musste und wie sie selbst den Unterricht planen konnte.

Es machte ihr viel Spaß und ihr großes Wissen half ihr dabei. Bei ihren Bibliotheksbesuchen widmete sie sich begeistert dem Studium der kindlichen Entwicklung und möglicher Fehlentwicklungen und war so auch auf die Lösung von Tonis Problem gestoßen.

»Also, pass auf«, setzte sie nun im Gehen ein, »du weißt ja, dass Toni erst seit ein paar Wochen in der ersten Klasse ist. In der Schule arbeitet er gut und kann alle Aufgaben. Aber wenn er zu Hause ist, sagt mir seine Mutter, kann er die Aufgaben plötzlich nicht mehr. Das behauptet er jedenfalls. Sie denkt, er ist einfach faul. Doch alles Strafen, Drohen und Schimpfen bringt nichts. Sie weiß einfach nicht weiter. Also bin ich zu ihm nach Hause gegangen und versuchte mit ihm die Hausaufgaben. Wir dachten, vielleicht hat er vor mir mehr Respekt. Aber es war unglaublich, er konnte sie wirklich nicht. Es war, als habe er sie noch nie gemacht. Er war selbst ganz verzweifelt. So etwas war auch Frau Dornbusch noch nie untergekommen. Also wühlte ich mich in der Bibliothek durch einige Bücher und fand in einem eine Geschichte von einem Kind, das immer nur an einem bestimmten Tisch Karten spielen konnte. Als eines Tages zufällig die Tischdecke dieses Tisches auf einem anderen Tisch lag, konnte es auch dort Karten spielen. Es war nur so zu erklären, dass es scheinbar das Wissen um das Kartenspielen mit dieser Tischdecke verband. Nun konnte es überall das Kartenspiel, wo man die Tischdecke hinlegte. Doch nahm man sie weg, war das Wissen nicht mehr abrufbar, zumindest am Anfang. Man begann dann, die Tischdecke durch Zusammenfalten immer mehr zu verkleinern, bis sie ganz weggelassen werden konnte und das Kartenspiel überall gelang.«

»Das ist wirklich eine verrückte Geschichte! Was war es bei Toni? Ihr habt doch keine Tischdecken auf den Pulten!«

»Wir haben es nicht sofort herausgefunden. Aber ich war mir sicher, da musste es etwas geben. Denn ich war überzeugt, dass er nicht faul ist, sondern durch irgendetwas blockiert, so wie dieses andere Kind. Ich wollte ihm unbedingt helfen. Schließlich kam ich auf die Idee, Toni zu fragen, was er in der Schule am liebsten hat. Und dann war es klar.« Venia lächelte und machte eine Pause.

»Nun sag schon, was hat er am liebsten?«

»Das Lachgesicht, das ich jedem Kind in seiner Lieblingsfarbe auf sein Pult gemalt habe.«

»Was hast du? Warum hast du das gemacht?«

»Weil ich es bunter haben wollte und fröhliche Kinder leichter und gerne lernen.«

»Venia, du bist ... du bist auch verrückt, aber auf schöne Weise. Was sagte denn Frau Dornbusch dazu?«

»Ich musste sie eine Weile überreden«, grinste Venia, »und als sie hörte, dass es Toni nun Probleme machte, zu Hause die Aufgaben zu machen, meinte sie, es sei wohl doch nicht so eine gute Idee gewesen.«

»Oh, also musstest du sie alle wieder weg machen?«

»Ja, ich sollte sie wegmachen, aber ich brachte es nicht übers Herz, es zu tun, ohne die Kinder darauf vorzubereiten. Und als wir es ankündigten, protestierten ohne Ausnahme alle. Sie sagten, es helfe ihnen, auch bei schwierigen Aufgaben durchzuhalten. Einige hatten ihrem Gesicht sogar Namen gegeben. Also musste Frau Dornbusch ihr Vorhaben zum Glück wieder aufgeben.«

»Unglaublich, so eine Wirkung haben deine Lachgesichter?«

»Ja, das hätte ich auch nicht vermutet.«

»Und nun habt ihr Toni zu Hause überall Lachgesichter hingemalt? Das geht doch nicht, oder?«

»Doch«, schmunzelte Venia, »auf ein Stück Papier, dass er überallhin mitnehmen kann.«

»Und nun macht er seine Hausaufgaben?«

»Problemlos und einwandfrei, wenn sein Lachgesicht daneben liegt.«

»Das gibt es nicht!«

»Doch, alles geht am Ende immer gut aus, wie meine Ma sagt. Man muss nur dranbleiben.«

Die beiden waren nun in Friedweiler angekommen und verabschiedeten sich vor Rodolfs Schreinerei voneinander.

»Sei gegrüßt, Venia, schön, dass du da bist«, empfing Rodolf sie strahlend. »Wie geht es dir? Was gibt es Neues?«

Sie sahen sich alle paar Tage. Venia schaute seit Jahren immer wieder bei ihm in der Schreinerei vorbei. Sie hatten eine innige Beziehung zueinander entwickelt. Rodolf hörte sich all ihre Sorgen, Gedanken und Erlebnisse an, und sie zog ihn bei vielen Dingen ins Vertrauen.

Ruth fragte sie mal, was Rodolf für sie sei, ein Freund, ein Onkel, ein zweiter Vater? Venia zuckte mit den Schultern und meinte, von allem etwas, aber er sei einfach Rodolf und sie habe ihn sehr lieb. Gern half sie ihm, wenn es etwas zu helfen gab. Sie war mit dem Holzgeruch und all den Werkzeugen groß geworden und hatte so manches Werkstück entstehen sehen.

»Gut geht es mir, Rodolf. Ich freue mich auf das Sommerfest. Das erste Mal darf ich länger bleiben, weil ich jetzt 17 bin. Wobei soll ich dir helfen?«

»Du wirst sicher Spaß am Tanzen haben. Schau mal, ich soll für Gerlachs Kinder eine Schaukel für den Garten bauen. Du müsstest bitte mal diese beiden Holzbalken aneinanderhalten, während ich die anderen im richtigen Winkel anpasse und festziehe.«

Sie machten sich plaudernd an die Arbeit.

Rodolf lebte nun schon knapp 12 Jahre in Friedweiler. Seit er bei Marta und Artur gewesen war, hatte sich sein Innenleben deutlich verändert. In den ersten Jahren gab es immer wieder viel Kampf in ihm. Denn als er die Liebe zu Lilia zuließ, führte ihn das jedes Mal ins Leiden. Doch er konnte immer öfter das reine Beobachten all dieser Gefühle anwenden. Und dann spürte er ein weicher werden, eine Ruhe in der Liebe, ein Abnehmen der Sehnsucht nach Erwiderung und Körperlichkeit. Das entlastete ihn sehr und es entstand in ihm eine tiefe Dankbarkeit, dass Lilia sein Leben so positiv verändert hatte.

Andere Frauen interessierten ihn nicht, wenn er sich ihnen auch nicht absichtlich verschloss. Doch er hatte das Gefühl, er würde keine andere so lieben können, wie er Lilia liebte. Sie war so anders und spielte in seinem Leben eine ganz besondere Rolle. Er würde immer Vergleiche ziehen und das wäre nicht fair. Auch wollte er sich nicht mehr in die Tasche lügen, Kompromisse eingehen, verdecken oder verdrängen. Natürlich hatte er noch körperliche Bedürfnisse, die er selbst befriedigte. Je mehr er aber in sich ruhte, desto weniger brauchte er es. Das entspannte ihn zusätzlich.

Im Dorf galt er als etwas eigenbrötlerisch, aber sehr arbeitsam und er hatte einen guten Ruf als Schreiner. Er liebte seine Schreinerei, wusste mit seiner Missetat besser umzugehen und war glücklich, dass er Venia aufwachsen sah und sie eine innige Beziehung entwickelt hatten. Lilia und er begegneten einander weiterhin zufällig im Dorf oder wenn sie Aufträge füreinander hatten und ihr Umgang miteinander war freundlich und inzwischen ganz ohne Spannungen.

Lilia spürte keine Angst mehr vor Rodolf, zu viele Jahre waren nun gut ins Land gezogen und sie hatte seine Entwicklung miterlebt. Sie merkte, dass er wirklich ein anderer, ein für sie sehr angenehmer Mensch geworden war. Sie scherzten sogar hin und wieder miteinander. Dennoch suchte sie nicht seine Nähe. Sie waren einfach Nachbarn.

»Ma?« Venia lugte durch die Tür in die Schneiderstube.
»Ja, mein Schatz?«
»Hast du Zeit für mich?«
»Für dich immer, komm herein.«

Venia schlüpfte durch die Tür, zog sich einen Stuhl zu Lilia heran, die am Schneidertisch saß und stickte. »Oh, wie schön, Ma!«

»Danke. Was gibt es?«

»Ich habe mit Ruth über ihre Eltern gesprochen und dass sie sich nicht so zu lieben scheinen wie ihr. Ruth denkt, sie hätten nur geheiratet, weil Ruths Ma schwanger war. Aber wenn man ein Kind zeugt, liebt man sich doch, oder?«

Lilia ließ die Sticknadel sinken und sah Venia an. »Nun ...«, begann sie zögernd, »oft ja, aber es kommt auch vor, dass manche nur mal Lust aufeinander haben und nicht wirklich Liebe dabei ist. Oder sie verschwindet wieder.«

»Hm«, machte Venia und sah nachdenklich aus.

»Worüber zerbrichst du dir dein Köpfchen?«, fragte Lilia sanft.

»Ich überlege, warum ihr erst geheiratet habt, als ich schon geboren war. So ist es doch, oder? Du erzähltest, dass du mir zu eurer Hochzeit ein kleines weißes Kleidchen nähtest, das deinem glich. Habt ihr geheiratet, weil ich kam? Habt ihr euch erst dann lieben gelernt? ... Oder habt ihr mich auch in Liebe gezeugt?«

Lilia wurde heiß und kalt und sie legte nun die Nadel und den Stoff ganz aus der Hand. Jetzt war der Tag der Wahrheit gekommen. Sie hatte mit Friedmann besprochen, dass sie Venia nicht über ihre Zeugung belügen würde. Sollte sie eines Tages dazu mehr wissen wollen, wäre sie reif für die Wahrheit. Nun war es so weit.

In den ersten Jahren waren Lilia immer wieder mal Zweifel gekommen, ob es richtig war, Venia in dem Glauben aufwachsen zu lassen, dass Friedmann ihr leiblicher Vater sei. Doch sie wollte ihr eine geborgene Kindheit schenken, die sie zu einem seelisch gefestigten Menschen werden ließ, der dann die Wahrheit besser verkraften konnte.

Was hätte es gebracht, ihr schon in ganz jungen Jahren zu sagen, dass Friedmann, der sie liebte, wie ein Vater nur lieben konnte, nicht ihr Erzeuger sei? Wäre sie dann mit einem Gefühl des Nicht-Richtig-Seins groß geworden? Hätte sie eine so tiefe Liebe zu Friedmann entwickeln können?

Und hätte sie nicht ständig danach gefragt, wer ihr eigentlicher Vater sei? Und was hätte Lilia ihr in diesen jungen Jahren darauf antworten können? Hätte die Wahrheit sie nicht völlig überfordert und zerrüttet? Ihr aber stattdessen Lügen zu erzählen von einem verflossenen Liebhaber vor Friedmann, hätte auch nur weitere Fragen aufgeworfen und Venia nach ihm suchen lassen. Wie hätte Lilia ihr danach je die ganze Wahrheit sagen können, ohne dass sich Venia noch zusätzlich nach Strich und Faden belogen gefühlt hätte?

So aber erlebte Venia Friedmann als den liebenden Vater, der er war und bleiben würde, und Venia liebte ihn ebenso innig. Zu diesem stabilen Bund würde irgendwann noch die ganze Wahrheit hinzugefügt werden. Dies stand immer wieder am Ende ihrer Grübeleien und Gesprächen dazu mit Friedmann.

Wurde es wieder still in ihr, war es vollkommen klar, dass sie auf den rechten Zeitpunkt vertraute und sie wissen würde, wann er gekommen sei. Als dann Rodolf wieder in Friedweiler aufgetaucht war, war diese Haltung in ihr nicht mehr ins Wanken gekommen. Erst recht nicht, als sie sah, welch liebevolle Beziehung sich zwischen Rodolf und Venia entwickelte. Hatten nicht auch die beiden auf diese Weise die beste Chance, die Wahrheit miteinander auszuhalten? Sie musste einfach dem folgen, was sich für sie am liebevollsten für alle anfühlte.

Dennoch schnürte es Lilia nun die Kehle zu, wusste sie doch, dass es für Venia ein großer Schock sein würde. Doch sie hatte ein Recht auf die Wahrheit.

Es war eh ein Wunder, dass sich nie jemand aus dem Dorf verplappert hatte. Aber die, die von der Missetat noch wussten, für die war es wohl ein Tabu oder sie hatten es inzwischen vergessen. Denn Friedmann, Lilia und Venia waren von Anfang an, als sie damals zusammen aus den Bergen zurück ins Dorf kamen, eine Familie gewesen.

Friedmanns Eltern Lisabetha und Wolfram nahmen Venia als ihre Enkelin an und waren umso froher, sie zu haben, als sich herausstellte, dass Lilia und Friedmann keine weiteren Kinder bekamen, obwohl sie sich welche wünschten. Lisabetha erinnerte sich, dass Friedmann als Junge eine schmerzhafte Hodenrötung gehabt hatte. Sie wurde zwar erfolgreich mit Salben und kühlen Wickeln behandelt, aber vermutlich war er dadurch unfruchtbar geworden. Welch ein Segen, dass er dennoch eine Familie hatte!

Ihre beste Freundin Marie freute es sehr, dass Lilia mit Friedmann ihr Glück gefunden, die Missetat überwunden und Venia ein von allen geliebtes Kind war. Sie hatte Gerolds Frau Annegret, der Klatschbase des Dorfes, eingeschärft, darüber nicht mehr zu reden und Annegret war bald darauf an ihrer mysteriösen Krüppel-Krankheit gestorben. So war also Venia bis zum heutigen Tage ohne einen Hinweis auf ihre wahre Herkunft aufgewachsen. Glaubte Lilia zumindest.

»Ma, was ist?«, fragte Venia ängstlich in das lange und versunkene Schweigen der Mutter. Irgendetwas Schweres lag plötzlich in der Luft.

Lilia richtete sich auf und wandte sich nun ganz ihrer Tochter zu. Sie nahm ihre Hände in die ihren und sah ihr in die Augen. »Meine geliebte Tochter. Ich werde dir jetzt etwas sagen, was sehr, sehr schwer für dich sein wird. Aber ich vertraue darauf, dass du lernen wirst, damit umzugehen. Ich werde immer für dich da sein ...«

»Ma, du machst mir Angst!«

»Venia ... Dein Pa ist nicht dein leiblicher Vater.«

»Pa ist nicht ...« Venias Stimme erstarb und ihre Augen weiteten sich erschrocken.

»Nein, er ist nicht dein leiblicher Vater und er ist doch dein richtiger Vater. Er kennt dich von Geburt an und ...«

»Was?«, schrie Venia dazwischen, riss ihre Hände aus Lilias und sprang so ruckartig auf, dass ihr Stuhl laut krachend umfiel.

»Was??«, schrie sie erneut und starrte ihre Mutter ungläubig an.

»Er liebt dich über alles, Venia, über alles.« Lilia zerriss es das Herz. Sie wusste, sie musste es jetzt aushalten und da sein und alle Fragen beantworten.

»Und du? Bist du meine leibliche Ma?«

»Oh ja, Venia, das bin ich.«

»Aber wer?«

Nun holte Lilia mit Tränen in den Augen tief Luft. »Rodolf.«

Wie vom Donner gerührt stand Venia still da. Der Name drang nur langsam in sie ein.

»Rodolf«, flüsterte sie dann fassungslos. Sie verstand gar nichts mehr. »Aber wieso Rodolf? Hast du ihn vor ... Pa ... geliebt?«

»Nein, ich habe ihn nicht geliebt ... Venia, es ist so furchtbar, aber es ist die Wahrheit. Rodolf hat sich ... gegen meinen Willen ... an mir ... vergangen.« Lilia machte einen Schritt auf Venia zu, wollte sie in den Arm nehmen.

Doch Venia wich zurück und keuchte nur: »Nein ... nein ...«

»Venia, wir lieben dich alle, ich, Pa und Rodolf. Wir lieben dich sehr.«

»Nein ... lass mich ... wie könnt ihr ...« Sie drehte sich auf dem Absatz um und stürmte aus dem Zimmer. Lilia rannte ihr nach und rief, sie solle bleiben. Doch Venia war in ihren Hausschuhen schon hinaus auf den Hof gelaufen und weiter in die Felder hinein. Lilia eilte ihr nach, Venias Namen rufend.

Zwei Väter

Venia sah den Feldweg kaum, weil ihre Augen tränenverhangen waren. Alle Kraft entwich ihr nach und nach und sie stolperte vor sich hin. Ihr Herz pochte so schmerzhaft, dass es kaum auszuhalten war. Sie hatte auf die Rufe ihrer Mutter hin ihr ein paar Mal über die Schulter zugeschrien, sie solle sie alleine lassen. Seither hielt Lilia schweigend Abstand, folgte ihr aber weiter.

Venia wusste nicht, wohin sie wollte, sie wollte nur weg. Sie konnte nicht glauben, was sie gehört hatte. Und doch raste es immer wieder durch ihren Kopf: Pa ist nicht mein Vater. Rodolf ist mein Vater. Und er hat sich an Ma vergangen. »Nein ... nein ...«, murmelte sie.

Und dann stoben plötzlich andere Erinnerungen in ihr auf. Als sie Großmutter Lisabetha vor vielen Jahren erzählte, dass sie sich Geschwister wünsche, sagte diese, Friedmann könne wohl keine Kinder bekommen, weil er eine Krankheit gehabt hatte. Dann war sie plötzlich errötet und Venia dachte, ihr war es peinlich, darüber zu sprechen.

Und Ernada, die kein Kind des Dorfes mochte, weil sie immer mit erhobenem Zeigefinger alles dem Mondmann nachplapperte, sagte mal zu ihr, auf ihr läge ein Fluch. Sie verstand es nicht und tat es als dummes Gerede ab.

Und die doofe Siegrid, jünger als sie, hatte sie als Kind Kuckuckskind gerufen. Sie hörte damit auf, als Venia dazu bloß mit den Schultern zuckte. Sie dachte, Siegrid nannte sie so, weil sie außerhalb des Dorfes und nahe am Wald wohnte, wo der Kuckuck rief. Schließlich war Siegrid mit ihrer Familie weggezogen und sie hörte das Wort nie mehr.

Und was hatte Ruths Ma zu ihren Kleidern gesagt? Sie seien gefährlich und zu auffällig für eine Frau? Wollte sie damit sagen ...? Ihre Ma ... Rodolf ...?

Abrupt blieb Venia stehen und drehte sich zu ihrer Mutter um, die 30 Schritte hinter ihr ebenfalls stehen blieb und zu ihr hinschaute. »Du mit deinen Kleidern«, rief Venia weinend, »deshalb hat dich Rodolf ...«

Lilia schüttelte den Kopf und rief zurück: »Nein, Venia. Er war damals ein anderer als heute. Er ist ein guter Mensch geworden.«

»Ein guter Mensch? Der so was tut?« Venia machte eine abwinkende Handbewegung, drehte sich wieder um und stolperte weiter.

Da waren Zeichen gewesen, kleine Hinweise. Sie hatte sie nicht verstanden. Wie auch? Nie wäre sie auf die Idee gekommen ...! Wieder blieb sie stehen und drehte den Kopf zur Seite, während sie zu Lilia rief: »Und Pa, ich meine ... Friedmann ...?« Merkwürdig war das, sie hatte ihren Pa noch nie Friedmann genannt, aber er war ja jetzt gar nicht mehr ihr Pa. Sie wusste nicht mehr, wie sie ihn nennen sollte.

Lilia kam langsam näher. »Was willst du zu Pa wissen?«

»Weiß er es?«

»Er weiß, dass du nicht von ihm bist. Er weiß aber nicht, von wem du bist.«

Verdutzt drehte sich Venia nun ganz zu ihrer Mutter um. »Warum weiß er es nicht?«

»Ich habe es ihm nicht gesagt, weil er Rodolf umgebracht hätte. Es musste Zeit vergehen. Und jetzt, wo du es weißt, werden wir es ihm auch sagen müssen, es wäre sonst ungerecht. Davor habe ich eine ebensolche Angst, wie ich sie hatte, es dir zu sagen.«

»Warum hast du es mir nie gesagt?«

»Weil ich warten wollte, bis das Leben sich so wendet, dass du hoffentlich reif dafür bist.«

»Du hättest es mir nie von dir aus gesagt?«

»Ich habe darauf vertraut, dass der Zeitpunkt kommt und passen wird.«

»Passen?«, schnaubte Venia verächtlich, wandte sich wieder von ihrer Mutter ab und ging ein paar trotzige und entschlossene Schritte von ihr fort.

»Venia, lass uns reden. Lass mich dir alles erzählen.«

»Pah, was ändert das schon?«, rief Venia wütend.

»Es ändert nichts und vielleicht doch alles. Das kannst du erst entscheiden, wenn du alles gehört hast.«

Venia blieb unentschlossen stehen. Lilia näherte sich ihr vorsichtig. »Komm«, sagte sie sanft zu ihrer Tochter, »setzen wir uns ins Gras und ich erzähle dir die ganze lange Geschichte.«

Venia sank neben ihrer Mutter auf die Wiese. Mit gebeugten Schultern und stumm vor sich auf den Boden starrend hörte sie zu.

Lilia erzählte ihr keine Einzelheiten aus jener Nacht, aber sie erklärte, wie sich Rodolf in seinem Verliebtsein verrannt und sie ihm klar zu verstehen gegeben hatte, dass sie nicht verliebt sei. Sie schilderte, warum sie ihn nie gemeldet und wie sehr es sie belastet hatte, als sie noch nicht wusste, dass keine weitere Frau zu Schaden gekommen war. Dann erzählte sie, wie Rodolf und sie die Jahre danach jeder für sich mit der Aufarbeitung verbracht und wie sehr Marta und Artur ihnen dabei geholfen hatten.

»Und wie die beiden dich und mich retteten, weißt du ja bereits. Friedmann und ich waren schon vorher verliebt, aber wir waren noch nicht zusammen. Ihn schreckte meine Zurückhaltung und dass ich dich im Bauch trug nicht ab, mit ganzen Herzen für uns da zu sein. Und er ist es bis heute. Er ist dein Vater und du bist seine Tochter.«

Venia nickte zögerlich und ließ es zu, dass ihre Mutter behutsam ihre Hand nahm.

Als Friedmann vom Feld kam, wunderte er sich, dass Lilia und Venia nicht zu Hause waren. Lisabetha hatte schon den Abendbrottisch gedeckt. »Wo sind meine zwei, Mutter?«

»Ich weiß es nicht. Ich hörte nur Schreie und dann rannten sie aus dem Haus. Sie streiten sich doch nie ...«

»Venia wird halt erwachsen«, brummte Wolfram, der bereits am Tisch saß. »Sie hatte schon immer ihren eigenen Willen. Wer weiß, worum es ging.«

»Aber Schreien ist in unserem Haus noch nicht vorgekommen. Ich mache mir Sorgen. In welche Richtung sind sie gelaufen?«

Lisabetha hob gerade an zu sprechen, als alle das Öffnen der Eingangstür hörten und Schritte im Flur erklangen. Dann ging auch die Küchentür auf und Lila kam mit einem traurigen und ernsten Gesicht herein.

»Was ist los? Wo ist Venia? Oh, Ewiger, geht's ihr gut?« Friedmann war mit schnellen Schritten bei Lilia und fasste sie an den Schultern.

»Sie ist schon auf ihr Zimmer gegangen. Sie möchte allein sein und braucht jetzt Ruhe.«

»Was ist passiert?«

»Friedmann, heute war es so weit. Ich musste ihr sagen, dass du nicht ihr leiblicher Vater bist.«

Friedmann erstarrte und hielt die Luft an.

»Oh«, entfuhr es Lisabetha, und Wolfram stieß ein Glas um, als er sich abrupt ganz zu Lilia umdrehte. Klirrend zerbrach es die Stille, als es auf dem Boden in tausend Scherben zersprang.

Friedmanns Schultern begannen zu beben.

»Es tut mir leid«, sprach Lilia leise und zärtlich zu ihm. »Sie wird es aber schaffen und ihre Liebe zu dir wird überleben. Da bin ich mir sicher.«

Er nickte benommen und erste Tränen rannen ihm die Wangen hinunter. »Ich habe keinen Hunger mehr«, flüsterte er und verließ die Küche. Lilia folgte ihm.

Lisabetha und Wolfram saßen schweigend da, bis Lisabetha aufstand und die Scherben aufkehrte. Dann räumte sie das unbenutzte Geschirr der anderen ab und tat sich und Wolfram mit den Worten auf: »Wir müssen jetzt alle stark sein.«

Einige Tage waren vergangen. Lilia hatte Venia in der Schule krankgemeldet, war immer in ihrer Nähe und gab ihr, was sie gerade brauchte. Sie weinten miteinander, sie sprachen miteinander, sie schwiegen miteinander. Venia wollte nicht einmal ihr Zimmer verlassen, wollte Friedmann und ihre Großeltern nicht sehen. Alle respektierten dies, wenn auch Lisabetha irgendwann meinte, man müsse sie zwingen, wieder normal zu werden. »Ihr habt sie immer nur mit Samthandschuhen angefasst. Sie ist verwöhnt. Ich habe ja immer schon gesagt, etwas mehr Strenge würde nicht schaden.«

Lilia reagierte darauf nicht. Friedmann vertraute Lilia vollkommen und so schüttelte er den Kopf. »Mutter, wir wissen nicht, wie es sich anfühlt, was Venia gerade durchmacht. Sie braucht ihre Zeit und ihre Art und Weise. Sie spricht ja mit Lilia.«

»Sie kann sich aber nicht ewig verkriechen«, meinte nun auch Wolfram.

»Nein, sicher nicht. Mich schmerzt es auch, sie nicht zu sehen und zu sprechen, ihr nicht sagen zu können, wie sehr ich sie liebe.«

»Junge«, sagte Lisabetha resolut, »dann geh einfach zu ihr! Es ist dein Haus. Sie kann dich doch nicht einfach wie Luft behandeln nach all dem, was du für sie getan hast. Und du bist ja am wenigsten schuld an allem.«

Diese Worte arbeiteten in Friedmann nach. Sollte er wirklich selbst die Initiative ergreifen? Konnte Venia vielleicht nicht den ersten Schritt tun? Liebte sie ihn nicht mehr, weil auch er ihr nie gesagt hatte, dass er nicht ihr leiblicher Vater war? Es zog ihm das Herz zusammen und er schaute zur schweigenden Lilia hinüber. Sie nickte ihm zu. »Folge deinem Herzen.«

»Ma, du sagst immer, am Ende wird alles gut. Aber es kann nicht mehr gut werden, weil es nie mehr sein wird wie vorher.«

»Ja, wie vorher wird es nicht mehr sein. Aber es wird trotzdem gut werden.«

»Ich weiß nicht. Ich weiß nicht mehr, wer ich bin und wo ich hingehöre.«

»Du bist nach wie vor Venia, eine wundervolle junge Frau und wir lieben dich. Du gehörst zu uns. Wir sind deine Familie.«

»Und Rodolf?«

»Auch er liebt dich sehr und wird immer für dich da sein. Auch daran ändert sich nichts.«

»Ich weiß nicht, wie ich ihm nun in die Augen schauen kann. Wie ich diese schreckliche Tat vergessen soll. Er ist jetzt ein anderer Mensch für mich.«

»Du sollst die Tat nicht vergessen, aber du kannst auf die Liebe in ihm zu dir schauen und deine Liebe zu ihm.«

»Ich liebe ihn nicht mehr. Ich hasse ihn. Es tut so weh. Wie konnte er so grausam sein?«

»Am besten fragst du ihn selbst.«

»Ich soll ihn fragen?«

»Ja.«

»Ma ...! Das kann ich nicht!«

»Natürlich kannst du das. Wenn du magst, helfe ich dir.«

»Wie denn?«

»Ich könnte dabei sein. Denk darüber nach, Liebes!«

»Das willst du dir wirklich antun?«

Lilia nickte.

Venia schwieg eine Weile und ihre Stirn kräuselte sich heftig. Dann setzte sie wieder an: »Ma, kann ich das auch lernen, was Dankma dir und Rodolf beigebracht hat?«

»Natürlich.«

Und so begleitete Lilia ihre Tochter in den nächsten Tagen durch die Düsternis. Alles beobachten, alles darf da sein, alles vergeht. Venia staunte, und einen Satz ihrer Mutter sprach sie sich immer wieder vor, weil er ihr so sehr half, wenn es ganz schlimm wurde: Ich bin die Ruhe, die auf den Sturm schaut.

Friedmann klopfte an Venias Tür, und als sie nicht antwortete, drückte er langsam die Klinke herunter und öffnete die Tür einen Spalt. Sie lag auf ihrem Bett, mit dem Gesicht zur Wand. Schlief sie?

»Venia, mein Schatz, ich bin es, ich möchte bei dir sein. Darf ich hereinkommen?«, fragte er halblaut in den Raum, der durch die zugezogenen Blumenvorhänge im Halbdunkel lag.

Kein Ton ging von ihr aus. Aber hatte sie unmerklich mit den Schultern gezuckt? Friedmann wagte sich vorsichtig ins Zimmer hinein. »Ich setze mich zu dir aufs Bett, ja?«

Wieder gab es keine Reaktion. Sein Herz schlug schnell. Es zog ihn so sehr zu seiner geliebten Tochter hin. Behutsam setzte er sich auf die Bettkante und wartete, bis sich sein Atem etwas beruhigte.

»Schön, dass ich da sein darf, mein Liebling.« Ganz langsam hob er den Arm und legte behutsam seine Hand auf ihre Schulter. Da drehte sie sich mit einem Ruck zu ihm um und flog ihm in die Arme.

Er hielt sie ganz fest und beide begannen zu weinen und sich immer inniger aneinander zu schmiegen. Friedmann flüsterte zärtlich, dass er sie immer geliebt habe und immer lieben werde und er ihr Vater und stolz darauf sei.

»Pa ...«, flüsterte sie schließlich, »mein Pa.«

Am nächsten Tag kam Venia wieder aus ihrem Zimmer, nahm ihre Großeltern in den Arm, mit denen sie auch ein paar Tränen fließen ließ, und setzte sich zu ihrer Familie an den Frühstückstisch. Alle atmeten auf.

»Wann gehst du wieder arbeiten?«, fragte Wolfram sie.

»Ich brauche noch etwas«, sagte Venia. »Ich muss schreiben, ich muss mir alles von der Seele schreiben.«

»Das ist eine gute Idee«, bestärkte sie Lilia. »Schreiben ist dein Medium.«

Venia ging nach dem Essen an ihren Schreibtisch und zog die unterste Schublade auf. Dort bewahrte sie leere Kladden auf. Sie hatte das Gefühl, es musste jetzt eine leere sein, denn es begann ein neues Kapitel. Ihre alten Tagebücher sprachen von einer anderen Zeit.

Sie hielt die neue Kladde in der Hand und stand unschlüssig vor ihrem Schreibtisch. Rodolf hatte ihn gebaut, mit ihr zusammen. Damals. Und damit begann ihre Freundschaft. Sie liebte diesen ganz besonderen Schreibtisch und doch war es ihr zum ersten Mal zuwider, sich daran zu setzen, eben weil er von Rodolf war.

Also nahm sie das Tintenfass und die Feder aus der Vertiefung des Pultes und setzte sich auf ihr Bett. Sie zog ihre Beine hinauf in einen Schneidersitz und lehnte ihren Rücken an die Wand. Die Kladde ruhte geöffnet auf ihrem rechten Oberschenkel. Doch wohin mit dem Tintenfass? Sie stand nochmals auf und holte sich ein Buch aus dem Regal auf der anderen Seite des Zimmers, das sie als Unterlage für das Tintenfass auf das Bett legte. So müsste es gehen.

Sie tauchte die Feder in die blaue Flüssigkeit und schrieb die ersten Worte.

Etwas Furchtbares ist geschehen. Ma sagte mir, dass ...

Sie hielt inne und las diese Worte nochmals. Hm, nein, so will ich es nicht aufschreiben, überlegte sie, nicht, wie ich bisher meine Tagebücher führte, in denen ich alles ganz genau schilderte. Es geht jetzt nur um mein Inneres. Sie strich das Geschriebene durch und setzte neu an.

Ich will in Frieden darauf schauen, dass etwas Furchtbares geschehen ist.

Sie las sich den Satz laut vor, schüttelte dann den Kopf und strich auch diesen wieder. Durch ihr Fenster schaute sie in die Ferne und flüsterte vor sich hin. Sie probierte verschiedene Formulierungen, bis sie in sich eine klare Zustimmung spürte. Dann tauchte sie die Feder wieder ins Blaue und schrieb:

Ich will in Frieden darauf schauen, dass ich glaube, etwas Furchtbares sei geschehen.

Ja, das drückte deutlich die Wahl aus, die sie durch das Beobachten mit ihrer Mutter erlebt hatte. Die Wahl, auf ein Geschehen weiter mit Schmerz zu reagieren oder hindurchzugehen und im Frieden zu landen. Es fühlte sich stark an, ehrlich zu formulieren, wie ein Teil in ihr es furchtbar fand und sie zugleich einen anderen Teil in sich einladen konnte, es anders und lösend zu betrachten.

Frieden. Das Wort ihrer Mutter war Ruhe gewesen. Jetzt beim Aufschreiben war ihr das Wort *Frieden* gekommen. Frieden ist Ruhe. Und Ruhe ist Frieden. Es wird wohl egal sein, welches der beiden Worte sie verwendete. Gerade war ihr das Wort Frieden näher. Sie setzte erneut die Feder auf das Papier.

Ich will in Frieden darauf schauen, dass es mich geschockt hat, dass Pa nicht mein Pa ist.

Still ließ sie den Satz in sich wirken. Und dann kam ein neuer Gedanke.

Ich will in Frieden darauf schauen, dass es mich unsäglich schmerzt, dass Pa nicht mein Pa ist.

Wieder hielt sie inne, schloss nun auch die Augen und spürte dem nach. Dann flog ein Lächeln über ihr Gesicht und sie schrieb:

Ich will in Frieden darauf schauen, dass Pa mich liebt und dass ich Pa liebe.

Ihr Herz weitete sich. Und wie von selbst stieg in ihr der nächste Satz auf:

Ich will in Frieden darauf schauen, dass ich glaube, es müsse schmerzen, dass Pa nicht mein Pa ist.

Spielt das wirklich eine Rolle für meine Liebe, ob er mein leiblicher Vater ist oder ob er nicht mein leiblicher Vater ist? Was verändert sich dadurch zwischen uns? Sofort war die Antwort da: Nichts. Er ist und bleibt mein Vater der Liebe von Anbeginn meines Lebens.

Sie atmete tief durch, zog einen Strich unter den letzten Satz und blätterte um.

Das nächste Thema würde schwieriger werden. Rodolf. Alles zog sich in ihr zusammen.

Ich will in Frieden darauf schauen, dass sich alles in mir zusammenzieht, wenn ich an Rodolf denke.

Sie beobachtete ihr Inneres mit diesem Satz und wartete auf ein nächstes Gefühl. Sie war mit Lilia in den letzten Tagen schon mehrfach durch die heftigsten Gefühle für ihn gegangen.

Ich will in Frieden darauf schauen, dass ich mich so verraten fühle von ihm.

Oh ja, das stimmt, das war bisher noch nicht aufgetaucht. Aber wieso verraten? Sie fing an zu grübeln, doch sie spürte, wie sie sich darin verlor und keine Erleichterung oder Erklärung fand. Also konzentrierte sie sich wieder nur auf das reine Beobachten. Alles würde sich schon zeigen und von selbst klären, hatte ihre Mutter ihr gesagt.

Und tatsächlich, als sie eine Weile still nach innen auf das Gefühl des Verrates schaute, kam:

Ich will in Frieden darauf schauen, dass sich unsere Verbindung für mich nicht mehr unbelastet anfühlt, dass sie eine dunkle Seite bekommen hat.

Leise Tränen suchten sich einen Weg über ihre Wangen. Sie atmete ruhig und mit geschlossenen Augen und beobachtete ihre Traurigkeit.

Ich will in Frieden darauf schauen, dass ich traurig darüber bin.

Und ich will in Frieden darauf schauen, dass ich nicht weiß, wie ich ihm jetzt frei begegnen soll.

Dann korrigierte sie den letzten Satz in:

Ich will in Frieden darauf schauen, dass ich glaube, ihm jetzt nicht mehr frei begegnen zu können.

Oh ja, diese Formulierung machte einer kleinen Erleichterung Platz. Sie enthielt die Möglichkeit, dass es ihr doch gelingen könnte. Aber gleich wehrte sich etwas in ihr dagegen und es erfasste sie ein spitzes, schmerzhaft bohrendes Gefühl. Auch das benannte sie in ihrem Tagebuch.

Ich will in Frieden darauf schauen, dass ich ihn hasse.

Still saß sie da und wartete. Dann kam ein Zusatz:

Für diese Tat.

Ah, für diese Tat.

Ich will in Frieden darauf schauen, dass ich mir wünsche, er hätte es nicht getan, hätte meiner Mutter nicht so wehgetan.

Sofort schoss ihr aber ein: Dann gäbe es mich nicht!

Ich will in Frieden darauf schauen, dass es mich nicht gäbe, hätte Rodolf es nicht getan.

Das fühlte sich sehr merkwürdig an, distanziert und abgerückt von sich selbst.

Ich will in Frieden darauf schauen, dass ich mich von mir selbst entfernt fühle.

Stille erfasste sie, in der eine wortlose Frage erklang: Wer bin ich, wenn ich nicht wäre?

Da musste sie lachen. Das erschien ihr eine so absurde Frage. Und nun breitete sich eine klare und starke Aussage in ihr aus: Ich bin die Tochter von Rodolf und Ma. Ich bin auch die Tochter von Pa. Ich habe zwei Väter. Und ich bin der Frieden, das ist meine wahre Natur, wie auch die Ruhe meine wahre Natur ist. Und in dieser wahren Natur anzukommen, das ist immer das gute Ende von allem.

Sie schloss die Kladde und brachte diese und das Tintenfass samt Feder zurück auf ihren Schreibtisch. Morgen würde sie an ihm sitzen können und weiterschreiben.

Sie füllte in den nächsten Tagen auf diese Weise noch so manche Seite in ihrem Tagebuch. Es ging um ihre Wut auf ihre Mutter, die sie so lange in Unwissenheit gelassen hatte. Dann wurde ihr klar, dass ihre Mutter nach bestem Wissen und Gefühl gehandelt hatte und ihr damit eine stabile Kindheit und Seele schenken wollte, die diesen Umstand tragen konnte.

Es ging darum, wie sie es nun den anderen Friedweilern sagen würde, dass sie wisse, dass Friedmann nicht ihr leiblicher Vater sei und begriff, dass es keine einheitliche Vorgehensweise geben konnte. Sie würde es immer nach Situation und Gefühl entscheiden. Zudem gab es keinen Grund, es mit irgendjemandem unbedingt besprechen zu müssen, denn nur sie musste mit ihren beiden Vätern und ihrer Mutter Klarheit haben.

Und dass Rodolf ihr leiblicher Vater war, würde sie niemandem sagen, weil auch sie nicht seine Hinrichtung wollte. Da war sie wie ihre Mutter. Und wie hätte sie ihm, ohne den es sie nie gegeben hätte und den sie seit ihrem fünften Lebensjahr in ihrem Herzen trug, den Tod wünschen können? Sein Leiden an der Missetat war seine Strafe gewesen. Nun war er geläutert. Darüber war sie unendlich froh.

Dennoch ging es auch immer wieder um ihre Angst, Rodolf zu begegnen und sie verstand, dass diese Angst nur da war, weil sie ihn so sehr mochte. Sie wusste, sie musste es angehen und bat eines Tages ihre Mutter darum, ihr dabei zu helfen. »Ma, kannst du zuerst Rodolf sagen, dass ich es jetzt weiß?«

»Ja, das mache ich, Liebes. Er fragte schon nach dir, als ich ihn vor ein paar Tagen am Brunnen traf. Ich sagte, du seist krank.«

»Und wann erzählen wir Pa, dass es Rodolf war?«, wollte Venia wissen.

»Darüber habe ich auch viel nachgedacht«, antwortete Lilia langsam. »Ich finde, es sollte erst zwischen dir und Rodolf einen neuen Weg geben. Es wird für deinen Pa schwierig werden und da müssen wir klar sein.«

Venia nickte. Ihre Mutter war ihr eine große Hilfe. Und dass sie nach dieser Tat einen heilsamen Weg gefunden hatte und ein so liebender Mensch war, ermutigte Venia sehr, es ihr nachzutun.

Erschüttert sank Rodolf auf seinen Stuhl am kleinen Esstisch, als Lilia fort war. Er vergrub sein Gesicht in seinen Händen und stützte die Ellenbogen auf der Tischplatte ab. Lange saß er so da und spürte, wie ihn alles wieder einholte.

Seine Venia wusste es nun. Scham, Schuld, Selbsthass, Angst. Angst, Venia zu verlieren. Angst, von ihr gehasst zu werden. Angst, dass sie nie mehr fröhlich und unbeschwert mit ihm sein könnte.

Er hatte Lilia gebeten, ihm ein paar Tage Zeit zu lassen, um sich auf diese neue Situation einstellen zu können. Zugleich zerriss ihn fast die Sehnsucht nach Venia, seinem Kind, seiner Tochter.

Immerhin, sie wollte mit ihm reden. Das machte ihm Hoffnung. Doch wie sollte er ihr das von damals erklären? Es war ihm inzwischen selbst unverständlich geworden, wie es passieren konnte. Es war ihm so fremd geworden. Und es gab keine Entschuldigung dafür, nichts, was es erklärte.

Lilia hatte gesagt, Venia habe sehr daran gearbeitet und darüber war er froh. Aber Friedmann wollten sie es auch noch sagen! Würde er dann doch noch hingerichtet werden?

Er wollte nicht mehr sterben, er wollte das Leben, wie es in den letzten Jahren gewesen war. Immer unbeschwerter, mit Venia verbunden und in Dankbarkeit zu Lilia. Seine Schreinerei betreiben und ein stilles Leben führen.

Nun, er wusste ja, was er innerlich zu tun hatte. Das war jetzt seine Aufgabe, um sich auf das Gespräch mit Venia vorzubereiten.

Sie trafen sich unten am Fluss, außerhalb von Friedweiler. Ein Stichpfad führte zu zwei Holzbänken und einem Holztisch, den die Friedweiler gern zum Essen im Freien aufsuchten. Doch es war ein Morgen an einem Mittentag, an dem sich wohl niemand sonst hierher verirren würde. Rodolf war schon da. Er sprang sofort auf, als er Lilia und Venia kommen sah.

Venia ging hinter Lilia und verlangsamte unwillkürlich ihren Schritt, als sie Rodolf erblickte. Lilia spürte es, drehte sich um und reichte ihr ihre Hand. Und so traten sie Hand in Hand vor Rodolf.

»Schön, dass ihr da seid«, sagte er leise und schüchtern. »Setzt euch doch.«

Das taten die zwei Frauen, und er setzte sich auf die Bank ihnen gegenüber. Der Tisch zwischen ihnen sorgte für einen Abstand und wirkte wie eine Barriere. Das empfand Venia als Sicherheit.

Denn auch sie war unsicher und nickte ihm nur flüchtig zu. Ihre Augen trafen sich kurz, dann schaute sie schnell auf den Fluss, der träge vorbeiströmte. Die Bäume standen hier bis ans Ufer und spendeten Schatten, doch standen sie auch so weit auseinander, dass sie einen Blick auf den Fluss ermöglichten.

»Venia«, ergriff nun Rodolf etwas mutiger das Wort, »es tut mir so leid.«

»Was?«, fragte sie tonlos und unbeabsichtigt scharf, während sie auf den Fluss starrte, der unaufhörlich floss.

Er zuckte zusammen, doch seine Stimme blieb klar. »Dass ich dir und deiner Mutter diesen Schmerz angetan habe.«

»Hm«, machte Venia.

»Ich wünschte, ich könnte es ungeschehen machen.«

»Dann wäre ich nicht«, platzte sie heraus. Dieser Umstand hatte sie immer wieder beschäftigt. Es war so verrückt. Sie konnte doch nicht dankbar für eine Nötigung sein, weil sie sonst nicht wäre! Doch ihr Leben beruhte darauf!

»Ja, das stimmt wohl«, griff Rodolf ihre Worte auf, »und ich bin sehr glücklich, dass es dich gibt. Ich liebe dich über alles. Und doch war es nicht richtig, wie es geschah.«

»Nein, es war nicht richtig«, stimmte Venia zu und starrte immer noch auf den Fluss, der unaufhörlich floss und Fluss des Lebens hieß. »Ich habe großen Hass auf dich gehabt ... aber es ist geschehen und nun bin ich da und habe ...« Sie hielt inne, denn am wichtigsten war ihr das, was sie jetzt sagen würde, und doch fiel es ihr schwer.

Rodolf wartete schweigend und sah sie ängstlich und zugleich hoffend an. Lilia drückte ihre Hand in der ihren und wartete mit ihnen beiden.

Venia wandte nun ihr Gesicht zu Rodolf und schaute ihm in die Augen. »Es ist geschehen und jetzt habe ich zwei Väter.«

Rodolf brauchte eine kleine Weile, um zu begreifen, was sie gesagt hatte. Zu begreifen, dass es mehr war, als er vom ersten Treffen, ja vielleicht sogar je, erhofft hatte. Zwei Väter? Sie hatte zwei Väter gesagt!

»Oh, Venia ... Ja, du hast zwei Väter, die dich lieben und eine wundervolle Mutter, die dich liebt.«

»Und du hast meine Ma geliebt, damals?«

»Ja, sehr.«

»Und jetzt?«

Rodolf brauchte einen Moment, um zu antworten. »Ich liebe sie noch immer, aber auf andere Weise. Ich werde ihr nie mehr wehtun.«

Über Venias Gesicht huschte ein Lächeln.

»Ich bin so froh, dass du so stark bist«, sagte Rodolf beflügelt. »Du bist so stark und mutig wie deine Mutter. Ich hoffe sehr, dass wir einen guten gemeinsamen Weg finden. Du kannst mich immer alles fragen und mir alles sagen, was dich bewegt. Ich bin für dich da und werde dich immer lieben.«

Venia nickte. »Gut«, sagte sie mit einem tiefen Ausatmen. »Und jetzt möchte ich gerne gehen. Für heute war das genug für mich.«

Auch Rodolf nickte und sie standen auf. Sie verabschiedeten sich mit einem scheuen Blickkontakt und Lilia lächelte Rodolf aufmunternd zu. Er blieb an seiner Bank stehen und sah Lilia und Venia nach, während sie Hand in Hand davongingen. Sein Gesicht entspannte sich und die Beklemmung in seinem Herzen ließ nach.

Am nächsten Tag ging Venia wieder in ihre Schule. Es tat ihr gut, in ihren Alltag zurückzukehren. Sie liebte ihre Arbeit, und die Kinder empfingen sie freudestrahlend.

In den folgenden Vollmonden besuchte sie erst in größeren Abständen und schließlich wieder in ihrem alten Rhythmus Rodolf in seiner Schreinerei.

Anfangs gingen sie noch befangen miteinander um, schwiegen oft bei der Arbeit an einem Werkstück und genossen doch die gemeinsame Zeit.

Allmählich erzählte Venia ihm wieder, was sie in der Schule beschäftigte oder sie Neues gelesen hatte. Ab und zu stellte sie Fragen zu seiner Vergangenheit und hörte nun ganz anders, wie neu, hin.

Sie war froh, dass es ihr wieder gut ging und sie mit Rodolf einen Weg gefunden hatte. Manchmal war es noch merkwürdig und ungewohnt, ihn als ihren Vater zu sehen. Doch zunehmend machte sie sich keine Gedanken mehr darüber. Er war Rodolf und Pa war ihr Pa.

Am liebsten hätte sie nun alles so belassen. Aber sie wusste auch, dass noch ein Schritt bevorstand. Ihren Pa im Unwissen über Rodolf zu lassen, schien ihr und Lilia nicht möglich. Sie sprachen oft darüber und kamen immer wieder zu dem Schluss, dass dieses Geheimnis zwischen ihnen dreien nicht bleiben sollte. Es passte nicht zu ihnen und beschwerte die Offenheit. Friedmann gehörte zu ihnen, sie waren einander so nah und verbunden, dass er ein Recht darauf hatte. Sie hofften, dass es lange genug her war und Friedmann besonnen reagieren würde, wenn sie ihm sagten und zeigten, dass sie mit Rodolf Frieden geschlossen hatten.

Eine verhängnisvolle Unterkunft

Der Weg führte leicht bergab und schlängelte sich durch eine große Wiese, auf der sich das hohe Gras im sanften Sommerwind wiegte. Mohnblumen säumten den Weg und schienen sich ihm fröhlich entgegenzustrecken. Die Sonne des späten Nachmittags legte ein warmes Licht über die Landschaft.

Er war seit dem Morgen unterwegs und entsprechend müde. Daher war er dankbar, dass er vor sich am Wegesrand einen flachen Felsbrocken liegen sah, der zum Verweilen einlud. Also ließ er sich darauf nieder, streckte die Füße mit den staubigen Schuhen aus und blinzelte in den blauen Himmel, wo schneeweiße Wolken sich einen Spaß daraus zu machen schienen, immer wieder neue lustige oder auch merkwürdige Formen zu bilden. In der Ferne jagten sich einige Schwalben. Taten sie es aus reiner Freude oder war es ein Paarungsritual? Er wusste es nicht, aber es war schön anzusehen.

Miro öffnete seinen großen Beutel, den er umgehängt hatte, und holte einen Apfel heraus, der ein wenig seinen Hunger und auch seinen Durst stillen sollte. Er war schon länger an keinem Bach oder Fluss mehr vorbeigekommen, um seinen Trinkschlauch aufzufüllen. Überhaupt schien es hier schon seit Wochen nicht mehr geregnet zu haben.

Während er an seinem Apfel kaute, ließ er den Blick weiter den Weg hinunterschweifen. Noch ein ganzes Stück entfernt sah er ein Wäldchen, in das der Weg hineinführte, und noch viel weiter dahinter ein Dorf. Das war sein Ziel für heute, dort würde er zu Abend essen und übernachten. Sicher würde er etwas in einem Gasthaus bekommen, oder wenn nicht, würde er sich bei einem Bauern in der Scheune gegen ein paar Silberlinge einquartieren. Er hatte keine großen Ansprüche. Hauptsache, er bekam ein Dach über dem Kopf, falls es regnete.

Seit mehr als sechs Jahren war er jetzt unterwegs. Nach der Abschlussprüfung an der Musikakademie in Arkonia war er losgezogen, durch das ganze Seenland. Sein Lebenstraum als Musiker hatte holprig begonnen, es war sehr schwer gewesen, Auftritte zu bekommen, und wenn, dann waren sie schlecht bezahlt. Anfangs konnte er kaum davon leben, aber jetzt ging es, mehr schlecht als recht.

Dorffeste lagen ihm nicht so sehr, die waren ihm zu laut und es war zu viel Alkohol im Spiel. Aber er ergatterte immer häufiger Auftritte bei privaten Feiern, Hochzeiten, Geburtstagsfesten und auch bei Beerdigungen. Für jeden Anlass und jede Stimmung hatte er Lieder auf Lager.

Meist gaben ihm die Leute, die ihn einluden, noch jede Menge Lebensmittel mit auf den Weg: Dauerwürste und Hartkäse, Obst und auch Kuchen, den er immer als erstes aß, weil er sonst schlecht wurde.

Im Großen und Ganzen war er mit seinem Leben zufrieden, auch wenn er sich das Dasein als Musiker einfacher vorgestellt hatte. Zuweilen dachte er noch an Sina, die er seit jenen Ereignissen in Arkonia vor fast acht Jahren nicht wiedergesehen hatte.

Auf den Feiern gab es oft hübsche Mädchen, die ihm schöne Augen machten. Er schäkerte auch gern mit ihnen, nahm die ein oder andere Erfahrung mit, aber kein Funke zündete bei ihm. Er hätte sich gerne wieder verliebt, aber das ließ sich nicht erzwingen, wie er erkennen musste.

Die Sonne verschwand nun hinter einer der schnell vorbeiziehenden Wolken und Miro machte sich wieder auf den Weg. Er hängte Reisebeutel und Laute um und ging auf das kleine Wäldchen zu. Es war dicht bewachsen und daher war es darin düster und merklich kühler. Nach kurzer Zeit hörte er seltsame Geräusche vor sich, sah aber niemanden. Unwillkürlich verlangsamte er seine Schritte und lauschte.

Nach einigen Augenblicken kam ein Mann um eine Biegung des Weges. Er hatte es wohl eilig, denn er lief schnell und als er Miro erblickte, erschrak er für einen Moment. Er fing sich aber gleich wieder, offenbar weil er erkannte, dass Miro keine Gefahr für ihn bedeutete.

»Seid gegrüßt!«, rief der Mann Miro zu.

»Seid ebenso gegrüßt!«

»Wollt ihr etwa nach Wiesdorf?«, fragte der Mann, während er vor Miro stehen blieb und ihn musterte.

»Ja, wenn Ihr das kleine Dorf hinter dem Wald meint. Ich suche dort eine Unterkunft für die Nacht.«

»Ihr werdet sicher eine finden. Es gibt ein großes Gasthaus, das bestimmt ein Bett für Euch frei hat.«

Miros Blick fiel auf einen großen, reich verzierten Dolch, den der Mann am Gürtel trug.

Der bemerkte Miros Blick. »Gefällt Euch mein Dolch?«

»Ja, er ist wunderschön.«

»Hm ... vielleicht verkaufe ich ihn Euch.«

»So viele Taler habe ich nicht und meine Laute gebe ich nicht her«, entgegnete Miro. Er wurde misstrauisch und fragte sich, ob der andere vielleicht nur wissen wollte, ob er Wertvolles bei sich hatte. Miro betrachtete den Mann genauer. Er hatte feuerrote Haare und eine tiefe Narbe auf seiner rechten Wange.

»So teuer ist er nicht. Habt Ihr Lebensmittel bei Euch? Ich habe vergessen, mich in Wiesdorf damit einzudecken, bevor ich losgegangen bin.«

»Ich habe noch zwei Würste, einen Hartkäse und einen halben Laib Brot bei mir. Und auch eine Schachtel mit süßen Keksen«, sagte Miro, dem die Sache immer seltsamer erschien. Aber der Dolch war wirklich sehr schön. Vielleicht wäre es ja auch gut, in dieser Gegend eine Waffe zu haben.

Er nahm seinen Reisebeutel ab und kramte die Sachen heraus. »Wollt Ihr wirklich tauschen? Der Dolch ist bestimmt viel mehr wert als diese Sachen.«

»Ja, das stimmt, aber wenn ich Hunger habe, was mache ich dann mit einem Dolch? Den kann ich nicht essen. Und außerdem habe ich zu Hause mehrere solcher Dolche.«

Miro bemerkte ein seltsames Leuchten in den Augen des Mannes, aber er ließ sich auf den Handel ein. Wenn dem anderen sein Dolch nicht so teuer war, dann war es eben so.

Der Mann nahm die Lebensmittel an sich und Miro steckte den Dolch in seinen Gürtel. Sie verabschiedeten sich und beide gingen ihres Weges.

Bald erreichte Miro das Ende des Wäldchens und folgte dem Weg durch eine Wiese. Eine halbe Stunde später erreichte er das Dorf. An den ersten Häusern standen mehrere Männer, die ihn neugierig betrachteten. Er nickte ihnen freundlich zu und sie grüßten ebenso zurück. Das freute Miro, denn wenn die Leute einen Musiker – und er war durch seine umgehängte Laute als einer zu erkennen – freundlich begrüßten, gab es vielleicht gute Möglichkeiten, einen Auftritt zu bekommen.

Er kam am örtlichen Mondhaus vorbei, ein düsterer Bau, wie üblich. Der Ort erinnerte ihn an Farndorf. Die Häuschen waren zumeist in gutem Zustand und die kleinen Gärten davor liebevoll gepflegt. In der Mitte von Wiesdorf war auch ein Platz mit einem Brunnen. Einige Frauen holten gerade Wasser und schleppten es in großen Eimern nach Hause. Darunter waren zwei junge Mädchen, denen Miro einen Moment länger nachschaute. Als er weiter durch das Dorf lief, sah er das Gasthaus von Wiesdorf. Er betrat die Gaststube und erblickte den Wirt hinter dem Tresen.

»Seid gegrüßt! Habt Ihr ein Zimmer für mich?«

Der Wirt schaute ihn misstrauisch an. »Wie lange wollt Ihr denn bleiben?«

»Wahrscheinlich nur eine Nacht. Außer es gibt eine Feier oder eine andere Gelegenheit, bei der ich Musik machen könnte.« Miro deutete auf seine Laute, die über der Schulter hing.

»Sieht nicht so aus«, brummte der Wirt und polierte weiter seine Gläser.

»Gut, dann nehme ich ein Zimmer für eine Nacht. Und kann ich noch ein warmes Abendessen haben?«

»Weiß nicht, ob noch was da ist«, sagte der Wirt und ging nach hinten in die Küche. Nach kurzer Zeit kam er zurück. »Ihr könnt noch Kartoffelauflauf haben.«

Miro nickte und suchte sich einen Platz in der leeren Gaststube, möglichst weit entfernt von dem unfreundlichen Wirt. Das Essen wurde ihm bald serviert. Es schmeckte besser, als er erwartet hatte. Dazu gab es dünnes Bier.

Als er fertig war, räumte der Wirt ab. »Bezahlen könnt ihr morgen, bevor Ihr abreist.« Er legte den Zimmerschlüssel auf den Tisch.

Miro ging eine Treppe nach oben und schloss die Tür zu seinem Zimmer auf. Es war klein und schlicht, aber immerhin sauber. Er legte seinen Reisebeutel und die Laute ab, zog den Dolch aus dem Gürtel und ließ sich auf das Bett fallen. Die lange Wanderung hatte ihn sehr müde gemacht und so schlief er bereits nach wenigen Augenblicken ein.

Irgendwann in der Nacht wachte er auf, von einer inneren Unruhe getrieben. Er hatte etwas geträumt, aufgeregte Stimmen, Lärm, schnelle Schritte. Und wie er so dalag, mit geschlossenen Augen und noch schlaftrunken, merkte er auf einmal, dass die Stimmen und Schritte nicht in seinem Traum waren, sondern hier in der Wirklichkeit. Sie waren nicht in seinem Kopf, sie waren da draußen!

Er schreckte hoch und sah, wie durch das Fenster die Lichter von Fackeln gespenstische Schatten in sein Zimmer warfen. Es musste etwas geschehen sein! Er ging zum Fenster und sah mehrere Männer, die gestikulierten und sich aufgeregt unterhielten. Obwohl er neugierig war, hielt ihn irgendetwas davon ab, hinunter auf die Straße zu gehen und sich zu erkundigen. So legte er sich wieder hin. Kurze Zeit darauf hörte er, wie Pferde durch die Straße galoppierten, dann wurde es still. Bald schlief er wieder ein.

Es war schon heller Tag, als er erwachte. Er gähnte und drehte sich noch einmal auf die andere Seite. Dann kam ihm plötzlich der nächtliche Vorfall in den Sinn. Vielleicht war nur jemand krank geworden oder es hatte Schwierigkeiten bei einer Geburt gegeben. Nicht in jedem Dorf im Seenland wohnte ein Heiler, vielleicht hatte man einen aus einem anderen Dorf holen müssen.

Miro streckte sich und dachte nach. Vielleicht war Wiesdorf doch kein guter Ort für Musiker, aber er würde noch bei anderen Leuten fragen und nicht nur auf den unfreundlichen Wirt hören. Ein besonderes Ziel hatte er nicht, er zog einfach durchs Seenland und wollte es immer besser kennenlernen.

Er kannte bereits einige Leute, auf deren Feiern er aufgetreten war und die ihn wieder für das nächste Jahr eingeladen hatten. Aber es war ein mühsamer Weg. Er wollte so gern richtig bekannt werden, sich einen Namen machen, vielleicht eines Tages am Hofe eines Grafen oder Fürsten spielen, aber das waren unerreichbare Träume, zumindest im Moment noch.

Er gähnte wieder, stand auf und ging nach unten in den Waschraum des Gasthauses. Dort war wie üblich ein Trog mit kaltem Wasser aufgestellt, an dem sich die Gäste am Morgen waschen konnten.

Das kühle Wasser belebte ihn und er bekam Lust auf einen großen Pott heißen Kaffee. Er kehrte auf sein Zimmer zurück, zog sich an, packte seine Sachen und ging hinunter in die Schankstube, um seine Zeche zu bezahlen.

Schon auf der Treppe hörte er aufgeregte Stimmen durcheinanderreden. Als er die Schankstube betrat, verstummten die Stimmen und mehrere Männer starrten ihn an. Er sagte dennoch freundlich »Guten Morgen!« und ging zum Wirt, der hinter dem Tresen stand.

»Ist etwas geschehen?«, fragte er arglos.

Der Wirt schaute ihn misstrauisch an und zögerte mit der Antwort. Schließlich sagte er: »Der alte Albert, unser Waffenschmied, ist heute Nacht ermordet worden.«

Miro erschrak. Daher also der nächtliche Lärm! »Oh, das tut mir leid. Hat man den Mörder schon gefasst?«

»Nein«, brummte der Wirt. »Essen und Zimmer machen zusammen einen Taler und zwanzig Silberlinge.«

Miro beschloss, lieber auf den Kaffee zu verzichten und kramte in seinem Reisesack nach seinem Münzbeutel. Da er ihn ganz unten aufbewahrte, musste er erst einige andere Dinge herausziehen, darunter auch den Dolch. Er legte die geforderten Silberlinge auf den Tresen und packte die anderen Dinge wieder ein. Da rief einer der Männer erregt: »Er hat den Dolch von Albert!«

Miro erstarrte. Unwillkürlich schaute er auf den Dolch, den er noch in der Hand hielt. Bevor er jedoch einen klaren Gedanken fassen konnte, hatten ihn die Männer schon umringt und ihm den Weg zur Tür versperrt.

»Woher hast du den Dolch?«, schrie ihn einer an.

»Ich ... ich hab ihn gestern einem Mann abgekauft«, stotterte Miro.

»Lügner!«

Miro wurde von Panik erfasst. Blitzschnell rannte er los und versuchte, durch die Reihe der Männer zu schlüpfen. Fast wäre es ihm gelungen, aber sie zerrten und zogen an ihm, hielten ihn an Armen und Beinen fest, einer riss sogar an seinem Haar. Dabei entwendeten sie ihm den Dolch.

Miro schrie vor Schmerz und plötzlich spürte er einen mächtigen Schlag im Nacken, der ihn niedersinken ließ. Jetzt warfen sie sich schreiend auf ihn und hielten ihn fest. Halb benommen nahm er den schweißigen Geruch der fremden Männer wahr, spürte ihre rauen Hände und hörte ihren keuchenden Atem. Was war nur geschehen? Er verstand gar nichts mehr. Das alles musste eine Verwechslung, ein Missverständnis sein, das sich sicher bald aufklären würde. Die Männer zerrten ihn hoch, ohne aber ihren festen Griff zu lockern. Einer baute sich vor ihm auf und sagte: »Du bist festgenommen. Du stehst im Verdacht, den Waffenschmied Albert beraubt und ermordet zu haben.«

»Er kam mir von Anfang an verdächtig vor«, rief der knurrige Wirt hinter seinem Tresen.

Miro fühlte eine Übelkeit in sich aufsteigen. Langsam wurde ihm der Ernst der Lage bewusst. Was, wenn es doch nicht so leicht werden würde, das Missverständnis aufzuklären? Er schluckte und sagte mit möglichst fester Stimme: »Ihr irrt euch, Ihr Herren! Ich bin gestern Abend erst in diesen Ort gekommen. Ich habe hier gegessen, bin danach schlafen gegangen und habe erst am Morgen mein Zimmer verlassen. Der Wirt kann das bezeugen!«

»Gar nichts kann ich!«, ließ sich der Angesprochene vernehmen. »Du kannst schon früher in den Ort gekommen sein, und was du in der Nacht gemacht hast, weiß ich nicht. Ich bin erst aufgewacht, nachdem der Gehilfe von Albert ihn erstochen in der Werkstatt fand und Alarm schlug.«

»Auf jeden Fall hast du den Dolch von Albert bei dir. Wir alle kennen ihn«, sagte der Mann, der vor ihm stand und jetzt den Dolch in der Hand hielt.

Ein anderer rief: »Was soll das lange Gerede? Einer soll den Bürgermeister holen, dann halten wir sofort Gericht über den Strolch!« Die anderen stimmten ihm zu und so eilte einer der Männer los. In den Dörfern im Seenland war es üblich, dass der Bürgermeister auch das Amt des Richters versah.

Miro spürte eine Angst, die ihm den Brustkorb einschnürte. In was war er da hineingeraten? Es musste mit dem Mann zu tun haben, der ihm den Dolch so billig verkauft hatte. Jetzt wurde ihm klar, warum er es getan hatte. Aber wie sollte er das beweisen?

Nach kurzer Zeit kam der Mann mit dem Bürgermeister im Schlepptau zurück. Der war ein schwergewichtiger Mann, der heftig schnaufte. Von seinem Gesicht war nicht viel zu sehen, denn es war von einem mächtigen, grauen Vollbart bewachsen. Darüber funkelten zwei kleine, zornige Augen, die Miro jede Hoffnung auf Milde und Gnade vergessen ließen.

»Herr Ruprecht, das ist der Kerl, der unseren Schmied ermordet hat!«, rief einer der namenlosen Männer und zeigte mit dem

Finger erbarmungslos auf Miro. Der schrie verzweifelt: »Ich war es nicht! Ich schwöre es bei allem, was mir heilig ist!«

»Das wird nicht viel sein, du Mörder!«, rief ein anderer.

»Ruhe!«, donnerte der Bürgermeister mit grimmiger Stimme. »Schafft die Tische weg und stellt die Stühle so auf, dass wir Gericht halten können. Ihr wisst doch, wie es geht!«

Eine ungerechte Verhandlung

Schnell machten sich die Männer ans Werk, bis auf zwei, die Miro weiter mit eisernem Griff festhielten. An dem einen Ende des Schankraumes wurde ein Tisch aufgestellt, hinter den sich der Bürgermeister setzte. Miro musste sich seitlich vor den Tisch setzen, halb dem Richter, halb dem Publikum zugewandt.

Inzwischen waren immer mehr Menschen in das Gasthaus hereingeströmt, denn die Kunde von der Ergreifung von Alberts Mörder war wie ein Lauffeuer durch den Ort gegangen. Auch viele Frauen waren unter den Neugierigen. Miro glaubte sogar, die zwei hübschen jungen Frauen zu erkennen, die er gestern am Brunnen gesehen hatte.

Er war verzweifelt, denn er hatte keine Ahnung, wie er aus dieser misslichen Lage herauskommen sollte. Und es schien niemand da zu sein, der ihm wohlgesonnen war, niemand, der ein gutes Wort für ihn hätte einlegen können, niemand, der Anteil an seinem Schicksal nahm. Er war vollkommen verlassen und verloren unter fremden Menschen, die wütend oder zumindest gleichgültig waren. Der Bürgermeister, Herr Ruprecht, räusperte sich lautstark und sofort kehrte Ruhe in der vollbesetzten Schankstube ein, die jetzt als Gerichtssaal diente.

»Angeklagter, wie heißt Ihr?«, fragte der Bürgermeister mit einer Stimme, die keine Widerrede zu dulden schien.

»Miro Bergano.« Miro bemerkte, dass seine Stimme dagegen unsicher und zittrig klang.

»Welchen Beruf übt Ihr aus?«

»Ich bin Musiker.«

»Woher stammt Ihr?«

»Aus Farndorf, im Seenland.«

»Wie alt seid ihr?«

»25.«

»Wann seid Ihr nach Wiesdorf gekommen?«

»Gestern Abend, bei Dämmerung.«

»Woher habt Ihr diesen Dolch?« Der Bürgermeister deutete auf den Dolch, der vor ihm auf dem Tisch lag.

»Ich traf gestern im Wald, kurz vor Wiesdorf, einen Mann, der mir entgegenkam. Er bot mir den Dolch zum Kauf an.«

»Was wollte er dafür?«

»Nur alles, was ich zu essen dabeihatte.«

Der Bürgermeister schaute ihn ungläubig an, ein paar Zuschauer lachten. »Und das kam Euch nicht verdächtig vor?«

»Doch, aber ich dachte, er wird seine Gründe haben. Er sagte, er habe vergessen, sich mit Proviant einzudecken.«

»Das habt Ihr ihm geglaubt?«

»Ja. Er sagte, er habe zu Hause noch mehr von diesen Dolchen.«

»Wir alle hier kennen den Dolch von Albert. Der hier ist es! Es kann kein anderer sein.«

»Aber vielleicht hatte der Mann ihn Eurem Schmied abgekauft«, wandte Miro mit verzweifelter Hoffnung ein.

»Nein. Albert hätte seinen Dolch nie verkauft! Er war ein Erbstück seines Vaters. Hier sind die Initialen seines Vaters eingraviert, T.K. – Theodor Kortmann.« Der Bürgermeister hielt den Dolch zur Bekräftigung hoch, obwohl niemand aus der Ferne die Initialen lesen konnte.

»Dann hat dieser Mann im Wald den Dolch von dem Schmied gestohlen. Wahrscheinlich hat er ihn auch ermordet!«, rief Miro.

»Das hätte dann ja schon am Nachmittag sein müssen. Das hätte seine Frau bemerkt. Wo ist sie überhaupt?« Der Bürgermeister schaute in die Runde.

»Sie ist diese Woche bei ihrer Schwester in Halberstedt«, sagte eine kleine, dicke Frau unter den Zuschauern und schaute sich zaghaft um, voller Angst, vielleicht etwas Falsches gesagt zu haben.

»Aha ...«, brummte der Bürgermeister sichtlich verdrossen.

In Miro keimte eine jähe, wilde Hoffnung auf, dass er diese Menschen doch von seiner Unschuld überzeugen könnte. »Seht Ihr? Es kann also schon am Nachmittag geschehen sein.« Er schaute den Bürgermeister flehentlich an.

»Wir fragen am besten Herbert, den Gehilfen von Albert. Ist er hier?«

»Ja«, sagte ein dünner, älterer Mann und erhob sich.

»Herbert, wann hast du ... wann habt Ihr den toten Schmied gefunden?«

»Herr Richter, das muss wohl so eine Stunde vor Mitternacht gewesen sein. Wie Ihr wisst, wohne ich in dem Anbau neben der Schmiede. Ich hatte mich schon zum Schlafen niedergelegt, da fiel mir ein, dass ich meine Jacke in der Werkstatt vergessen hatte. Die wollte ich schnell holen.«

»Warum hatte das nicht Zeit bis zum nächsten Morgen?«

»Weil ... weil ... ich etwas in der Jacke hatte, das ich brauchte«, stotterte der Gehilfe.

Ein paar Männer, die ihn kannten, lachten und einer rief: »Deine Flasche mit Rum wird darin gewesen sein!«

Jetzt lachten noch mehr, bis der Bürgermeister mit einem schweren Krug auf den Tisch haute und »Ruhe!« schrie.

Miro verstand gar nichts mehr. Da war soeben ein Mensch ermordet worden, ein Mensch, den alle im Dorf kannten, und diese Gesellen lachten lauthals über einen billigen Witz.

»Wie habt Ihr den toten Schmied vorgefunden?«, fragte der Bürgermeister und Richter weiter.

»Er lag auf dem Bauch in seinem Blut, mitten in der Werkstatt.«

»Also sah es so aus, als ob er noch nicht lange da gelegen habe?«

Miro war sofort klar, was der Bürgermeister mit dieser Frage beabsichtigte, aber Herbert war glücklicherweise zu einfältig, um es zu erkennen.

»Das weiß ich nicht«, sagte er und blickte Herrn Ruprecht ratlos an. »Wer soll sowas wissen?«

»Es gibt Heiler, die können das sehen«, meldete sich einer der Zuschauer.

Der Bürgermeister schüttelte den Kopf. »Aber hier in Wiesdorf lebt keiner. Was ist noch gestohlen worden, außer dem Dolch?«

Herbert, an den die Frage gerichtet war, zuckte mit den Schultern. »Das weiß ich nicht.«

»Dann geh rasch los und schau in der Wohnung und Werkstatt nach!«

Herbert war offensichtlich froh, aus dem Verhör entlassen zu werden und eilte aus der Schankstube.

Der Bürgermeister wandte sich nun wieder Miro zu. »Ihr seid Musiker, sagt Ihr. Wie könnt Ihr davon leben?«

Miro spürte, dass diese Frage für ihn verderblich werden könnte. Nach kurzem Zögern sagte er: »Es geht ganz gut, ich reise herum und spiele auf Festen und Feiern, Hochzeiten und Trauerfeiern.«

»Da kann er ja gleich zu Alberts Beerdigung spielen«, rief einer der Männer, die ihn vorhin festgehalten hatten.

Ein anderer meinte: »Und dann zu seiner eigenen.«

Wieder lachten einige der Zuschauer.

»Ruhe, sage ich!!«, schrie der Bürgermeister und haute wieder mit dem Krug auf den Tisch, aber Miro war es, als ob es um seine Mundwinkel verdächtig zuckte.

»Das heißt, Ihr kommt gerade so über die Runden als Musiker?«, setzte der Bürgermeister das Verhör fort.

»Ich ... ich habe nur wenige Ansprüche. Ich brauche nicht viel zum Leben.«

»Aber wenn Euch ein Haufen Taler in den Schoß fallen würde, wäre das schon schön, nicht wahr?«

»Was wollt Ihr damit sagen?«, begehrte Miro auf. »Ich bin unschuldig, ich habe den Schmied nicht ermordet! Ich habe ihn überhaupt nie gesehen!«

»Das wird das Gericht feststellen, nicht Ihr«, sagte der Bürgermeister eiskalt. »Ich hörte, dass Ihr versucht habt zu fliehen. Warum – wenn Ihr doch unschuldig seid?«

»Weil ich Angst bekam, ich konnte nicht klar denken«, verteidigte Miro sich.

»Alles, was Ihr sagt, klingt nicht sehr glaubwürdig. Der angebliche Mann im Wald, wie sah der denn aus?«

»Er war ungefähr so groß wie ich, hatte rote Haare und eine Narbe auf der rechten Wange.« Miro zeigte auf seine Wange, um seine Beschreibung zu verdeutlichen.

»Hat jemand so einen Mann hier gesehen?«, fragte der Richter in die Runde.

Zu Miros Enttäuschung meldete sich niemand, einige schüttelten den Kopf oder zuckten mit den Schultern.

»Ich glaube immer mehr, dass Euer seltsamer Mann im Wald eine reine Erfindung ist«, sagte der Bürgermeister und Miro sah, dass wieder einige von den Zuschauern grinsten. Für sie schien das alles nur ein unterhaltsames Spektakel zu sein. Dass ein Mensch tot war und das Leben eines anderen bedroht, schien sie nicht zu berühren.

»Er ist keine Erfindung! Und irgendwer muss ihn auch gesehen haben, denn er war bei Eurem Schmied.«

Der Bürgermeister wollte gerade antworten, als Herbert wieder in den Schankraum kam. Er nahm den Hut ab und sagte keuchend: »Ich habe überall nachgeschaut. Ein paar Schubladen sahen aus, als wären sie durchwühlt worden, aber ich weiß nicht, ob etwas fehlt, denn ich weiß nicht, was Albert alles in der Werkstatt aufbewahrt hatte.«

»Warum hast du dann überhaupt nachgesehen?«, fragte der Richter verwundert.

»Na, weil Ihr mich geschickt habt!«, sagte Herbert und zuckte mit den Schultern.

Wieder war leises Lachen unter den Zuschauern zu hören.

»Wir werden wohl auf Alberts Frau warten müssen. Die weiß bestimmt, ob was fehlt«, fügte Herbert hinzu.

»Das entscheidet immer noch das Gericht«, brummte der Bürgermeister und Richter. Ihm schien der Verlauf der Verhandlung nicht so recht zu gefallen. Aber er musste sich eingestehen, dass der trottelige Herbert recht hatte. Nur die Frau des ermordeten Schmieds konnte bezeugen, was gestohlen war.

»Also, wir vertagen die Verhandlung. Wir schicken einen Boten nach Halberstedt, um Alberts Frau zu holen. Weiß jemand, wo die Schwester wohnt?«

Ein Mann meldete sich und bot an, noch heute loszureiten.

Der Richter schlug wieder mit dem Krug auf den Tisch und verkündete: »Schluss für heute! Der Angeklagte wird in der Zelle unter dem Mondhaus eingesperrt, bis die Frau von Albert hier ist und wir die Verhandlung fortsetzen können.«

Die nächsten drei Tage schmorte Miro in einer kleinen, dunklen Zelle im Keller des Mondhauses. Es war feucht und kalt und roch modrig. Er war völlig verzweifelt. Eingesperrt zu sein, war eine neue Erfahrung für ihn. Er fühlte sich verloren und von der ganzen Erdenwelt verlassen.

Hinzu kam, dass ihm im schlimmsten Fall sogar die Hinrichtung drohte. Die Angst davor legte sich wie ein stählerner Ring um seine Brust und nahm ihm fast den Atem. Das konnte doch nicht sein, sie konnten ihn doch nicht einfach ohne eindeutigen Beweis hinrichten! Er wollte es nicht glauben, und doch musste er sich immer mehr eingestehen, dass es geschehen konnte.

Seine Hoffnung klammerte sich verzweifelt an die Ehefrau des ermordeten Schmieds. Aber selbst wenn sie kein bösartiger Mensch war, so war sie doch die Letzte, von der er Mitleid erwarten durfte, denn in ihren Augen war er sicherlich der Mörder ihres Mannes.

Was wäre, wenn sie aussagen würde, dass nichts Wertvolles fehlte? Würde ihn das nicht entlasten? Aber er musste einsehen, dass das unwahrscheinlich war, denn er war sich inzwischen sicher, dass jener rothaarige Mann im Wald der Mörder des Schmieds war. Und bestimmt hatte er ihm nicht nur den Dolch gestohlen.

Miro legte sich alle möglichen Verteidigungsstrategien zurecht. Was wäre am glaubwürdigsten, was würde den Richter am ehesten von seiner Unschuld überzeugen? Oder sollte er vielleicht doch noch einmal einen Fluchtversuch wagen, dann wenn sie ihn wieder zum Richter brachten? Aber das war verrückt. Selbst wenn es ihm gelingen sollte, würden sie ihn in kurzer Zeit mit Pferden und Hunden wieder eingefangen haben. Und wieder würde es als Eingeständnis seiner Schuld gesehen werden.

Oder vielleicht würde sich doch noch jemand im Dorf finden, der den rothaarigen Mann mit der Narbe gesehen hatte? Irgendwer musste ihn doch gesehen haben! Ja, genau, darauf würde er pochen. Der Richter musste wirklich alle Bewohner des Dorfes befragen! Bislang waren nur die Zuschauer in der Schankstube gefragt worden.

Dass der Mörder zurück nach Wiesdorf kam, war ziemlich ausgeschlossen. Und auch wenn ihn jemand irgendwann im Seenland erkennen sollte, dann war es für ihn selbst sicher schon zu spät. Also blieb nur die vage Hoffnung, dass die Aussage von Alberts Witwe ihn auf irgendeine wundersame Weise entlasten würde.

Zweimal am Tag warf ihm einer der beiden Männer aus dem Dorf, die jetzt seine Wärter waren, ein Stück Brot und ein Stück Käse in die Zelle, einmal auch einen angefaulten Apfel. Am Morgen bekam er einen Krug mit Wasser, das er sich einteilen musste.

Er wusste nicht mehr, wann es Tag oder Nacht war, es war immer dunkel um ihn. Nur ein wenig Licht fiel durch einen kleinen Spalt unter der Gefängnistür in seine Zelle, vermutlich von Öllampen draußen im Gang.

Irgendwann waren drei Tage vorüber, doch Miro hätte nicht sagen können, ob es drei oder zehn Tage gewesen waren. Er war zunehmend in einen geistigen Dämmerzustand gefallen, der jedes Zeitgefühl in ihm betäubte und eine Apathie hervorrief, die ihn fast gleichgültig gegenüber seinem weiteren Schicksal werden ließ. Würde er überhaupt noch in der Lage sein, sich angemessen verteidigen zu können? Und würde man seine gebrochene Widerstandskraft auch gegen ihn auslegen? So als habe er sich in sein gerechtes Los ergeben.

»Los! Aufstehen und mitkommen!« Die raue Stimme des Wärters fiel mit dem lauten Hämmern an die Tür der Gefängniszelle zusammen. Miro schrak hoch und versuchte, sich zu orientieren. Anscheinend sollte die Verhandlung weitergehen.

Er raffte sich mühsam auf. Die drei Tage hatten ausgereicht, dass er sich wie ein alter Mann fühlte. Ihm taten alle Glieder weh und beim Aufstehen wurde ihm schwindlig. Er stolperte der Zellentür entgegen, die sich nun knarrend öffnete. Das Licht der Öllampen blendete ihn und er musste für einen Moment die Augen schließen. Im Gang warteten die beiden Wärter auf ihn. Sie nahmen ihn in die Mitte und führten ihn die Treppe nach oben.

Kurze Zeit später fand sich Miro in der zum Gerichtssaal umfunktionierten Schankstube wieder. Erneut saß er schräg vor dem Richter, der ihm noch grimmiger erschien als zuletzt und der nun mit gewichtiger Stimme verkündete: »Miro Bergano, Ihr seid des Mordes an dem Schmied Albert Kortmann angeklagt. Wir haben in den letzten Tagen alle Bewohner von Wiesdorf befragt. Niemand hat hier einen rothaarigen Mann mit Narbe gesehen.«

Bei diesen Worten erwachte Miro aus seiner Apathie. Seine größte Hoffnung war damit geschwunden. Er konnte nicht begreifen, dass keiner den Rothaarigen gesehen hatte.

»Als letzte Zeugin hören wir jetzt die Witwe von Albert, Gudrun Kortmann«, fuhr der Richter fort.

Daraufhin stand eine ältere Frau auf und nahm auf einem Stuhl gegenüber von Miro Platz. Sie vermied es, ihn direkt anzusehen.

»Gudrun Kortmann, Ihr habt bestätigt, dass der Ermordete Euer Ehemann war. Habt Ihr herausfinden können, ob in der Werkstatt etwas entwendet wurde?«, fragte der Richter.

Die Angesprochene schaute kurz ins Publikum und wandte sich dann wieder an den Richter: »Ja, Herr Ruprecht, ich meine Herr Richter. Albert hatte eine geheime Schublade unter der Werkbank, in der er immer eine gute Summe an Silberlingen und Talern aufbewahrte. Manchmal bezahlten seine Kunden teure Schwerter oder Dolche mit Goldstücken, und dann brauchte Albert etwas zum Herausgeben. Diese Schublade war jetzt leer. Außerdem waren weitere Schubladen und Schränke durchwühlt. Der Mörder hat darin aber nichts Wertvolles mehr gefunden, glaube ich. Auch in unser Wohnhaus ist er nicht eingedrungen.«

Frau Kortmann schaute jetzt zum ersten Mal Miro an, mit einem bitterbösen Blick, der ihn wie ein Messerstich traf. Für sie schien kein Zweifel daran zu bestehen, dass er der Mörder ihres Mannes war.

»Und könnt Ihr bezeugen, dass dieser Dolch Eurem Ehemann gehörte?« Der Richter hielt den besagten Dolch hoch.

»Das ist Alberts Dolch. Daran besteht kein Zweifel.«

»Aber ich hatte doch fast nichts bei mir! Ihr habt all meine Sachen durchsucht! Habt Ihr mehr als ein paar Münzen gefunden?«, rief Miro laut.

»Nein. Ihr werdet sie irgendwo versteckt oder vergraben haben, um sie Euch dann später zu holen.«

»Aber dann wäre ich doch sogleich geflohen. Wenn ich den Schmied ermordet hätte, wäre ich doch unmöglich wieder zurück in das Gasthaus gegangen!«

»Vielleicht gerade, um nicht in Verdacht zu geraten. Wenn Ihr in der Nacht verschwunden wärt, wäre sofort der Verdacht auf Euch gefallen und wir hätten überall nach Euch gesucht«, wandte der Richter unerbittlich ein.

»Aber dann hätte ich doch niemals den Dolch aus meinem Beutel genommen, sodass Ihr ihn sehen konntet«, flehte Miro und schaute in die Zuschauer, unter denen auch die Männer saßen, die ihn festgenommen hatten.

»Da wart Ihr eben für einen Moment zu sicher oder auch zu leichtsinnig. Nein, alles spricht für Euch als den Mörder von Albert Kortmann«, sagte der Richter mit einer Ruhe in der Stimme, die noch schrecklicher war, denn Miro musste nun endgültig erkennen, dass es keine Hoffnung mehr gab.

»Ihr seid hiermit zum Tode durch den Strang verurteilt. Das Urteil wird morgen Vormittag auf dem Dorfplatz vollstreckt. Die Verhandlung ist beendet.« Zur Bekräftigung schlug der Richter noch einmal mit dem Krug auf den Tisch. Der Knall ging Miro durch Mark und Bein, während die Zuschauer lautstark johlend Beifall zollten.

Familienbande

Friedmann saß auf dem Pflug, den er hinter zwei seiner Pferde gespannt hatte. Ihr braunes Fell dampfte bereits, denn sie zogen schon seit einer halben Stunde tiefe Furchen in den Boden, Bahn um Bahn. Er liebte diesen Duft von frisch aufgewühlter, feuchter Erde.

Seine Pferde musste er kaum lenken, sie kannten ihre Arbeit. Und so blickte er über das Feld zu seinem Bauernhof, über dem die Sonne schon niedrig stand und die die Landschaft in ein weiches und warmes Licht hüllte. Das ist mein Leben, sinnierte er, dieser Bauernhof mit meiner Familie. Er spürte, wie ein tiefes Glücksgefühl in ihm aufstieg.

Seine Venia war, nachdem sie ihm in die Arme geflogen war, wieder offen und ihm zugewandt. Während die Vollmonde vergingen, wich auch zunehmend der manchmal noch ernste und nachdenkliche Zug aus ihrem Gesicht. Mit ganzer Leidenschaft verfolgte sie ihre Ausbildung zur Lehrerin, traf sich mit ihren Freundinnen, kam weiterhin am Markttag mit nach Meerstadt, um sich in ihrer geliebten Bibliothek noch immer neugierig durch Bücher über Bücher zu lesen. Er genoss die Fahrten mit ihr, weil sie dann viel Zeit miteinander hatten.

Auch schrieb sie wieder viel, wobei sie sagte, es sei ihr Tagebuch und nur für sie. Aber mit 17 war es normal, nicht mehr alles mit den Eltern zu teilen. Sie wurde allmählich erwachsen. Die Geschichten, die sie als Kind geschrieben hatte, entsprachen jetzt nicht mehr ihrem Alter. Vielleicht würde sie tatsächlich irgendwann Bücher schreiben? Davon träumte sie seit Kindertagen, und er wünschte ihr die Erfüllung all ihrer Träume.

Er war sehr stolz auf sie. Sie war eine wundervolle Tochter und wie sie die ganze Wahrheit verkraftet hatte, das berührte ihn zutiefst. Lilia war ihr eine große Hilfe gewesen und ihr Vertrauen in den rechten Augenblick hatte sich als richtig erwiesen. Er hatte große Angst vor diesem Tag gehabt und gehofft, dass er nie kommen würde. Doch nun war er vorüber und sie hatten es zusammen geschafft. Jetzt konnte seine kleine Familie nichts mehr auseinanderbringen.

Er lächelte und lenkte die Pferde am Ende des Feldes zur Kehrtwende. Nur noch zwei Bahnen, dachte er, dann bin ich fertig für heute.

Seine Eltern hatte er am Morgen mit dem Pferdekarren nach Redina gebracht, einem Dorf eine Stunde flussabwärts. Dort besuchten sie ein paar Mal im Jahr für einige Tage seinen Bruder Theobald mit seiner Familie, der dort eine Schusterei betrieb. Venia, Lilia und er wollten am Abend Karten spielen. Er freute sich auf seine beiden.

Lilia kam ihm im Flur entgegen. Sie nahmen einander fest in den Arm und küssten sich, wie immer, wenn sie sich ein paar Stunden nicht gesehen hatten.

»Wie war dein Tag auf dem Feld, mein Liebster?«

»Gut, ich habe das ganze Feld gepflügt, der Boden war nicht widerspenstig, weil er nicht völlig ausgetrocknet war. Und dein Tag?«

»Auch gut, ich habe zwei Hosen fertigbekommen und eine Stoffbahn gefärbt.«

»Schön, Liebste. Ist Venia da?«

»Ja, sie sitzt in ihrem Zimmer und schreibt, wollte aber gleich herunterkommen zum Abendbrot und unserem Kartenspiel.«

»Ich gehe mich schnell noch waschen, ich bin verschwitzt.«

»Und ich bereite schon das Abendessen.«

Er küsste sie nochmals zärtlich auf den Mund und verschwand in der Schlafstube, aus der er frische Kleidung holte. Dann suchte er den kleinen Raum neben der Küche auf, der mit einem

Waschzuber ausgestattet war und in dem immer einige Eimer Wasser standen. Lilia deckte in dieser Zeit den Abendbrottisch und legte den Kartenstapel bereit, wenn sie auch wusste, dass sie ihn heute nicht anrühren würden.

»Ma, ich wollte dir doch beim Tischdecken helfen.« Venia griff nach dem heißen Kessel auf dem Herd und nahm Lilia die Teekanne aus der Hand, die sie gerade mit heißem Wasser befüllen wollte.

»Schon gut, Venia, du hast ja noch geschrieben.«

»Ja, ich habe nach Sätzen gesucht, wie wir es Pa nachher am besten sagen können, aber ich war nicht sehr einfallsreich. Ich habe es aufgeben.«

»Wir sagen es einfach, wie es uns kommt. Es wird so oder so schwierig«, meinte Lilia und fragte: »Hast du Angst?«

»Ja … und du?«

»Ich auch.«

Sie nahmen einander in die Arme. Sie hatten nach einem Tag Ausschau gehalten, der ihnen für ihr Vorhaben passend erschien, und waren sich einig, dass es heute sein sollte.

»Wie schön, euch so zu sehen.« Friedmann stand in der Küchentür und lächelte die beiden an.

Sie lösten sich voneinander und alle setzten sich an den gedeckten Küchentisch. Frisches Brot war aufgeschnitten. Dazu gab es Butter, Schinken, Ziegenkäse und Tomatenscheiben mit Zwiebelringen, aber auch eine Auswahl an selbstgemachten Marmeladen.

Sie redeten über dies und das, doch Friedmann fiel auf, dass seine beiden Frauen sich nicht so ausgelassen mitteilten wie sonst. Venia stand schon bald auf und begann den Tisch abzuräumen, obwohl er noch an seinem letzten Bissen Schinkenbrot kaute. Er wollte gerade etwas dazu sagen, da stand auch Lilia auf und half ihr. Sie hatten es wohl eilig. Auch der Kartenstapel lag schon bereit.

Als sein letzter Bissen heruntergeschluckt und sein Teller sofort abgeräumt worden war, saßen sie beide wieder am Tisch und sahen ihn schweigend an.

»Was ist los?«, fragte er.

»Wir wollen dir etwas sagen«, begann Lilia.

»Es wird nicht leicht, Pa«, fügte Venia hinzu.

Erstaunt schaute er beide an und dann huschte Besorgnis über sein Gesicht.

Lilia gab sich einen Ruck. »Friedmann, wir wissen, wer Venias leiblicher Vater ist.«

Stille durchzog die Küche. Dann atmete Friedmann hörbar ein und wiederholte, um sicher zu gehen, dass er es richtig verstanden hatte: »Ihr wisst, wer Venias leiblicher Vater ist?«

Sie nickten.

»Woher? Ist er wieder da?« Er schaute Lilia an.

»Ja, er ist da.«

Friedmann sprang auf. »Wo ist er? In Friedweiler?«

»Ja«, sagte Venia.

»Wo? Wer? Hat er euch bedroht?« Sein ganzer Körper stand unter Spannung.

»Nein, er hat uns nicht bedroht. Setz dich bitte wieder, Liebster«, sagte Lilia sanft. »Wir erzählen es dir in Ruhe.«

»Ich bringe ihn um!«, stieß Friedmann aus, bevor er sich dazu durchrang, sich wieder zu setzen, ganz vorne auf die Stuhlkante.

»Pa, wir wollen nicht, dass du ihn umbringst.«

»Venia, was er deiner Ma angetan hat, war furchtbar, das muss bestraft ...«

»Ja, Pa«, unterbrach ihn Venia, »es war furchtbar, aber er ... er ist auch ... mein Vater, so wie du mein Vater bist.«

Wiederum sprang Friedmann auf und schaute mit weit aufgerissenen Augen Venia an, während er rief: »Er ist nicht dein Vater, nicht wirklich!«

Lilia erhob sich und ging langsam um den Tisch herum zu Friedmann. Sie berührte ihn am Oberarm und führte ihn behutsam wieder zum Stuhl. »Setz dich bitte und höre uns weiter zu.«

»Aber Lilia, hast du gehört, was Venia sagte? Sie nennt diese Bestie Vater!«, empörte er sich, während er widerstrebend zurück auf die Stuhlkante sank. Auch Lilia ließ sich wieder auf ihrem Stuhl nieder.

»Ja, das habe ich gehört. Und er hat einen großen Fehler damals gemacht, aber er ist keine Bestie.«

Friedmann schüttelte verständnislos den Kopf. »Ich weiß ja, dass du anders bist, Lilia, und dass du das damals auf ganz besondere Art verarbeitet hast. Aber wenn er wieder da ist, was will er? Wird er wieder Unheil anrichten? Hat er all die Jahre irgendwo anders Unheil angerichtet? Wir müssen ihn stoppen!«

»Wir brauchen ihn nicht zu stoppen. Er ist ein anderer, ein guter Mensch geworden«, sprach Venia bedächtig.

»Woher willst du das wissen?«, fauchte Friedmann. Er konnte es nicht fassen, wie milde Venia mit diesem Nötiger zu sein schien. War sie vollkommen verblendet? Und was er dann hörte, ließ ihn das tatsächlich glauben.

»Weil ich ihn gut kenne!«

»Was??« Zum dritten Mal sprang Friedmann auf und lief nun in der Küche auf und ab, während die Worte aus ihm herausbrachen: »Du kennst ihn gut?? Woher willst du ihn gut kennen??«

»Friedmann«, schaltete sich Lilia wieder ein, »bitte, ich verstehe deine Aufregung, und wir hatten genau deshalb große Angst und Sorge, es dir zu sagen, aber wir wollten es nicht länger nur unser Geheimnis sein lassen. Wir sind eine Familie und wir wollen es mit dir teilen. Aber uns ist ganz wichtig, dass du nichts ohne uns unternimmst und bitte unseren Umgang damit unterstützt.«

»Euren Umgang?? Was ist denn euer Umgang mit diesem ... diesem ... Monster?« Er lief weiter mit geballten Fäusten auf und ab.

»Wir müssen es ihm jetzt sagen, Ma, oder?«

Lilia nickte. Friedmann blieb stehen und schaute von einer zur anderen. »Was müsst ihr mir sagen? Was noch??«

»Wer es ist«, sagte Lilia.

»Ja, wer ist es??«

»Pa, bitte versprich uns, dass du ihm nichts tust und ihn auch nicht verrätst! Bitte, wir wollen es so.«

»Ihn nicht verraten? ... Ihn nicht verraten?? ... Soll er ungestraft davonkommen?«

»Er ist nicht ungestraft davongekommen. Er hat jahrelang unter seiner Tat gelitten und er wollte sich stellen, doch ich habe ihn davon abgehalten.«

»Du ...« Friedmann versagte die Stimme. Er starrte Lilia an und sein Mund ging mehrmals tonlos auf und zu, bis er wieder Worte fand. »Du hast ihn abgehalten? Du hast mit ihm gesprochen? Wer ist es? Wo ist er?«

»Liebster, bitte versprich uns, dass du ihm nichts tust und ihn nicht verrätst«, wiederholte Lilia Venias Worte und fügte hinzu: »Du darfst ihn an niemanden verraten, auch nicht an Freunde oder deine Eltern. Bitte versprich uns das! Dann sagen wir dir, wer es ist, und du wirst uns verstehen.«

Lilia und Venia sahen ihn flehend an. Sein Herz war so verzweifelt und doch so voller Liebe für diese beiden Menschen, dass er nach einigem inneren Ringen langsam zu nicken begann. »Also gut. Ich werde nichts ohne euer Einverständnis tun.«

»Wirklich, Pa? Ganz fest versprochen?«, fragte Venia nach.

Er sah ihr in die Augen, senkte dann den Blick und antwortete gequält: »Ja, versprochen.«

Venia schaute ihre Mutter an: »Sag du es ihm!«

Lilia stand auf und ging zu Friedmann, der noch immer mitten in der Küche stand. Er wirkte noch sehr angespannt, aber etwas ruhiger. Doch gleich würde sich dies wieder ändern, das wusste sie. Daher nahm sie seine Hände in die ihren, sah ihm in die Augen und begann langsam und ruhig zu sprechen: »Liebster, du bleibst Venias Vater und sie liebt dich als ihren Vater. Ihr leiblicher Vater ist jemand, der inzwischen schon eine Weile in Friedweiler lebt und der Venia ebenso liebt und alles für sie tun würde. Und auch Venia mag ihn sehr. Ich habe ihr gesagt, wer es ist, als sie vor einigen Vollmonden nach ihrer Zeugung fragte. Und es war auch für sie ein großer Schock. Ich musste mich damals erst um sie kümmern. Nun ist sie wieder stabil und daher möchten wir, dass du es nun auch weißt, weil wir keine Geheimnisse mehr in unserer Familie haben möchten.«

Sie hielt kurz inne, denn Friedmann sah sie nur wie durch einen Schleier hindurch an. Es schien, als würden ihre Worte nicht zu ihm durchdringen. Daher fragte sie: »Hast du gehört, was ich dir sagte?«

Er nickte langsam und wiederholte leise und fassungslos: »Er lebt schon eine Weile in Friedweiler? Er und Venia kennen und mögen sich? Ihr hattet ein Geheimnis vor mir?«

»Ja, Friedmann, so ist es. Es ist …« Lilia sah zu Venia und diese beendete ihren Satz. »Rodolf.«

Stille – starr und abwartend.

Friedmann rührte sich nicht. Dann flüsterte er: »Rodolf?«

Lilia und Venia nickten.

Und nun stürmten Gefühle und Gedanken auf Friedmann ein, die ihn in ein inneres Chaos stürzten. Rodolf, der damals auf dem Dorffest mit Lilia getanzt hatte, der nach Jahren wiedergekommen war? Bei dem Venia seitdem ein und aus ging? Der immer so nett und hilfsbereit war? Der war die Bestie? Das Monster? Der Nötiger? Lilia hatte es all die Jahre …

»Du hast es immer gewusst, dass es Rodolf war?«

»Ja«, sagte Lilia, »er war gleich danach fort und ich wollte nicht, dass wegen mir jemand sterben muss und so vergingen zwei Tage, an denen ich mit mir rang …«

Friedmann machte sich von ihren Händen los und trat einen Schritt von ihr zurück.

»Er wäre nicht wegen dir hingerichtet worden, sondern wegen seines Vergehens an dir!«

»Ich will es nicht. Niemand hat das Recht, über Leben und Tod zu entscheiden. Und als er wiederkam, war er verändert. Er war nicht mehr überheblich und er war voller Reue. Und er hat zum Glück nie eine weitere Frau genötigt.«

»Woher willst du das wissen? Wer so was einmal macht, macht es auch ein zweites und drittes Mal!«

»Die Angst hatte ich auch, aber er versicherte es mir glaubhaft.«

»Pffff! Ich fasse es nicht!« Friedmann sah Lilia kopfschüttelnd an. »Warum hast du es mir nie gesagt, dass es Rodolf war? Du hast gesagt, du wüsstest nicht, wer es gewesen war, es sei ein Fremder gewesen.«

»Ja, damals schien es mir am besten so. Du und ich waren noch nicht zusammen und du hast damals schon gesagt, du würdest ihn umbringen. Und ich musste erstmal selbst damit klarkommen. Marta und Artur halfen mir dabei, wie du weißt, und nur sie wussten, dass es Rodolf war und hielten dicht. Er war längst weit fort und untergetaucht und wir waren uns sicher, dass er nie mehr zurückkäme. Und dann halfen sie auch ihm, als er nach Jahren als ein anderer wieder nach Friedweiler kam, seine Schuld abzulegen und ein guter Mensch zu werden.«

Friedmann schüttelte wiederum den Kopf, ihm schossen jetzt die Tränen in die Augen. »Ich begreife das alles nicht. Du hast mir nicht die Wahrheit gesagt, all die Jahre nicht. Nicht mal, als Rodolf zurückkam. Wir haben so oft darüber gesprochen, wie und wann wir es Venia sagen. Und ich dachte, zwischen uns gibt es keine Geheimnisse. Selbst Venia weiß es nun auch schon eine Weile, aber mir sagst du es erst jetzt?«

Auch Lilia kamen nun die Tränen. »Es tut mir so leid, ich wollte dich nie verletzen, aber ich wusste es nicht besser und konnte nicht anders. Als Rodolf fort war und wir unser Leben mit Venia begannen, war alles so schön. Für unsere Familie spielte Rodolf keine Rolle. Ich hätte nie gedacht, ihn jemals wiederzusehen. Als er wiederkam, musste ich erstmal einen Weg für mich finden und sehen, wohin das alles führen würde.«

Venia stand auf und ging zu ihren Eltern. »Ma, Pa, es ist alles gut.«

Lilia nahm ihre Tochter in den Arm und streckte auch nach Friedmann eine Hand aus. Doch er wandte sich ab und ging ein paar Schritte zur Küchentür.

»Wo willst du hin?«, fragte Lilia.

»Das ist alles gerade zu viel für mich. Ich gehe ein paar Schritte durch den Wald.«

»Ich komme mit«, sagte Lilia.

»Nein, lass mich allein sein«, erwiderte er. »Bitte!«

Lilia ließ ihn gehen, doch Venia lief ihm nach und hielt ihn an der Haustür am Arm fest.

»Pa?«

»Ja?« Er drehte sich halb zu ihr um. Es war unheimlich, wie ruhig er jetzt äußerlich wirkte, obwohl ihm die Tränen über die Wangen rannen. Doch ohne ein Schniefen oder Schluchzen, nur haltlos und still.

»Pa, darf ich mitkommen?«

»Nein, bitte, lasst mich allein.«

»Hältst du dein Versprechen?«

Er nickte und ging.

Die fortgeschrittene Dämmerung tauchte den dichten Laubwald in ein Halbdunkel. Friedmann musste langsam gehen und gut auf den von Wurzeln übersäten Weg achten. Das ließ sein Gedankenwirrwarr stiller werden und seine Tränen versiegten allmählich. Die frische Luft tat ihr übriges, sodass er wieder klarer im Kopf wurde. Alles Gehörte begann sich in ihm zu sortieren. Zunächst beschäftigte ihn, dass Lilia so lang ein Geheimnis vor ihm gehabt hatte. Er ließ all die wunderbaren Jahre an sich vorbeiziehen.

Sie hatten sich nie ernsthaft gestritten. Das gaben ihre bedächtigen Persönlichkeiten nicht her. Und sie liebten sich so sehr. Zudem gab es einfach keine Anlässe, sich zu streiten. Sie akzeptierten ihre kleinen Angewohnheiten, die sie nicht des Streitens für würdig hielten. Sie lachten lieber gemeinsam darüber.

Zum Beispiel darüber, dass er die Seife nie zurück in die Schale auf dem Sims über dem Badezuber legte, sondern immer zwischen die Eimer auf der Holzbank oder sogar darunter.

Und er neckte sie damit, dass sie ihre halbvollen Kaffee- und Teetassen überall im Haus und auf dem Hof stehenließ, weil ihr noch schnell etwas einfiel, was sie machen wollte. Sogar im Fresstrog der Schweine hatte er mal eine gefunden und sie hatten lachend überlegt, ob die Schweine durch die belebende Wirkung wohl die Nacht durchgemacht hatten.

Heute war es das erste Mal, dass ein Unfrieden zwischen ihnen stand. Jedenfalls von seiner Seite aus. Das fühlte sich furchtbar an und tief im Innern wusste er, dass er nicht wollte, dass dies anhielt. Doch noch war da eine Wunde, war sein Vertrauen verletzt. All die wunderbaren Jahre hatte sie es gewusst und es ihm nicht gesagt. Warum nur? Sie hatte erklärt, dass sie erst für sich einen Weg finden musste. Ja, das verstand er.

Jetzt begann er über sich selbst nachzudenken. Was hätte ich gemacht, wenn ich es eher gewusst hätte? Gleich nach der Tat? Ich hätte ihn vielleicht verfolgt und ... hätte ich ihn wirklich umgebracht? Hm, ich glaube nicht. Ich kann das nicht, jemanden töten. Aber zusammengeschlagen hätte ich ihn und vor das Dorfgericht geschleift, oder? Und dann Hinrichtung? Gegen Lilias Willen? Dann hätte ich Lilia wirklich verloren. Sie sagte mir schon damals, dass sie das nicht will. Er blieb stehen, denn ihm wurde klar, dass er Rodolf wohl verprügelt, aber nichts weiter eingeleitet hätte.

Und wenn ich es gewusst hätte, als Rodolf zurück nach Friedweiler kam, was hätte ich da gemacht? Ich wäre dagegen gewesen, dass er bleiben könnte. Ja, da wäre ich strikt dagegen gewesen und hätte auch nicht gewollt, dass Venia zu ihm geht.

Und nun fiel ihm etwas ein. Oh Ewiger, ich habe Rodolf und Venia zusammengebracht, damals, als ich das Schreibpult in Auftrag gab! Und Lilia ließ das zu ...

Nun brodelte es wieder in ihm hoch. Er wurde wütend auf Lilia. Wie konnte sie zusehen, dass Rodolf sich Venia annäherte? Er liebe sie sogar, hatte sie gesagt. Nun ja, die beiden pflegten wirklich eine enge Beziehung, das stimmte. Wäre sie entstanden, wenn Venia und ich gewusst hätten, was Rodolf getan hat? Sicher nicht.

Aber ist das nicht abartig? Der Nötiger liebt das Kind seiner Gewalttat? Es schüttelte Friedmann und er dachte weiter: Lilia, Lilia, was bist du für eine Frau, du warst schon immer besonders und deshalb verliebte ich mich in dich, aber dass du so besonders bist, das hätte ich nie für möglich gehalten.

Über diesen Gedanken musste er lächeln und seine Wut auf sie ebbte ab und machte Verwunderung Platz. Unglaublich, Lilia ließ es zu, dass – wie hatte es Venia selbst genannt – dass Venia und Rodolf sich gut kennen? Und deshalb war Venia nun so milde mit ihm? War das wirklich richtig? Und warum hatte Lilia Rodolf nicht einfach weggeschickt, als er wiederkam?

An dieser Frage blieb er nun hängen. Dass Lilia nicht Rodolfs Tod wollte, weil ihr Gewissen es nicht zuließ, das konnte er noch nachvollziehen. Aber mit ihrem Nötiger einträchtig im Dorf zusammenleben und diesem eine Beziehung zu Venia ermöglichen, das musste sie ihm erklären. So kehrte er zum Hof zurück. Gefasst und bereit, mehr zu hören.

Lilia stand am Fenster der Küche und sah ihn kommen. Sie lächelte erleichtert, denn es war nun schon ganz dunkel. Immer wieder hatte sie nach ihm Ausschau gehalten, nachdem sie Venia beruhigt hatte, dass Friedmann schon wiederkommen würde. Er sei von ihr enttäuscht, nicht von Venia. Sie müsse das jetzt mit ihm ausmachen.

Venia und Lilia hatten noch etwas zusammengesessen und darüber gesprochen, dass es gut sei, dass Friedmann es nun wisse und er seine Zeit brauche.

Dann war Venia in ihr Zimmer gegangen und hatte sich auf ihr Bett gelegt. Sie beobachtete das Kommen und Gehen ihrer Gedanken und Gefühle.

Lilia öffnete die Haustür und empfing Friedmann.

»Lass uns reden, Lilia.«

Sie sprachen die halbe Nacht. Lilia erzählte Friedmann nochmals alles von Anfang an – ab dem Tag, an dem Rodolf das erste Mal in Friedweiler aufgetaucht war – und nun ohne jegliches Geheimnis. Friedmann wühlte es noch immer auf, aber er konnte immer besser verstehen, wie es für Lilia gewesen war und wie sich für sie ein Schritt auf den nächsten ergeben hatte.

»Und ist nicht Vergebung und Liebe immer die beste Lösung für alle?«, fragte sie Friedmann schließlich. Nachdem er all das in aller Ausführlichkeit gehört hatte, konnte er ihr nur zustimmen.

»Lass uns ins Bett gehen, Liebste«, sagte er leise, »ich verstehe dich nun.« Da war kein Unfrieden mehr zwischen ihm und ihr. Er hätte sich sonst nicht zur Ruhe legen können. Im Bett umschlang er sie ganz fest, als sie sich an ihn kuschelte und so schliefen sie erschöpft, aber tief verbunden ein.

»Wer klopft da so früh? Und hört nicht auf?«, murmelte Rodolf, als er verschlafen seine Bettdecke zurückschlug. Draußen begann gerade erst die Morgendämmerung und so tastete er sich langsam durch seine halbdunklen Räume. Als er die Werkstatt fast durchquert hatte, klopfte es wieder an der Tür.

»Ja, ja, ich komm ja schon.« Etwas Angst beschlich ihn nun. Sollte er überhaupt öffnen? Er griff im Vorbeigehen nach einem Hammer und war jetzt an der Tür. Er rief laut: »Wer ist da?«

»Hier ist Friedmann. Mach auf, Rodolf!«

Friedmann? Um diese Uhrzeit? Oh Ewiger, war etwas mit Venia? Oder Lilia? Ein Schreck fuhr ihm in die Glieder. Er öffnete schnell die Tür und fragte sogleich: »Was ist passiert?«

»Darf ich hereinkommen?«, wollte Friedmann wissen.

»Natürlich.« Rodolf trat zurück, ließ Friedmann in die Werkstatt und schloss hinter ihm die Tür. Den Hammer legte er auf dem Stuhl daneben ab.

»Ich weiß es jetzt«, eröffnete Friedmann sofort das Gespräch.

Schlagartig war Rodolf klar, worum es ging. Lilia hatte ihm vor kurzem gesagt, sie würden es Friedmann irgendwann in den nächsten Tagen sagen. Mit bangem Gefühl hatte er es abgewartet.

Doch aus dem Schlaf gerissen, hatte er in diesem Moment nicht mehr daran gedacht.

Rodolf zog die Schultern hoch und sein Kopf sackte nach vorne. »Es tut mir sehr leid, dass ich das getan habe, Friedmann.«

»Hm … das berichtete mir Lilia.«

»Ich habe innerlich Buße getan, ich habe mich verändert.«

»Auch das berichtete mir Lilia.«

Sie standen sich im Dunklen gegenüber und sahen voneinander nur ihre Silhouetten.

»Kannst du Licht machen?«

»Ja, sicher.« Rodolf kam in Bewegung und tastete nach der Öllampe auf dem Fensterbrett und der Streichholzschachtel daneben. Flackernd erhellte die Flamme die Werkstatt und ließ Schatten an den Wänden tanzen. Mit einem warmen Schein erleuchtete sie ihre Gesichter. Rodolf wagte einen Blick in Friedmanns Augen. Diese fixierten ihn ohne ein Wimperzucken.

»Was … willst du wissen? Was kann ich tun?«, fragte Rodolf unsicher.

Friedmann zuckte mit den Achseln. Er wusste selbst nicht recht, was er von Rodolf wollte. Er war nur sehr früh aufgewacht und der Gedanke an Rodolf hatte ihn so besetzt, dass er nicht mehr einschlafen konnte. Also war er leise aufgestanden und hatte sich in der Küche einen Kaffee gemacht. Als er an der Tasse nippte, war plötzlich in ihm der Entschluss dagewesen, Rodolf aufzusuchen. Er musste irgendetwas mit ihm machen, etwas mit ihm klären, ihm gegenübertreten mit diesem neuen Wissen.

Nun stand er vor ihm und hatte keine Ahnung, was der nächste Schritt sein würde. Doch dann hörte er sich sagen: »Ich habe Lilia und Venia versprochen, dich nicht zu verraten und daran werde ich mich halten. Aber ich …« Er hielt inne, denn jetzt stieg etwas in ihm auf, was sich erst formen musste. Rodolf wartete, während er unruhig mal zum Boden, mal zu Friedmann schaute.

»Ich habe so eine Wut in mir. Ich kann nicht verstehen, wie du so etwas tun konntest!«, peitschte es dann aus Friedmann heraus.

Und mit diesen Worten erfasste ihn die ganze Wucht der Wut. Er ballte seine Fäuste, die ungelenk neben seinem Körper baumelten. »Ich würde dich am liebsten … am liebsten würde ich dich windelweichprügeln!«

Rodolf war zunächst zusammengezuckt. Aber nun schaute er auf und streckte sich. Etwas in ihm war plötzlich und merkwürdiger Weise froh um diese Worte. Und so antwortete er nur: »Tu es!«

Friedmann schaute ihn irritiert an.

»Ja, Friedmann, tu es, schlag mich!«

Doch da Rodolf keine Abwehrhaltung einnahm, sondern ihn sogar ermutigte, verflachte sich die Welle der Wut in Friedmann bereits wieder. Rodolf bemerkte dies am leichten Öffnen von Friedmanns Fäusten und deshalb legte er mit fester Stimme nach und blickte dabei Friedmann ruhig in die Augen: »Ich habe Lilia sehr wehgetan!«

Mit einer blitzschnellen Bewegung landete Friedmanns geballte Faust auf Rodolfs Wange. Der Aufprall war so hart, dass es ihn zu Boden warf. Friedmann setzte sich rittlings auf ihn, presste mit der einen Hand Rodolfs linke Schulter fest auf dem Boden und holte mit der anderen Hand zum nächsten Faustschlag aus. Doch mitten in der Bewegung hielt er inne. Rodolf leistete noch immer keinerlei Widerstand. Er ließ alles mit sich geschehen.

Ihre Blicke trafen sich und Friedmann sah in Augen, die die Schuld und die Strafe angenommen hatten. Das traf ihn. Er ließ von Rodolf ab und stand auf. Rodolf rappelte sich zum Sitzen hoch, hielt sich aber den Kopf, der ihn sehr zu schmerzen schien.

»Geht es?«, fragte Friedmann.

»Ja.«

»Gut, dann gehe ich jetzt. Es ist alles gesagt.«

Rodolf nickte langsam.

Als Friedmann fort war, kam er wieder auf die Beine und presste sich ein Tuch, das er in kaltes Wasser getränkt hatte, an seine Wange. Sie würde dennoch dick und blau werden. Doch das war das geringste Übel. Es war wirklich merkwürdig, aber er spürte eine Erleichterung durch Friedmanns Fausthieb. Endlich war ihm mal jemand, der davon wusste, nicht nur mit Güte begegnet, die sehr heilsam für ihn gewesen war, sondern hatte auch seiner Wut gut spürbar Ausdruck verliehen. Irgendwie hatte das noch gefehlt: eine körperliche Strafe, einen körperlichen Schmerz für das zu erfahren, was er getan hatte. Wenn es auch ein geringer Schmerz im Vergleich zu dem war, den Lilia hatte aushalten müssen.

Lilia und Venia saßen am Küchentisch, beide noch in ihren Nachthemden, die Morgenmäntel übergeworfen. Lilia hatte irgendwann bemerkt, dass Friedmann nicht mehr neben ihr lag. Sie fand die halbvolle Kaffeetasse auf dem Küchentisch und dachte, dass dies doch eigentlich ihre Eigenart sei. Doch wo war Friedmann? Sie schaute zu Venia ins Zimmer, wodurch auch diese wach wurde.

Nun saßen sie beide am Küchentisch und starrten besorgt die Tasse an. Sie hoben die Köpfe, als sie die Haustür sich öffnen hörten und Friedmann kurz danach zur Küchentür hereinkam.

»Wo bist du gewesen?«, fragte Lilia.

»Bei Rodolf«, antwortete er.

»Pa, was hast du bei Rodolf gemacht?«

»Ich habe ihm eine reingehauen!«

Lilia und Venia riefen erschrocken wie aus einem Mund: »Was??«

»Ich habe ihm eine reingehauen, ihm brummt der Schädel und jetzt ist es gut. Jetzt brauche ich nur noch einen starken Kaffee und ein gutes Frühstück mit euch.«

Lilia und Venia sahen sich entgeistert an und dann brachen sie in ein erleichtertes Lachen aus. Die Familienbande waren nicht gerissen.

Eine dunkle Nacht der Seele

Die folgenden Stunden sollten für Miro zu einem wahnhaften Albtraum aus Angst und Verzweiflung werden. Sie brachten ihn wieder hinab in die dunkle Zelle unter dem Mondhaus. Dort fiel er auf die Knie und begann hemmungslos zu weinen. Ein Gefühl grenzenlosen Selbstmitleids übermannte ihn. Er war doch noch so jung, gerade mal 25! Wie konnte das Schicksal so grausam, so ungerecht zu ihm sein? All seine Pläne, all seine Träume vom Leben, von der Musik, all dies sollte einfach ausgelöscht werden, nur wegen eines lächerlichen Irrtums?

Aber es war nicht einfach nur ein Irrtum, es war das Werk dieses rothaarigen Mannes, der ihm wohlwissentlich den Dolch verkauft hatte, um den Verdacht auf ihn zu lenken. Sein Selbstmitleid wich schlagartig einem abgrundtiefen Hass auf diesen Mann. Wenn er da gewesen wäre, hätte er ihn angeschrien, geschlagen, eigenhändig erwürgt. Aber er war nicht da. Miro war allein mit sich und seiner Angst, die sich wie eine eiskalte Klaue um sein Herz legte und es zu zerquetschen drohte.

Wenn es eine Gerechtigkeit auf dieser Erdenwelt gäbe, dann müsste die Tat des Mörders auf ihn zurückfallen und er müsste auf ewig im Dunkelland schmoren.

Aber eigentlich glaubte Miro nicht an das Dunkelland, mit dem die Mondmänner kleinen Kindern und verzagten Seelen Angst machten.

Er glaubte auch nicht an das Ewigland und an den Ewigen. Und wenn es ihn doch geben sollte, so dachte Miro, dann wäre er ungerecht und grausam. Er sollte von niemandem verehrt werden, wenn er solche Ungerechtigkeit geschehen ließ oder sogar fügte.

Warum nur hatte er dem Rothaarigen diesen verfluchten Dolch abgekauft? Warum hatte er nicht auf die innere Stimme gehört, die ihn vor dem Mann warnte? Und warum war er genau zu dieser Stunde, in diesem Moment an diesem Ort gewesen? Wenn er doch auf jenem Felsbrocken keine Rast gemacht hätte, dann wäre er dem Mann vielleicht nie begegnet.

Wie konnte sich das Schicksal derart gegen ihn verschworen haben? Was hatte er verbrochen, um so bestraft zu werden? Was bedeutete überhaupt Schicksal? War es etwa vorbestimmt, dass er hier in dieser engen Todeszelle landen sollte? Dann hätte er eh nichts dagegen tun können. Oder war es Zufall? Dann hätte es auch anders verlaufen können.

Aber diese Gedanken waren völlig sinnlos. Morgen früh sollte sein junges Leben gewaltsam enden. Er sollte herausgerissen werden aus der Erdenwelt der blühenden Wiesen und duftenden Wälder, der schönen Musik, der fröhlichen Menschen; herausgerissen und hinabgeschleudert in ein kaltes, schwarzes Nichts, das ihn verschlingen würde, als hätte er nie gelebt.

Wen würde es kümmern? Sina würde nicht einmal davon erfahren und wer weiß, ob sie ihn noch betrauern würde. Da war nur seine Ma, die würde ganz sicher um ihn trauern.

Seine Gedanken schweiften zurück nach Farndorf, zu ihrem kleinen Häuschen und zu unbeschwerten Kindheitstagen, an denen er lachend mit Fang durch den Wald tollte. Auch Fang war nun schon lange nicht mehr. Er war eines Tages krank geworden und zwei Tage später lag er einfach tot da. So hatte es ihm seine Ma erzählt, als er wieder mal zu Besuch kam. Sie begrub Fang im Wald, auf einer kleinen Lichtung. Und dann stand Miro an seinem Grab wie bei einem guten alten Freund oder einem Familienangehörigen.

Das Verhältnis zu seiner Ma war immer noch zwiespältig. Sie war seine einzige Verwandte, war stets für ihn da, aber dennoch hatte er weiterhin den Eindruck, dass sie etwas vor ihm verheimlichte. Das ging nun schon seit Jahren so, und er hatte keine Ahnung, was es sein könnte und warum sie es verheimlichte. Vielleicht war da etwas, dessen sie sich schämte. Wie auch immer – er würde es niemals erfahren.

Gleichzeitig tat sie ihm leid, weil sie keinen guten Mann mehr gefunden hatte und allein geblieben war. Er hatte ein schlechtes Gewissen, weil er fortgegangen war, auch wenn er wusste, dass es sein gutes Recht war, sein eigenes Leben zu leben, so wie er es eben wollte.

Er hätte sie so gerne noch einmal gesehen, sie umarmt und ihr gesagt, dass er sie liebe. Es tat ihm unsagbar weh, sich vorzustellen, wie sie erschrecken und wie sie leiden würde, wenn sie von seinem Tod hörte. Würde sie es überhaupt verkraften, auch ihn noch als letzten nahestehenden Menschen zu verlieren?

Doch wie sollte sie von seinem grausamen Schicksal erfahren? Er musste zumindest seinen Peinigern ihren Namen und Wohnort sagen, damit sie vielleicht in einem letzten Akt des Mitleides seine Ma benachrichtigten. Wieder füllten Tränen seine Augen, die in die kalte Dunkelheit seiner Zelle starrten.

Und wieder brachte die Erinnerung viele Bilder aus glücklichen Tagen, als er mit Sina verliebt am Strand entlanglief oder sie eng umschlugen auf seinem Bett lagen. Er sah ihre Grübchen in den Wangen ganz deutlich vor sich, und ihre goldblonden Haare, die in ungezähmten Strähnen über ihre Stirn und ihren Nacken flossen. Der süße Geruch ihrer weichen Haut war ihm auf einmal wieder so gegenwärtig wie schon seit langem nicht mehr.

Er hatte versucht zu verstehen, warum sie ihn verlassen hatte, doch letztlich war es für ihn ein Mysterium geblieben. Die Dinge des Herzens waren nicht berechenbar und nicht planbar. Für die Zeit von wenigen Vollmonden hatte er ein wunderbares Geschenk empfangen und genießen dürfen, dann war es ihm wieder entrissen worden.

Er legte sich in eine Ecke der Zelle, wo ein wenig schmutziges Heu hingeworfen war, und irgendwann musste er doch für einige Zeit eingeschlafen sein, denn ein metallisches Geräusch ließ ihn aufschrecken. Es kam anscheinend draußen vom Gang. Er hörte zwei Männerstimmen, die halblaut einige Worte wechselten, von denen Miro aber nur wenige Fetzen verstand. Offenbar fand gerade ein Wechsel der Wächter statt. Wie spät mochte es jetzt sein? Er hatte jedes Zeitgefühl verloren.

Die Stimmen der Wächter machten ihm wieder unbarmherzig klar, in welcher Lage er sich befand. In wenigen Stunden sollte seine Hinrichtung stattfinden. Der Gedanke daran nahm ihm fast den Atem und ließ eine heftige Übelkeit in ihm aufsteigen. Er beugte sich in eine Ecke und würgte mehrfach, doch es kam außer etwas Wasser und Speichel nichts heraus. Erschöpft sank er in sich zusammen.

Die Hinrichtung drängte sich jetzt in allen ekelhaften Einzelheiten in sein Bewusstsein. Er spürte förmlich das grob gedrehte Seil um seinen Hals, wie es sich zuzog und seine Haut aufscheuerte. Er sah die neugierige Menge, die sich auf dem Dorfplatz versammelt hatte, ihn anglotzte und lüstern seinem Sterben entgegenfieberte. Danach würden sich die Gaffer zerstreuen und jeder würde wieder seinen täglichen Geschäften nachgehen.

Er erinnerte sich an die Geschichten, die er über Hinrichtungen gehört hatte. Manche der Unglückseligen baumelten und zappelten noch eine Zeitlang am Seil, während bei anderen sofort das Genick mit einem lauten Knacken brach und sie erlöst wurden. Und dann entleerte sich die Blase der Gehenkten, für jeden Anwesenden deutlich sichtbar. Bei vielen der hingerichteten Männer kam es kurz danach noch zu einer Erektion. Eine seltsame letzte Reaktion des Körpers, die von den Schaulustigen meist mit höhnischen Bemerkungen bedacht wurde.

Der Tod war Miro so nahe wie noch nie und er fühlte sich schon jetzt kalt und grausam an. Er kam nicht ehrenvoll oder erlösend daher, sondern schlich sich heimtückisch an wie ein elender Mörder, abstoßend und ekelerregend.

Eine Hinrichtung bedeutete immer auch eine totale Entwürdigung des Verurteilten. Deshalb hatte Miro niemals den Wunsch verspürt, solch einem Schauspiel beizuwohnen. Doch jetzt sollte er selbst der Hauptdarsteller in diesem Schmierenstück sein. Und er fühlte sich als ein Opfer. Ein Opfer des verfluchten Rothaarigen, des gnadenlosen Richters, des unbarmherzigen und sinnlosen Schicksals und überhaupt als Opfer des Daseins. Wäre er doch nie geboren worden, dann hätte er nie diese Angst und dieses Leid erfahren müssen!

Auf einmal kam ihm wieder Arvad in den Sinn. Wie hätte der sich jetzt an seiner Stelle verhalten? Hätte er einfach nur sein Innehalten und sein Beobachten der Gedanken geübt? Das kam Miro lächerlich vor. Bei gewöhnlichen Problemen des Lebens mochte es helfen, und das hatte er ja auch schon erlebt, aber jetzt ging es um Leben und Tod! Da halfen keine gedanklichen Übungen und Spielereien. Nein, er musste sich damit auseinandersetzen, dass er in wenigen Stunden, wenn nicht ein Wunder geschah, nicht mehr lebend auf dieser Erdenwelt weilen würde.

Er lag auf dem Rücken, starrte weiter in die Finsternis und versuchte sich vorzustellen, wie das sein mochte – tot zu sein. Würde er im allerletzten Moment, mit dem letzten verzweifelten Atemzug, den Tod als solchen erkennen, bevor er in die Schwärze eines unendlichen Nichts stürzen würde? Immerhin würden dann keine Schmerzen und kein Leid mehr da sein. Keine Hoffnung mehr, aber auch keine Angst. Oder doch? Wer wusste das schon ...

Wie würde es sein, wenn die Erdenwelt ohne ihn wäre; wie, wenn er ohne diese Erdenwelt wäre? Er erinnerte sich an ein kleines Mädchen, das ihm vor Jahren erzählte, dass jeden Abend, wenn sie einschlief, die ganze Welt mit ihr einschlief und erst wieder erwachte, wenn auch sie am Morgen erwachte. Er hatte damals über das Mädchen gelacht, aber jetzt hatte diese kindliche Vorstellung etwas unerklärlich Tröstliches an sich. Vielleicht würde tatsächlich die Welt mit ihm gemeinsam verschwinden und vielleicht würden sie irgendwann wieder gemeinsam erwachen? Warum sollte das nicht möglich sein?

Als Kind hatte er sich oft unmittelbar nach dem Aufwachen gefragt, wo er denn herkäme. Eben noch war er nicht da, war gar nicht wach, und plötzlich war er da, wie aus dem Nichts – und mit ihm seine ihm vertraute Welt.

Urplötzlich überfiel ihn wieder die Todesangst, sie schnürte seine Kehle und seinen Brustkorb zu. Doch diesmal wich er nicht zurück. Er spürte in sich hinein, er wollte dieses schreckliche Gefühl näher kennenlernen, er wollte mit ihm vertraut werden, es durchdringen. Er wollte sich dem grausamen Gefühl stellen, von Angesicht zu Angesicht.

Er schloss die Augen und beobachtete seine Atmung. Immer wieder schienen sich seine Lungen aufzubäumen und verzweifelt um Luft zu ringen. Miro hatte das Gefühl, als hätten seine Lungen ein Eigenleben entwickelt und würden lautlos um ihr Dasein kämpfen. Es war ihm, als würde er danebenstehen und dem unheimlichen, inneren Kampf einfach nur zusehen. Nach kurzer Zeit beruhigte sich seine Atmung und er öffnete wieder die Augen.

Und auf einmal bemerkte er etwas äußerst Seltsames. Dieses Gefühl des kalten Grauens – es war jetzt verschwunden, genauso schnell, wie es gekommen war! Er stutzte. Wie konnte das sein? Da wo eben noch Enge und Schwere war, war nun nichts mehr. Eine sanfte und freundliche Leichtigkeit breitete sich fast unmerklich in ihm aus, als würden winzige Fäden eines warmen, goldenen Lichtes seinen Körper durchströmen. Die Angst war verschwunden, wie ein vergessener Traum einer vergessenen Nacht.

Ihn erfüllte eine Gleichgültigkeit, die sich aber nicht resigniert, sondern friedlich und gütig anfühlte. Was nun mit ihm geschah, war egal. Es war egal, denn alles war, wie es sein sollte und wie es sein durfte.

Tief in sich ahnte er eine Unverletzlichkeit, die jenseits aller Worte und aller Vorstellungen war. Tief in sich war etwas, das kein Richter und kein Henker je berühren konnte. Es war unberührt von der Erdenwelt und von jedem erdenklichen Schicksal. Und nun, hier in dieser kalten und dreckigen Todeszelle, in dieser dunklen Nacht der Seele, – lächelte er.

Mitten im Lärm

Die Sonne stand am Zenit und beschien die kleine Lichtung mitten im Laubwald. Die verschiedensten Gräser waren hochgewachsen und teilten sich die Fläche mit vielen kleinen gelben Glockenblumen. Am Rande standen alte Bäume mit starken Stämmen und mächtigen Blätterkronen, zwischen denen auch junge Bäume wagten emporzuwachsen. Das helle Grün ihrer zarten Blätter war ein schöner Kontrast zu den dunklen saftigen Blättern der alten. Venia liebte dieses Farbenspiel im Sommer, wie sie auch das Herbstbunt liebte oder die kahlen Baumkronen gegen den blauen Winterhimmel. Und wenn im Frühjahr alles wieder zu sprießen begann, war es eine ebensolche Wohltat.

Sie entdeckte die Lichtung einst zufällig, als sie als neunjähriges Mädchen durch den Wald gestromert war, abseits der Wege. Nur ihrem neugierigen Herzen folgend und mit einem Elfenbuch in der Hand. Als sie auf die Lichtung stieß, war es auch Sommer gewesen wie jetzt. Damals wurde sie sogleich von der besonderen Schönheit und Lieblichkeit dieses Ortes verzaubert. Und dieser Zauber hielt noch immer an, so oft sie seither die Lichtung auch aufgesucht hatte.

Langsam war sie damals in die Mitte der Lichtung geschritten. Ja, es war ein andächtiges Schreiten gewesen. Achtsam und leise, um diesen Ort nicht zu entweihen, sondern Teil vom ihm zu werden. Sie hatte sich im Gras niedergelassen und alles eingehend in sich aufgesaugt: das Gelb der Blumenblüten, die Strukturen der Gräser, die Wege der Baumstämme und ihrer Äste in den Himmel, das sanfte Windspiel in ihren Blättern, die Sonnenstrahlen, die sie leuchten ließen, das Summen der Insekten um sie her.

Und dann war da noch etwas. Etwas, was sie nicht gleich benennen konnte. Sie hatte die Augen geschlossen und gewartet, dass es sich ihr zeigen würde, denn es war nichts, was man mit den Augen sehen konnte.

Stille. Es war still gewesen, obwohl die Blätter im Wind raschelten und die Insekten summten. Doch die Stille, die sich über Venia legte, war davon unberührt. Sie legte sich über sie und zugleich stieg sie in ihr auf, aus ihrem tiefsten Inneren. Behütend war sie, sanft und tragend. Damals konnte sie es noch nicht auf diese Weise benennen. Sie versank einfach in allem, während sie dasaß und diese neue Erfahrung genoss.

Dann hatte sie wieder ihre Augen geöffnet und ihr Blick fiel auf das Buch in ihrer Hand. Konnte es einen besseren Ort geben, als hier die Geschichte über die Elfen weiterzulesen? Über diese Naturgeister, die schöne Plätze lieben und den Pflanzen ein gutes Wachstum ermöglichen? Sie sorgen für eine Leichtigkeit an den Orten, an denen sie sich aufhalten. War das hier etwa ein Elfenplatz? War deshalb hier eine so besondere Stille? Es konnte doch kein Zufall sein, dass sie ausgerechnet mit einem Elfenbuch in der Hand auf diese Lichtung gekommen war, oder?

Mit 22 schmunzelte Venia jetzt über ihre damaligen Gedanken. Sie konnte sich noch so gut daran erinnern, als wäre es gestern gewesen, weil es intensive Stunden auf dieser Lichtung gewesen waren. Sie hatte weiter in ihrem Buch gelesen und die Zeit vergessen. Die Elfen wurden damals für sie auf dieser Lichtung Wirklichkeit. Sie tanzten und sangen für sie und versprühten Freude, obwohl alles in diese besondere Stille getaucht war.

Mit einem Sonnenbrand im Nacken und auf ihren Armen war sie nach Hause gekommen und hatte ihrer Mutter sprudelnd von ihren Erlebnissen auf der Elfenlichtung erzählt. Wie immer nahm ihre Mutter sie ernst und sagte, dass das wohl ein ganz besonderer Kraftort sei, nur für sie allein. Und das stimmte. Sie hatte nie den Wunsch verspürt, mit jemandem zusammen die Elfenlichtung aufzusuchen. Sie kam immer allein. Immer dann, wenn sie ganz für sich sein und ohne Grübeleien in der Stille versinken wollte. Sie nahm nie mehr ein Buch mit, denn ein anderes Buch passte hier nicht her. Hier sprach der Ort zu ihr stille Worte.

Auch setzte sie sich nie mehr in die Mitte der Lichtung, denn sie wollte die Gräser nicht niederdrücken. Alles sollte unberührt bleiben. Sie hatte einen Lieblingsplatz unter einer Eiche am Rande der Lichtung gefunden. Der Boden war hier mit weichem Moos bedeckt und sie konnte sich mit Blick auf die Lichtung an den breiten Stamm lehnen und die Stille genießen. Im Winter nahm sie sich ein dickes Kissen mit, damit sie nicht auf dem kalten Boden fror.

Zunächst war ihr die Stille nur mit geschlossenen Augen intensiv wahrnehmbar gewesen. Doch zunehmend übte sie sich darin, sie auch deutlich zu spüren, wenn sie die Augen geöffnet hielt und die Schönheit dieses Ortes betrachtete. Aber dabei lenkte sie immer wieder ein Detail, das in ihr Blickfeld kam, von der Stille ab. Ihre Gedanken kreisten dann um diesen Grashalm, jenen Ast oder folgten einem Insekt. Es musste doch möglich sein, diesen Augenschmaus zu haben und zugleich diese Stille ganz und gar zu erleben? Diese Stille, in der keine Aufgeregtheit war, keine Gedanken um irgendetwas. Diese Stille, die nicht mit den Ohren gehört wurde, sondern ...

Lange forschte sie, womit sie sie eigentlich wahrnahm. Mit dem Herzen? Das kam dem wohl am nächsten, wenn es auch kein Fühlen war. Es war eher eine Anwesenheit. Eine Gegenwart. Eine Präsenz. So nannte sie es inzwischen.

Heute war ihr wieder nach ihrer Elfenlichtung gewesen. Einfach so. Morgen würde sie wieder einmal mit Friedmann auf den Markt nach Meerstadt fahren. Das kam vielleicht noch einmal im Vollmond vor, weil sie die kleine Dorfschule jetzt allein führte.

Bis noch vor einigen Vollmonden teilten sich Frau Dornbusch und Venia die Arbeit und dadurch mussten beide an den schulfreien Tagen nicht allzu viel vorbereiten. Doch Frau Dornbusch hatte sich aufgrund ihres fortgeschrittenen Alters nun zur Ruhe gesetzt und war zu ihrer Tochter nach Begonista am Fluss Tarmund gezogen. Jetzt trug Venia die ganze Verantwortung allein und sie arbeitete viele neue Unterrichtsinhalte aus oder alte um.

In den letzten gemeinsamen Jahren waren Frau Dornbusch und sie nicht immer einer Meinung gewesen, wie sie ihren Schülern etwas beibringen wollten und was ihnen neben dem üblichen Stoff noch alles von Nutzen sein könnte. Venia hatte aus der Bibliothek und ihrem umfangreichen Wissen immer wieder neue Ideen angebracht, denen sich Frau Dornbusch oft nicht mehr öffnen konnte. Doch jetzt konnte Venia alles ganz allein entscheiden.

Diesen Sammeltag hatte sie sich freigehalten, um Friedmann zu helfen. Er musste beim Rathaus seine Erlaubnis zum Verkauf auf dem Markt verlängern lassen. Und das konnte dauern. Er brauchte also jemanden, der in dieser Zeit seine Ware beaufsichtigte und verkaufte. So würde sie keine Zeit für die Bibliothek finden, sondern mitten im Getümmel, Gefeilsche und Geschrei des Marktes sitzen, statt in einer konzentrierten Ruhe Bücher aufzublättern und sich Interessantes für ihren Unterricht herauszuschreiben.

Und am Tag danach wollte Peter mit ihr einen Ausflug machen. Er hatte nicht verraten, wohin es gehen sollte. Sie freute sich darauf und hatte heute nach der Schule schon das Wichtigste für die nächste Woche vorbereitet und sogar noch die Zeit gefunden hierherzukommen.

Sie versenkte sich mit geöffneten Augen nochmals tief in die Stille ihrer Elfenlichtung. Aus dem Augenwinkel nahm sie plötzlich eine Bewegung wahr, erschrak darüber aber nicht. Als sie ihr Gesicht wandte, entdeckte sie ein junges Reh, das auf der anderen Seite der Lichtung am Waldesrand stand. Es verharrte jetzt still, als habe es die Besonderheit dieses Ortes auch wahrgenommen.

Hinter ihm kam seine Mutter zum Vorschein. Sie stupste ihr Kleines sanft mit der Schnauze am Hinterteil an. Da sprang es fröhlich durch das hohe Gras der Lichtung, direkt auf Venia zu, die sich nicht rührte. Die Mutter schritt langsam ihrem Kind nach und beide gingen nur eine Armbreite an Venia vorbei und in den Wald hinter ihr.

Sie sah hier öfter Tieren bei ihrem Leben zu, die sich von ihr nicht gestört fühlten. Hasen, die ihre Ohren in die Stille spitzten, Füchse, die auf der Lichtung von einer Fährte abließen, Igel, die ihre Stacheln einrollten und sich sonnten, Eichhörnchen, die die Äste erkundeten, Marder und Mäuse, die aus ihren Erdlöchern ans Licht kamen. Es landete sogar einmal ein Storch mitten in der Lichtung und schritt bedächtig einher. Venia schien es, er schritt ebenso vorsichtig wie sie damals als Neunjährige. Doch noch nie war eines dieser größeren Tiere ihr so nah gekommen wie diese zwei Rehe. Es beglückte sie und so saß sie noch eine Weile berührt da, bevor sie den Heimweg antrat.

»Was ist eigentlich mit Peter und dir?«, fragte Friedmann.

»Erstmal nichts, Pa, wir lernen uns gerade erst kennen. Ich mag ihn.«

Sie saßen auf dem Pferdekarren Richtung Meerstadt, der mit Holzkisten beladen war, mit allem darin, was der Bauernhof zu dieser Spätsommerzeit hergab: Rüben, Mais, Kartoffeln, Bohnen und Äpfel.

»Ich dachte gleich, als er nach Friedweiler kam, er könnte zu dir passen.«

»Wie kommst du darauf?«

»Er ist gebildet wie du ...«

»Es ist so interessant, was er über seine Forschung berichtet. Er hat schon in den verschiedensten Dörfern des Grünlandes gelebt, immer ein paar Vollmonde lang, um die unterschiedlichen Gesteine dort zu untersuchen. Er kann erkennen, ob sie durch Druck gepresst wurden, aus erkalteter Lava aus dem Erdinneren entstanden oder durch die Witterung stark geprägt wurden. Und wenn er gar Fossilien in oder an ihnen findet, ist das sehr bedeutsam, um sich ein Bild von den damals existierenden Lebensformen zu machen. Er will ein Buch darüber schreiben, wie sich die Gesteine vom Fluss Tarmund im Süden unseres Grünlandes bis zum Grauland im Norden unterscheiden.«

»Aha, aber entschuldige, wen interessiert das?«

»Nun, es ist ein Auftrag der Wissenschaftlichen Akademie in Meerstadt. Sie wollen dadurch in einem weiteren Schritt herausfinden, auf welchem Boden welches Getreide, Gemüse und Obst am besten gedeiht, um dann den Bauern künftig gezielt Empfehlungen für ihren Anbau geben zu können.«

»Das ist allerdings sehr interessant!«

»Sag ich doch, Pa«, lachte Venia.

»Das heißt aber auch, dass er weiterziehen wird?«

»Ja, noch mindestens ein bis zwei Jahre lang.«

»Das ist nicht gut.«

»Pa!«

»Wo kommt er ursprünglich her?«

»Aus Meerstadt.«

»Will er dorthin zurück?«

»Das weiß ich nicht.«

»Meinst du, er könnte sich vorstellen, in Friedweiler zu leben?«

»Pa! Jetzt hör aber auf!«

Friedmann grinste. Er merkte, dass Venia Peter sehr mochte. Sie erzählte oft von ihm. Das hatte sie bei ihren ersten Liebeleien nicht so viel getan. Aus denen dann auch nichts Ernsteres wurde. Mit Roman aus dem Dorf erlebte sie ihren ersten Kuss. Doch bald wusste sie nicht mehr, was sie mit ihm reden sollte, er war eben ein sehr einfaches Gemüt.

Dann kam Jeros, den sie in Meerstadt in der Bibliothek kennengelernt hatte. Das war zunächst vielversprechender. Venia musste jedoch entdecken, dass er sich dem Studium der Sprachen nicht so sehr widmete wie dem der jungen Frauen von Meerstadt. Sie vergoss so manche Träne, bis sie sich von ihm lossagen konnte.

Nun also Peter. Hoffentlich würde es diesmal gut gehen. Doch wie sollte es funktionieren, wenn er immer umherreiste?

»Pa, du musst mir noch die Mindestpreise für unsere Ware sagen, nicht, dass ich mich zu weit herunterhandeln lasse«, riss Venia ihn aus seinen Gedanken.

Friedmann war schon zwei Stunden fort. Es gab immer lange Schlangen am Rathaus. Mit den verschiedensten Belangen kamen die Menschen aus Meerstadt und den umliegenden Dörfern. Sie brauchten Bestätigungen, Beglaubigungen, Beurkundungen und Bescheinigungen für alles Mögliche. Das Rathaus hatte dafür nur zweimal in der Woche geöffnet. Am Sammeltag strömten besonders viele Menschen hin, die wegen des Marktes bereits in der Stadt weilten.

Venia hatte schon so einiges verkauft und auch gute Preise herausgehandelt. Friedmann würde sich freuen. Aber es war sehr anstrengend. So viele Eindrücke, die auf sie niederprasselten, war sie nicht gewohnt. In Friedweiler ging alles entspannter zu, und selbst ihre Schüler schrien in der Pause nicht so herum, wie die Menschen hier, die um die Ware feilschten oder sie bewarben. Jeder wollte den anderen übertönen und unterbieten. Manchmal redeten drei oder vier Menschen gleichzeitig auf sie ein, und während sie die Ware herausgab, zog schon wieder der nächste an ihrem Ärmel, um auf sich aufmerksam zu machen.

Wie Friedmann das nur Woche um Woche und nun schon seit Jahrzehnten schaffte? Sie hatte ihm bereits einige Male ausgeholfen, wenn er etwas erledigen musste, aber dennoch konnte sie sich nicht daran gewöhnen.

Das ist ein heftiger Gegensatz zur Stille meiner Elfenlichtung gestern, dachte sie, als mal ganz kurz tatsächlich niemand etwas von ihr wollte. Es ist nur Lärm, Lärm und Lärm. Und Hektik und …

»Was kosten fünf Gewichte Äpfel bei Euch?«, durchbrach eine Frau mit schriller Stimme Venias Gedanken. Venia zuckte zusammen und musste sich kurz finden. »Drei Silberlinge.«

»Drei Silberlinge? Da werdet Ihr drauf sitzenbleiben. Das gibt es doch nicht. Dort drüben nehmen sie zwei Silberlinge.«

»Dann kauft dort, gute Frau. Unsere sind jedoch besonders saftig. Wollt Ihr ein Stück probieren?«

Venia griff nach dem Blechteller mit den Apfelspalten und reichte ihn der Frau. Diese stopfte sich eine in den Mund und kaute genüsslich.

»Junge Frau, ich hätte gern einen ganzen Sack Bohnen und gebe Euch dafür 30 Silberlinge, abgemacht?«, hörte sie eine aufdringliche Männerstimme sagen.

»Dann gebt mir mal Äpfel für fünf Gewichte«, sagte die Frau zwischen zwei Bissen.

»Ja … nein … ich meine, nein, der Sack kostet 40 Silberlinge. Und ja, ich wiege Euch gleich die Äpfel …« Venia rotierte.

»Sagen wir 35 Silberlinge?«

»Aber nur die schönen roten Äpfel, sonst zahle ich nicht drei Silberlinge dafür.«

»Ja, gut.«

»Das ist ein fairer Preis für die Bohnen.«

»Nein, bei den Bohnen bleibe ich bei 40 Silberlingen. Ich hatte die Frau mit den roten Äpfeln gemeint.«

»Nein, nein, Ihr habt meinem Angebot zugestimmt, ich hatte Euch doch gefragt!«

»Wo bleiben meine Äpfel? Ich habe nicht den ganzen Tag Zeit!«

Entnervt nahm Venia die 35 Silberlinge entgegen, mit denen ihr der Mann vor dem Gesicht herumfuchtelte und überreichte ihm den Sack Bohnen. Selig machte der sich davon.

Dann begann sie die schönsten roten Äpfel auszusuchen, als sie hinter sich schon wieder den Nächsten fragen hörte, wann genau diese Kartoffeln geerntet worden seien und aus welchem Dorf sie stammten. Ihre Anspannung erreichte nun ihren Höchststand. Sie wusste nicht mehr ein noch aus. Könnte es doch bloß einfach still sein. Still, still, still. Wie auf ihrer Lichtung.

Während sie die Äpfel aussortierte, dachte sie an die herrliche Wiese und die stille Begegnung mit den Rehen. Sie reagierte nicht auf die Frage nach den Kartoffeln. Erst als sie die Frau mit den

Äpfeln verabschiedet hatte, nun erstaunlich ruhig und freundlich in der Hektik des Marktes, wandte sie sich dem Frager zu und erklärte ihm, dass sie den genauen Tag der Ernte nicht wisse, aber Friedweiler für seine guten Kartoffeln bekannt sei. Er zog weiter, weil er sich erst noch an anderen Ständen nach den Kartoffeln erkundigen wollte.

Venia stand da und staunte, wie plötzlich alle Angestrengtheit von ihr abgefallen war. Was war das? Da war ... ja ... da war die Stille. Genau die gleiche Stille bettete sie ein, die sie von der Lichtung kannte. Sie war nicht hörbar, weil sie nichts mit den Ohren zu tun hatte. Sie war eine gegenwärtige Präsenz, hier und jetzt. In ihr, um sie herum ... und mitten im Lärm.

Gelassen und ohne Hektik bediente sie nun alle weiteren Kunden. Sie ließ sich nicht mehr auf mehrere gleichzeitig ein, sondern brachte immer erst mit einem das Gespräch oder das Geschäft zu Ende, bevor sie sich ruhig dem nächsten zuwandte. Mancher verschwand dann, kam aber später wieder, wenn er wirklich Interesse hatte. Andere verstummten, als sie kein Gehör fanden, blieben aber stehen, weil sie etwas erwerben wollten. So bildete sich eine Schlange. Diese zog wiederum weitere Menschen an, denn sie glaubten, da müsste es besonders gute Ware geben.

Venia begriff, dass ihr kein Geschäft verloren ging, wenn sie auf diese Weise vorging. Und sie erfuhr, dass die Stille immer da war, egal an welchem Ort sie sich aufhielt, wenn sie sich ihr innerlich nur zuwandte. Sie ging mit ihr, sie war immer in ihr. Das wurde ihr so richtig bewusst, als sie Friedmann auf dem Rückweg davon erzählte.

Er nickte. »Ja, ich halte es auch immer so, dass ich mir sage, wer meine Ware will, wird warten, und ich weiß, dass ich gute Ware und gute Preise habe.«

»Hättest du mir das schon eher gesagt, Pa!«

»Ich ahnte nicht, dass du es so anstrengend findest. Ich dachte, du hast deine Schüler im Griff, da wirst du auch das Marktgewusel im Griff haben.«

Venia lachte auf. »Meine Schüler sind nichts dagegen. Sie lieben mich und sind schon deshalb folgsam. Und sie wissen, dass ich ihnen nichts Böses will. Aber hier feilschen alle um das Beste für sich selbst und haben Sorge, dass jemand anderes es bekommt oder dass sie übers Ohr gehauen werden.«

»Da magst du recht haben«, stimmte Friedmann ihr zu.

»Wie besonders ist da meine Entdeckung, dass die Stille auch mitten im Lärm da ist, in der Hektik und dem Gerangel des Marktes! Dass sie überall ist und nicht von einem Ort abhängt«, sinnierte Venia, »und dass aus ihr heraus ein ruhiges klares Handeln erfolgt.«

Venia sprach nicht viel auf der Heimfahrt. In ihr arbeitete diese neue Erfahrung nach. Friedmann spürte dies und gab ihr den Raum.

Daheim angekommen, Venia lebte inzwischen allein in Lilias altem Haus, nahm sie sich gleich ihr Tagebuch vor. Sie versenkte sich wiederum in die Stille und schrieb:

Ich weiß nicht, wie ich es tue, aber der Gedanke an die Stille und meine ganze Bereitschaft für sie scheint zu reichen, dass die Stille wahrnehmbar wird. Es ist wie mit dem Frieden, der eintritt, wenn ich ihn zum Beobachten meiner Gedanken und Gefühle einlade.

Diese Stille und dieser Frieden, sie sind ein und dasselbe. Sie sind aus demselben Stoff. Sie sind nichts Greifbares, aber sie sind eine Gegenwart, für die ich mich entscheiden kann. Ma nennt es unsere wahre Natur. Das, was wir in der Essenz wirklich sind. Eine Präsenz von Frieden und Stille.

Eine verdrängte Erinnerung

Schweißgebadet schreckte er auf und sah um sich. Er lag in seinem Bett in seinem Zimmer und da begriff er, dass er wieder diesen schrecklichen Traum gehabt hatte. Er musste auch wieder geschrien haben, denn er hörte eilige Schritte auf der Treppe, die hoch zu seinem Zimmer führte. Die Tür wurde aufgerissen und sein Vater, der eine brennende Öllampe in der Hand hielt, starrte ihn an und rief: »Was ist los, Max?«

Das Gesicht seines Vaters sah im flackernden Lampenlicht gespenstisch aus, und Max fürchtete sich vor ihm. Doch hinter der breiten Schulter seines Vaters erschien das sorgenvolle, aber freundliche Gesicht seiner Mutter, das seine Angst ein wenig besänftigte.

»Hast du wieder schlecht geträumt, mein Liebling?«, fragte sie ihn und kniete sich neben sein Bett. Sie nahm ihn in die Arme und drückte ihn sanft an sich. Max rieb sich die Augen und schaute betrübt auf seine Bettdecke.

Seine Eltern, Harold und Gertrud, machten sich Sorgen. Was war nur los mit Max? So kannten sie ihn gar nicht. Er war ein fröhlicher, sechsjähriger Junge, gesund und munter, doch seit ein paar Tagen war er wie verwandelt. Er sprach kaum noch, lachte nicht mehr und in der Nacht wachte er aus Albträumen auf.

Zunächst dachten sie, dass er krank sei, aber ihm schien körperlich nichts zu fehlen. Auch klagte er nicht über Schmerzen. In Wiesdorf gab es weder Heiler noch Kräuterfrauen, und so erwogen sie, mit ihm in einen größeren Ort zu fahren, um Hilfe zu finden.

»Was hast du denn geträumt, Max?«, fragte der Vater und versuchte, möglichst leise und sanft zu sprechen.

»Weiß nicht...«, murmelte Max und senkte den Kopf noch weiter herab.

»Mein Liebling, hast du vor etwas Angst? Du kannst uns doch alles sagen«, flüsterte die Mutter.

Max schüttelte den Kopf.

»Oder hast du etwas angestellt, Junge?«, brach es aus dem Vater heraus, wofür er einen vorwurfsvollen Blick seiner Frau erntete. Max gab keine Antwort.

»Magst du zu uns ins Bett kommen?«, fragte die Mutter. Diesmal nickte Max.

Harold hob ihn aus dem Bett, als wäre er federleicht, und trug ihn in das Schlafzimmer mit dem großen Doppelbett. Sie nahmen ihn in die Mitte und Max schlief, eng an Gertrud gekuschelt, bald wieder ein.

Als Harold und Gertrud aufstanden, schlummerte Max noch friedlich. Sie ließen ihn weiterschlafen, denn er musste nicht zur Schule. Erst nächstes Jahr war es soweit. In der Küche bereiteten sie gemeinsam das Frühstück vor und Gertrud fragte: »Fahren wir morgen mit Max nach Halberstedt? Dort soll es eine sehr gute Heilerin geben.«

Harold überlegte kurz und sagte dann: »Ja, heute muss ich noch viel arbeiten, aber morgen kann ich mir den Tag frei nehmen, da können wir fahren. Hoffentlich hat dann die Heilerin auch Zeit.«

»Wir müssen es einfach versuchen, ich mache mir große Sorgen um Max. Meine Freundin Hilde sagte, es könnte eine gefährliche Magenkrankheit sein.«

»Deine Hilde vermutet hinter allem irgendeine gefährliche Krankheit«, brummte Harold. Er nahm das große Messer aus dem Küchenschrank und wollte eine Wassermelone aufschneiden, denn Max liebte Melone zum Frühstück.

In diesem Moment kam Max aus dem Schlafzimmer in die Küche und sah seinen Vater mit dem großen Messer in der Hand. Völlig erstarrt blieb er stehen und riss die Augen in blankem Entsetzen auf. Als seine Eltern das bemerkten, ging sein Vater auf ihn zu und fragte: »Was hast du denn, Max? Hast du schon wieder geträumt?«

»Aaaaa!!«

Max schrie wie am Spieß und rannte zurück ins Schlafzimmer. Erst jetzt wurde Harold bewusst, dass er immer noch das große Messer in der Hand hielt. Er legte es schnell weg und lief Max nach, dicht gefolgt von Gertrud. Auf der Schwelle zum Schlafzimmer drängte sie ihren Mann beiseite und ging vorsichtig zu Max, der in eine Ecke des Zimmers kauerte und sie angstvoll ansah.

»Max! Warum hast du Angst vor uns? Was ist denn los?«, fragte seine Mutter mit zittriger Stimme.

»Ich will nicht gestochen werden wie der Mann«, brachte Max weinend hervor. Die Eltern sahen sich entgeistert an. Was meinte der Junge nur? »Welcher Mann, mein Liebling?«

»Der alte Mann, der die Schwerter macht.« Max versenkte sein Gesicht zwischen die angewinkelten Knie.

»Er meint den alten Albert!«, flüsterte Gertrud und schaute entsetzt Harold an. Der stand sprachlos da.

»Hast du etwas gesehen, mein Liebling?«, fragte Gertrud vorsichtig und strich Max sachte über den Kopf. Er reagierte nicht.

»Du brauchst keine Angst haben. Du kannst uns wirklich alles erzählen, es wird dir nichts geschehen. Niemand kann dir etwas tun, wir sind doch da.«

Max rutschte herüber und klammerte sich ganz fest an seine Mutter.

»Du wirst sehen, mein Liebling, wenn du es uns erzählst, wird es dir besser gehen.«

»Ich wollte das nicht ...«, sagte Max ganz leise.

»Was wolltest du nicht?«

»Gucken. Ich wollte nicht gucken. Ich wollte zu dem alten Mann, damit er mir seine Schwerter zeigt.«

»Wann war das?«

»Ich weiß nicht.«

»Wo warst du vorher?«

»Ich war bei Tante Ilse und wollte nach Hause. Und bei dem Haus von dem alten Mann wollte ich seine Schwerter sehen. Ich hab sie schon mal sehen dürfen.«

»Das muss vor vier Tagen gewesen sein«, sagte Gertrud zu Harold gewandt.

»Und was hast du da bei dem Haus gesehen?«

Max schien mit sich zu kämpfen. Er brauchte einige Zeit, um zu antworten.

»Da hat jemand laut geschrien.«

»War es der alte Mann, der geschrien hat?«

»Sie haben gestritten, ganz laut.«

»Und was hast du da gemacht?«

»Ich hab mich auf eine Kiste gestellt und durch das Fenster geguckt.«

»Und dann?«

Wieder brauchte Max Zeit, um zu antworten. Gertrud streichelte ihn weiter.

»Der andere hat den alten Mann gestochen. Mit einem Messer. Der alte Mann hat geschrien und ist umgefallen. Und dann hat der andere Mann zum Fenster geguckt und hat mich gesehen. Und da bin ich ganz schnell nach Hause gelaufen.«

Gertrud und Harold schauten sich an. Ihr Sohn war Zeuge eines Mordes geworden. Deshalb also die Albträume, die Angst, das Schweigen. Jetzt erklärte sich alles.

»Max, wie sah der Mann aus? Kennst du ihn?«

Der Junge schüttelte den Kopf. »Er hat einen Feuerkopf.«

»Feuerkopf? Was meinst du damit? Hatte er ein rotes Gesicht?«

»Nein, rote Haare.«

»Und hatte er auch eine Narbe im Gesicht?«, fragte Harold und spürte, wie es ihm kalt den Rücken herunterlief.

Max nickte.

»Gertrud, dann ist doch nicht der junge Musiker der Mörder von Albert!«, rief Harold aufgeregt. »Sie wollen ihn am Morgen hängen. Wir müssen sofort hin!«

»Geh du! Ich bleibe bei Max, ich kann ihn jetzt nicht allein lassen.« Sie strich Max beruhigend über den Rücken.

»Ja, du hast recht«, sagte Harold und war schon zur Tür hinaus. Er rannte in Richtung Dorfplatz, so schnell er konnte. Seine Frau und er waren bei der Gerichtsverhandlung nicht dabei gewesen, weil sie kein Interesse an solchen Dingen hatten. Aber auch sie waren gefragt worden, ob sie einen rothaarigen Mann mit Narbe im Gesicht gesehen hatten. Alle im Dorf waren danach gefragt worden, aber niemand hatte am Ende geglaubt, dass es diesen Mann wirklich gab. Und jetzt hatte ausgerechnet Max den Mann und sogar den Mord gesehen. Wenn er nur nicht zu spät käme!

Der kleine Marktplatz war rappelvoll, auch aus anderen Dörfern waren Schaulustige gekommen. Die Menschen drängten sich, um möglichst nahe an das neu aufgebaute Holzpodest zu kommen, auf dem der Galgen stand. Schon seit Jahren hatte es in Wiesdorf keine Hinrichtung mehr gegeben, das wollten sich die meisten nicht entgehen lassen.

Als die beiden Wärter Miro aus seinem Verlies in das grelle Tageslicht des Dorfplatzes führten, fühlte er sich ruhig. Er hatte mit seinem Leben abgeschlossen, aber er war wundersamerweise frei von Kummer und Wut. Er fühlte sich in einen fast unnatürlichen Frieden gebettet, dessen Quelle nicht greifbar war. Erst als er den Galgen sah, spürte er eine aufkommende Beklommenheit. Aber er sah schnell weg und versuchte, seine Aufmerksamkeit wieder nach innen zu richten.

Wie durch eine dichte Nebelwand nahm er die Menschen auf dem Platz wahr, nicht auf ihre Rufe und Gesten achtend. Die Wärter führten ihn die Stufen hoch zum Galgen. Als er oben stand, sah er direkt vor sich den Strick mit der Schlinge, die sein Ende bedeuten sollte.

Gerade als eine Gestalt mit einer seltsamen Maske über dem Kopf, offensichtlich der Henker, zu ihm trat, entstand in der Menge vor ihm ein Durcheinander. Ein Mann drängte sich zwischen die

Schaulustigen und rief immer wieder laut: »Er war es nicht! Er war es nicht!« Verwundert schaute Miro auf den Mann, den er noch nie gesehen hatte. Warum sollte sich ein Unbekannter auf einmal für ihn einsetzen? Der Henker neben ihm war auch irritiert, denn er zögerte, sein schauriges Werk fortzusetzen.

Schließlich stand der Mann vor dem Bürgermeister und redete erregt auf ihn ein. Miro verstand nicht, was er sagte, aber es schien den Bürgermeister zu beeindrucken. Er gab dem Henker einen Wink, woraufhin der das Podest wieder verließ. Nur die beiden Wärter standen noch da und schauten sich verdutzt an.

Die Menge raunte und murrte, sie fürchtete, um ihr ersehntes Spektakel gebracht zu werden. Und tatsächlich rief der Bürgermeister mit seiner mächtigen Stimme: »Geht alle wieder nach Hause, die Hinrichtung ist verschoben!« Und etwas leiser fügte er hinzu: »Es gibt vielleicht eine neue Wendung. Das müssen wir erstmal untersuchen.«

Miro konnte kaum glauben, was er hörte, und wusste nicht, wie er auf diese unerwartete Fügung des Schicksals reagieren sollte. War er im letzten Moment doch noch dem Tod entgangen? Auf einmal schien es, als ob die ganze Geschichte seiner Verurteilung und drohenden Hinrichtung nur ein böser Traum gewesen war. Aber der Strick mit der Schlinge baumelte noch immer bedrohlich vor ihm und zeigte ihm, dass es wirklich war.

Sein Kopf war vorerst aus der Schlinge gezogen worden, aber er wusste nicht, wie und warum es dazu gekommen war. Oder war das Ganze nur ein grausamer Trick, um ihn nach kurzer Hoffnung umso tiefer in die Verzweiflung zu stürzen?

Die Treppe hinter ihm knarzte bedrohlich, denn der schwergewichtige Bürgermeister kam die Stufen empor. Er würdigte Miro keines Blickes und sagte mit undurchdringlichem Gesichtsausdruck zu den Wärtern: »Schafft ihn wieder hinunter in die Zelle!«

Und wieder saß Miro in der dunklen, schmutzigen Zelle. Aber er war nun hoffnungsvoll, dass sich das Missverständnis aufklären und er freikommen würde. Und tatsächlich – nach nicht ganz zwei Stunden ging die Zellentür wieder knarrend auf und einer der Wärter knurrte: »Ihr könnt gehen, Ihr seid frei.«

Miro stand auf und fragte beim Hinausgehen: »Wie kommt das?«

Der Mann zögerte kurz, sagte dann aber doch: »Ein kleiner Junge hat den Mord beobachtet. Er beschrieb den Mörder als einen Rothaarigen mit Narbe. Genau wie Ihr sagtet.«

»Und der Bürgermeister glaubte dem Jungen?«

»Der Junge ist der Sohn des Kämmerers. Und das Wort des Kämmerers gilt hier viel. Offenbar hat er sich für Euch eingesetzt.«

Miro nickte nur und ging weiter. Am Ausgang drehte er sich um. »Wo sind meine Sachen?«

»Oben. Ihr könnt sie Euch holen.«

Am Vormittag saß Miro wieder auf dem großen, flachen Stein, der ihm bereits vor Tagen als Rastplatz gedient hatte, und dachte über sein unbegreifliches Erlebnis nach. Der unbekannte Mann, der ihm zu Hilfe geeilt war, war also der Kämmerer des Dorfes. So gerne hätte er mit ihm gesprochen. Aber auch wenn er ihm und seinem Jungen sein Leben zu verdanken hatte, war es ihm unmöglich gewesen, auch nur einen Moment länger in diesem unseligen Dorf zu bleiben. Wenn es ein gerechtes Schicksal geben sollte, so dachte er, dann würde es den Jungen und den Mann auf irgendeine Weise belohnen.

Viele Fragen taten sich auf. Warum war der Mann erst jetzt gekommen, im letzten Moment vor seiner Hinrichtung? Warum hatten sie ihn nicht dem Jungen gegenübergestellt, damit sie sicher sein konnten, dass er nicht der Mörder war? Warum hatte niemand sonst den Rothaarigen gesehen?

Doch Miro wusste, dass er darauf niemals Antworten bekäme. Und es war ihm im Grunde auch egal. Er war frei. Frei, nachdem er bereits mit dem Leben abgeschlossen und sogar seinen Frieden damit gemacht hatte. Was für eine unglaubliche Erfahrung!

Wie konnte es sein, dass die Angst, als sie am übermächtigsten war, einfach wie ein trügerischer Schatten verschwand? Irgendetwas war in ihm gewesen, das wirklicher und mächtiger war als die Angst vor dem Tod. Etwas, das vollkommen unverletzbar schien.

War der Tod am Ende nicht der grausame Kapuzenmann, sondern nur eine lächerliche Vogelscheuche? Miro wusste nicht, wie es nun weitergehen sollte. Dieses Erlebnis musste eine tiefe Bedeutung für ihn haben, aber welche?

Einfach so weiterleben wie bisher erschien ihm unmöglich. Er musste etwas ändern, musste seine Vorstellungen von seinem Leben überdenken und neu ausrichten. Er seufzte, stand auf und machte sich auf den Weg – nach irgendwo.

Verliebt

Ma, ich habe noch nie so für einen Mann gefühlt wie für Peter.« Venia und Lilia gingen am Fluss spazieren und Lilias Gesicht überzog bei diesen Worten ein Lächeln.

»Das ist ein gutes Zeichen. Bei mir hat es auch lange gedauert, bis ich so empfinden konnte wie für Friedmann.«

»Ruth meint, es habe aber keine Zukunft, weil er bald weggehen wird.«

»Das weiß man nicht, ob es eine Zukunft hat, meine Liebe, das weiß man nie. Es hängt nicht davon ab, ob er bleibt oder geht, sondern ob eure Verbundenheit so stark ist, dass sie einen Weg für euch findet.«

»Hm ... das stimmt wohl. Pa hat bei dir auch durchgehalten, bis du wieder bereit für ihn warst.«

»Ja, das hat er. Er hat an uns geglaubt, ganz egal, wie die Umstände waren. Und es gab damals eine Zeit, da dachte ich, ich würde nie mehr etwas Gutes und Schönes fühlen können.«

»Aber du hast es geschafft.«

»Ja, dem Ewigen sei Dank ... nein, eigentlich Marta sei Dank.«

»Und dir selbst sei Dank, Ma.«

»Ja, es war eine glückliche Fügung im Unglück, die ich am Schopfe griff. Wie ernst meint es Peter mit dir? Habt ihr darüber gesprochen?«

»Das ist ja das Schöne und beflügelt meine Gefühle noch mehr. Er sagt auch, dass er noch nie so für eine Frau empfunden habe. Noch nie konnte er mit einer Frau, die er sehr mochte, so intensiv über seine Arbeit sprechen. Er ist immer wieder erstaunt, dass es mich wirklich interessiert. Und er hört mir so gern dabei zu, worüber ich gerade lese oder was ich mit meinen Schülern erlebe. Wir haben für nächste Woche ein gemeinsames Projekt über Steinkunde in der Schule ausgearbeitet. Ich freue mich so darüber. Auch lieben wir es, gemeinsam in der Natur zu sein und …« Lächelnd hielt Venia inne und dachte an den Überraschungsausflug vor zwei Vollmonden.

Peter hatte sich bei Friedmann zwei Pferde und den Karren geliehen und ihr die Augen verbunden. Lachend hielt sie sich am Bock des rumpelnden Karrens fest, während er ihn irgendwohin steuerte. Es schien immer wieder bergauf zu gehen. Sie hatte keine Idee, wohin er sie bringen würde. »Das kommt einer Entführung gleich!«, rief sie.

»Ach was, du wirst nicht mehr zurück wollen!«, lachte er.

Nach einer guten Stunde waren sie stehengeblieben. Er half ihr, noch immer mit verbundenen Augen, vom Bock und führte sie behutsam noch einige Schritte über weichen Boden, bevor er ihr die Binde abnahm. Und wirklich, sie konnte nur den Atem anhalten im Angesicht der Schönheit, die sich ihr bot.

Sie standen am Rande eines riesigen Kraters. Das Gestein schimmerte in der Sonne in Rot-, Ocker- und Brauntönen. Das allein war ein Schauspiel für sich. Doch dazwischen wucherten hellrosa blühende Sträucher und Blumen in allen Farben. Ganz am Grund schimmerte ein kleiner stiller See, auf dessen Oberfläche sich der strahlend blaue Himmel spiegelte.

»Peter, das ist wunderschön! Wo sind wir?«

»Das ist ein erloschener Krater. Er heißt Kartona und liegt eine Stunde östlich von Friedweiler. Ich habe hier viel geforscht und wollte ihn dir in dieser Blütenpracht zeigen. Die Erde ist sehr fruchtbar. Früher holten sich die Menschen der Umgebung Steine für ihre Häuser heraus, daher gibt es noch den Fahrweg. Aber nun verwenden sie schon lange nicht mehr die Lavasteine für ihre Häuser, sondern sie nehmen Ziegel aus Ton und Lehm. So hat es sich zu dieser ungestörten Idylle entwickelt. Komm, lass uns zum See hinabsteigen!«

Peter holte einen großen Jutesack vom Karren und stieg langsam den kaum erkennbaren Trampelpfad hinab. Venia folgte ihm, immer wieder stehenbleibend und die Pracht bewundernd. Am kleinen See angekommen, zauberte Peter eine Decke aus dem Jutesack hervor und breitete sie am Ufer aus. »Setz dich, ich habe Wein und Trauben, Brot und Käse dabei. Und als Nachspeise Honigwaffeln.«

»Das ist wirklich schön hier. Ein ganz besonderer Ort«, sagte Venia und ließ sich nieder.

Sie speisten und redeten und lachten. Venia ließ sich erzählen, was die Gesteine dieses Kraters Peter über ihre Geschichte verrieten. Schließlich legte sich Venia gesättigt und erfüllt von einem Wohlgefühl langstreckt auf den Rücken und seufzte zufrieden.

Sie schaute in den Himmel, der vom Blütenmeer der Kraterwände eingerahmt war. Und plötzlich baumelte mitten im Himmel eine rote Weintraubenrebe. Sie näherte sich unaufhaltsam ihrem Mund. Sanft spürte sie die feste Haut der ersten Weintraube an ihren Lippen und ließ sie ein. Ein süß-saftiger Geschmack breitete sich in ihrem Mund aus. Kauend wandte sie ihr Gesicht leicht nach links, wo Peter, auf einem Arm aufgestützt, neben ihr weilte.

»Wie im Paradies«, flüsterte sie lächelnd.

Er lächelte ebenfalls und beobachtete sie, während er die Weintraubenrebe wieder ihren Lippen näherte. Sie sahen sich an, still und verspielt. Noch eine saftige Weintraube fand ihren Weg in ihren Mund. Und dann beugte sich Peters Gesicht über ihres und seine Lippen kosteten die ihren.

»An was denkst du?«, Lilia stupste ihre beseelt lächelnde Tochter am Arm.

»Was? Ach, an unseren ersten Kuss. Es war so besonders, so zärtlich und romantisch.«

Lilia lächelte ebenfalls.

»Das freut mich, genieße es, Venia, genieße es einfach und alles andere wird sich finden.«

»Ja, Ma, ich glaube, so ist es am besten.«

Sie stellten einige Tische in der Mitte des Klassenraumes zusammen und schoben alle anderen Tische zur Seite. Dann zog Peter mühsam einen Leiterwagen herein, der mit Steinen in verschiedensten Größen vollgepackt war. Nach und nach drapierte er sie auf den zusammengestellten Tischen, während Venia weitere Utensilien aus dem Schrank holte und sie ebenfalls dort platzierte.

Als die Schüler einer nach dem anderen eintrafen, wunderten sie sich nicht über den umgebauten Klassenraum, denn sie wussten längst, dass ihre Lehrerin immer für Überraschungen gut war. Mal spielten sie zusammen Szenen aus der Geschichte der Menschheit nach und bauten einfache Unterstände im Wald, dann wieder machten sie Kräuterexkursionen, halfen mal wieder einen Tag ihrem Vater auf dem Bauernhof und lernten so alle Arbeiten dort kennen oder sie durften dem Schreiner Rodolf zuschauen und mit ihm eine Kleinigkeit schnitzen. Und ihre Mutter zeigte ihnen, wie Stoffe gefärbt werden.

Die Musiker aus dem Dorf hatten ihnen etwas zu ihren Instrumenten erzählt und sie sie ausprobieren lassen. Der Kaufmann des Ortes berichtete ihnen über seine Geschäfte und der Postkutscher von seinem ewigen Unterwegssein und von der Freude der Menschen, wenn sie Briefe und Pakete erhielten. Ungern überbrachte er Briefe mit schwarzer Umrandung, aber auch traurige Nachrichten gehörten zu seinem Beruf.

Sie hatten schon Papier selbst geschöpft, Buchkladden hergestellt und eigene Geschichten hineingeschrieben. Gemütlich auf Decken und Kissen auf dem Boden des Klassenraumes sitzend, mit einer großen Kerze in ihrer Mitte, lasen sie sich dann ihre Geschichten gegenseitig vor. Es war herrlich gewesen, mit wieviel Fantasie sie den Raum füllten.

Heute würde es also wieder einen neuen Einblick in etwas geben, was sie noch nicht kannten. Sie freuten sich darauf, linsten zu

Peter, den sie aus dem Dorf kannten, und standen erwartungsvoll vor Venia, die jeden herzlich begrüßte.

Als alle zusammen waren, eröffnete Venia den Unterricht mit den Worten: »Kommt, setzt euch mit euren Stühlen rund herum. Herr Wenzel hat euch einige Gesteinsarten auf den Tisch gelegt und ihr könnt sie selbst untersuchen. Ihr könnt die Lupen und Mörser benutzen und schreibt bitte auf, was euch auffällt. Wir tragen anschließend alles zusammen. Herr Wenzel wird euch einiges zu den Gesteinen und euren Beobachtungen erzählen. Legt los und viel Spaß euch und interessante Entdeckungen!«

Peter ging wie sie von einem Schüler zum anderen, schaute ihnen über die Schulter, beantwortete Fragen oder machte sie auf etwas aufmerksam. Das hatten sie nicht abgesprochen und Venia freute sich darüber, dass er ihnen so zugewandt war.

Sie erwischte sich bei dem Gedanken: Mit Kindern kann er also auch umgehen. Sie bemerkte, wie wichtig ihr das war, denn sie wollte später auf jeden Fall eigene Kinder haben.

Verliebt schaute sie immer wieder zu ihm. Sein braunes Haar war kurzgeschnitten. Seine warmen und dunklen Augen blickten konzentriert auf die Gesteine. Er hatte ein markantes Kinn, was ihm einen sehr männlichen Ausdruck verlieh. Auch sein schlanker Körper gefiel ihr, der durch seine weiten Fußwege auf der Suche nach Steinen und der Arbeit mit Gesteinen gestählt war. Hin und wieder trafen sich ihre Blicke, die auf ihren Gesichtern jedes Mal ein Lächeln erstrahlen ließen.

Die ganze Woche waren die Schüler mit Gesteinen beschäftigt, lernten etwas über ihren Ursprung, was man aus ihnen herstellen konnte, und suchten sie in ihrer Umgebung in der Natur auf. Venia und Peter arbeiteten dabei Hand in Hand und brauchten kaum Absprachen.

Am Abend des letzten Projekttages saßen sie zusammen bei einem Glas Wein in Venias Garten.

»Ich freue mich, wie sehr sie alle bei der Sache waren. Ich glaube, sie haben viel von dir gelernt, Peter.«

»Ja, es war schön, sie alle so eifrig zu sehen.«

»Das liegt aber auch an deiner Begeisterung für die Steine«, meinte Venia.

»Und an deiner Begeisterung für die Kinder«, gab Peter zurück.

»Aber du magst Kinder auch, nicht wahr?«

»Bisher hatte ich noch nie so lange mit welchen zu tun«, lachte er, »aber es war schön. Und jetzt mit dir hier zu sitzen, dürfte von mir aus nie zu Ende gehen. Aber ich denke, ich sollte jetzt gehen, es wird schon dunkel.«

Venia wagte sich vor. »Du musst nicht gehen, Peter …«

Er schaute sie an und sie erwiderte seinen Blick. »Wenn du magst, kannst du über Nacht bei mir bleiben.«

Er nahm ihre Hand und lächelte.

Von dieser Nacht an waren sie unzertrennlich. Nur wenn jeder seiner Arbeit nachging, sahen sie sich nicht. Peter stimmte seine Exkursionen und die Zeit für seine Aufzeichnungen mit ihren Arbeit ab oder er wartete auf sie und sie zogen am Nachmittag gemeinsam los.

Venia wurde ihm eine gute und interessierte Assistentin. Sie sortierte die Steine, die er ihr reichte, in verschiedene Säckchen ein und beschriftete sie. Sie hörte ihm zu und freute sich mit ihm an besonderen Entdeckungen. Abends saßen sie beisammen in Venias Haus, in das Peter für beide ganz selbstverständlich mit eingezogen war, redeten über Venias Arbeit, die Bücher, die sie dafür las, oder sie kuschelten und liebten sich. An manchen Abenden trafen sie sich mit Friedmann und Lilia zu einem Spiele- und Erzählabend oder Ruth kam mit ihrem Partner Samuel vorbei.

Peter und Venia hatten das Gefühl, sie müssten ganz schnell ganz viel miteinander teilen und erleben, weil sie beide wussten, dass Peter bald Friedweiler verlassen würde. Der Tag stand fest und sie redeten nicht mehr darüber, seit sie besprochen hatten, dass Venia weiter an ihrer Schule arbeiten und Peter sie so oft er konnte besuchen käme. Seine nächste Station war ein Dorf zwei Stunden entfernt. An den zwei freien Tagen, am Sonnentag und Mondtag, würde er zu ihr kommen. In den nächsten vier Vollmonden könnten sie sich also noch regelmäßig sehen. Das machte den Abschied nicht ganz so schwer.

Danach aber musste er weiter weg, gut sechs Stunden mit der Kutsche. In dieser Zeit würde Venia zumindest die drei Wochen Schulferien bei ihm verbringen können.

Und was danach kam, war noch weiter weg. Ob sie sich da sehen würden, stand in den Sternen. Doch das war noch lange hin und darüber wollten sie jetzt nicht nachdenken. Auf jeden Fall würden sie sich in dieser Zeit viel schreiben.

Peter konnte sich vorstellen, nach dem Abschluss seiner Forschungsarbeit in gut einem Jahr sein Buch dazu bei ihr in Friedweiler zu vollenden und auch danach im Dorf zu bleiben. Beruflich würde sich schon etwas finden, an dem er auch von Friedweiler aus forschen konnte. Diese Zuversicht hatten ihm Lilia und Venia in einigen Gesprächen geschenkt. Sie waren sich sicher, dass ihre Liebe diese schwierige Zeit der Trennung überstehen würde.

Sehnen oder lieben

Fünf lange Wochen war Peter nun schon fort. Obwohl er jede Woche für zwei Tage nach Friedweiler kam und sie diese zwei Tage intensiv und mit schönen Erlebnissen und großer Innigkeit verbrachten, vermisste Venia ihn in der Zeit dazwischen sehr. Ständig war er in ihren Gedanken und sie zählte nicht nur die Tage, sondern sogar die Stunden bis zum Wiedersehen.

»Frau Torento«, die kleine Leni zupfte sie nach Unterrichtsschluss am Blusenärmel, »Ihr seid gar nicht mehr ganz bei uns.«

Überrascht wandte sich Venia ihr zu. »Wie meinst du das?«

»Ihr schaut so oft aus dem Fenster und denkt an etwas anderes.«

»Tatsächlich? ... Ach, nein, ja, es ist schon gut. Mach dir keine Sorgen, Leni.«

Das Mädchen nickte und lief nach Hause. Aber es hatte Venia wachgerüttelt. So durfte es nicht weitergehen. Sie konnte ihre Arbeit nicht vernachlässigen oder ihren Schülern das Gefühl geben, dass sie lieber woanders und mit jemand anderes sein würde.

Doch sie liebte Peter so sehr und sie wünschte sich ihn täglich um sich, wenigstens dass er abends da wäre und sie den Tag gemeinsam beschließen könnten. Wie konnte sie nur anders mit der räumlichen Trennung umgehen?

»Pa, wie hast du es damals geschafft, als Ma in der Tiefen Nacht lag und du sie nicht jeden Tag sehen konntest. Hattest du nicht furchtbare Sehnsucht?«

Friedmann, Lilia und Venia saßen um den Küchentisch auf dem Bauernhof und schnitten Äpfel zu kleinen Stücken, die eingekocht werden sollten.

»Ich hatte furchtbare Angst um Lilia und furchtbare Sehnsucht nach ihr. Es war grauenhaft. Ich konnte kaum an etwas anderes denken. Ich habe nur von Tag zu Tag gelebt und gehofft, dass alles gut endet.«

»Hm ... und ich muss nicht mal um Peter Angst haben und sterbe trotzdem fast vor Sehnsucht.« Venia verstummte und griff nach dem nächsten Apfel.

»Wie fühlt sich diese Sehnsucht an?«, wollte Lilia wissen.

»Puh, verzehrend, schmerzhaft, hungrig, unerfüllt, abhängig«, sprudelte es sofort aus Venia heraus und Friedmann ergänzte: »Traurig, ziehend und, ja, auch ängstlich, nicht zu bekommen, was ich mir so sehr wünsche, was ich so sehr brauche, haben will und liebe.«

»Und sie lenkt mich vom Alltag, vom hier und jetzt ab. Dadurch vernachlässige ich meine Schüler, ich habe sogar weniger Freude an meiner Arbeit. Ich lebe nur in der Zukunft oder im Festhalten der gemeinsamen Zeit, die bitte nicht zu Ende gehen soll«, überlegte Venia weiter. »Kennst du das nicht, Ma? Wenn du mal ein paar Tage bei Dankma und Dankpa bist und Pa nicht siehst?«

»Hm.« Lilia horchte nach innen, bevor sie Worte dafür fand, wie sie es erlebte. »Wenn ich bei Marta und Artur bin, denke ich oft liebevoll an Friedmann, ja, aber ich bin dennoch ganz präsent für Marta und Artur da und lebe mit ihnen die Liebe, die mich erfüllt. Ich glaube, wir tragen die Liebe immer in uns und können sie immer geben. Und sie kann nie unerfüllt sein, weil sie aus sich heraus Fülle ist.«

»Aber liebst du die beiden so, wie du Pa liebst?«

Lilia überlegte. »Ja und nein. Ich habe natürlich eine andere Art von Beziehung zu ihnen und meine Gefühle für Friedmann ...«, Lilia schaute Friedmann mit einem warmen Lächeln an, »sind intensiver, weil er mir noch näher ist und wir noch mehr miteinander teilen. Diese Gefühle drücken sich auch anders aus. Aber wenn ich genau hineinspüre, dann ist die Qualität die gleiche. Es ist Zuwendung und ein offenes Herz, ein Wohlgefühl und Anteilnahme.«

Venia schaute ihre Mutter mit offenem Mund an und sagte dann zögerlich: »Hm ... ich weiß nicht, Ma ... So wie für Peter habe ich noch nie für einen Menschen gefühlt ... Ja, ich liebe euch auch so sehr und wie für euch fühle ich auch für keine anderen Menschen. Ja, beides ist Liebe, aber ... es fühlt sich doch sehr unterschiedlich an. Ich weiß nicht, ob das eine das andere ersetzen oder ausgleichen kann ...« Sie schwieg nun und richtete ihren Blick nach innen.

Friedmann hatte beiden andächtig gelauscht und fand als erster in der stillen Pause wieder Worte. »Was du gesagt hast, Lilia, berührt mich sehr. Und ich verstehe auch deine Wahrnehmung, Venia. Ich merke gerade, es kommt wohl darauf an, *wie* wir auf die Liebe schauen. Wenn ich mich auf den Grund der Liebe sinken lasse, dann ist die Qualität der Liebe zu euch, zu meinen Eltern und meinen Freunden dieselbe. Das stimmt absolut. Das ist das Immergleiche, das Verbindende und eigentlich wirklich Wichtige. Das andere ist, dass genau diese immerselbe Liebe sich zu verschiedenen Menschen auf verschiedenste Weise äußert. Das habe ich noch nie so gesehen. Wenn man mich gefragt hätte, hätte ich gesagt, ich liebe dich als meine Frau anders als dich als meine Tochter oder meine Eltern. Aber natürlich ist ... Wie soll ich sagen, mir fehlt das richtige Wort ...«

»Wesen?«, warf Venia ein. Sie war aufmerksam seinen Ausführungen gefolgt und etwas in ihr hatte begonnen zu verstehen, wovon Lilia und nun auch Friedmann sprachen.

»Ja, das ist gut, das Wesen der Liebe ist dasselbe.«

Wiederum breitete sich ein Schweigen in der Küche aus.

»Hm, ja ...«, setzte dann auch Venia wieder sinnierend an, »ich liebe meine Schüler und ich liebe Peter und euch. Es fühlt sich so unterschiedlich an, aber ich begreife gerade, dass ich das tatsächlich nur auf die Art und Weise des Miteinanders, also auf die Form bezogen sagen kann. Wie ich also diese Liebe in Handlung umsetze, ist oftmals unterschiedlich, aber ... das Wesen ... ja, das Wesen, der Inhalt ist immer Zuwendung, Anteilnahme, Freude, Verbundenheit. Ja, da stimme ich euch zu.«

Lilia nickte. »So könnte man es beschreiben. Ich habe darüber bisher noch nie nachgedacht. Es ist bei mir einfach so … Obwohl … wenn ich es mir jetzt genauer überlege … Ich denke, es hat mit dem zu tun, was mir Marta und Grundula beibrachten. Ich beobachte all meine Gefühle und Gedanken oft bewusst und ich habe es sehr verinnerlicht, dass meine wahre Natur nicht leidvoll sein kann.«

»Unsere wahre Natur kann nicht leidvoll sein, das ist so schön, Ma. Ja, sie ist Liebe und Frieden. Das ist es, was mir noch fehlte, um es noch besser zu verstehen, was du meinst und womit du in Verbindung gehst, egal mit wem du gerade bist. Ich habe mich nur noch auf die Liebe zu Peter konzentriert und gemeint, sie könne nur erfüllt und schön sein, wenn er da ist und ansonsten geht es mir schlecht. Dabei ist und bleibt die Liebe an sich in mir und kann sich einfach in einem anderen äußeren Ausdruck anderen schenken, die gerade da sind. Und so werde ich immer in dem Wohlgefühl der Liebe sein statt im Leid.«

»Ja, mir scheint, du hast dein Ergehen sehr von ihm abhängig gemacht und alles andere abgeschnitten«, ergänzte Lilia.

»Das klingt nicht sehr gesund, finde ich«, sprach Venia weiter, »und es fühlt sich gar nicht gut an.« Entschlossen fügte sie hinzu: »Und das werde ich jetzt ändern. Wisst ihr, was mir jetzt erst auffällt? Ich habe auch das Tagebuchschreiben vernachlässigt, was mir doch immer eine gute Hilfe ist. Ich werde es gleich nachher wieder aufnehmen, um alle Gefühle hochkommen und aufdecken zu lassen, die mich umtreiben. Ich werde den Frieden in mir einladen, mit mir darauf zu schauen. Dann wird sich die Liebe wieder für alle öffnen. Danke, Ma, vielen Dank! Und danke, Pa, dass ihr immer ein Ohr für mich habt!«

»Natürlich, Venia«, Friedmann drückte ihre Hand. »Ich frage mich jetzt nur, ob mir das damals geholfen hätte. Ich kann es mir kaum vorstellen, weil es um Leben und Tod ging. Wie hätte ich da in Liebe ruhend auf dem Hof sitzen können, frei von Sehnsucht und Angst?« Friedmann schaute seine beiden Frauen fragend an. Venia zuckte betroffen die Schultern und blickte zu Lilia.

Diese wiederum sah Friedmann liebevoll an und sprach dann bedächtig: »Das weiß ich nicht, Liebster. Ich weiß nur, dass wir immer bloß das tun können, was uns jetzt gerade möglich ist und wovon wir wissen. Du hast es damals nach bestem Wissen und wie es dir möglich war gelebt. Es ehrt dich, dass du durch so viel Schmerz, Angst und Sehnsucht gegangen bist und dich nicht abgewendet hast. Und auch ich musste erst durch einen Abgrund wegen Rodolf und konnte mir nicht vorstellen, dass dies enden würde oder etwas dabei helfen könnte. Ich fand dann aber einen anderen Umgang damit. Das war mein Glück. Es ist also möglich, und ich bin überzeugt davon, dass es immer möglich ist, ich wüsste nicht, warum es Ausnahmen geben sollte. Unsere wahre Natur bleibt unsere wahre Natur und wir können immer wieder zu ihr zurückfinden. Sie vergeht nicht. Aber es ist auch nicht falsch, wenn wir gerade nicht den Zugang zu einem anderen Herangehen haben. Dann ist es einfach so. Doch haben wir ihn, wird es in jedem Fall hilfreich für uns sein, das ist meine tiefste Erfahrung.«

Venia und Friedmann nickten ergriffen. Und sie fuhren fort, in der nun von Frieden und Liebe erfüllten Küche wieder gemeinsam die Äpfel zu zerteilen.

Als Venia nach getaner Arbeit sich von ihren Eltern verabschiedete und nach Hause ging, ergriff sie plötzlich aus dem Nichts eine tiefe Freude. Sie staunte. Denn es gab keinen Grund dafür. Peter kam erst in vier Tagen wieder zu ihr und es war nichts Besonderes geschehen. Nichts im Außen hatte sich geändert. Das Gespräch hatte sie lediglich nach innen gewendet, vorbei an ihrem bisherigen Verstehen und Erleben der Liebe zu Peter.

Von dort stieg nun in ihrem Innern eine Freude auf, die aus sich selbst war. Sie hatte mit nichts in der Erdenwelt zu tun. Sie hatte sich lange nicht mehr so frei und gut gefühlt. Nicht einmal, wenn Peter bei ihr war, musste sie sich eingestehen, weil sie dann immer schon im Hinterkopf hatte, dass er bald wieder gehen würde. »Das ist doch ein guter Anfang«, flüsterte sie sich selbst strahlend zu,

»und gleichzeitig mein Ziel. Liebe ist nicht Leiden, sie ist Freude und ebenso wie Ruhe, Stille und Frieden meine wahre Natur.«

Die Wochen vergingen und Venia konnte ihre neu gewonnene Sichtweise immer besser umsetzen. Sie schrieb am Abend in ihr Tagebuch, was sie in sich beobachtete und wurde immer wieder von dieser Freude erfasst, die von nichts Äußerem genährt wurde und sich auf nichts bezog. Die einfach eintrat, wenn sie sich von allen Anhänglichkeiten frei machte. Auch konzentrierte sie sich wieder auf ihre Schüler, darauf, ganz für sie präsent zu sein und ihre Liebe zu ihnen und ihrer Arbeit zu leben. Leni strahlte sie eines Tages an und sagte: »Jetzt seid Ihr wieder ganz da!«

»Ja, Leni, ich glaube, ich bin sogar noch mehr da als je zuvor. Du hast mir sehr geholfen. Ich danke dir.«

Verwundert schaute Leni Venia an. »Ich? Aber ich habe ja gar nichts gemacht, Frau Torento!«

»Doch, du hast gemerkt, dass ich woanders bin. Du hast dich getraut, es mir zu sagen und mich damit aufgeweckt. So konnte ich zurückkommen. Das war eine große Tat.«

Lenis Gesicht lief rot an. »Wirklich?«

»Ja, wirklich. Aufeinander und auf sich selbst achtgeben ist das Wichtigste auf der Erdenwelt. Beides hast du getan. Du hast etwas bei dir selbst gespürt. Du hast es nicht weggeschoben, sondern bist damit zu mir gekommen. Und deshalb kann ich nun wieder besser auf mich achtgeben und ganz für dich da sein.«

Leni nickte eifrig und mit großen Augen.

»Komm, lass dich drücken.« Venia breitete ihre Arme aus und Leni flog hinein.

»Du bist meine Lieblingslehrerin!«

Venia lachte. »Danke, aber du hast ja auch nur eine Lehrerin in dieser kleinen Dorfschule.«

»Stimmt, aber die beste!«

»Und ich habe die liebsten Schüler der Erdenwelt.«

Es funktionierte tatsächlich. Sie litt nicht mehr in der Abwesenheit von Peter, sondern sie hatte ihn freudig in ihrem Herzen. Sie genoss sogar die Tage mit ihm noch viel mehr und ganz anders. Da war keine Eile mehr in ihr, möglichst schnell und ganz viel mit ihm zu erleben, sondern sie ruhte mit ihm in den jeweiligen Momenten. Auch die Abschiede fielen ihr leichter, weil sie wusste, in den Tagen ohne ihn würde sie nicht mehr leiden, sondern konnte ebenso Freude haben.

Als Venia schließlich Peter von ihren inneren Prozessen erzählte – sie hatte ihn zuvor damit nicht belasten wollen – schaute er sie erstaunt an und sagte: »Ja, ich vermisse dich auch ab und an, aber meistens bin ich viel zu beschäftigt mit meinen Steinen und Aufzeichnungen. Ich würde dir oft gern davon erzählen, von dir hören, was du erlebt hast und dich im Arm halten. Aber es geht nun mal gerade nicht. So ist es halt und es sind ja immer nur ein paar Tage.« Er zuckte mit den Schultern und küsste sie.

Sie schlang die Arme um ihn und schmunzelte. »Du bist halt ein Naturtalent in Sachen Liebe. Du lebst einfach die Liebe zu deinen Steinen und zu mir.«

»Ja, das ist eine perfekte Mischung, die beste, die ich mir vorstellen kann, mein Liebling. Und ich freue mich, dass es dir jetzt auch gut geht.«

»Ja, alles ist im Inneren perfekt, obwohl es im Außen nicht ganz perfekt ist.«

»Na, dann machen wir es jetzt noch im Außen perfekt«, grinste Peter, drehte sich mit ihr im Kreis und bugsierte sie dabei zum Bett. Sie ließen sich auf das Bett fallen und versanken in Küssen und Liebkosungen.

Von der Liebe getragen

Endlich waren die Schulferien da. Gleich würde sie mit der Postkutsche zu Peter nach Riewa reisen. Sie saß auf ihrem Sofa, fertig angekleidet und blickte auf ihren Koffer und den Jutesack mit dem Reiseproviant vor sich. Habe ich alles eingepackt, was ich brauche? In Gedanken ging sie nochmals alles durch. Sie konnte aber kaum bei der Sache bleiben, denn sie war so aufgeregt vor Freude.

Neun lange, lange Wochen hatten sie sich nicht gesehen. Da war es wieder schwieriger geworden mit der Sehnsucht. Tagebuchseite um Tagebuchseite hatte sie gefüllt, um im Gleichgewicht zu bleiben. Brief um Brief hatten sie einander geschickt und jedes Mal zitterten ihre Hände beim Öffnen. Seine warmen Worte erfüllten ihr Herz und seine Berichte über seine Erlebnisse ließen sie an seinem Leben teilhaben. Auch er schrieb, dass er sie zunehmend vermisse und sich sehr auf sie freue.

Und es gab noch etwas, was es Venia erschwert hatte, ihn so lange nicht zu sehen. Aber das wollte sie lieber direkt mit ihm besprechen. Jetzt durchbrach endlich das Klopfen, auf das sie so sehr gewartet hatte, ihre Gedanken. Sie sprang auf, erleichtert, endlich in Bewegung kommen zu können.

»Na, Liebes«, begrüßte Friedmann sie lächelnd, »jetzt ist es so weit, hm?«

»Ja, Pa, ich freue mich so. Schau, da ist mein Koffer. Den Jutesack nehme ich.«

Friedmann griff den Koffer und sie verließen Venias Haus. Am Marktplatz würde schon die Postkutsche stehen und von da an käme sie mit jedem Moment Peter näher. Sechs Stunden lang. Die

Kutsche würde in jedem Dorf halten und wie in Friedweiler Pakete und Briefe abgeben und neue aufnehmen. Andere Reisende würden zu- oder aussteigen. In Ferynhausen müsste sie noch in eine andere Kutschenlinie umsteigen.

Sie hoffte, dass sie es pünktlich schaffen würden. Sie konnten durch alles Mögliche aufgehalten werden, unvorhergesehen matschige Wege, Wettereinbrüche oder einen Achsenbruch. Es wird schon gut gehen, beruhigte sie sich.

Friedmann nahm seine Tochter in den Arm, als sie die Postkutsche erreicht hatten.

»Pass gut auf dich auf, Liebes, und komm gesund und glücklich zurück.«

Er half dem Kutscher beim Verstauen des Koffers und winkte der Kutsche nach, bis sie in dem Staub, den sie hinter sich aufwirbelte, verschwunden war.

Er wusste ebenso wenig wie Lilia, mit welch neuen Nachrichten Venia in drei Wochen zurückkommen würde. Er wusste nur, dass sie voneinander noch nie so lange getrennt gewesen waren, 23 Jahre lang nicht, und er wusste, dass er Sehnsucht bekommen würde. Doch wie Venia und Lilia wollte er damit umgehen lernen. Die Liebe sollte ihn tragen.

Venias Zeigefinger lag zwischen den Seiten des zugeklappten Buches auf ihrem Schoss. Sie hatte vielleicht eine halbe Seite darin gelesen, doch ihre Gedanken wanderten immer wieder fort. So blickte sie nun schon lange aus dem Fenster der rumpelnden Postkutsche und sah die Landschaft an sich vorbeiziehen. Mitreisende grüßte oder verabschiedete sie nur kurz und versank dann wieder in sich selbst. So wagte auch niemand, sie in ein Gespräch zu verwickeln.

Grünland war wirklich schön, selbst jetzt im ausklingenden Winter. Wälder und noch brachliegende Felder zogen auf flacher Ebene an Venia vorbei. Bald würde allerlei Getreide und Gemüse auf ihnen wachsen. Dazwischen lagen kleine Seen und Dörfer, in denen sie hielten. In der Ferne konnte sie manchmal die noch schneebedeckten Berge des Graulandes erkennen. Sie fuhren parallel zu ihnen in Richtung Osten. Allmählich wurde die Landschaft hügelig.

Bisher war sie nie woanders gewesen als in Friedweiler und den nächstgelegenen Dörfern, in Meerstadt und auf der Hochebene bei Dankma und Dankpa. Sie war freudig aufgeregt. Während sie all die Farben und Formen in sich aufnahm, wanderten ihre Gedanken wie so oft zu Peter.

Wie wohl sein kleines Zimmer aussehen würde, das er in einem Gasthaus angemietet hatte, in dem sie nun drei Wochen miteinander wohnen würden? Er beschrieb es ihr in einem Brief. Es musste sehr einfach sein, hatte aber genug Platz für seine Steine. Es würde schon gehen, Hauptsache, sie hatten einander.

Wie würde er wohl ihre Überraschung aufnehmen? Und wie sollten sie es mit seiner nächsten Station, die in gut zwei Vollmonden anstand, händeln? Sie war noch weiter fort, eine ganze Tagesreise von Friedweiler.

Sie dachte nun an Rodolf, der damals so weit fortgegangen war, bis ins Niemandsland. Das war viel weiter gewesen. Sie hatte ihn neulich gefragt, wie er es geschafft habe, zurück in Friedweiler mit seiner Liebe zu Ma klarzukommen, die nie so erwidert wurde, wie er es sich gewünscht hatte.

Sie hatten viele Jahre nicht mehr über die Verbindung zwischen ihm und Lilia gesprochen. Es gab keinen Anlass dazu. Rodolf und Venia begleiteten und unterstützten sich in ihrem gegenwärtigen Leben. Doch Venia dachte jetzt so viel über die Liebe nach, dass sie sich auch diese Seite der Liebe, die unerwiderte Liebe, anschauen wollte.

»Hattest du nicht ständig große Sehnsucht?«, hatte sie Rodolf gefragt.

»Ja, ich hatte oft große Sehnsucht. Erst, als ich Lilia kennenlernte und dann vor allem auch in den ersten Jahren, als ich wieder in Friedweiler war.«

»Und jetzt nicht mehr?«

»Nein, ich habe es mir lange in mir angesehen und auch den Tatsachen ins Auge geschaut. Jetzt ist eine tiefe Verbundenheit zu Lilia in mir, schon allein durch dich. Du bist meine Tochter und sie ist deine Mutter.«

»Du hattest keine andere Frau mehr, seit du hier bist, oder? Ich habe dich jedenfalls nie mit einer gesehen und du erzähltest auch nicht davon.«

»Nein, hatte ich nicht. Erst ging es von mir aus gar nicht. Ich war noch viel zu verstrickt in allem. Und an Lilia konnte keine Frau heranreichen.«

»Und jetzt? Vermisst du nicht jemanden, der zu dir gehört? Der dir nahe ist, sein Leben mit dir teilt, dich in den Arm nimmt ... und mehr? Du weißt schon ...«

»Nicht wirklich. Ich denke nicht darüber nach. Ich bin sehr zufrieden mit meinem Leben, wie es sich gewendet hat nach meiner Rückkehr und ich bin sehr ausgeglichen. Ich denke, ich wäre jetzt offen dafür, aber ich suche nicht danach. Es würde aber auch wieder Probleme aufwerfen ...«

»Welche Probleme?«

»Ich würde keine Geheimnisse mehr haben wollen, wenn ich jemanden wirklich liebe. Das verhindert echte Nähe. Ihr habt deshalb auch Friedmann eingeweiht. Doch es wird wohl kaum eine Frau geben, die es aushält zu erfahren, dass ich Lilia genötigt habe. Ich würde ihr auch sagen wollen, dass du mein Kind bist und du mir deshalb so wichtig bist. Sie müsste mit all dem gut umgehen können. Ich weiß nicht, ob das möglich sein wird.«

»Hm, das verstehe ich. Ma sagt immer, nichts ist unmöglich, aber ja, es wäre wohl ein kleines Wunder. Aber weißt du, ich wünsche es dir.«

»Danke, mein Liebes. Wir werden sehen. Mir geht es ja gut so. Und bei Peter und dir ist auch alles gut?«

»Ja, wir sehen uns sehr wenig, aber unsere Liebe ist stark. Wir schaffen das.«

»Das freut mich. Er ist ein wirklich netter Mann und ihr passt gut zusammen.«

Die Postkutsche ruckelte plötzlich über rohes Kopfsteinpflaster und schwankte stark. Venia stieß mit ihrem Kopf an die Wand und wurde jäh aus der Schreinerei von Rodolf herausgerissen und war wieder zurück auf ihrer Reise.

Sie setzte sich zurecht und rieb sich den Kopf an der schmerzenden Stelle. Ihr Buch war ihr aus dem Schoß gerutscht. Sie hob es auf und verstaute es in ihrem Jutesack neben sich. Dabei fiel ihr Blick auf den Titel, *Farben und Formen in der Pflanzenwelt*.

Sie war darin noch nicht weit gekommen, aber hatte schon verstanden, dass nichts dem Zufall überlassen schien. Die Farben und Formen gaben oft bereits Hinweise darauf, welche Gift- oder Heilwirkung eine Pflanze hatte. So deutet beim Löwenzahn das Gelb der Blüte auf die Anregung des gelben Gallesaftes hin, wodurch die Verdauung und Entgiftung verbessert wird. Auch der Stängel, dicklich rund und innen hohl, weist auf die Gallengänge und den Harnleiter hin. Das war außerordentlich spannend.

Sie setzte sich wieder bequem hin und schaute erneut aus dem Fenster. Die Kutsche fuhr an einem kleinen See vorbei, an dessen Rand Eisschollen schwammen. Ihre Gedanken schweiften zurück zur Liebe.

Merkwürdig, dachte sie, wie viel verschiedene Farben und Formen die Liebe annehmen kann. Erwidert und unerwidert, brutal und liebevoll, sehnend und erfüllend, im engen Zusammenwohnen oder etliche Stunden voneinander entfernt.

Und dann auch noch zwischen Liebespaaren, Eltern und Kindern, zu weniger engen Freunden und meiner besten Freundin Ruth, zu anderen Verwandten wie Großma und Großpa, aber auch zu nicht Verwandten sehr innig wie zu Dankma und Dankpa, zu meinem Bibliothekar Herr Frodan, zu meiner Lehrerin Frau Dornbusch und meinen Schülern. Und manche sind eine Zeit lang in meinem Leben sehr präsent, dann gehen sie fort, wie einige meiner Schüler oder Frau Dornbusch. Mit anderen bin ich mein bisheriges

Leben lang in Verbindung. Oder es kommen ganz neue Menschen in mein Leben, wie Peter.

Manche nennen es wohl nicht immer Liebe, sondern sich mögen. Aber ist die Grenze nicht fließend? Und beruht Mögen nicht auch wie Liebe im Wesentlichen auf Anteilnahme, einem offenen Herz, Wohlgefühl und Zuwendung? Ja, es ist immer Liebe, doch in vielerlei Gestalt. Sie lächelte berührt.

Doch mit dem nächsten Gedanken erstarb ihr Lächeln und ihr Gesicht nahm einen sehr ernsten Ausdruck an. Und manchmal sieht es nicht mehr wie Liebe aus, wie bei dem, was Rodolf tat? ... Hm, darüber muss ich noch nachdenken. Ja, er liebte Ma, aber geschah diese Tat aus Liebe? Ist Verzweiflung Liebe? Ist Sehnsucht Liebe? Habe ich nicht selbst bei mir bemerkt, dass ich mich von der Liebe abschneide, die in mir ist, wenn ich dabei nur auf einen Menschen konzentriert bin? Ja, so muss es damals auch bei Rodolf gewesen sein ...

Sie hatten nie konkret über den Tag gesprochen, sie wollte es gar nicht bis ins Detail wissen. Aber er hatte gesagt, er sei völlig verblendet gewesen und hätte es nie getan, wenn er damals schon so bewusst gewesen wäre, wie er es wurde, nachdem er mit Marta zu arbeiten begann.

Sie seufzte. Irgendwie war es schon kompliziert mit der Liebe, so schön sie auch war.

Unruhig trat Peter von einem Fuß auf den anderen. Die Postkutsche hatte schon eine halbe Stunde Verspätung. Hoffentlich hatte das Umsteigen geklappt! Er schaute zum hundertsten Mal die Straße in Riewa hinunter, in der die Kutsche auftauchen musste.

Jetzt nahm er eine neue Bewegung auf ihr wahr. Ja, es war ein Pferdegespann. Als es näherkam, erkannte er erfreut das Gelb der Postkutsche. Auf dem Kies knirschend hielt sie schließlich vor ihm und er erblickte sofort Venias Gesicht hinter der Glasscheibe, das ihn anlachte und anstrahlte. Kurz darauf lagen sie sich in den Armen und wollten sich gar nicht mehr loslassen.

»Peter, endlich!«

»Es ist so schön, dass du da bist, mein Herz. Wie war die Reise?«

»Lang, aber alles hat geklappt.«

Er nahm ihren Koffer in die eine Hand und ihre Hand in die andere und führte sie die Straßen hinunter bis zum kleinen Gasthaus. Es war ein zweistöckiges dunkelblaues Holzhaus mit umlaufenden Balkonen, an denen Blumenkästen hingen, die im Sommer sicherlich über und über mit bunten Blumen bestückt waren. Jetzt waren sie noch leer. Die dunkelblaue Farbe blätterte schon ab, aber es sah dennoch heimelig aus.

Peter führte Venia die Treppe in den zweiten Stock hinauf und öffnete die Tür ganz am Ende des kleinen Flures. »Willkommen in deinem Zuhause für die nächsten Wochen. Gefällt es dir?«

Venia schaute sich um und nickte. Ein Holzbett für zwei Personen nahm den größten Teil des kleinen Zimmers in Beschlag. Es hatte geschwungene Verzierungen am Rahmen und sah bequem aus. Der Überwurf aus hellblauer Baumwolle war glattgestrichen. Gegenüber stand am Fenster ein kleiner Tisch mit zwei Stühlen. Er war übersäht mit Steinen und Papieren mit Kritzeleien.

»Ich räume ihn gleich frei. Ich habe bis eben noch gearbeitet.« Peter schritt schnell hinüber und verlagerte alles in das Regal, das bis zur Decke ging und ebenfalls voll mit Steinen und Werkzeugen zum Schürfen und Bearbeiten von Steinen war.

Daneben standen ein alter Holzschrank und ein kleiner Waschtisch aus Metall und Emaille. An zwei Wänden hingen Ölbilder, die in hellen Farben idyllische Landschaften zeigten. Die Vorhänge, im gleichen Himmelblau wie der Bettüberwurf, waren seitlich an den Fenstern gerafft.

»Sehr schön, Peter, es ist alles da, was man braucht.«

»Das Wasser zum Waschen hole ich unten aus der Küche, da steht ein großes Wasserfass. Dort bekommen wir auch unser Frühstück, Mittag- und Abendessen. Frau Riedenhardt kocht köstlich, es wird dir schmecken. Und jetzt komm auf den Balkon, das ist das Beste.«

Peter zog Venia an der Hand hinter sich her auf den großzügigen Balkon, der einen weiten Blick über die Straße und Häuser zuließ. Entzückt ließ sich Venia gleich auf einen der beiden gemütlichen Korbsessel fallen.

»Hier sitze ich gerne in eine Decke gehüllt in meinen Pausen oder am Abend, beobachte das Treiben auf der Straße und den Sonnenuntergang über den Häusern. Hier habe ich auch sehr viel an dich gedacht.«

Er beugte sich zu ihr herunter, küsste sie zärtlich und flüsterte: »Heute Abend führe ich dich aus, in das beste Gasthaus von Riewa und wir feiern unser Wiedersehen.«

Überglücklich strahlte Venia ihn an.

Das Abendessen war wunderschön gewesen. Erstmals hatte Venia an einem mit einer kostbaren weißen Tischdecke versehenen Tisch mehrere Gänge gegessen, einer war köstlicher als der andere gewesen. Sie stießen mit Wein auf ihre Liebe an und erzählten sich alles der letzten Wochen, obwohl vieles davon schon in ihren Briefen gestanden hatte. Nur eines verschwiegen sie einander noch, jeder auf den richtigen Zeitpunkt wartend.

»Jetzt machen wir noch einen kleinen Spaziergang, ja?«, lächelte Peter Venia an, die nickte.

Sie schlenderten Arm in Arm durch die Gassen von Riewa und Peter zeigte ihr die Geschäfte und machte sie auf die verschiedenen Gesteine der Häuser aufmerksam, die zwischen den Holzhäusern standen. Es war eine merkwürdige, aber reizvolle Mischung an Häusern. Dies lag daran, dass einst viele Holzhäuser in einer großen Feuersbrunst vernichtet und anschließend nur noch Häuser aus Stein gebaut wurden.

Schließlich blieb Peter vor einem alten steinernen Wachturm am Rande des Ortes stehen. »Lass uns hinaufgehen, von dort hat man einen wunderschönen Blick über die Stadt und die Landschaft.«

Venia folgte ihm über die alten, ausgetretenen Steinstufen, die sie im Kreis bis hinauf auf die Plattform führten, die von einer niedrigen Steinmauer umgeben war. Vor ihnen lag die feinhügelige Landschaft im tiefen Abendrot und hinter ihnen die Stadt, in der die ersten Straßenöllampen entzündet wurden.

»Wie schön!«, rief Venia und genoss die weichen Farben der Abenddämmerung, während sie sich an Peter schmiegte.

Er drückte sie liebevoll an sich, bevor er sich sanft von ihr löste und sich zum Boden bückte. »Oh, was ist denn das für ein besonderer Stein?«, sagte er, während ihm dieser, unbemerkt für Venia, aus dem Ärmel rutschte. »Schau mal, Venia«, und er reichte ihr einen ovalen Stein. »Ein Rosenquarz.«

Venia öffnete ihre Hand und begutachtete den Stein. »Wie passend«, meinte sie, »Rosenquarz ist doch der Stein der Liebe, nicht wahr?«

»Ja, so ist es. Wie findest du ihn?«

Seine Oberfläche war glattgeschliffen und schmeichelte der Haut. Das zarte Rosa ließ sie ihn noch sanfter streicheln. Dann stutzte sie, denn als sie ihn wendete, spürten ihre Fingerspitzen auf seiner Rückseite Rillen. Sie schaute genauer hin. »Da ist etwas eingeritzt, Peter ... Da steht etwas.«

»Tatsächlich? Was denn?«

Sie hob den Stein im Dämmerlicht näher an ihre Augen. »Willst du meine Frau werden, geliebte Venia? ... Was? Peter!!« Sie sah ihn irritiert an, voller Freude, doch es dauerte etwas, bis sie begriff.

Er nahm ihre Hände in die seinen, gemeinsam umschlossen sie nun diesen ganz besonderen Rosenquarz. Sie schauten einander in die Augen und er fragte: »Venia, ich liebe dich über alles. Willst du meine Frau werden?«

»Peter, ja, ja, ja, ich will!!«

Sie küssten sich innig. Venia liefen dabei Tränen der Freude über die Wangen. Als Peter dies merkte, küsste er sie fort. Sie lachten dabei und Venia stammelte: »Ich bin so glücklich.«

»Ich auch, meine Liebe. Ich auch.«

Venia strahlte ihn an. »Peter, ich habe dir auch etwas mitgebracht.«

»So, was denn?«

»Es ist hier.« Venia nahm seine Hand und legte sie auf ihren Bauch. Nun war es an ihm, verdutzt zu schauen, bis er begriff. »Ein Kind? Wir bekommen ein Kind?«

»Ja.«

»Oh Ewiger, ich freue mich, wir werden eine Familie sein!«

Peter hob Venia hoch und drehte sich mit ihr im Kreis. Sie lachten und küssten sich immer wieder.

Sie saßen dann noch lange eng aneinander geschmiegt auf der Steinmauer, beobachteten, wie die Dunkelheit sich übers Land legte und der Sternenhimmel zu glitzern begann. Und sie schmiedeten Pläne für ihre Zukunft.

Die drei Wochen vergingen wie im Nu und waren erfüllt von gemeinsamen Stein-Exkursionen, wunderbaren Abenden und Liebkosungen und an Peters freien Tagen mit herrlichen Ausflügen in die Umgebung.

Venia stöberte in Geschäften, die es in Friedweiler nicht gab, wenn Peter seine Aufzeichnungen machte, die er auf ein Minimum reduzierte, um mehr Zeit für Venia zu haben. »Ich hole alles nach, wenn du wieder abgereist bist«, war Peter zuversichtlich. Sie waren glücklich, sich und eine gemeinsame Zukunft zu haben.

»So weit weg wirst du gehen?« Rodolf sah Venia bestürzt an. Seit gestern war sie zurück in Friedweiler. Gerade noch hatte er freudig gestrahlt, als Venia ihm verkündete, dass sie schwanger sei und heiraten werde. Alle diese Neuigkeiten sprudelten so schnell aus ihr heraus, dass er kaum hinterherkam.

»Es ist doch nur für ein paar Vollmonde, Rodolf, ich komme ja wieder, mit meiner ganzen Familie. Du wirst dann Großvater sein.«

»Was sagen Lilia und Friedmann dazu?«

»Ihnen fällt es ebenso schwer wie dir, aber sie verstehen, dass ich die letzten Vollmonde der Schwangerschaft und zur Geburt bei Peter sein möchte. Er soll und will unser Kind gleich sehen. Wir wollen als Familie zusammen sein. Ich muss kurz vor und nach der Geburt eh eine Weile meine Arbeit in der Schule niederlegen. Warum sollte ich diese Zeit in Friedweiler verbringen?«

»Ja, natürlich. Aber ihr kommt wieder?«

»Sindasie ist Peters letzte Station, eine Tagesreise von Friedweiler entfernt. Danach werden wir in Friedweiler wohnen, während er sein Buch zu Ende schreibt und ich allmählich wieder stundenweise in die Schule gehen kann. Wir finden das perfekt.«

»So klingt es, ihr habt schon recht. Und wer wird solang unterrichten, bis du wieder da bist?«

»Ich habe im Briefwechsel mit dem Amt für Schulen in Meerstadt schon alles geklärt. Sie schicken eine junge Lehrerin, die gerne aufs Land möchte. Ich arbeite sie in den nächsten Wochen ein und dann fahre ich zu Peter.«

»Gut, mein Liebes, kann ich irgendetwas für euch tun?«

»Das kannst du tatsächlich. Würdest du uns eine Kinderwiege schreinern?«

»Mit allergrößtem Vergnügen. Es wird die allerschönste Kinderwiege weit und breit.«

Sie lachten. »Da bin ich mir sicher, Rodolf. Und wenn wir wieder in Friedweiler sind, feiern wir im Spätsommer alle zusammen unsere Hochzeit. Ma will den ganzen Bauernhof schmücken und Pa seinen Pferdekarren, mit dem er uns von der Zeremonie im Mondhaus abholt. Wir werden unsere Friedweiler Musikergruppe dabeihaben und eine große Tafel im Freien auf der Wiese für all unsere Gäste decken. Du, einige Freunde, Peters Eltern aus Meerstadt und seine zwei Brüder werden kommen. Es wird Essen, Tanz und viel Spaß geben. Ich freue mich schon sehr darauf.«

»Ach, meine Venia, wenn du glücklich bist, bin ich es auch. Und ich darf bei deiner Hochzeit wirklich dabei sein?«

»Natürlich, du bist wichtig für mich.«

»Und was sagen Lilia und Friedmann dazu?«

»Dass du dazugehörst.«

Rodolf lächelte still und dankbar. Er, Friedmann und Lilia hatten weiterhin nur die üblichen Dorfkontakte, die stets voll Respekt und zugewandt waren. Doch die Hochzeit würde ein gemeinsames familiäres Fest werden und er durfte dabei sein. Das freute ihn sehr.

Einander neu finden

S indasie ganz im Osten des Grünlandes war aus ursprünglich zwei Dörfern entstanden, die mit den Jahrzehnten zusammengewachsen waren. Es zog sich entlang einer langen Straße und hatte mit seinen zwei alten und kleinen Marktplätzen zwei Dorfkerne. Dort ähnelten die Steinhäuser mit ihren Gärten denen in Friedweiler.

Peter und Venia hatten hingegen ein kleines und neueres Haus an der Verbindungsstraße der beiden ehemaligen Dörfer mieten können, bestückt mit allen nötigen Möbeln und einem kleinen Vorgarten. Es war aus roten Ziegelsteinen erbaut. Das graue Schieferdach war steiler als üblich und bot ihnen einen Dachboden mit Fensterluken. Diesen nutzte Peter, um seine Steinsammlungen auszubreiten.

Außerdem umfasste ihr neues Zuhause drei Zimmer, eine Küche und ein Bad, in dem ein Waschtisch, ein großes Wasserfass und sogar eine Wanne vorhanden waren. Das Plumpsklosett war wie üblich in einem kleinen Anbau untergebracht.

Besonders begeisterte Venia, dass sich in jedem Raum ein Lehmofen und im Wohnzimmer zusätzlich ein offener Kamin befand. Ihr Neugeborenes würde es warm brauchen. Wenn es auch Sommer war, so konnte es durchaus kühle Abende geben.

Venia strickte bereits einen Strampler und ein Mützchen nach dem anderen. Sie hatte jetzt so viel Zeit. Einen Vollmond war sie nun schon in Sindasie.

»Peter, schau mal, was heute mit dem Paket gekommen ist. Ma hat Söckchen und Hemden für unser Kind geschneidert. Sind die nicht herzallerliebst?«

Peter saß im Arbeitszimmer an seinem Schreibtisch. Mit einer Lupe in der einen Hand beugte er sich über einen Stein. In der anderen Hand hielt er die Feder über einem Stück Papier, um zugleich seine Beobachtungen zu notieren. Er brummte zustimmend. Wie so oft in den letzten Wochen, wenn sie ihm etwas in seinem Arbeitszimmer sagen oder zeigen wollte, was ihr gerade durch den Sinn ging.

»Du hast gar nicht geschaut, Liebster!«

»Was?«

»Du hast gar nicht geschaut, was ich dir zeige. Schau, diese niedlichen Söckchen und die bunten Hemden!«

Er drehte sich widerwillig zu ihr um. »Venia, ich muss wirklich arbeiten. Können wir das später machen?« Sie zuckte leicht zusammen und die Freude verschwand aus ihrem Gesicht. »Ja, gut.« Ihre Stimme klang beleidigt und sie verließ das Zimmer.

Peter seufzte in sich hinein und fand den Gedanken nicht wieder, den er gerade hatte zu Papier bringen wollen. Stattdessen spürte er seinen Ärger und dachte: Ich freue mich auch auf unser Kind, aber sie ist nur noch damit beschäftigt und merkt nicht, dass ich mich auf das konzentrieren muss, was ich tue. Ich hoffe, das legt sich, wenn das Kind da ist. Dann hat sie genug andere Aufgaben.

Währenddessen saß Venia im Wohnzimmer und strich betrübt über die Babysöckchen. Warum ist Peter nicht mehr so interessiert an allem, was unser Kind angeht?, grübelte sie. Ist die Arbeit so viel wichtiger? Vielleicht ändert es sich, wenn unser Kind da ist. Ich spüre es eben schon in mir, aber er hat noch wenig Bezug dazu.

Sie dachte an ihr geliebtes Friedweiler, an ihren Bauernhof, an Ma, Pa und Rodolf, Ruth und all die anderen Freunde und Bekannten. Sie fehlten ihr. Sie tröstete sich mit dem Gedanken, dass sie hier nicht so lange bleiben würden. Nur noch drei Vollmonde.

Mit einem Ruck erhob sie sich, denn ihr war ihr Tagebuch eingefallen. Ihm wollte sie sich nun anvertrauen, das half immer.

Am Abendbrottisch eröffnete Venia Peter, dass sie am nächsten Tag in die nahegelegene Stadt Lendros fahren und sich dort Bücher besorgen wolle. »Dann kann ich dir auch mal wieder etwas Neues erzählen. Da ich hier nichts Neues erlebe, bleiben uns immer nur deine Steine oder unser Kleines als Thema.« Sie lächelte ihn an. Die Idee war ihr beim Tagebuchschreiben gekommen. Sie liebten es beide, am Abend beisammenzusitzen und zu reden, aber die Gespräche waren einseitig geworden. »Vielleicht finde ich für uns auch schöne Kurzgeschichten zum Vorlesen.«

Peter schaute sie liebevoll an. »Das ist eine gute Idee, mein Herz. Magst du auch ein Kartenspiel mitbringen?«

»Ja, das ist auch gut.« Venia nahm Peters Hand und drückte sie zärtlich.

»Aber sei vorsichtig, hole nicht zu viele Bücher, du solltest nicht mehr so schwer tragen«, sagte Peter, während er sich zu ihr beugte und ihr über den dicken Bauch strich.

Venia freute sich darüber. Er denkt an mich und unser Baby, alles ist gut.

Am nächsten Tag kam Venia beschwingt aus Lendros zurück, mit vier Büchern in ihrem Jutebeutel und einem Kartenspiel. Sie machte sich einen Tee, stellte auch Peter schweigend einen auf den Schreibtisch im Arbeitszimmer, der dankend nickte. Dann griff sie nach dem ersten Buch und machte es sich auf dem Sofa im Wohnzimmer gemütlich. Es war ein Roman, der sie bald in seine eigene Welt entführte. Sie war noch ganz vertieft, als am Abend Peter zu ihr kam.

»Ich habe heute viel geschafft«, strahlte er und küsste sie auf die vom Lesen gerötete Wange.

Sie sah zu ihm auf und musste erst wieder in ihrem Wohnzimmer ankommen. »Schön, das freut mich. Ich lese eine ganz spannende Geschichte.«

»Lass uns zu Abend essen. Dann erzählst du mir von deinem Buch.« Mit einem Blick auf das Kartenspiel auf dem Sofatisch fügte er hinzu: »Und das können wir heute auch noch einweihen.«

Auch in den folgenden Tagen merkten sie, wie gut es tat, wenn jeder tagsüber seinen Dingen nachging und sie dann erst wieder zusammenkamen. Peter holte sich angepasst an seinen Arbeitsablauf nur eine Kleinigkeit als Mittagessen und abends kochte Venia für sie beide. Die kleinen Missstimmungen der letzten Wochen gehörten nun der Vergangenheit an.

An Peters arbeitsfreien Tagen schliefen sie lange, unternahmen Spaziergänge, sprachen über das Kind und mit ihm, während sie Venias Bauch streichelten oder Babysachen durchsahen, und genossen ihr Beisammensein.

»Wir mussten hier erst einen neuen Alltag finden, aber jetzt fühlt es sich sehr gut an für mich«, meinte Peter schließlich. »Geht es dir auch gut, mein Schatz?«

Venia schmiegte sich an ihn. »Ja, sehr, ich schreibe, lese, stricke, spüre unser Kind und liebe unsere gemeinsamen Abende. Und bald ist es so weit, dass wir zu dritt sind. Wie sollte es mir da nicht gut gehen?« Sie lächelte. »Und es stimmt, du hattest schon recht, ich darf dich nicht von deiner Arbeit abhalten. Ich musste mir erst einen Alltag ohne Schule einrichten. Es war schwierig für mich, dich endlich wieder jeden Tag in meiner Nähe zu haben und doch dich in Ruhe arbeiten zu lassen, während ich mit unserem neuen Lebensabschnitt und unserem werdenden Kind beschäftigt war und alles gleich loswerden wollte.«

Peter nickte. »Ich bin froh, dass du Verständnis für mich hast. Wenn unser Kind da ist, müssen wir auch schauen, wie wir alles gut einteilen. Aber da bin ich guter Dinge.«

»Ich auch, es wird schön werden, da bin ich mir sicher.«

»Er soll Jonas heißen«, flüsterte Venia erschöpft, aber überglücklich. Die Hebamme legte ihr ihr frischgeborenes Kind in den Arm, eingewickelt in eine warme Decke.

Sie war allein zu Hause gewesen, als die Wehen einsetzten. Mit ihren Nachbarn zur Rechten und Linken war abgesprochen, dass sie die Hebamme holen würden, wenn es losginge und Peter nicht da wäre. So war es gekommen und alles war gut gegangen.

Sie streichelte vorsichtig das Gesichtchen ihres kleinen Jungen und hoffte, dass Peter bald von seiner Exkursion zurückkommen würde. Er wusste nie genau, wann. »Er wird sich sehr über dich freuen. Jetzt sind wir eine Familie«, flüsterte sie zärtlich ihrem Kind zu.

Die ersten zwei Wochen schwebten sie als frischgebackene Eltern glückselig durch die Zeit. Selbst die Anstrengung des nächtlichen Stillens wurde für Venia durch die innigen Momente mit Jonas in der Ruhe der kerzenbeschienenen Nacht ausgeglichen.

Doch nun, noch einen Vollmond später, waren sie beide erschöpft und genervt. Denn Jonas war wie aus dem Nichts zu einem Schreikind geworden. Er schlief immer nur kurz und war er wach, quengelte, weinte oder schrie er zunehmend oft, ganz gleich, was sie auch für ihn taten: liebkosen, sanft mit ihm reden, hin und her wiegen, warme Bäder, Spaziergänge, Kümmelöl und Wärmflasche auf den Bauch, geregelte Abläufe, reizarme Umgebung ... Manchmal hörte er auf, oft aber nicht, sondern erst, wenn er selbst völlig entkräftet war.

Die Hebamme versicherte ihnen, dass es sich spätestens mit dem vierten Vollmond legen würde. Doch jetzt half ihnen das nicht. Peter konnte kaum noch zu Hause arbeiten und Venia konnte nicht ewige Spaziergänge mit Jonas machen, damit Peter seine Ruhe haben würde. Sie bekamen beide kaum Schlaf und stritten sich oft, weil ihre Nerven blank lagen.

»Ich komme mit meiner Arbeit nicht so schnell weiter, wie es geplant war. Das geht nicht! Ich habe Termine, zu denen ich meine Zwischenberichte und schließlich mein Buch abliefern muss.«

»Was kann ich dafür?«, gab Venia gereizt zurück. »Meinst du, mir macht das Spaß?«

»Nein, aber du musst dich nur auf Jonas konzentrieren. Ich habe noch etwas anderes zu tun.«

»Du bist stundenlang auf deinen Exkursionen. Da hast du deine Ruhe. Ich habe nie Ruhe!«

Peter raufte sich die Haare, weil Jonas in diesem Moment im Schlafzimmer wieder zu schreien begann. Beide stöhnten auf und sahen sich verzweifelt an.

»Wir müssen eine Lösung finden«, sagte Peter und ging zu Jonas. Erschöpft und weinend blickte Venia ihm nach. Eine Lösung, ja, dachte sie, aber wir haben doch alles versucht! Nichts hilft! Selbst zum Tagebuchschreiben bin ich zu müde, um vielleicht auf neue Ideen zu kommen oder einen anderen Umgang zu finden. Wenn ich mal etwas Ruhe habe, schlafe ich gleich neben Jonas ein, bis er mich erneut weckt.

Peter erschien wieder im Wohnzimmer, den schreienden Jonas auf dem Arm wiegend ging er auf und ab. Erschöpft blickte er zu Venia, die auf dem Sofa saß.

»Hat er die Windel voll?«, begann sie ihre übliche Suche nach einer Ursache, was manchmal half.

Peter schüttelte den Kopf.

»Ich werde ihm die Brust geben, vielleicht hat er Hunger.« Venia streckte nicht sehr überzeugt ihre Arme nach Jonas aus. Es war ein Versuch, aber natürlich wollte er nichts trinken. Es schien, als wollte er nur schreien.

Peter hielt sich die Ohren zu und völlig entnervt überschrie er ihn plötzlich: »Ihr müsst fort!«

Erschrocken über diese herausbrechenden Worte sahen sich Venia und Peter an. Er kam sogleich zu ihr, kniete sich vor sie und umfasste mit seinen Händen ihre Oberarme, während er auf sie einsprach. Doch sie konnte nicht hören, was er sagte, sie sah nur seine traurigen Augen. Also wurde er wieder lauter: »Entschuldige, ich habe es nicht so gemeint. Wir sprechen später weiter.«

Venia nickte, mit Tränen in den Augen. Er nahm ihr Jonas wieder ab, legte ihn in einen Tragekorb und schaukelte ihn darin hin und her. Venia machte eine Wärmflasche fertig und legte sie Jonas auf den Bauch. Vielleicht zwickten ihn ja Winde. Vielleicht war es das, vielleicht das Schaukeln, vielleicht nichts von all dem, aber nach einer Stunde gab Jonas endlich Ruhe. Mit rotem Gesicht und nass-geschwitzt war er eingeschlafen.

Sie brachten ihn ins Schlafzimmer, tupften ihm vorsichtig den Schweiß vom Gesicht und spärlichen Haar und deckten ihn gut zu. Leise schlossen sie die Tür hinter sich und fielen auf ihr Sofa.

»Was sollen wir nur machen? Ich meinte es nicht ernst, dass ihr fortmüsst. Ich liebe euch ja. Es war nur gerade alles viel zu viel.«

»Ist schon gut.« Venia nickte verständnisvoll. »Ich wollte auch schon manchmal fort, fort von Jonas. Das hat mich erschrocken. Ich bin so zerrissen, denn ich liebe ihn dennoch sehr. Er ist ein kleines, hilfloses, gequältes Wesen und unser Kind. Ich habe es mir so anders und so schön mit einem Kind vorgestellt.«

Peter legte tröstend den Arm um sie. »Das wird. Wir müssen nur die ersten Vollmonde schaffen. Und wir brauchen Hilfe, Liebes. Vielleicht sollten wir jemanden einstellen?«

»Niemand wird das Geschrei beenden können.«

»Hm, aber so schaffe ich meine Arbeit nicht.«

»Ich weiß.« Venia zuckte mit den Schultern und sie schwiegen eine Weile.

Dann blickte Peter plötzlich auf. »Du, Venia, vielleicht habe ich eine Idee. Bitte, ich weiß, ich mute dir damit einiges zu, aber viel-leicht ist es eine Lösung.«

»Was meinst du?«

»Ich habe noch eineinhalb Vollmonde hier geplant, was ich nur schaffe, wenn ich gut arbeiten kann. Sonst dauert es länger. Was hältst du davon, wenn du jetzt schon mit Jonas nach Friedweiler zurückgehst und dort Hilfe durch deine Eltern und Freunde hast und ich hier in Ruhe und schnell arbeiten und schon bald nach-kommen kann.«

Venia zuckte zusammen. Peter wollte sie und Jonas also doch wegschicken? Lange sagte sie nichts, während Peter ihre Hand streichelte. »Was meinst du, Liebste? Wäre das nicht eine halbwegs sinnvolle Lösung?«

»Peter, du wirst nicht in einhalb Vollmonden nach Friedweiler kommen!«

»Warum nicht? Dann bin ich fertig hier.«

»Weil du dann noch dein Buch beenden und noch mehr zu Hause sein musst, während Jonas schreit.«

Peter schaute betroffen und der Hoffnungsschimmer, der sich in sein Gesicht geschlichen hatte, erlosch wieder. »Das stimmt. Hm, ja ... Es würde bedeuten, dass ich noch länger hierbliebe, um alles fristgerecht beenden zu können.«

»Wie lange wäre das?« Wieder rannen Tränen Venias Wangen hinunter.

»Es kommt darauf an, wie schnell ich vorwärtskomme. Doch spätestens in vier Vollmonden muss alles fertig sein.«

»Wir würden uns vier Vollmonde nicht sehen?«

Er nickte, ebenso bedrückt wie sie.

»Es scheint mir der einzig mögliche Weg zu sein, Venia. Denkst du darüber nach?«

Sie flüsterte: »Ja ... Ich lege mich jetzt schlafen, bevor Jonas wieder schreit.«

Peter drückte sie zärtlich, bevor er aufstand. »Mach das, Liebes, und ich werde noch etwas am Schreibtisch arbeiten, bevor Jonas wieder loslegt.«

Nun mussten sie beide schwach lächeln.

Alle packen an

Die Fahrt mit der Postkutsche war der reinste Horror, denn wenn Jonas nicht schlief, schrie er. Venia hatte die Kutscher zwar vorgewarnt und ihnen mehr gezahlt als üblich, aber sie wurden dennoch immer knurriger. Dabei hörten sie vorne auf dem Bock sitzend und durch die kleinen Stofffetzen, die Venia ihnen für ihre Gehörgänge gegeben hatte, Jonas sicher nicht so laut, wie die armen Mitreisenden in der Kabine.

Jedem bot sie diese Stofffetzen an, die zumindest die ganz schrillen Töne dämpften, und entschuldigte sich viele Male. Manche würdigten sie schließlich keines Blickes mehr, stöhnten nur entnervt, murmelten etwas von einer Zumutung und beschwerten sich beim Kutscher. Andere gaben ihr tausend Ratschläge, die sie alle schon kannte und ausprobiert hatte. Aber sie bedankte sich höflich und lächelte gequält. Sie war mit ihren Nerven vollkommen am Ende, als sie in Friedweiler ankam.

Lilia sah sie erschrocken an, als sie aus der Kutsche stieg und Friedmann blieb fast das Herz stehen. Aus Briefen wussten sie, dass es mit Jonas nicht einfach war. Aber das war nicht mehr ihre lebenslustige Tochter, das war eine abgehärmte Frau mit Augenringen und blasser Haut. Venia trug ihren Jungen eingewickelt in einer Decke, aus der er gerade mal freundlich hervorlugte, und begann zu weinen, als sie ihre Mutter sah. Sie reichte schweigend Friedmann seinen Enkel und fiel Lilia schluchzend in die Arme.

»Mein Liebes, es wird alles gut. Wir helfen dir.«

Venia nickte und flüsterte: »Ich bin so froh, bei euch zu sein. Mit Peter und Jonas zusammen ging es nicht mehr. Aber schau, jetzt zeigt er sich gerade von seiner besten Seite.«

Lilia und Venia beugten sich über Jonas in Friedmanns Armen und alle drei lächelten nun, Venia durch ihren Tränenschleier hindurch. »Er kann so süß sein.«

»Das ist er, mein niedliches kleines Enkelchen«, freute sich Lilia und nahm Jonas auf den Arm.

Friedmann zog nun Venia zu sich und drückte sie fest, strich ihr zart übers Haar. »Schön, dass du wieder da bist, meine geliebte Tochter.«

Er brachte ihr Gepäck in ihr Haus. Lilia und Venia gingen schon zum Bauernhof.

»Wolfram ist auch schon ganz neugierig auf seinen Urenkel«, verkündete Lilia.

»Nur schade, dass Lisabetha ihn nicht mehr sehen kann.«

»Ja, aber du weißt, wir sind in unserer wahren Natur weiter mit ihr verbunden.«

Venia nickte. Lisabetha war vor einem Jahr plötzlich gestorben. Sie lag einfach neben Wolfram tot im Bett, als er morgens aufgewacht war. Lange quälte er sich selbst damit, dass er es nicht mitbekommen hatte und daher nicht helfen konnte. Doch Lilia konnte schließlich sein Gewissen beruhigen: »Sie muss sehr ruhig und friedlich gestorben sein, wenn du nichts mitbekommen hast. Sie war bei uns, in ihrem Zuhause und ganz nah bei dir. Ihr Gesicht war so glatt, gar nicht schmerzverzerrt.«

Dennoch war er bis jetzt über den Verlust noch nicht hinweggekommen. »Dabei dachte ich immer, ich sterbe vor ihr. Ich habe schon seit Jahren Gelenkschmerzen, Kräuterschnaps hin oder her, und ich werde immer kurzatmiger. Sie aber hatte doch nichts. Ohne sie mag ich auch nicht mehr.«

»Ich verstehe dich, Wolfram«, fühlte sich Lilia jedes Mal wieder geduldig in ihn ein, wenn sie auch immer mal ihre Genervtheit beobachten musste, weil er zunehmend nur jammerte, aber nichts für eine Besserung tat. Ihr Angebot, anders auf seine Gefühle zu schauen und aus der Quelle der Liebe in sich zu schöpfen, hielt er für sich nicht machbar.

»Ich kann das nicht wie du. Ich will Lisabetha nicht vergessen. Wenn es mir wieder gut ginge, hieße das, sie fehlt mir nicht mehr. Nein, nein, lieber sterbe ich.«

»Aber das heißt nicht, dass du sie vergisst. Sie wäre sicher froh, wenn es dir gut geht.«

»Das glaube ich nicht, sie würde denken, ich hätte sie nicht genug geliebt.«

»Ich würde auch wollen, dass es Friedmann gut geht, sollte ich vor ihm sterben. Gerade weil ich ihn liebe«, versuchte es Lilia nochmals, aber Wolfram schüttelte den Kopf. Lilia blieb nichts anderes, als in Liebe für ihn da zu sein und ihn seinen Weg gehen zu lassen.

Friedmann hatte sich bei ihr ausgeweint und manchmal war er noch traurig, wenn er seine Mutter in einer bestimmten Situation vermisste, aber er konnte wieder ganz fröhlich sein und sein Leben genießen.

Und Venia? Lilia schaute zu ihrer Tochter, die neben ihr herging und Jonas trug. Sie hatte auch getrauert, aber ihr unter vier Augen gesagt, dass ihr Dankma und Dankpa näherstanden, obwohl sie sie seltener sah. Lisabetha und Wolfram waren zwar immer da gewesen, als Venia auf dem Bauernhof aufwuchs, passten auch auf sie auf, spielten hin und wieder mit ihr, aber nie mit dieser Hingabe, wie die beiden oben auf der Hochebene. Sie hatten um Venias Leben gekämpft und sie zur Welt gebracht, das war eine Verbundenheit, die kaum tiefer sein konnte.

»Vielleicht bringt Jonas für Wolfram etwas Lebenslust zurück«, überlegte Lilia laut.

Venia sah sie nicht sehr optimistisch an. »Ich weiß nicht, mit dem Gebrüll sicher nicht.«

Lilia konnte sich das noch nicht recht vorstellen, so still, wie Jonas gerade in Venias Armen lag. Und auch Wolfram hatte wirklich Glück, ihn zuerst einmal friedlich kennenzulernen. Doch am frühen Abend ging es wieder los und alle hörten sein kräftiges Organ nur zu gut.

»Lass ihn heute Nacht bei uns, Liebes, schlaf du dich erstmal richtig aus. Wir sind ausgeruht. Und morgen machen wir einen Plan«, bot Lilia Venia an.

»Einen Plan?«

»Ja, wer sich wann um Jonas kümmert, sodass alle genug Schlaf bekommen und bei niemandem die Nerven blank liegen.«

Venia hatte seit der Geburt von Jonas nicht mehr so gut geschlafen. Sie war zwar viele Male aufgewacht, weil sie das Durchschlafen gar nicht mehr gewohnt war, aber es war still gewesen, so still und friedlich. Selig drehte sie sich in ihrem Bett um und schlummerte jedes Mal wieder ein.

Auf dem Weg zum Bauernhof ging sie nun bei Rodolf vorbei. Es war Sonnentag und er hatte frei. Er freute sich riesig, sie wiederzusehen. Aus Briefen wusste auch er, wie schwierig es mit Jonas war.

»Wo ist er?«

»Bei Ma und Pa, sie hatten ihn heute Nacht, damit ich mal wieder schlafen konnte. Es war herrlich. Ich hoffe nur, es war nicht zu heftig für sie. Ich gehe jetzt zu ihnen und Ma will einen Plan machen, wer wann auf ihn aufpasst, damit niemand zu sehr belastet wird. Ich bin so froh, wieder hier zu sein. Es war doch eine gute Idee von Peter, auch wenn ich ihn gern bei mir hätte.«

»Einen Plan, darf ich mich da auch beteiligen?«

»Wirklich, Rodolf?«

»Das fragst du? Natürlich. Ich bin auch schon ganz gespannt darauf, ihn kennenzulernen.«

»Ich komme auf dem Heimweg mit ihm bei dir vorbei.«

Sie besprachen, zu welchen Zeiten es Rodolf möglich war, auf Jonas aufzupassen. Schon optimistischer setzte Venia ihren Weg fort.

»Viel geschlafen haben wir nicht«, lachte Lilia. »Damit Friedmann wenigstens etwas Schlaf bekommt, bin ich mit Jonas in das am weitesten vom Schlafzimmer entfernte Zimmer gegangen und habe alle Türen hinter mir geschlossen.«

»Ja, dann hörte ich ihn nicht mehr, unser Bauernhaus ist groß genug. Nur du tatst mir leid, mein Schatz.«

»Halb so wild, ich schaffe schon mal eine Nacht mit wenig Schlaf.«

»Und du, Großpa?«

»Es ging, ich höre ja nicht mehr so gut und mit etwas Stofftuch in den Ohren war ich gut bedient.«

»Da bin ich froh, dass es immer zweien möglich ist, dennoch zu schlafen. In unserem Haus in Riewa ging das nicht.«

Gerade war Jonas friedlich und lachte glucksend, als Venia ihn mit strahlendem Gesicht aus seinem Tragekorb heraushob und vorsichtig ein paar Mal in die Luft fliegen ließ. »Na, mein Kleiner, geht es dir gerade gut?«

Sie küsste ihn und setzte sich mit ihm in einen der Wohnzimmersessel. Auf dem anderen saß Wolfram. Friedmann und Lilia nahmen auf der Couch Platz. Sie tüftelten bei dampfendem Tee in ihren Tassen ihren Plan aus.

Venia sollte sich an den Arbeitstagen tagsüber um Jonas kümmern. In den Nächten würde er reihum von Friedmann, Lilia, Wolfram oder Rodolf betreut werden. Venia wollte ihn noch spät stillen und dann bräuchte er nachts noch einmal, höchstens zweimal etwas von dem dünnen Mehl-Brot-Brei, den Grundula Lilia zum Zufüttern empfohlen hatte.

An den freien Tagen würde Venia die Nächte übernehmen und die anderen sollten sich tagsüber wiederum abwechselnd um Jonas kümmern. Venia würde jederzeit dazukommen können und zu den bereits eingependelten Stillzeiten wollten sie sich auf jeden Fall treffen.

»Ich danke euch sehr. Ich glaube, so können wir es gut schaffen.« Venia sah zutiefst erleichtert aus. Und schon die eine Nacht guten Schlafes ließ ihre Wangen rosiger erscheinen.

»Mir ist auch noch eine Idee gekommen«, hob Friedmann an, »ich habe sie vorhin schon mit Lilia und Pa besprochen.«

Venia schaute ihn erstaunt an.

»Wenn Peter seine Exkursionen abgeschlossen hat und nur noch sein Buch zu Ende schreiben muss, kann er nach Friedweiler kommen und dein altes Zimmer auf dem Bauernhof als Arbeitszimmer haben. Tagsüber ist Jonas bei dir und Peter hat hier seine Ruhe, abends habt ihr Zeit für euch. Wir übernehmen dann auch noch die Nächte an den freien Tagen, damit Peter ausgeruht bleibt. Was meinst du?«

»Pa ...« Venia musste sich erst sammeln. »Das ist ... Das wäre ... Kann ich das wirklich annehmen?« Sie sah von einem zum anderen und alle nickten zustimmend.

Sie legte Jonas in seinen Tragekorb und fiel allen nacheinander in die Arme. Jonas reagierte mit Gequengel. »Gut, ich schreibe es Peter. Und jetzt nehme ich Jonas, hole Rodolf ab und mache einen Spaziergang. Der Plan beginnt.«

Der Plan ging voll auf. Venia erholte sich von Tag zu Tag und Woche zu Woche. Ihre Augen begannen wieder zu leuchten. Alle waren froh darüber und durch den gut überlegten Rhythmus nicht in ihrem Alltag beeinträchtigt. Jeder hatte immer genügend Kraft für Jonas, und Peter hatte Friedmanns Idee voller Dankbarkeit zugestimmt. Schon in zwei Wochen würde er kommen.

Venia spürte, wie sie wieder durchatmen, glücklich sein und sich an ihrem Kind freuen konnte. Sie hatte auch wieder Zeit und Kraft für ihr Tagebuch und das stützte sie zusätzlich sehr. Sie schrieb auf, was sie in sich beobachtete, und lud den Frieden dazu ein.

Ich will in Frieden darauf schauen, dass ich genervt bin von dem Geschrei.

Ich will in Frieden darauf schauen, dass ich es anders haben will.

Ich will in Frieden darauf schauen, dass ich nicht in Frieden darauf schauen kann, ... dass ich manchmal wütend werde, ... dass ich mich gestraft fühle, ... dass ich glaube, eine schlechte Mutter zu sein, ... dass ich meine, etwas falsch zu machen, ... dass ich meine Ruhe haben will ...

Es tauchte immer mal etwas Neues auf, manches wiederholte sie ständig, manches fiel plötzlich weg. Sie ließ alles kommen und gehen, wie es gerade war.

Bald wandte sie diese Methode auch in ruhigen Augenblicken im Alltag an und formulierte einen oder mehrere Sätze laut oder in Gedanken, die beschrieben, was sie gerade in sich wahrnahm.

Sogar wenn sie beschäftigt war, gelang es ihr hin und wieder, innerlich zurückzutreten. In diesen Situationen benutzte sie aber nicht einen ganzen Satz. Das ging gar nicht, weil sie äußerlich zu stark gefordert war. Aber es war ein stilles sich selbst Beobachten, während sie handelte, während sie sprach, während Jonas schrie.

Lilia hatte ihr erzählt, dass sie das auch sehr sorgfältig getan habe, als sie auf der Hochebene sich wieder bewegen lernte und es nun in den etlichen Jahren seither fast wie ein Selbstläufer geworden war.

Und tatsächlich geschah es, dass sie mitten im Geschrei von Jonas plötzlich in ihrer Stille ruhte, dass mitten im Geschrei ihre Verzweiflung in Frieden und Annahme umschlug. Nicht immer, aber immer öfter.

Sie entdeckte, wie schnell es in ihr in beide Richtungen wechseln konnte. Sobald sie sich zu sehr ins Außen ziehen ließ und darin verlor, wurde es innerlich schwierig. *Ich bin dann wie selbstvergessen*, schrieb sie in ihr Tagebuch. *Ich vergesse dann die Präsenz meiner wahren Natur und den Weg zu ihr.*

Und das passierte oft, denn es gab ständig etwas im Außen zu tun oder die Umstände wechselten schnell und forderten irgendwelche Reaktionen. Doch sie spürte, es ging nur um Kontinuität, um Verselbständigung, um die Bereitwilligkeit, es immer wieder umzusetzen, dieses neutrale Beobachten. Dann ist wirklich Stille, Ruhe, Ausgeglichenheit im Innern, mitten im Lärm, mitten in äußeren Anforderungen.

Merkwürdig, überlegte sie, dass ich nicht schon eher darauf gekommen bin, dass das, was ich einst auf dem Marktplatz lernte, auch in dieser Situation möglich ist. Die Elfenlichtung ist doch immer in mir, das weiß ich doch eigentlich seitdem! Hm, ich war wohl zu abgeschnitten von mir selbst, zu sehr darauf fokussiert, im Außen das Problem zu händeln und zu lösen, statt in mir selbst nach einer Lösung zu suchen. Oft sind die Umstände einfach nicht zu ändern, doch wenn ich mich mit meiner Stille, meinem Frieden im Innern verbinde, ist mir immer geholfen. Ob ich einen Schock verarbeiten muss, Sehnsucht nicht aushalte, mir alles zu laut oder zu hektisch ist – es ist immer innerlich das Gleiche zu tun. Und wieder verbunden mit meiner wahren Natur kann ich viel liebevoller für andere da sein, so wie Ma.

Ein wohliges Kribbeln durchzog sie. Sie spürte eine Wahrheit in sich aufsteigen, die sie als große innere Freiheit empfand.

Wieder vereint

Drei Wochen, nachdem Peter in Friedweiler eingetroffen war und sein Arbeitszimmer auf Friedmanns Bauernhof bezogen hatte, hörte Jonas auf, übermäßig zu schreien. So wie es von einem Tag auf den anderen gekommen war, war es von einem auf den anderen Tag vorbei, wie von der Hebamme vorhergesagt. Jonas wurde ein fröhliches Kind, der Betreuungsplan konnte aufgehoben werden.

Jetzt zog ein normales familiäres Zusammensein mit dem kleinen Nachwuchs ein. Peter beließ sein Arbeitszimmer auf dem Bauernhof, damit Venia und Jonas zu Hause keine Rücksicht auf ihn nehmen mussten, und war er bei ihnen, war Familie angesagt.

Es folgte eine harmonische Zeit, in der Venia auch stundenweise wieder in die Schule ging, während Jonas bei einem seiner Großeltern weilte. Peter beendete fristgerecht sein Buch. Nun war dieses große Projekt geschafft.

Endlich konnten in dieser Zeit Venia und Lilia mit Jonas zusammen auch Marta und Artur besuchen, denn mit einem schreienden Jonas wäre ihnen der Weg zu Hochebene und der Aufenthalt dort zu viel gewesen.

Marta und Artur nahmen Jonas neugierig und herzlich in Empfang und Venia sagte verschmitzt: »Jetzt seid ihr Großdankma und Großdankpa.«

Lilia lachte und Artur winkte ab. »Jetzt ist aber mal gut mit dem Dank.« Er wirbelte Jonas in der Luft herum, bis er quiekte und Marta tischte ihr berühmtes Gebäck auf. Es gab viel zu erzählen, auch von Venias und Peters schöner Hochzeit vor einer Woche auf dem Bauernhof.

»Wie bestellt hat die Sonne vom Himmel auf uns heruntergelacht«, begann Venia diesen besonderen Tag zu beschreiben. »Ma hatte mir ein wunderschönes cremefarbenes Kleid geschneidert. Es fiel in sanften Schwüngen bis auf den Boden und die kurzen Puffärmel und die Rüschen um den Ausschnitt sorgten für staunende Blicke. Viele aus dem Dorf, die am Wegesrand vom Mondhaus zum Bauernhof standen und uns applaudierten, sprachen mich später darauf an.«

»Das kann ich mir vorstellen«, warf Marta lächelnd ein, »und was hatte Peter an?«

»Peters Anzug hatte Ma aus feinem schwarzen Stoff genäht und er betonte seine Figur hervorragend.« Venia zwinkerte Lilia zu und fuhr dann fort: »Und Jonas hatte aus dem gleichen Stoff, aber in blau, einen Strampler an, der genau auf den Brautstrauß abgestimmt war.«

»Oder vielmehr, der Brautstrauß war auf den Strampler abgestimmt«, unterbrach Lilia lachend.

»Welche Blumen habt ihr genommen?«, wollte Marta wissen.

»Blaue Hortensien mit weißem Schleierkraut dazwischen«.

»Oh ja, das sah gewiss entzückend aus«, fand Marta.

Venia berichtete weiter. »Friedmann hatte den Pferdekarren und die Pferde herausgeputzt. Überall an ihnen waren bunte Blumengirlanden angebracht. Im Mondhaus war es sehr feierlich, aber uns viel zu ernst und mahnend. Na ja, ihr wisst ja, dass wir den Glauben der Mondmänner nicht teilen, aber zum Heiraten mussten wir diese Zeremonie eben dort machen. Peter und ich drückten einander andauernd die Hände und wir strahlten uns an. Jonas gluckste dem Mondmann Sinistrus ständig in seine Rede hinein und wir waren einfach nur glücklich.«

Artur lachte. »Jonas wollte wohl seine eigene Rede halten.«

»Und das Fest auf dem Hof war wunderschön. Nicht, Ma?«

»Ja, sehr schön, all unsere Freunde, einige mit Kindern, waren da, Peters Eltern und Brüder und Rodolf. Schade, dass ihr nicht dabei wart, aber ihr konntet ja eure Tiere nicht allein lassen.«

»Ach, und Rodolf hat uns ein wunderschön geschnitztes Türschild geschenkt, mit einer kleinen Familie und dem Schriftzug: Hier leben Peter, Venia und Jonas Wenzel.«

»Das ist wirklich hübsch«, bestätigte auch Lilia. »Venia, ich und einige Freundinnen hatten Tage zuvor schon gebacken und Herzhaftes vorbereitet und es ergab ein reichhaltiges Buffet. Wir saßen an langen Tischen, aßen, tranken und lachten. Unsere Dorfmusiker spielten schließlich Tanzlieder und so wurde unser Innenhof zur Tanzfläche.«

Nun ergriff Venia wieder das Wort. »Es ging bis spät in die Nacht und alle waren fröhlich und ausgelassen.«

»Nur Jonas schlief am Abend seelenruhig mitten in dem Trubel in seinem Körbchen«, fügte Lilia lächelnd hinzu.

»Der weiß halt, wann es genug ist«, ulkte Artur.

Marta drückte Venia die Hand. »Ich bin froh, dass es dir jetzt so gut geht, und Jonas ist ein ganz süßes Kind. Dein Peter hat mir auch sehr gefallen, als ihr damals zusammen bei uns wart.«

»Ja, Marta, ich bin sehr glücklich.«

»Venia, ich habe Post von der Wissenschaftlichen Akademie bekommen. Der Direktor hat mein Buch gelesen. Er lädt uns mit seiner Frau zum Abendessen in Meerstadt ein und möchte dabei meine Zukunft im Institut mit mir besprechen.« Aufgeregt wedelte Peter mit dem Brief vor Venia herum, die gerade die Betten machte. Jonas saß in seinem Bettchen und erkundete ausgiebig und friedlich glucksend seinen Stoffbären.

»Wann?« Venia sah ihn lächelnd an. Sie wusste, dass er sich Gedanken machte, was er jetzt beruflich machen sollte, um ihre kleine Familie zu ernähren. Er hoffte auf etwas, das er von Friedweiler aus tun konnte.

»Nächste Woche am Sonnentag.«

»Gut, ich werde Ma und Pa fragen, ob sie uns Jonas abnehmen können.«

»Und ich schreibe meinen Eltern in Meerstadt, dass wir eine Nacht bei ihnen verbringen werden.«

Venia nickte, sie freute sich mit Peter, und doch hatte sie auch ein ungutes Gefühl.

»Schön, dass Ihr gekommen seid«, begrüßte Direktor Schaneward Venia und Peter im besten Gasthaus von Meerstadt, dem Gasthaus zur Goldenen Gans. »Nehmt Platz!«

Galant schob er für Venia einen Stuhl zurück und zum Setzen wieder an den Tisch. Währenddessen begrüßte Peter die Gattin des Direktors mit einem angedeuteten Handkuss. Venia und sie nickten einander zu. Den runden Tisch bedeckte eine weiße Tischdecke und für jeden lag kostbares Besteck bereit, während blitzblanke Kristallgläser darauf warteten, mit bestem Wein gefüllt zu werden.

Man tauschte zunächst kleine Nettigkeiten und Allgemeinplätze aus, dann schaute jeder in die Speisekarte mit Preisen, die für Venia und Peter unerschwinglich waren. Bescheiden wählten sie nur einen Gang aus, doch der Direktor drängte sie zu Vor- und Nachspeisen, sie hätten schließlich das hervorragende Buch von Peter zu feiern.

Als die Bestellung aufgegeben war, richtete Direktor Schaneward das Wort an Peter. »Euer Buch ist ein großer Gewinn für die Wissenschaft und die Landwirtschaft. Wie akribisch ihr die Zusammensetzung der Gesteine und Böden in den unterschiedlichen Landstrichen des Grünlandes untersucht habt, welche Getreide-, Gemüse- und Obstsorten auf welchem Untergrund am besten wachsen und wie die erdgeschichtliche Entwicklung vonstattenging, das übertrifft bei Weitem, was ich erwartet hatte, als ich Euch das Buch in Auftrag gab. Es ist wirklich großartig! Es wird sicher ein Standardwerk werden!«

Peter bedankte sich strahlend und Venias Wangen glühten vor Stolz.

Der Direktor fuhr fort. »Ich möchte gleich zur Sache kommen. Mein Stellvertreter wird Direktor der Wissenschaftlichen Akademie in Arkonia und ...«

Peter unterbrach ihn, denn diese Neuigkeit überraschte ihn. »Herrmann Gobes geht ins Seenland?« Peter hatte mit ihm ständig Gesteinsproben und Zwischenberichte von seinen Forschungen im Grünland geschickt und dieser hatte alles auf Herz und Niere geprüft. Sie hatten eng zusammengearbeitet.

»Ja, so ist es. Und daher würde ich Euch gern zu meinem Stellvertreter hier in Meerstadt machen und nun Euch die Betreuung weiterer Studien anvertrauen. Was meint Ihr?«

Peter riss begeistert die Augen auf und nahm zugleich Venias leichtes Zusammenzucken wahr. »Oh ... das ist eine große Ehre ...« Er zögerte, schaute zu Venia, die ihn tapfer anlächelte. »Doch ich lebe mit meiner Familie in Friedweiler, ich muss das erst mit meiner Frau besprechen.«

Der Direktor nickte. »Das verstehe ich, aber denkt nicht zu lange darüber nach. Es ist eine große Chance.«

»Ja, das weiß ich.«

»Meerstadt ist eine so moderne Stadt«, wandte sich nun die Gattin des Direktors an Venia, »die besten Schulen für Euer Kind, die schönsten Villen weit und breit, viele kulturelle Veranstaltungen und gute Gasthäuser.«

Venia nickte. »Ja, ganz sicher ist es so. Doch meine Familie lebt in Friedweiler, sie steht mir sehr nah und ist auch für unser Kind da, wenn ich arbeite.«

Frau Schaneward winkte ab. »Ach, Ihr braucht doch nicht mehr arbeiten, wenn Euer Mann diese gutbezahlte Position einnimmt. Ihr habt dann alle Zeit für Euer Kind und könnt euch sogar Hausangestellte leisten wie wir.«

Venia versuchte sich nochmals zu erklären. »Aber ich liebe meine Arbeit als Lehrerin.«

Da stieß Peter sie unter dem Tisch mit dem Fuß an, während er seine Hand auf die ihre legte, die auf dem Tisch ruhte, und sagte an den Direktor und seine Gattin gerichtet: »Wir werden es in Ruhe besprechen und Euch bald Bescheid geben. Ich bedanke mich sehr für das großartige Angebot.«

Venia nickte zustimmend und Peter wechselte das Thema. Er befragte die Gattin zu ihren kulturellen Interessen und den Direktor zu den neuesten Erkenntnissen in der Forstwirtschaft, auch ein Thema der Akademie.

Venia beteiligte sich hier und da, war sie doch belesen genug, um zu allem etwas beitragen zu können. Aber sie war nicht mit dem Herzen dabei. Würde Peter das Angebot wahrnehmen wollen? Sie wollte nicht aus Friedweiler fort und auch nicht wieder eine Beziehung führen, in der sie an verschiedenen Orten lebten. In Friedweiler war jetzt alles endlich so, wie sie es sich gewünscht hatte.

Die drei Gänge wurden nach und nach serviert und schmeckten köstlich. Der Wein passte hervorragend dazu und der Direktor zückte schließlich seinen Münzbeutel und bezahlte das gesamte Mahl. Zum Abschied bedankten sich Peter überschwänglich und Venia zurückhaltend, aber höflich für den schönen Abend und das wunderbare Essen.

»Und Ihr wartet mir nicht zu lange mit Eurer Zusage, Herr Wenzel«, mahnte der Direktor mit erhobenem Zeigefinger.

»Ja, natürlich, Herr Direktor Schaneward, ich werde Euch spätestens in einer Woche Bescheid geben.«

Peter deutete der Gattin des Direktors wiederum einen Handkuss an und gleiches tat der Direktor mit Venia. Die beiden Frauen nickten sich wiederum zu und sie gingen gemeinsam zur Garderobe. Ein Ober eilte herbei, um ihnen in die Umhänge zu helfen. Als sie vor den Gasthof zur Goldenen Gans traten, stand schon eine Kutsche für den Direktor und seine Gattin bereit.

»Können wir Euch noch irgendwohin bringen?«, fragte der Direktor Peter und Venia.

Beide schüttelten den Kopf und Peter sagte: »Vielen Dank, wir haben es nicht weit und ein wenig Gehen nach dem köstlichen Mahl tut uns gut.«

Sie warteten, bis das Direktorenpaar in der Kutsche Platz genommen hatte, der Kutscher die Zügel in die Hand nahm, mit der Zunge schnalzte und die Pferde sich in Bewegung setzten. Sie winkten alle einander noch zu, dann standen Peter und Venia allein auf dem Bürgersteig.

Peter legte zum Gehen seinen Arm um Venias Taille, während sie hörbar ausatmete und ebenfalls ihren Arm um Peters Hüfte schlang. Venias Schultern sanken mit jedem Schritt weiter nach unten. Sie hatte gar nicht bemerkt, dass sie so angespannt gewesen waren. Mehrmals atmete sie tief ein und aus.

»Hab keine Sorge, Liebste, ich werde nichts entscheiden, was du nicht willst. Wir gehören zusammen.«

Sie wandte ihm ihr Gesicht zu und lächelte zaghaft: »Es wird wohl eine schwere Entscheidung für einen von uns beiden, oder?«

Peter nickte und sagte sanft: »Lass uns nicht heute darüber sprechen. Das machen wir in Ruhe zu Hause in Friedweiler.«

Sie schlenderten schweigend Arm in Arm zum Haus seiner Eltern, jeder seinen Gedanken nachhängend.

Die Entscheidung

Drei Abende sprachen sie darüber, sobald Jonas im Bett lag und schlief.

»Ich würde es natürlich sehr gerne machen, es ist ein unglaubliches Angebot. Es gäbe einen guten Lohn und ich könnte weiter an entscheidenden und interessanten Forschungen beteiligt sein.«

»Das verstehe ich, Peter. Aber würde das bedeuten, dass du auch wieder viel und weit unterwegs wärst?«

»Nein, die Untersuchungen im Land machen andere. Ich beaufsichtige als Stellvertreter von Meerstadt aus all diese Forschungen und werte die Ergebnisse mit aus. Vielleicht käme es zu ein oder zwei kurzen Forschungsreisen im Jahr. Wir wären also eigentlich immer zusammen.«

»Hm, das ist schon mal ein Vorteil«, gab Venia zu.

»Und noch ein Vorteil wäre, dass du deine geliebte Bibliothek jederzeit aufsuchen könntest«, warb Peter.

Sie zuckte mit den Schultern und nickte zaghaft.

»Aber du willst nicht von Friedweiler fort, oder?«

»Ganz ehrlich, Peter, nein, will ich nicht. Ich finde es sehr schön, wie es jetzt ist. Dass nicht nur unsere kleine Familie beisammen ist, sondern auch Ma, Pa und Rodolf da sind und meine Freunde. Und ich liebe meine kleine Schule und das Dorfleben. Als ich dich in Riewa besuchte, habe ich deutlich gemerkt, dass ich nicht für die Stadt gemacht bin. Ich möchte schnell in den Wäldern sein, über Felder schauen, am Fluss spazieren gehen.«

»Es ist wirklich schön in Friedweiler«, stimmte Peter ihr zu. »Ich bräuchte nur eine interessante Aufgabe hier.« Nachdenklich sah er ins Leere.

Venia nickte. »Könntest du die Position nicht auch von hier aus erfüllen und nur ab und zu nach Meerstadt fahren?«, hoffnungsvoll sah sie Peter an.

Doch der schüttelte den Kopf. »Nein, es sind häufig Absprachen mit dem Direktor und den anderen Wissenschaftlern vor Ort zu treffen.«

Venia seufzte.

Am ersten Abend kamen sie nicht viel weiter, aber einig waren sie sich darin, dass sie auf keinen Fall getrennt voneinander leben wollten. In dieser Nacht liebten sie sich fast verzweifelt. Sie wollten einander und doch wollte auch jeder etwas anderes.

Am zweiten Abend begann Venia das Gespräch. »Du bist doch in Meerstadt zur Schule gegangen. Wie groß war deine Schule?«

»Wir waren von jedem Jahrgang zwei Klassen und in jeder waren sicherlich 25 Schüler.«

»Das ist groß. Und wie viele Lehrer?«

»Keine Ahnung, einige. Ich habe sie nie gezählt.«

»Und dann gab es noch einen Direktor, oder?«

»Ja, und der war sehr streng. Ihm war es wichtig, dass wir alle strammstanden, wenn er auftauchte. Tanzte einer aus der Reihe, wurde er an den Ohren aus derselben gezogen und bloßgestellt.«

»Oh Ewiger, das ist ja furchtbar!«, rief Venia mit entsetzt aufgerissenen Augen.

»Hm ...«, brummte Peter, der jetzt erst bemerkte, dass er damit Venia sicherlich nicht nach Meerstadt locken konnte.

»Sind alle Schulen so groß in Meerstadt?«, fragte sie weiter.

»Ich denke schon, so klein wie in Friedweiler wird keine sein. Aber es kann ja auch interessant sein, sich mit anderen Lehrern auszutauschen und verschiedene Klassen zu unterrichten, oder?«

»Ja, vielleicht. Ich frage mich allerdings, ob ich in einer solch großen Schule auch so viel Freiheiten hätte wie in Friedweiler. Ich mache eine ganz andere Art Unterricht und bin hier mein eigener Herr. Meine junge Kollegin Sheila ist auch begeistert davon und hat mir erzählt, dass sie bei ihrer Ausbildung in Meerstadt nie so viel Freude am Unterrichten hatte wie jetzt. Dort war alles viel stärker vorgegeben, der Direktor schaute ab und zu in den Unterricht hinein und fand immer etwas zu bemängeln. Sie kann es sich nicht mehr vorstellen, in einer großen städtischen Schule zu arbeiten.«

Peter sah betroffen aus. »So habe ich das noch nicht gesehen. Ich dachte, Lehrerin kannst du doch überall sein. Aber es stimmt, du müsstest dich womöglich sehr verbiegen. Das will ich auch nicht. Du bist so, wie du bist, eine Lehrerin, wie ich sie mir immer gewünscht hätte.«

»Danke, dass du mich verstehst.« Venia lächelte erleichtert.

»Wenn ich nur wüsste, was ich von Friedweiler aus erforschen könnte?«, begann nun Peter laut nachzudenken.

»Hm, könntest du das nicht den Direktor fragen?«

»Sicherlich, aber ob er nicht zu enttäuscht sein wird, um mir etwas anderes anzubieten?«

»Du meinst, dann gäbe es tatsächlich nichts für dich hier?«, fragte Venia erschrocken und fügte hinzu: »Auch das geht natürlich gar nicht. Ich weiß, wie sehr du deine Forschungen liebst.«

Sie schwiegen eine Weile, den keiner wusste weiter. Es war zu vertrackt. Ganz gleich, in welche Richtung sie dachten, sie stießen immer wieder auf Hindernisse, obwohl sie sich bemühten, eine gemeinsame Lösung zu finden.

Schließlich setzte Venia wieder an. »Mir fällt gerade ein, was Ma in solchen Fällen immer zu mir sagt. Die Lösung wird kommen, wenn ich nur still in mir werde. Wenn ich aufhöre, es mit dem Verstand lösen zu wollen. Vielleicht sollten wir das auch versuchen.«

»Du meinst, aus dem Bauch heraus?«

»Ja, so kannst du es auch nennen. Innerlich zur Ruhe kommen, indem ich mir sage: Ich weiß nicht, was das Beste ist. Ich weiß nicht, wie ich das lösen soll. Ich weiß gar nichts. Ich überlasse es der Weisheit in mir. Möge aus der Stille und dem Aufgeben von allem, was ich zu verstehen und zu wissen glaube, ein Impuls, eine Idee kommen.«

»Und das funktioniert?«

»Bei Ma schon.«

»Deine Ma ist auch jemand Besonderes.«

»Sie sagt, wir haben alle diese Gabe, weil wir alle die gleiche wahre Natur und Weisheit in uns haben.«

»Aha …« Peter sah Venia skeptisch an.

Doch Venia ließ sich davon nicht beirren, etwas in ihr hatte Funken geschlagen. »Die Erinnerung an Mas Worte kam auch gerade zu mir, als ich dachte: Ich weiß einfach nicht, was wir tun sollen. Ich weiß es nicht.«

»Das mag schon sein, Liebste, aber ich glaube, da bin ich zu sehr Wissenschaftler.«

»Du bist ein hervorragender Wissenschaftler, ja, und du bist ein Mensch, der auf seine Intuition achtet. So oft hast du mir erzählt, dass du manchmal nicht weißt, warum du an einer Stelle zu graben anfängst oder warum du an einer Weggabelung ausgerechnet nach links statt nach rechts abgebogen bist und dann einen wichtigen Fund gemacht hast.«

»Hm …«, machte Peter nachdenklich. »Das stimmt!«

In seinem anschließenden Schweigen ergriff Venia wieder das Wort. »Was haben wir zu verlieren, wenn wir es versuchen?«

»Wohl nichts, aber ich weiß nicht so recht …« Doch dann gab sich Peter einen Ruck, er hatte einfach selbst keine andere Idee mehr, wie sie ihre Situation lösen sollten. »Also gut. Versuchen wir es. Was muss ich tun?«

»Immer wieder, wenn dir Gedanken zu unserer Situation kommen, du dich im Kreis drehst, es mit dem Verstand abwägst und lösen willst, trittst du innerlich zurück davon, indem du dir sagst: Ich weiß nichts. Ich weiß nichts. Ich lasse die wahre Weisheit in mir geschehen.«

»Ich weiß nichts. Ich weiß nichts …«, wiederholte Peter erst noch unsicher und fuhr dann mit festerer Stimme fort: »Ich lasse die wahre Weisheit in mir geschehen. Gut, ich werde es versuchen.«

Am folgenden Tag machte Peter allein einen langen Spaziergang, während Venia in der Schule und Jonas bei den Großeltern war. Fröhlich kehrte er zurück und sagte Venia, es habe gewirkt, aber er wolle ihr alles am Abend in Ruhe erzählen, jetzt würden sie erstmal Jonas abholen und mit ihm Zeit verbringen.

Venia war gespannt. Auch sie hatte immerzu, wenn ihre Gedanken um ihr Thema schweiften, sich früher oder später ein »Ich weiß nichts« gesagt, wodurch sie die Gedanken wieder loslassen und sich der Weisheit im eigenen menschlichen Nichtwissen hingeben konnte. Das ließ sie ruhiger werden, doch eine innere Klarheit war ihr noch nicht zugeflogen.

Als sie abends zusammen auf dem Sofa saßen, eröffnete Peter aufgeregt das Gespräch. »Auf meinem Spaziergang habe ich wirklich nichts anderes getan, als immerzu diesen Satz zu sagen, sobald meine Gedanken zu kreiseln begannen. Und das taten sie ständig. Immer wieder wollte ich es mit dem Verstand angehen, ganz unwillkürlich. Und ganz ehrlich, zwischendurch dachte ich, das ist doch alles Unfug mit diesem Ich-weiß-nichts. Natürlich muss ich es wissen! Doch da ich wiederum nichts anderes zu tun wusste, kehrte ich wieder zum Ich-weiß-nichts zurück. Und dann, je öfter ich es mir sagte, desto ruhiger wurde es in meinem Kopf. So spürte ich auch nach und nach wirklich Erleichterung, obwohl ich doch noch gar keine Lösung hatte!«

Venia nickte. »Ja, so ist es mir auch ergangen.«

Peter fuhr fort: »Ich staunte, wie konnte ich ruhiger sein, ohne eine Lösung zu haben? Ich begann also wieder selbst zu denken und wissen zu wollen, erwischte mich dabei und tauchte wieder tief in das Ich-weiß-nichts ein. Und irgendwann, Venia, irgendwann tauchte eine große Klarheit in mir auf.«

»Oh«, machte Venia und beugte sich zu ihm vor.

»Ich werde in Friedweiler bleiben, weil jetzt ich dran bin, auf uns Rücksicht zu nehmen. Du bist bisher mir gefolgt und hast mich damit sehr unterstützt.«

»Das habe ich gern getan.«

»Ja, ich weiß und ich spüre jetzt eine große Klarheit in mir, dass ich es nun für dich tun will.«

Venia nickte, sehr gerührt, doch auch noch unsicher. »Aber was willst du arbeiten?«

»Ich werde den Direktor fragen, ob ich in der Forstwirtschaft eine Aufgabe übernehmen könnte. Mir fiel plötzlich ein, dass er doch sagte, es müsse noch jemand die alten Studien mit den neuen vergleichen und eine Erklärung finden, warum sie nicht übereinstimmen. Es sei eine längere Fleißarbeit und dafür habe gerade niemand Zeit.«

»Aber interessiert dich Forstwirtschaft?«

»Nicht so sehr wie die Stein- und Bodenkunde, doch es ist schon verwandt. Ich habe mich ja auch damit befasst, wo und warum auf den Feldern etwas besser wächst. Bei der Forstwirtschaft geht es auch um die bestmögliche Erhaltung des Waldes und welche Bäume wo am besten wachsen. Doch, ja, ich kann mir das gut vorstellen.«

»Und dafür müsstest du nicht in Meerstadt sein?«

»Ich denke nicht. Ich könnte sicherlich alle Unterlagen und Bücher mit nach Friedweiler nehmen.«

Venia wurde langsam leichter ums Herz. Hatten sie tatsächlich eine Lösung gefunden?

»Willst du das wirklich?«

Er nahm ihre Hände in die seinen und zog sie nah zu sich heran. Ihre Gesichter berührten sich fast, während sie einander in die Augen schauten. »Ja, meine geliebte Frau, ich will es so. Es fühlt sich gut an. Wir bleiben in Friedweiler, wo wir beide es schön finden und wir haben beide eine Arbeit, die uns Freude macht. Jonas hat eine große Familie und unsere Freunde sind auch da. So ist es am besten.«

Er küsste sie zärtlich und Venia erwiderte den Kuss. Dann flüsterte sie: »Danke, Peter, ich bin so froh.«

»Danke nicht mir, sondern dem Ich-weiß-nichts«, lachte er.

Schon am nächsten Tag fuhr Peter nach Meerstadt und suchte den Direktor auf. Dieser war erstaunt, dass Peter die stellvertretende Position ablehnte. Er hatte sein Zögern nicht wirklich ernst genommen und war überzeugt gewesen, dass Peter seine Frau überstimmen würde.

Nun gut, man steckte in den Ehen anderer Leute nicht drin, dachte er sich. Laut sagte er, dass er es sehr bedauere, Peter nicht als hervorragenden und äußerst fachkundigen Steinkundler an seiner Seite haben zu können. Doch er vertraue Peter gerne den Studienvergleich in der Forstwirtschaft an. »Wenn der ebenso brillant wie Euer Buch wird, ist mir und der Wissenschaft auch geholfen«, fügte er noch hinzu. »Ihr habt ein dreiviertel Jahr Zeit dafür und anschließend finden wir sicherlich weitere Aufgaben, wenn diese gut von Euch gemeistert wurde.«

Peter bedankte sich und sie besiegelten das neue Arbeitsverhältnis mit einem kräftigen Händedruck und einem Glas erlesenem Wein.

Glücklich kehrte Peter mit einem Koffer voller Bücher und Schriften nach Friedweiler zurück.

Eine schwierige Suche

Kalt und rau jagte der Wind über die Ebene und fuhr Miro durch seine Kleidung in die zitternden Glieder. Er sehnte sich nach einem geschützten Ort und einer warmen Mahlzeit. Doch hatte er noch ein gutes Stück Weg vor sich bis nach Maederos. Die Lage der Stadt war ihm gut beschrieben worden und so hoffte er, sie in den nächsten Stunden zu erreichen.

Die Vegetation war karg und bestand nur aus anspruchslosen Pflanzen, die dem ständigen Wind trotzten und sich mit wenig Wasser begnügten. Tiere waren nicht zu sehen, nur einmal war Miro so, als habe er in der Ferne eine Gazelle erblickt, die jedoch schnell das Weite suchte.

Zwei Stunden später tauchte weit vor ihm am Horizont die Silhouette einer fremdartigen Stadt auf. Das konnte nur Maederos sein. Auf der Stadtmauer thronten in regelmäßigen Abständen Türme, von denen Wachen weit in die Ebene hineinspähen konnten. Hinter der Mauer streckte sich ein einzelner, schlanker und sehr hoher Turm kühn dem graubewölkten Himmel entgegen.

Miro beschleunigte seine Schritte und eilte in der Hoffnung auf eine freundliche Bewirtung in Richtung der Stadt. Zumindest hatte man ihm gesagt, dass die Bewohner Fremden gegenüber freundlich seien, sofern sie ehrliche Absichten verfolgten. Wenn dem so war, musste er keine Bedenken hegen, denn was ihn hierhergeführt hatte, an diesen seltsamen Ort am östlichen Rande des Fernlandes, hatte nichts mit Talern oder Dingen zu tun, sondern mit einer tiefen Sehnsucht nach geistiger Unterweisung.

Fünf Jahre waren vergangen, seit er in Wiesdorf dem Tod ins Auge geblickt hatte. Seitdem suchte er eine Erklärung für sein inneres Erlebnis. Er hatte damals bereits mit seinem Leben abgeschlossen und genau dann war dieser grenzenlose und unfassbare Frieden in ihm aufgestiegen. Danach hatte er versucht, dieses Gefühl festzuhalten, aber es war ihm fast unmerklich immer mehr entglitten. Mit der Zeit schlichen sich wieder Ängste, Sorgen und Ärger in sein Gemüt. Aber er war überzeugt, dass er diesen Frieden in sich wieder finden könnte, wenn er nur genau verstünde, was da geschehen war. Dann könnte er es vielleicht üben, so wie das Spielen auf seiner Laute.

Sein Freund Arvad hatte vor vielen Jahren von weisen, alten Männern gesprochen, die im Fernland oder noch dahinter lebten. Von ihnen hatte er die eigenartigen Lieder gelernt, die Miro damals so beeindruckten, auch wenn er sich jetzt nur noch ganz vage an sie erinnern konnte. Er war ein kleiner Junge gewesen, hatte wenig verstanden von dem, was Arvad ihm erzählte, aber es übte eine Faszination auf ihn aus, die über all die Jahre andauerte.

Und so hatte er vor einem halben Jahr beschlossen, sich auf die Suche nach jenen weisen Männern zu machen. Vielleicht würde er bei ihnen finden, was er suchte. Und vielleicht würde er dort den Schlüssel zu einem ganz neuen Leben bekommen.

Seine Reise war mühsam gewesen, voller Anstrengungen und Entbehrungen. Nachdem er die saftigen und sumpfigen Wiesen und Wälder des Seenlandes hinter sich gelassen hatte, war die Landschaft immer karger geworden.

Immer seltener war ein Bach zu finden, an dem er seinen Durst stillen konnte, immer spärlicher wurde das Gras unter seinen müden Füßen und schließlich, nach mehreren Wochen, geriet er in eine Wüste, die ihn zu vernichten drohte. Sieben Tage und sieben Nächte dauerte der Marsch. Am Tag schlief er im Schatten großer Steine und bei Nacht taumelte er unter kalt funkelnden Sternen seinem ungewissen Ziel entgegen.

Glücklicherweise hatte er mehrere Schläuche mit Wasser dabei, die ihm das Überleben sicherten. Mit unendlicher Vorsicht trank er seine winzigen Rationen und fluchte über jeden einzelnen

Tropfen, der in den heißen Sand fiel und dort augenblicklich verdunstete.

Aber schließlich war er wieder in bewirtschaftete Gebiete gekommen. Er erreichte ein Weideland, auf dem Hirten Schafe und Kühe hüteten. Ein Hirte nahm ihn in seine Hütte auf, gab ihm Essen und eine bescheidene Schlafstelle aus Stroh bei den Tieren. Miro war dankbar.

Das Hirtenvolk sprach die Sprache des Fernlandes, die er in den letzten Vollmonden soweit erlernt hatte, dass er sich leidlich verständlich machen konnte, oft auch mit Hilfe von Gesten und Lauten. Unter den Hirten gab es wiederum einige, die ein wenig seine Sprache, die des Westens, beherrschten.

Als sie hörten, was er für Musik machte, veranstalteten sie ein Fest in ihrer Siedlung. Ein junges Schaf musste dafür sein Leben geben und Miro sollte abwechselnd spielen und singen und dann wieder scharf gewürztes Lammfleisch essen und starken Wein trinken. Dazu gab es eine saure Milchspeise, von der Miro nur so viel genoss, wie es die Höflichkeit gebot. Das ging so bis tief in die Nacht, bis sämtliche Hirten und ihre Frauen trunken von Wein und Gesang ins Gras sanken und in einen tiefen Schlaf fielen.

Miro suchte sein Strohlager auf und schlief ebenso auf der Stelle ein. Am nächsten Morgen aber hatte er ein Gefühl, als habe er tausend kleine Teufel im Magen, die das Fest vom Abend munter weiterfeierten. Er suchte sich einen stillen, einsamen Ort und entledigte sich aller Substanzen, die ihn quälten. Die Teufel aber blieben. Er schlich zurück zu seinem Lager und krümmte sich vor Schmerzen zusammen.

Bald darauf setzte ein schlimmes Fieber ein. Miro schwitzte und fror abwechselnd und träumte in einem fiebrigen Halbschlaf von Teufeln, die um ihn tanzten. Sie hatten weibliche Formen, waren halb nackt und lachten hämisch über ihn, der an sein Lager gefesselt war.

Als er wieder erwachte, hatten ihn die Hirten auf ein bequemes Lager gelegt und ihm die verschwitzte Kleidung ausgezogen. Er schaute um sich und sah, dass er sich in einer größeren Hütte befand. Zwei junge Frauen hockten in einer Ecke und rührten in einem alten Eisentopf herum, der auf einer Feuerstelle stand. Als sie bemerkten, dass er sie ansah, kicherten sie und flüsterten sich etwas zu, das er nicht verstand.

Ihm wurde bewusst, dass er nackt unter einer schweren Decke lag. Hatten ihn etwa die Frauen ausgezogen? Er spürte, wie ihm das Blut ins Gesicht stieg. Scheu blickte er wieder zu den jungen Frauen.

Sie waren hübsch, vor allem die eine mit ihren langen, braunen Locken und großen, dunklen Augen. Ihre Bewegungen waren flink, aber anmutig, und Miro beobachtete sie fasziniert. Sie bemerkte es und schenkte ihm ein kurzes Lächeln, dann rührte sie weiter in dem Topf herum.

»Ich bin Miro«, sagte er. Ihm wollte einfach nichts Besseres einfallen. Die Frauen schauten erstaunt und kicherten dann wieder.

»Miro!«, wiederholte er und deutete diesmal mit dem Finger auf sich selbst.

Sie kicherten weiter, und die Braunhaarige zeigte auf sich und erwiderte: »Marina«.

Die andere nannte sich Evina, aber er wusste, dass er ihren Namen schnell wieder vergessen würde. Er hatte nur Augen für Marina, die nun aufhörte, im Topf zu rühren.

Sie schaute ihn auch an, bis sie einen Stoß von der anderen bekam und schnell wieder eifrig rührte.

Miro lächelte in sich hinein und legte sich wieder lang.

Nach kurzer Zeit rief ihm Marina etwas zu. Offenbar wollte sie wissen, ob er essen wolle, denn sie hatte mit einem Schöpflöffel etwas aus dem Topf in ein kleineres Gefäß getan und hielt es ihm hin.

Tatsächlich verspürte er Hunger und wollte schon von seinem Lager aufspringen, als ihm gerade noch einfiel, dass er nackt war. Die Frauen lachten unbekümmert über seinen umständlichen Versuch, sich schnell wieder mit der Decke zu umhüllen. Er ärgerte sich kurz, lachte dann aber mit.

Marina stand auf und reichte ihm die kleine Schale, aus der es dampfte. Möge der Ewige, oder wer auch immer, mich davor bewahren, dass es wieder so etwas Grausiges wie die saure Milchspeise ist, dachte er bei sich. Doch es roch gut, und als er kostete, schmeckte es wie Hühnersuppe.

Gierig löffelte er die Schale aus und gab sie Marina zurück, die sie ihm erneut füllte. Als er fertig war, legte er sich satt und zufrieden wieder auf sein Lager.

Die Frauen löschten das Feuer und ließen den Topf einfach stehen. Sie entfernten sich leise aus der Hütte, doch Miro sah aus fast geschlossenen Augen, wie sich Marina beim Hinausgehen noch einmal umdrehte und einen kurzen Blick auf ihn warf. Dann schlief er wieder ein.

Als er die Augen öffnete, war es dunkel um ihn herum. Anscheinend war es mitten in der Nacht. In ihm war ein unbestimmtes Gefühl, dass ihn ein Geräusch geweckt hatte, aber er konnte sich nicht erinnern, was es gewesen war.

Er lauschte in die Dunkelheit hinein – es schien jemand in der Hütte zu sein. Er ahnte es mehr, als dass er es hörte oder sah. Langsam gewöhnten sich seine Augen an die Dunkelheit. Da! War da nicht ein dunkler Schatten? Ihn beschlich die Angst und er setzte sich vorsichtig auf. Wie dumm, dass er kein Messer in Reichweite hatte.

Er hörte ein leises Geräusch und plötzlich flammte ein Licht auf und eine Kerze wurde angezündet. Er blinzelte und sah, dass es Marina war, die die Kerze in der Hand trug. Sie sah ihn ernst und eindringlich an und er ahnte, dass sie ihm diesmal keine Suppe bringen wollte. Sie stellte die Kerze auf den Boden und setzte sich auf die Kante seines Lagers. Miros Puls raste und ihm schossen tausend Gedanken durch den Kopf. Was, wenn man sie entdeckte? Was, wenn sie verheiratet wäre? Was, wenn das eine Falle war?

Sie schien seine Aufgeregtheit zu spüren und strich ihm mit der Hand sanft über die Haare und die Wange. Dabei flüsterte sie etwas in ihrer Sprache. Er verstand es nicht, aber es beruhigte ihn. Sie war wunderschön.

Zögernd wagte er, ihr über den Oberarm zu streicheln. Sie lächelte. Dann streifte sie ihr einfaches Leinenkleid über die Schultern und er sah im flackernden Kerzenschein ihre kleinen Brüste. Sie blies die Kerze aus und einen schier endlosen Augenblick später spürte er, wie seine Decke beiseite geschlagen wurde und ein warmer, nackter Körper sich an ihn schmiegte.

An all das erinnerte sich Miro, als er sich Maederos näherte. Nach der Nacht mit Marina war er am nächsten Tag weitergezogen. So schön es gewesen war, er wusste, dass ihn nichts mehr aufhalten konnte auf der Suche nach einem tieferen Sinn seines Lebens, auch keine schöne Frau. Er hatte Marina noch einmal gewunken, als sie im Eingang ihrer Hütte stand und ihm nachsah. Dann aber ging er seines Weges, ohne sich noch einmal umzusehen. Und nun stand er vor der Stadtmauer von Maederos.

Die Mauer war bestimmt zehn Meter hoch und aus rotem Sandstein gebaut. Oben säumte eine lange Reihe von Zinnen die Mauer, die sicherlich als Schießscharten bei Angriffen dienten. Vor dem Stadttor standen zwei grimmig dreinschauende Wächter.

Über der schwarzen Uniform trugen sie ein schweres Kettenhemd aus Metall und einen breiten Ledergürtel, in dem ein silberner Säbel steckte. Ihre Helme waren fantasievoll gestaltet, mit zwei Flügeln an der Seite und einer Spitze vorne, die wie ein Adlerkopf aussah. Beide stützten sich auf eine lange Lanze, die sie vor sich in den staubigen Boden gerammt hatten. Eine der Wachen warf Miro einige unfreundliche Worte zu. Offensichtlich wollte der Soldat wissen, wer er war oder was er hier wollte.

»Ich bin Musiker und biete meine Dienste an.« Er zeigte auf seine umgehängte Laute und machte Bewegungen, die verdeutlichen sollten, dass er Laute spielte. Die Wache kam wohl zu dem Schluss, dass von ihm nichts zu holen war, brummte etwas und winkte Miro durch. Er beeilte sich, durch das Tor zu kommen.

Was hätte er ihnen erzählen sollen? Dass er auf der Suche nach geheimnisvollen weisen Männern war? Sie hätten ihn vermutlich ausgelacht. So war es besser, er konnte sich nun in Ruhe weiter auf die Suche machen. Aber wo anfangen? Er könnte sich erst mal ganz unauffällig nach einem Heiler erkundigen, vielleicht wüsste der dann wieder mehr.

Miro mietete sich in einer einfachen Herberge ein und nahm eine Schlafstelle im Schuppen hinter dem Haus, gleich neben dem Stall. Er hörte die Pferde schnauben und roch ihre Ausdünstung, aber es machte ihm nichts aus.

Am Abend ging er in das Wirtshaus, um sich eine kleine Mahlzeit und ein kaltes Dünnbier zu bestellen. Es war eng und stickig in dem Raum und Miro wollte schon wieder gehen, als zwei Männer an seinen Tisch traten und fragten, ob sie Platz nehmen dürften. Miro bejahte und so hatte er auf einmal Gesellschaft. Sofort aufzustehen und zu gehen, erschien ihm unhöflich, also beschloss er, noch ein wenig zu bleiben.

Die beiden Männer beachteten ihn nicht weiter und vertieften sich in ihr Gespräch. Und auch Miro achtete zunächst nicht auf ihre Worte, doch plötzlich wurde er hellhörig, denn er glaubte, den Namen Arvad gehört zu haben. Er lauschte nun, verstand aber fast nichts, da sie sehr leise sprachen.

Schließlich fasste er sich ein Herz. »Entschuldigt, Ihr Herren! Ihr kennt den Sänger Arvad?«

Die beiden Männer stutzten und sahen sich kurz an. Miro war sich nicht sicher, ob sie zögerten, ihm zu antworten oder ob sie ihn gar nicht verstanden hatten.

»Warum fragt Ihr?«, sagte schließlich der ältere, der einen langen Bart trug, in Miros Sprache, aber mit einem seltsamen Akzent. Er hatte wohl sofort bemerkt, dass Miro aus dem fernen Seenland stammte.

»Ich kannte mal einen Arvad, zu Hause bei uns im Seenland. Aber das ist schon fast 20 Jahre her. Er war ein umherziehender Sänger und Lautenspieler.«

Die beiden Fremden schienen sich zu entspannen. Der Bärtige sagte: »Der Arvad, den wir kennen, war auch im Seenland unterwegs. Wie sah Euer Arvad denn aus?«

Miro versuchte, ihn so genau wie möglich zu beschreiben. Die beiden Männer nickten. »Ja, das ist bestimmt der Arvad, den wir auch kennen«, sagte wieder der Ältere.

Der jüngere Mann, der auffällig dürr war, schien die Sprache des Seenlandes nicht zu beherrschen. Miro wiederum konnte die Sprache des Fernlandes mehr schlecht als recht. Er musste sich eingestehen, dass er reichlich blauäugig gewesen war, so weit zu reisen ohne gute Sprachkenntnisse. Unterschwellig hatte er wohl darauf gebaut, dass die weisen Männer selbstverständlich alle Sprachen dieser Welt fließend sprechen konnten.

Es trat jetzt eine peinliche Stille ein, denn keiner wusste so recht, wie er das Gespräch fortsetzen sollte. Schließlich fragte Miro: »Wisst ihr denn, wo Arvad sich derzeit befindet?«

»Nein, das weiß ich nicht, ich habe schon lange nichts mehr von ihm gehört«, erwiderte der Mann mit dem Bart.

»Ich dachte nur, weil ihr ja gerade über ihn gesprochen habt«, sagte Miro und war sich im gleichen Moment bewusst, dass seine Bemerkung wie ein Vorwurf klang.

»Nein, es ging um einen gemeinsamen Freund, der wiederum Arvad kennt«, sagte der Bärtige. Jedoch war Miro war misstrauisch geworden.

»Ach so«, sagte er betont arglos.

»Was treibt Euch denn hier nach Maederos?«, fragte der Bärtige, offenbar um das Thema zu wechseln.

Miro zögerte und sagte dann: »Nun, als Musiker hat es mich eben weit herumgetrieben, jetzt sogar bis ins Fernland. Das Ihr Ostland nennt, wie ich gehört habe.«

»Ihr seid richtig unterrichtet. Hier im Ostland und vor allem in Maederos werdet Ihr sicher Arbeit finden. Aber – ich will Euch nicht zu nahetreten – es wäre sicherlich hilfreich, wenn Ihr unsere Sprache besser erlernen würdet.«

Miro nickte eifrig und sagte dann: »Verzeiht, aber ich bin müde und denke, ich muss jetzt gehen. Ich wünsche Euch noch einen schönen Abend!« Dabei stand er auf und auch die beiden Männer erhoben sich aus Höflichkeit. Man nickte sich zu, doch bevor sich Miro umwandte, fragte er noch schnell: »Ach, kennt Ihr zufällig einen Heiler hier in der Stadt? Ich habe mir wohl den Magen verdorben und bräuchte heilende Kräuter oder einen Tee.«

»Ich hörte nur von der alten Birga, weiß aber nicht, wo sie wohnt. Sie lebt schon seit ewiger Zeit in Maederos und gilt als gute Heilerin. Sie kann Euch sicher helfen und vielleicht auch noch weitere Fragen von Euch beantworten«, sagte der Mann mit dem Bart. Miro stutzte ein wenig, nickte dann aber noch einmal und verließ das Gasthaus.

Als er zu seiner Schlafstelle im Schuppen ging, klang ihm noch die letzte Bemerkung in den Ohren. Warum glaubte der Bärtige, dass er noch weitere Fragen habe? Anscheinend hatte er ihm nicht geglaubt, dass er nur ein umherreisender Musiker war. Und ihm wiederum waren die beiden Männer ziemlich seltsam erschienen. Aber er würde sich auf jeden Fall auf die Suche nach der alten Birga machen.

Die nächsten Tage fand Miro keine Möglichkeit, sich als Musiker zu verdingen, allerdings musste er sich eingestehen, dass er auch nicht mit vollem Einsatz darum bemüht war. Dafür machte er sich in dem Gasthof nützlich, säuberte den Pferdestall und half in der Küche. Das brachte ihm wenigstens ein paar Silberlinge ein, denn seine Ersparnisse drohten langsam zur Neige zu gehen.

Der Besitzer des Gasthauses und seine drei Gehilfen hatten noch nichts von einer Heilerin namens Birga gehört, und so versuchte Miro jeden Abend, mit den Gästen ins Gespräch zu kommen. Und tatsächlich, nach drei Tagen hatte er Glück. Ein alter Knecht, der dem Bier im Gasthaus sehr zugetan war, konnte ihm einen Hinweis auf Birga geben. Ja, vor einigen Wochen sei er selbst bei ihr gewesen, als ihn mal wieder das Rückenreißen plagte, erzählte der

Knecht. Gegen die Schmerzen habe sie ihm eine Salbe gegeben. Er wollte weiter von seinem Rücken erzählen, aber Miro unterbrach ihn und konnte ihm schließlich entlocken, wo Birga wohnte. Gleich am nächsten Tag würde er sie aufsuchen, nahm er sich vor. Vielleicht würde sie den Weg zu den weisen, alten Männern kennen.

Unter der Schneelast

Sag ihnen liebe Grüße und dass ich mit Jonas wieder komme, wenn Schnee und Kälte zurückgehen.« Venia küsste ihre Mutter auf die Wange. Lila war vom Esstisch aufgestanden und hatte ihren Jutesack geschultert, der mit allerlei Kleinigkeiten vollgepackt war, mit Nüssen, Trockenfrüchten, Seife, Gewürzen und Mehl. Auch Garn für Marta, denn sie besserte im Winter immer ihre Kleidung aus. Und für Artur mal wieder ein Buch von Venia.

»Ich werde vier Tage bei ihnen bleiben, sonst lohnt sich der beschwerliche Winterweg nicht«, sagte Lilia zu ihrer Tochter, während sie sich zu Jonas hinunterbeugte, der gerade bäuchlings an ihr vorbeirobbte und unbedingt die Kuchenkrümel unter dem Esstisch erbeuten wollte. Sie hob ihn hoch und wandelte seinen Protest in juchzende Freude, indem sie ihn kitzelte.

»Danke für den köstlichen Nusskuchen zum Abschluss unseres schönen Frühstücks, Venia, der ist dir gut gelungen.«

»Danke, und ach, warte, ich gebe dir noch drei Stücke mit, für dich, Dankma und Dankpa.« Sie eilte mit dem Kuchenblech in die Küche, schnitt drei große Stücke ab und wickelte sie in Papier ein. Aus dem Wohnzimmer hörte Venia ihre Ma und ihren Sohn glucksen, sie trieben sicherlich lustige Spielchen.

Ihre Gedanken wanderten weiter zu Peter, der in seinem Arbeitszimmer auf dem Bauernhof weilte. Zum wiederholten Male war sie dankbar für seine Entscheidung, in Friedweiler zu bleiben. Bisher hatte er Freude an seiner neuen Aufgabe. Er musste sich in vieles hineinarbeiten und diese Herausforderung mochte er. Lächelnd und mit dem Kuchenpaket in der Hand kehrte Venia zurück ins Wohnzimmer und verabschiedete ihre Mutter.

Lilia freute sich auf Marta und Artur, mehr als einen Vollmond hatten sie sich nicht mehr gesehen. Sie würden am Kamin mit seinem prasselnden und wärmenden Feuer sitzen und viel erzählen. Zum Glück war der Schnee auf den Straßen von den Kutschen platt gefahren und auf den kleineren Wegen bis zum Gebirge von anderen Füßen schon gut niedergetreten worden. Sie kam zügig voran und pfiff Lieder vor sich her.

Beim Aufstieg verging Lilia jedoch das Pfeifen. Sie brauchte alle Luft für den immer beschwerlicher werdenden Aufstieg. Je höher sie kam, umso höher lag der Schnee. Schließlich versanken ihre Beine bis zu den Knien in ihm. Keine menschlichen Spuren waren mehr zu sehen, nur hier und da schien ein Reh oder Hirsch den Weg gekreuzt zu haben.

Die Bäume und Sträucher bogen sich unter der Schneelast und die Sonne ließ die Schneedecke in abertausenden kleinen Sternen glitzern und funkeln. Es war vollkommen windstill und ruhig. Auch den wenigen Vögeln, die hier überwinterten, war es zu kalt zum Trällern.

Lilia blieb stehen, um ihren keuchenden Atem zu beruhigen. Als sie einst in die Tiefe Nacht fiel, hatte hier ebenso viel Schnee gelegen. Doch sie hatte keine Angst, dass ihr wieder ein solches Unglück passieren könnte, und Friedmann musste sich schon vor Jahren daran gewöhnen, dass sie weiterhin auch im Winter allein zur Hochebene aufstieg.

Mit dem Wollhandschuh wischte sie sich den Schweiß von der Stirn. Noch etwa eine halbe Stunde, dann ist es geschafft, ermutigte sie sich selbst und hob ihr Bein für den nächsten Schritt aus dem Schnee, um es gleich wieder tief in ihm zu versenken.

Sie kannte den Weg hier hoch so gut, dass sie ihn trotz der Schneemassen erkennen konnte. Die Bäume ließen eine kleine Schneise offen. Weiter oben würde die flachere Schneedecke zwischen den Schneehaufen auf den Büschen eine Orientierung für den Verlauf des Trampelpfades sein. Als sie die nächste Wegkehre erreichte, blieb sie wiederum erschöpft stehen, um neue Kraft zu sammeln. Sie hob ihren Blick, um nach dem weiteren Wegverlauf zu suchen. Doch was sie sah, ließ sie erst erschrocken die Luft anhalten und dann laut pustend ausatmen.

Etwa 50 Schritte bergauf lagen nah hintereinander gleich drei entwurzelte Bäume quer über dem Weg. Ihre Baumkronen ragten wie ein hohes Gestrüpp aus dem Schnee. Und der Wald dahinter sah aus wie schlecht frisiert. Wirr lagen abgebrochene Äste herum. Baumstämme waren weit oben umgeknickt und die Baumkronen hingen schlaff herunter und drohten ganz abzubrechen.

Lilia seufzte. Das muss ein gewaltiger Wintersturm gewesen sein! Jetzt muss ich mich nicht nur durch den tiefen Schnee kämpfen, sondern auch noch über umgestürzte Bäume klettern und mich an heruntergefallenem Geäst vorbeischlängeln.

Sie nahm den Weg wieder auf und brauchte mehr als die halbe Stunde, zu der sie sich zuvor noch ermutigt hatte. Sie fragte sich sorgenvoll, ob die Holzhütte Marta und Artur im Sturm wohl gut geschützt hatte. Doch sie verwarf den Gedanken. Die zwei waren schon von so manchen Stürmen verschont geblieben, wie sie oft erzählten, weil sich ihre Hütte auf der Wetterseite hinter einem Felsvorsprung verbarg, der starke Windstöße abfing. Sie standen dann oft mit einer Tasse warmem Tee in der Hand am Fenster und sahen dem Spiel des Windes auf der Hochebene zu, der den aufstiebenden Schnee in vielerlei Formen und Figuren vor sich hertrieb, aber kaum an ihrer Hütte rüttelte.

Mit den Händen bog Lilia dünnere Äste zu Seite, um sich einen Weg zu bahnen. Sie musste noch mehr achtgeben, ihre Füße richtig zu setzen, um nicht auf einem Stamm, den sie überkletterte, oder einem dicken Ast, der ihr im Weg lag, auszurutschen.

Schließlich lichtete sich der Wald und das letzte Stück Aufstieg bis zur Hochebene lag vor ihr, die Buschlandschaft, die jetzt nur ein einziges Weiß war, aus dem sich nur hier und da ein einzelner Zweig hervorwagte, um sich dem blauen Himmel entgegenzustrecken. Hier hatte der Sturm den Schnee an manchen Stellen hoch aufgetürmt, als er seinen Tanz vollführte. Dennoch konnte Lilia den Weg erkennen und sie kam jetzt wieder schneller voran. Sie freute sich, dass es gleich geschafft war und sie im Warmen bei Marta und Artur sein würde. Die letzten Schritte noch, dann erreichte sie die Hochebene und ihr Blick erwartete einen rauchenden Schornstein und einen von Artur freigeschaufelten Weg und Vorplatz. Doch beides fanden ihre Augen nicht.

Stattdessen starrten sie auf eine erkaltete Hütte, auf der sich der Schnee hoch türmte und auf deren rechter Seite das Dach eingestürzt war. Sie konnte einen Moment lang nicht denken, das Bild, das sie sah, nicht verstehen. Doch dann schrie sie auf und hielt sich die in dicken Wollhandschuhen steckenden Hände vor den Mund.

Im nächsten Augenblick durchfuhr ein Ruck ihren Körper und sie begann zu rennen, so gut es im hohen Schnee ging. Es war eher ein Springen, von einem Versinken ins nächste. »Artur! Marta!«, rief sie dabei in großer Angst immer wieder laut und noch lauter. »Artur! Marta!«

Keuchend kam sie an der Hütte an und riss an der Tür. Sie ließ sich nicht öffnen, dabei schlossen Marta und Artur sie nie ab. Waren sie vielleicht nach dem Einsturz fortgegangen? Hinunter ins Tal? Das wäre vernünftig. Sie hatte zwar auf dem Weg nach oben keine Fußspuren gesehen, aber diese konnte der Neuschnee schon wieder verdeckt haben. Lilia wandte sich um und schaute nachdenklich auf den Weg hinunter ins Tal.

»Und die Tiere?«, schoss es ihr durch den Kopf. Also kämpfte sie sich links um die Hütte herum durch den Schnee, um dahinter an den kleinen Stall für die Hühner und Schafe zu gelangen. Als sie um die letzte Ecke kam, stockte ihr wiederum der Atem. Der Stall war völlig zusammengefallen. Zwischen den zerborstenen Holzbrettern und aus dem dichten Schnee lugten erschlagene Tierköpfe und tiefgefrorene Tierbeine hervor. Lilia schrie auf. Hier lebte nichts mehr.

Sie hastete zurück vor die Hütte, riss sich die Handschuhe herunter und hämmerte mit den bloßen Fäusten gegen die Tür. Lagen Marta und Artur verletzt da drinnen? Lilia rief ihre Namen immer wieder, doch es regte sich nichts. Auch war kein Laut zu hören, wenn sie still wurde und ihr Ohr an die Tür legte. Sie rüttelte nochmals mit aller Kraft an der Tür und begriff dann, dass sie eingefroren war, weil die Innenräume nicht mehr beheizt waren.

Sie trat einige Schritte zurück und tastete die Hütte mit ihren Augen ab, die dann an der eingestürzten rechten Seite hängenblieben. Langsam setzte sie sich wieder in Bewegung und näherte sich der Wand, die noch stand, aber an dieser Stelle kein Dach mehr trug. Es war nach innen ins Haus gefallen. Als habe ein Riese von oben das Dach mit dem Daumen eingedrückt. Die Glasscheibe des Fensters dort, das zum Schlafzimmer gehörte, war zerbrochen. Lilia näherte sich ihm.

»Marta? Artur?«, rief sie hinein. Wieder kam keine Antwort. Langsam gewöhnten sich ihre Augen an das Dämmerlicht im Innern. Sie suchten sich kreuz und quer durch die hängenden und liegenden Dachbalken und zerbrochenen Bretter hindurch. Auf einigen lag Schnee, von anderen war er zu Boden gerutscht. Und dann sahen ihre Augen unter einigen Brettern auf dem Bett einen Fuß hervorragen. »Nein«, schrie sie erneut auf, »Marta, Marta, hörst du mich?«

Lilia suchte das Kopfende und sah dort zunächst nur einen dicken Balken. Doch darunter erkannte sie dann Martas Kopf – er war zerquetscht. »Nein! Nein!«, wimmerte Lilia laut. Eine Schockwelle durchzog ihren Körper, ihre Muskeln zitterten unwillkürlich. Alles in ihr zog sich zusammen und war aufs Höchste alarmiert. Zugleich fühlte sie sich schwach und ausgeliefert.

Widerstrebend, da sie die Ahnung, die nun in ihr aufstieg, nicht bestätigt haben wollte, und doch wissen musste, was mit Artur war, suchte sie den Raum weiter mit ihren Augen ab. Durch die Lücke zwischen zwei schweren Brettern entdeckte sie ihn auf der anderen Seite des Bettes. Sie erkannte seinen Oberkörper, der seltsam aufgebäumt und unnatürlich verrenkt war – und eindeutig leblos. »Artur!«, schluchzte Lilia. Ein großer Schmerz erfasste sie. Marta und Artur waren tot. Sie sackte zu Boden und kniete im tiefen

Schnee. Ihr Gesicht lehnte an der Holzwand und sie begann bitterlich zu weinen.

Als sie sich schließlich wieder erhob, weil sie vor Kälte zu frieren begann, wusste sie nicht, wieviel Zeit vergangen war und wieviel Tränen sie vergossen hatte. Sie spähte wieder ins Schlafzimmer und in ihr entstand ein großer Drang, den beiden körperlich näher sein zu wollen.

Sie griff mit einer Hand vorsichtig durch die zerbrochene Scheibe, entriegelte das Fenster und öffnete es nach innen. Dann kletterte sie mühselig und vorsichtig durch den Fensterrahmen ins Innere. Sie trat unter den herunterhängenden Balken gebückt an die Bettseite, auf der Marta lag. Sie vermied den Blick auf den zerschmetterten Kopf und fand stattdessen ihre Hand. Lilia nahm Martas Hand in die ihre. Sie war eiskalt und steifgefroren. Lilia streichelte sie. »Danke für alles, Marta, was du meinem Leben geschenkt hast. Ohne dich würde es mir nicht so gut gehen. Ich werde dich sehr vermissen.«

Dann fiel Lilia etwas ein und sie nahm ihren Jutesack von den Schultern, öffnete ihn und holte das Kuchenpaket hervor. Sie wickelte es aus und nahm ein Stück Nusskuchen heraus. »Hier, der ist für dich von Venia, sie lässt euch herzlich grüßen.« Lilia legte das Stück auf Martas Bauch.

Dann stand sie auf und kämpfte sich auf die andere Seite des Bettes zu Artur. Von dort konnte sie sein Gesicht sehen, das unversehrt war. Doch es hatte weit aufgerissene Augen und der Mund war zum stummen Schrei geöffnet. Das traf sie tief. »Ich höre dich, Artur, es tut mir so leid, dass ich nicht mehr helfen kann.«

Sie berührte liebevoll seine eisige Schulter. »Danke für alles, was du für mich und Venia getan hast. Du wirst mir fehlen.« Sie legte das zweite Kuchenstück auf seinen verrenkten Oberkörper. »Von Venia«, flüsterte sie, »für dich.«

Sie schaute auf das dritte Kuchenstück in ihrer Hand und ihr kamen wieder die Tränen.

Am Nachmittag klopfte es an der Tür. Warum nutzt Peter nicht den Schlüssel?, dachte Venia. Hat er ihn vergessen? Schnell wischte sie sich die Hände an einem Tuch trocken, mit denen sie gerade in der Küche die nasse Wäsche in einem Trog sauber rieb. Als sie öffnete, stand Lilia vor ihr.

»Du schon zurück?«, fragte Venia irritiert.

Als Lilia ihre Tochter sah, begann sie sofort zu weinen.

»Oh Ewiger, was ist passiert, Ma?«

»Marta und Artur ... sind tot.«

»Was??«, schrie Venia auf.

»Es muss einen großen Schneesturm da oben gegeben haben«, schluchzte Lilia und fand eine Weile keine Worte. Doch dann berichtete sie auf Drängen von Venia weiter. »Im Wald nahe an der Hochebene sind etliche Bäume umgestürzt und Äste abgebrochen. Und auf dem Dach der Hütte lag eine Unmenge an Schnee. Vermutlich ist in einer Nacht so viel Schnee gefallen wie noch nie dort oben ...« Wieder brach Lilia ab und ihr Schluchzen wurde lauter, bevor sie die nächsten Worte mühsam hervorbrachte. »Genau über dem Schlafzimmer ist das Dach eingebrochen und ich konnte sehen, dass sie erschlagen und als ... als Eismumien ... noch in ihrem Bett lagen. Es war ein furchtbarer Anblick. Sie sind tot, Venia.«

Venia und Lilia klammerten sich aneinander und sanken zusammen weinend auf Venias Sofa. Jonas saß mit einem kleinen Holzpferd, das Rodolf für ihn geschnitzt hatte, auf einer Decke auf dem Fußboden des Wohnzimmers und schaute erschrocken zu den beiden Frauen.

»Ma, das darf nicht sein, nein, nein, nein!«

»Ich weiß, Venia, es ist schrecklich. Den ganzen Weg zu dir habe ich nur gedacht, es darf nicht sein, aber es ist so.«

Nun fing auch Jonas an zu weinen. Er zitterte regelrecht vor Angst, weil er den großen Schmerz im Raum spürte. Venia sprang auf und nahm ihn fest in die Arme. Sie schritt mit ihm auf und ab und murmelte beruhigende Worte. »Alles ist gut, Jonas, alles ist gut. Sch … sch … deine Ma und Großma sind nur sehr traurig, aber alles ist gut, sch … sch …«

Und während sie diese Worte immerzu wiederholte, wurde sie selbst ruhiger. Sie hörte sich sagen, alles sei gut, aber sie seien traurig. Das schien sich zu widersprechen. Doch durch diese Worte verfiel sie, ebenso wie Lilia auf dem Sofa, in ein stilles Beobachten der Situation. Sie sahen, dass sie traurig waren. Es durfte sein und wurde mit Liebe umfangen.

Jonas hörte schließlich auf zu weinen und dann saßen sie zu dritt auf dem Sofa, Jonas auf Venias Schoß. Lilia und Venia erzählten sich nach und nach viele Geschichten von Marta und Artur. Immer mehr tauchten in ihrer Erinnerung auf. So viele schöne Besuche hatte es in all den Jahren auf der Hochebene gegeben. Sie lachten sogar an manchen Stellen mit Tränen in den Augen. Dann übermannte sie wieder die Traurigkeit ganz und gar. Sie ließen alles kommen, geschehen und gehen.

Nach etwa drei Stunden wurden sie still. Lilia fragte schließlich Venia, ob sie sie allein lassen könne, denn sie wolle jetzt nach Hause zu Friedmann. Sie sei müde und erschöpft.

»Ja, Ma, ich komme zurecht. Peter ist ja auch bald da.«

»Ich schicke ihn gleich los, falls er noch bei uns im Arbeitszimmer sitzt.«

»Nein, musst du nicht. Lass nur, es reicht, wenn er kommt, wenn er fertig ist. Ich muss noch die Wäsche machen und Jonas füttern und werde mich dann mit ihm etwas hinlegen.«

Sie nahmen sich nochmals fest in die Arme und Venia flüsterte: »Ma, was passiert nun mit ihren Körpern da oben?«

»Ich werde das mit Friedmann besprechen. Ich denke, wir können sie erst bergen und beerdigen, wenn der Schnee und die Kälte fort sind.«

»So lange werden sie in ihrem Eisbett liegen?«

»Ja, einträchtig nebeneinander.«

»Weißt du, ein ganz kleiner Trost ist, dass sie zusammen gestorben sind. Könntest du dir vorstellen, dass nur einer von beiden dort oben lebt?«

»Das stimmt, nein, einer hätte ohne den anderen sicherlich nicht weiterleben wollen. Sie waren so viele Jahre dort oben zusammen und jeder hatte seine Aufgaben. Einer allein, das wäre schwierig und einsam geworden.«

»Ma, wir schaffen das. Wir tragen sie in unseren Herzen.«

»Ja, meine Tochter. Wir schaffen das. Das Leben ist oft grausam, aber es hat uns auch so viel Schönes geschenkt.«

Nochmals nahmen sie sich in den Arm und Lilia herzte Jonas zum Abschied. Dann ging sie mit gebeugten Schultern zum Bauernhof und in die Arme ihres Mannes.

Abschied

Die nächste Zeit war für Lilia und Venia durchwachsen, denn der Verlust von Marta und Artur wog schwer. Die Bindung zu ihnen war durch die tiefgreifenden Erlebnisse und die vielen schönen Tage auf der Hochebene sehr eng und liebevoll gewesen. Lilia und Venia sprachen oft über die beiden, weinten zusammen und richteten sich wieder aus, es nur zu beobachten und sich von der Liebe hindurchtragen zu lassen. Doch so lange Marta und Artur als Eismumien dort oben unter dem zusammengebrochenen Dach im Bett lagen, war es schwierig, ganz zur Ruhe zu kommen.

Als schließlich der Schnee in Friedweiler weggeschmolzen und genug Sonne das Land überzogen hatte, fand Friedmann, dass sie nun zur Hochebene aufbrechen konnten. Er und Lilia hatten oft darüber gesprochen, ob sie die Körper nur bergen und beerdigen sollten oder ob sie auch die Hütte wieder aufbauen wollten, um ab und zu dort oben sein zu können. Lilia würde im Sommer weiterhin ihre Färbekräuter holen und da wäre ein sicherer Unterschlupf gut, falls das Wetter umschlagen sollte. Auch Venia wünschte sich, ab und zu dort mit ihrer Familie verweilen zu können. Sie hatte so schöne Kindheitserinnerungen daran und würde auch Jonas gern dieses stille und zurückgezogene Leben nahebringen. Auch wenn es ohne Marta und Artur nie mehr so sein würde wie früher, aber diesen Ort zerstört und für immer unbelebt zu lassen, das schien ihnen beiden nicht stimmig.

Als der Entschluss stand, zwar nicht den Stall, aber das Dach der Hütte zu reparieren, suchte Friedmann Rodolf auf. »Hilfst du mir, die Hütte von Artur und Marta herzurichten? Ich kann es nicht allein und ich möchte sie sicher bauen für meine Familie.«

»Natürlich, Friedmann, wann fangen wir an? Venia erzählte mir von eurer Idee und ich wollte euch meine Hilfe anbieten, wagte es aber nicht. Ich wusste nicht, ob es dir recht sein würde.«

»Nun, ich habe auch längere Zeit darüber nachgedacht. Du hast sicherlich bemerkt, dass ich dir möglichst aus dem Weg gehe, seit ich es weiß. Venias Hochzeit war ihr zu Liebe eine Ausnahme.«

»Das verstehe ich, Friedmann.«

»Mich kann manchmal noch die Wut packen, wenn ich dich sehe. Und wir wären einige Tage dort oben zusammen.« Friedmann atmete laut schnaubend aus. »Aber du bist der beste Schreiner der Umgebung und ... deshalb frage ich dich.«

»Danke! Und weißt du, es ist mir wirklich wichtig, weil Marta und Artur auch mir sehr geholfen haben. Das ist mit nichts aufzuwiegen. Ich war nie mehr bei ihnen, weil ich mich nicht in Lilias enge Freundschaft hineindrängen wollte. Ich ließ sie nur immer über Venia grüßen. Ihnen jetzt aber eine letzte Ehre zu erweisen, würde mich sehr freuen.«

Friedmann brummte verstehend, bekräftigte aber zugleich seine Haltung: »Wir werden keine Freunde werden.«

Rodolf nickte.

»Dann brechen wir also übermorgen auf, geht das?«, fragte Friedmann daraufhin.

»Ja, ich bin bereit.«

Venia und Lilia waren nicht davon abzubringen, mit den beiden Männern mitzugehen. Friedmann war gar nicht begeistert davon.

»Wir werden die Tage durcharbeiten und nur notdürftig in der Hütte am Ofen schlafen. Das ist nichts für euch Frauen.«

»Aber Pa, ich möchte bei der Beerdigung dabei sein.«

Auch Lilia bekräftigte dies und schlug vor: »Wir kommen nur am ersten Tag mit, wenn ihr Artur und Marta aus der Hütte holt und die Gräber aushebt. Sie sollen eine feierliche Beerdigung haben. Anschließend gehen Venia und ich wieder ins Tal.«

Friedmann spürte, dass er seine beiden Frauen nicht abhalten konnte und stimmte schließlich zu.

Sie brachen zu viert am frühen Morgen auf, es dämmerte gerade. Die Männer hatten scharf geschliffene Äxte und Schaufeln geschultert und in ihren Jutesäcken eine Säge, Hammer und jede Menge Nägel in verschiedenen Größen sowie Wechselwäsche für mehrere Tage. Die Jutesäcke der beiden Frauen waren mit Proviant und Grabbeigaben vollgestopft.

Es lag eine schwere Stimmung über dem kleinen Menschenzug. Sie redeten kaum und jeder hing seinen Gedanken nach, die diesem besonderen Marsch und seinem Auftrag galten. Artur und Marta waren ihnen sehr gegenwärtig.

Beim Aufstieg stellten sie erleichtert fest, dass auch hier der Schnee geschmolzen und die Erde nicht mehr gefroren war. Sonst hätten sie gleich wieder umkehren müssen. Als sie die Buschregion kurz vor der Hochebene erreichten, blieb Friedmann, der voranging, stehen und drehte sich zu Lilia und Venia hinter sich um. »Bitte tut mir den Gefallen und bleibt hier, setzt euch dort drüben auf den Stein. Ihr könnt euch meinen Mantel unterlegen, den brauche ich bei der Arbeit nicht. Die Sonne wird euch wärmen. Wir holen euch zur Beerdigung, wenn wir Marta und Artur geborgen und ins Grab gelegt haben. Ich möchte nicht, dass ihr ihre geschundenen Körper seht. Lasst Rodolf und mich das machen.«

Venia schüttelte den Kopf. »Ich möchte sie noch einmal sehen.«

»Venia, Schatz, ich weiß nicht, wie wir die zwei jetzt vorfinden werden. Lass Rodolf und mich erst allein nachschauen! Und dann kannst du sie noch im offenen Grab sehen, wenn wir sie hergerichtet haben, ja?«

Venia begann zu weinen und Lilia legte den Arm um ihre Schultern. »Komm, Liebes, lassen wir es die Männer so machen. Es war wirklich ein schrecklicher Anblick. Ich möchte dir das auch nicht zumuten und es selbst nicht unbedingt noch mal sehen.«

Venia nickte und wischte sich die Tränen mit den Händen fort. »Also gut«, sagte sie und ging zum Stein. Lilia drückte Friedmann an sich, gab ihm einen Kuss und flüsterte ihm ein Danke ins Ohr.

Rodolf hatte als letzter in der Reihe still abgewartet und setzte sich nun auf Friedmanns Wink hin mit ihm wieder in Bewegung.

Als sie die Hochebene erreichten, sahen sie, dass die vordere Wand auf der rechten Seite, auf der es kein Dach mehr gab, inzwischen ebenfalls eingestürzt war. Schweigend näherten sie sich der Hütte, legten ihre Jutesäcke davor ab und schritten auf die zerstörte Stelle zu. Sie stiegen über im Weg liegende Bretter und spähten durch kreuz und quer verstreute Balken hindurch. Als sie die leblosen Körper sahen, hielten sie inne. Ein beißender Geruch der Verwesung stieg ihnen in die Nase.

»Es ist grausam, so zu sterben«, flüsterte Rodolf.

Friedmann nickte und leise fügte er hinzu: »Wir können nur hoffen, dass es schnell ging.«

Unschlüssig standen sie eine kleine Weile da, dann sagte Rodolf: »Lass uns anfangen, die Bretter und Balken wegzuräumen.«

Sie begannen, die freiliegenden und gut zu lösenden Bretter neben der Hütte zu stapeln und die dickeren Balken daneben. Langsam arbeiteten sie sich vor. Es waren nur Geräusche zu hören, wenn ein Holz auf einem anderen landete oder nachrutschte. Und hin und wieder durchbrachen ihre Worte leise ihre schweigsame Konzentration, wenn sie sich gegenseitig Hinweise beim Anheben eines Balkens gaben oder sich zur Vorsicht mahnten, um sich nicht zu verletzen.

Schließlich hatten sie alles abgetragen, was ging, und standen vor den letzten schweren und langen Balken, die direkt auf Marlas und Arturs Körper lagen und ihren Tod verursacht hatten. Die Balken waren so ineinander verkeilt, dass sie beschlossen, ihre Säge einzusetzen, um sie zum Fortschaffen in mehrere Stücke zu teilen.

»Hörst du das, Ma?« Venia drehte ihr Gesicht zur Hochebene.

»Ja, sie sägen Holz.«

»Wie lange sie wohl brauchen werden?«

Lilia zuckte die Schultern. »Sicherlich eine Weile.«

Venia drehte sich wieder um und schaute wie ihre Mutter schweigend über das Tal. Sie knabberten eher aus Unruhe denn aus Hunger ein paar Nüsse. »Was ist eigentlich mit ihrer Tochter? Wie hieß sie noch?«, fragte Venia.

»Du meinst Arturs und Martas Tochter? Merle?«

»Ja.«

Wieder zuckte Lilia mit den Schultern. »Ich kann dir nicht mehr sagen, als was ich dir vor Jahren schon erzählte.«

»Erzähle es mir noch mal. Ich weiß es gar nicht mehr genau. Als ich mal Marta danach fragte, antwortete sie mir nicht wirklich und wechselte schnell das Thema. Du hattest mir ja gesagt, dass sie nicht darüber reden wollen und daher bohrte ich nicht nach. Aber wie war das damals noch mal genau?«

»Ich habe Merle nie gesehen. Sie liebten sie sehr und sie besuchte sie regelmäßig auf der Hochebene. Dann verliebte sie sich in einen Kaufmann von irgendwoher und ging mit ihm fort. Seither haben sie Merle nie mehr gesehen. Ich habe sie ein paar Mal danach gefragt und schließlich sagten sie, ich solle nicht mehr fragen. Sie würden es mir sagen, wenn sie auftauchen würde. Meine Fragen machten sie wohl zu traurig. Sie haben sie nie mehr erwähnt.«

»Vielleicht haben sie es irgendwann in Frieden so sein lassen können, Ma. Marta hat es uns allen ermöglicht, das zu lernen.«

»Ehrlich gesagt habe ich nicht das Gefühl«, schüttelte Lilia den Kopf, »denn dann hätten sie frei über Merle reden können. Doch sie wollten mit mir nie darüber sprechen und auch ihren Schmerz nicht mit mir teilen oder ihn in sich heilen. All die Jahre nicht. Ich habe keine Ahnung, warum. Ich habe es in den ersten Jahren ab und zu noch versucht, aber es schließlich auf sich beruhen lassen. Ihre Haltung blieb in diesem Falle immer eindeutig abweisend und sie wirkten bedrückt und schwer, wenn ich das Thema streifte.«

»Es ist schon merkwürdig«, grübelte Venia, »dass Merle nie mehr wenigstens für einen Besuch zurückgekehrt ist.«

»Vielleicht ging sie so weit weg, dass ihr ein Besuch nicht möglich war«, mutmaßte Lilia.

»Über zwei Jahrzehnte nicht? Niemals würde ich es aushalten, dich so lange nicht zu sehen, Ma!«

Lilia lächelte und strich ihrer erwachsenen Tochter übers Haar, wie sie es immer schon getan hatte.

Diese überlegte weiter. »Sie hätte doch wenigstens einen Brief schreiben können.«

»Hm, wie hätte ein Brief auf die Hochebene gelangen sollen?«

»Da hätte es bestimmt Wege gegeben. Sie hätte ihn einem ehemaligen Nachbarn schicken und darum bitten können, ihn hochzubringen.«

»Ja, vielleicht.«

»Oder ist sie im Streit fortgegangen?«

»Soviel ich weiß, nicht, aber das könnten mir Marta und Artur auch verschwiegen haben. Sie sprachen ja nicht mehr über Merle. Das war schon merkwürdig, da Marta mir zuvor oft strahlend von ihr erzählte und Artur auch stolz auf sie war.«

»Oder sie ist in der Ferne gestorben«, gab Venia zu bedenken.

»Auch das kann sein«, stimmte Lilia zu.

»Irgendwie ist das sehr traurig, findest du nicht auch, Ma?«

»Ja, das ist es. Es war wohl eine schwere Last für die beiden.« Sie fielen wieder eine Weile in ein Schweigen.

»Aber schön hatten sie es hier oben. Sie liebten es. Und sie liebten uns und hatten mit uns eine kleine Ersatzfamilie, oder, Ma?«

»Oh ja«, lächelte Lilia und auch Venia wirkte wieder gelöster.

Sie begannen sich wieder schöne Erinnerungen von den beiden zu erzählen und nach etwa zwei Stunden tauchte Friedmann oberhalb ihres Platzes auf und rief, dass sie kommen könnten. Schlagartig klopfte Venias Herz bis zum Hals und Lilia nahm ihre Tochter an der Hand. Gemeinsam gingen sie die letzten Schritte bis auf die Hochebene.

»Oh, Ewiger!«, entfuhr es Venia, als sie die zerstörte Hälfte der Hütte sah. Sie brauchte einen Moment, bis sie ihren Blick davon wieder abwenden konnte. »Wo sind Artur und Marta, Pa?«, fragte sie dann leise.

»Wir haben ein Grab für beide gemeinsam dort drüben unter dem großen Baum ausgehoben, wie Lilia vorgeschlagen hatte. Wir haben ihre Körper in Decken gehüllt hineingelegt.«

»Pa, das ist schön, dass sie auch im Grab beieinander liegen.«

»Erschreckt euch nicht, sie riechen.«

Venia hielt sich natürlich erschrocken die Hand vor den geöffneten Mund, aus dem kein Laut kommen wollte.

Rodolf kam ihnen mit einer Holztafel, die an einem Stiel befestigt war, entgegen, in die er umrandend feine Verzierungen geschnitzt hatte. »Was soll auf der Grabtafel stehen?«, fragte er.

Alle schauten Lilia an. »Marta und Artur ...«, dann stockte Lilia. »Ich weiß ihren Nachnamen nicht mehr. Sie haben ihn mir nur einmal zu Beginn unserer Freundschaft gesagt. Es war nie wichtig.«

»Stimmt, mir hat Artur damals ihren Nachnamen gar nicht gesagt«, erinnerte sich nun Rodolf. »Sie waren einfach nur Marta und Artur.«

»Als ich mit dem Heilsamen hier oben war«, brachte sich nun auch Friedmann ein, »da nannte Artur ihm auch nur seinen Vornamen mit der Bemerkung, dass er seinen Nachnamen hier oben schon so lange nicht mehr gebraucht habe.«

»Und für mich waren sie von Anfang an Dankma und Dankpa«, fügte Venia hinzu.

»Also ohne Nachnamen«, schlussfolgerte Rodolf und fuhr fort: »Dann die Geburtstage und das Sterbedatum?«

»Das genaue Sterbedatum kennen wir nicht«, erwiderte Lilia und dachte weiter nach, bevor sie wieder ansetzte. »Wisst ihr, ein Leben ist auch nicht in Daten und Namen zu fassen. Lasst uns überlegen, wofür sie für uns stehen.«

»Liebe«, sagte Venia sofort.

»Bedingungslose Hilfsbereitschaft«, fügte Friedmann hinzu.

»Unvoreingenommen und herzlich«, sprach es aus Rodolf.

»Leben schenkend«, flüsterte Lilia mit feuchten Augen.

Dann sah sie einen nach dem anderen an, alle standen berührt da. »Lass uns diese unsere Worte unter ihre Vornamen schreiben. Geht das, Rodolf?«

»Ja, Lilia, das bekomme ich hin«, sagte Rodolf mit belegter Stimme. Er kauerte sich nieder und legte das Schild über sein Knie. Sein Messer nahm die Arbeit auf und ritzte sich in das Holz. Friedmann stellte sich hinter Lilia und Venia, die einander immer noch an den Händen hielten und umarmte sie, während sie alle drei still Rodolf bei der Arbeit zusahen.

»Das ist sehr schön geworden«, lobte Venia, als Rodolf fertig war.

»Danke. Wollen wir es jetzt am Grab aufstellen?«

Die anderen nickten und setzten sich bedächtig in Bewegung. Lilia und Venia hielten sich noch immer an der Hand und Friedmann hatte die noch freie Hand von Lilia genommen.

»Nehmt gleich eure Halstücher vor Nase und Mund, dann geht es mit dem Geruch besser«, schlug Friedmann vor, doch Lilia und Venia befolgten diesen Rat erst, als es in ihren Nasen zu intensiv wurde.

Rodolf steckte am Kopf des Grabes den Stiel der Grabtafel tief in die Erde und trat neben Venia. Die schaute auf die in Decken eingewickelten Körper und sah dann fragend Friedmann an. »Darf ich sie noch mal sehen?«

Von Friedmann kam ein ungewöhnlich scharfes »Nein!«

Venia zuckte zusammen und Friedmann sprach sanfter weiter. »Tu dir das nicht an, mein Schatz, bitte! Sie haben nun schon ein paar Tage hier nach der Schneeschmelze gelegen. Die Kälte hat sie sicherlich noch gut erhalten, aber die paar wärmeren Tage reichten, um ...« Ihm versagte die Stimme, es schien ihm zu brutal gegenüber Venia, die diese beiden Menschen so liebte, auszusprechen, wie deren Körper sich im einsetzenden Verwesungsprozess verändert hatten.

Venia nickte, die Schärfe seines Neins überzeugte sie. Rodolf nahm nun ihre freie Hand und so standen alle vier vor dem Grab, mit ihren Tüchern vor Mund und Nase gebunden.

Lilia ergriff das Wort. »Geliebte Marta, geliebter Artur, möget ihr in Frieden ruhen, in eurer wahren Natur, die nicht vergeht. Habt Dank für euer Dasein, eure Liebe, Herzlichkeit und Fürsorge. Wir werden euch nie vergessen.«

Die drei anderen nickten und Venia stimmte ein sanftes und getragenes Lied an, das von Freude und Leid, Liebe und Schmerz des Lebens sprach und auch den Tod als dazugehörig beschrieb. Die anderen fielen ein.

Winzig geboren – ohne Fürsorge verloren
In kleinen Schritten – beginnst du deinen Weg
Staunen und lernen – für schöne Dinge schwärmen
Erkundest du für dich – die Erdenwelt

So ist das Leben – es ist uns nur gegeben
Von einer liebevollen Macht – die tief in allen Wesen wacht
Mögen wir auch zweifeln – das Schicksal nicht begreifen
So hat doch schon von Anbeginn – im Leben alles einen Sinn

Nun stehst du fest im Leben – ganz klar in deinem Streben
Durch Freud und Leid verfolgst du – deinen Weg
Du schmiedest neue Pläne – vergeudest keine Träne
Für kühne Träume ist es – nie zu spät

So ist das Leben – es ist uns nur gegeben
Von einer liebevollen Macht – die tief in allen Wesen wacht
Mögen wir auch zweifeln – das Schicksal nicht begreifen
So hat doch schon von Anbeginn – im Leben alles einen Sinn

Du willst den Frieden finden – doch deine Jahre schwinden
Du suchst nach dem – was wahr und wertvoll ist
Du schaust nun auf dein Leben – siehst es als einen Segen
Im Kreise deiner Liebsten – kannst du gehen

So ist das Leben – es ist uns nur gegeben
Von einer liebevollen Macht – die tief in allen Wesen wacht
Mögen wir auch zweifeln – das Schicksal nicht begreifen
So hat doch schon von Anbeginn – im Leben alles einen Sinn[1]

Nach dem Verklingen des Liedes lauschten sie in sich hinein und schwiegen eine Weile. Dann beugte sich Lilia vor und warf behutsam ihre erste Grabbeigabe in die Grube, ein Säckchen aus burgundrotem Samt, mit wunderbar glitzernden goldenen Pailletten darauf. »Das Säckchen ist für dich, Marta, mit getrockneten Blüten deiner Lieblingsblume, gelbe Rosen.«

Dem folgte ein Säckchen aus tiefblauem Samt mit silbern glänzenden Pailletten. »Und das ist für dich, Artur, getrockneter Salbei, denn du liebtest es, Klöße in Salbeiöl zu essen.«

Venia lachte leise auf. Er hatte es immer das beste Essen der Erdenwelt genannt. Nun nahm sie ihre Grabbeigaben und beugte sich vor. »Artur, ich danke dir für die vielen Gespräche über Bücher. Deshalb habe ich hier für dich ein kleines Notizheft, in das ich all die Buchtitel geschrieben habe, an die ich mich noch erinnern konnte, die wir beide gelesen haben. Es waren noch so viele mehr. Und für dich, Marta, habe ich eine kleine Keksdose dabei, danke für die besten Kekse der Erdenwelt.«

Dann standen die vier noch still beieinander und blickten ins Grab. Schließlich gab Friedmann Rodolf einen Wink und die beiden Männer begannen, das Grab zuzuschaufeln. Lilia und Venia schauten mit tränenverschleierten Augen zu.

---

[1] Lied »So ist das Leben« zu hören auf CD oder per Streaming auf lesewunder.de

Eine erste Spur

Der Raum war dunkel und warm. Zwei kunstvoll verzierte Öllampen an den Wänden verbreiteten ein gespenstisches Licht. Ein fremder, süßer Geruch hing in der Luft. Miro saß in einem tiefen Fellsessel und sah sich um.

Die Wände bildeten kein Rechteck, sondern ein verwirrendes Vieleck. Der Boden bestand aus mehreren Ebenen, die jeweils durch ein oder zwei Stufen verbunden waren. Dann gab es wieder Kisten und Podeste, auf denen Regale standen. Miro blinzelte und versuchte zu erkennen, was in den Regalen war. Da gab es viele Gläser mit einer trüben Flüssigkeit, in der seltsame Dinge schwammen. Er sah in einem Glas Schnecken, in einem anderen Frösche. Auch waren da Skorpione und zusammengerollte Schlangen. Obwohl sie alle sicherlich tot waren, war ihm unheimlich zu Mute.

Und dort – war das etwa ein Affenkopf, oder spielte ihm seine durch den seltsamen Raum und das unheimliche Licht angeregte Fantasie einen Streich? Vielleicht gab es irgendwo sogar menschliche Embryos, die reglos in ihren flüssigen Kerkern trieben. Er wandte den Blick ab und schaute die Frau an, die ihm gegenübersaß, ebenfalls in einem tiefen Fellsessel.

Sie war alt, sehr alt. Aber genau konnte er es nicht schätzen, denn diese Frau war ein einziger Widerspruch. Sie hatte fast lederartige Haut mit tiefen Falten, die sich wie ausgetrocknete Bachläufe über ihre Wangen und ihre Stirn zogen. Unwillkürlich zählte er die Warzen, die in ihrem Gesicht prangten. Aber da waren auch ihre Augen, deren Iris so schwarz wie die Pupillen zu sein schienen und in denen ein wildes Feuer loderte. Ihre Haare waren schlohweiß, aber voll und kräftig und reichten ihr weit über den Rücken hinab.

Auf dem Kopf trug sie einen Hut von unbestimmbarer Form, in dem zahlreiche Federn von großen Raubvögeln steckten. Ihr langer, dünner Körper war in ein weites, samtblau schimmerndes Gewand gehüllt. Sie hielt eine aberwitzig lange Pfeife in der Hand, aus der sie von Zeit zu Zeit genüsslich einen tiefen Zug nahm.

»Miro also heißt du?«, fragte sie mit rauchiger Stimme, in der Sprache des Seenlandes. »Was kann ich für dich tun?«

Miro knetete verlegen seine Hände und sagte dann: »Ich habe gehört, dass Ihr eine ausgezeichnete Heilerin seid.«

Ein spöttisches Lächeln umspielte ihre runzligen Lippen. Dann nahm sie wieder einen Zug aus ihrer Pfeife und blies den Rauch in kunstvollen Ringen hinauf zur Zimmerdecke. »Soso, das hast du also gehört. Etwa schon dort, von wo du hergekommen bist?«

»N... nein«, stotterte Miro.

»Das hätte mich auch gewundert, wenn die Kunde von der alten Birga bis ins Seenland gedrungen wäre«, sagte sie, weiter spöttisch lächelnd.

»Als Musiker bin ich ständig auf Reisen und so hat es mich ins Fernland verschlagen, also ins Ostland, wie Ihr es nennt.«

»So ganz zufällig?«

Miro zögerte mit der Antwort. Zwar erhoffte er sich Auskunft über die weisen, alten Männer, aber jetzt schien es ihm nicht geboten, direkt danach zu fragen, denn das hätte Birga als Kränkung auffassen können. Und dann würde sie ihn womöglich verhexen. Er sah schon seinen Kopf in einem der Gläser auf dem Regal schwimmen. Dieser Raum schien jenseits der bekannten Welt zu existieren, hier galten eigene Gesetze, hier war alles möglich. War die Alte wirklich eine Heilerin oder eher eine Zauberin?

»Ich war einfach neugierig. Ich habe schon so viele Städte und Dörfer im Seenland und im Grünland gesehen, nun wollte ich etwas Neues kennenlernen.«

»Und du glaubst, hier die Antworten auf deine Fragen zu finden?«, fragte Birga, während sie ihre langen, krummen Fingernägel eingehend studierte.

Wieder diese Anspielung auf Fragen, die er angeblich hatte! Stand ihm das etwa auf der Stirn geschrieben? »Wie kommt Ihr darauf, dass ich Fragen habe?«, entgegnete er lächelnd und versuchte, möglichst beiläufig zu klingen.

»Weil du aussiehst wie jemand, der schon lange danach sucht, wer er ist und wo er herkommt.«

Miro war sprachlos. Sie hatte ihn durchschaut. Er schwieg und auch Birga wandte sich wieder still ihrer Pfeife zu. Nach einer Weile sagte sie leise: »Alle Menschen sind auf dieser Suche. Aber die meisten wissen es nicht.«

»Wie habt ihr das bei mir erraten?«, fragte er ungläubig.

»Ich habe in meinem langen Leben viele Menschen gesehen. Und du siehst nicht aus wie einer, der nur hierherkommt, weil er Schmerzen in der Schulter hat.«

»Aber Ihr behandelt doch auch Schmerzen des Körpers?«

»Fast alle Menschen sind krank im Geist. Die Schmerzen des Körpers sind nur Ausdruck dessen.«

Miro war verwirrt. Was meinte sie? Hielt sie die Menschen alle für verrückt?

Sie merkte, dass er sie nicht verstanden hatte. »Die Geisteskrankheit besteht darin, dass die Menschen nicht glücklich sein können. Sie wollen nicht einmal glücklich sein. Sie sorgen und ärgern sich von früh bis spät. Aber das wollen sie nicht einsehen. Sie erkennen es gar nicht. Sie leiden daran, dass sie unglücklich sind, glauben aber, dass irgendwer oder irgendwas die Schuld daran trägt.«

»Aber es gibt doch auch glückliche Menschen«, versuchte Miro einzuwenden.

»Glaubst du wirklich? Es mag glückliche Momente geben, aber keine wirklich glücklichen Menschen. Und solange sie das nicht erkennen, behandle ich eben ihre Schmerzen in der Schulter oder im Rücken.«

Miro schwieg und versank in Gedanken. War das wahr, was sie sagte? Er dachte an seine Ma, die tatsächlich unglücklich mit ihrem

Leben war. Und auch Sina war nicht glücklich gewesen. Sonst wären sie bestimmt zusammengeblieben. Aber war er denn selbst glücklich?

Es kam ihm vor, als stellte er sich diese Frage zum ersten Mal in seinem Leben. Und es wollte ihm keine klare Antwort einfallen. Natürlich, er war meist glücklich, wenn er Musik machte, vor allem mit anderen und für andere. Aber ansonsten war sein Leben von Suche und Sehnsucht geprägt. Er hätte so gern alles über seinen Vater gewusst, über seine Großeltern, er wäre so gern ein erfolgreicher und weithin bekannter Musiker geworden.

Und er hätte so gern verstanden, was ihm damals in der Zelle in Wiesdorf, in der Nacht vor seiner drohenden Hinrichtung, widerfahren war. Wenn er verstünde, wie er angesichts der schrecklichen Umstände einen so tiefen, erfüllten Frieden hatte erfahren können, dann … ja, dann könnte er vielleicht immer in diesem Frieden verweilen. Und dann wäre er tatsächlich wahrhaft glücklich.

Während er so grübelte, war Birga aufgestanden und hatte aus einem Nebenraum eine riesige Kanne Tee geholt, die sie nun vor ihm auf einen kleinen Tisch stellte. Der Tee dampfte, und Miro bewunderte die merkwürdigen Ornamente auf der Teekanne.

»Ja, Ihr habt recht«, sagte er schließlich. »Ich bin auf einer Suche.« Er zögerte ein wenig und fuhr dann fort: »Ich bin ins Fernland gekommen, um die alten, weisen Männer aufzusuchen.«

»Und du willst sie gleich alle auf einmal kennenlernen?« Wieder dieses spöttische Lächeln.

»Nein. Vielleicht reicht ja einer«, sagte Miro verlegen, denn er fürchtete, Birga könnte sich übergangen fühlen.

Aber die alte Heilerin goss ihm Tee ein und sagte: »Es gibt nicht mehr viele alte, weise Männer. Vielleicht nur vier oder fünf. Sie leben sehr zurückgezogen und empfangen nur wenige Besucher.«

»Und von was leben sie?«

»Sie bekommen immer wieder Lebensmittel geschenkt, von unsichtbaren, hilfreichen Händen. Und sie haben kleine Gärten, in denen sie Gemüse anbauen.«

Miro nahm einen Schluck des süßen Tees und fasste sich ein Herz: »Könnt Ihr mir vielleicht sagen, wie ich zu einem von ihnen komme?«

Birgas spöttisches Lächeln verschwand und sie sah ihn auf eigenartige Weise an. »Diese Männer empfangen nur wenige Menschen. Sie schenken ihre wertvolle Zeit nur sehr ernsthaften Suchern.«

Miro überlegte, warum die weisen Männer so schwer beschäftigt waren, sie mussten doch keinem normalen Beruf nachgehen.

»Vielleicht magst du mir ja doch ein wenig darüber erzählen, was dich so sehr umtreibt«, sagte Birga zwischen zwei Pfeifenzügen.

Miro war klar, dass er jetzt offen sein musste, wenn er von ihr erfahren wollte, wo ein Weiser zu finden war. Und so begann er zu erzählen.

Er erzählte von seiner Kindheit, seinem schmerzlich vermissten Vater, von der Begegnung mit Arvad und von seiner oft so traurigen Mutter. Jeder Schluck des süßen Tees löste seine Zunge weiter und so schilderte er ihr auch seine eindringliche Erfahrung im Gefängnis von Wiesdorf. Danach legte sich Schweigen über den Raum. Aber es war kein eisiges Schweigen, sondern eines, das die Tiefe seiner Erfahrung würdigte.

Birga versank wieder in ihr Pfeifenritual, doch nach einiger Zeit sagte sie: »Du bist bis ins Auge gelangt.« Miro sah sie verständnislos an, und so fuhr sie fort: »Wenn du dich einem Wirbelsturm näherst, wird es immer wilder und gefährlicher, du wirst mitgerissen, durchgeschüttelt, auf den Kopf gestellt, du verlierst vollkommen die Orientierung, vielleicht sogar die Besinnung, bis du schließlich im Auge des Wirbelsturms landest. Dort, in der Mitte, ist völlige Ruhe und keine Bewegung mehr. Das geschieht manchmal auch mit den Gefühlen der Menschen. Am höchsten Punkt der Angst und Verzweiflung fallen sie in eine Stille und wundern sich, warum plötzlich Ruhe und keine Angst mehr da ist.«

»Aber das geschieht doch nicht bei allen, oder?«

»Nein, nicht bei allen. Eher bei wenigen.«

»Warum nur bei wenigen und bei anderen nicht?«

Sie sah Miro lange an und sagte schließlich: »Es hängt davon ab, ob du wirklich bereit bist loszulassen.«

»Was loslassen?«

»Den inneren Widerstand.«

»Widerstand gegen was?«

»Gegen den Lauf der Dinge.«

Miro ärgerte sich, dass sie sich nicht klarer ausdrückte. Warum sprach sie in Rätseln?

»Das klingt aber sehr einfach. Fast lächerlich einfach«, wandte er ein.

»Es ist auch sehr einfach. Und gerade deshalb so schwer.«

Miro seufzte und lehnte sich in seinen Sessel zurück. So kam er nicht weiter.

Birga schenkte ihm erneut Tee ein. Die Kanne schien unerschöpflich zu sein. »Ich will dich nicht an der Nase herumführen, es ist wirklich so«, sagte sie, und Miro glaubte, einen milden Zug in ihrem Gesicht wahrzunehmen. »Obwohl es in Wahrheit einfach ist, ist es doch schwer, weil die Menschen es sich so schwer machen.«

Das konnte er schon eher nachvollziehen und fragte weiter: »Aber warum machen sie es sich so schwer?«

»Die Seele der Menschen ist ein Abgrund. Was an der Oberfläche ist, ist oft das Gegenteil von dem, was tiefer liegt. Kennst du das Gefühl innerer Zerrissenheit?«

Miro dachte nach. Ja, er kannte dieses Gefühl. Er wollte so gern seiner Mutter helfen und für sie da sein, doch gleichzeitig war da der Drang nach Freiheit und Unabhängigkeit, die dem entgegenstand.

Und er musste an Sina denken. Sie war total zerrissen zwischen ihren eigenen Wünschen und denen ihrer Eltern, denen sie entsprechen wollte. Und in dieser Zerrissenheit war auch ihre Liebe verloren gegangen.

»Ja, ich kenne das. Es ist dann so, als ob zwei unterschiedliche Stimmen zu mir sprechen«, sagte er nachdenklich.

Birga nickte nur und zog weiter an ihrer Pfeife.

»Das fühlt sich nicht gut an, weil ich mich dann dauernd frage, was ich tun soll«, fuhr er fort.

»Ja, das ist so. Und es gibt sogar noch mehr Stimmen als nur zwei. Es gibt Stimmen tief in deiner Seele, die dir gar nicht bewusst sind, deren fernes Echo dich aber doch erreicht und weiter verwirrt.«

Miro schaute sie erstaunt an. »Aber woher weiß man dann von diesen Stimmen, wenn sie doch so tief in uns verborgen sind?«

»Weil es Menschen gibt, die in diese Tiefen vorgedrungen sind, und sogar noch weiter.«

»Etwa jene weisen Männer?«

Birga blies wieder einen Ring aus Rauch in die Luft und lächelte vieldeutig.

»Und was meint Ihr damit, dass sie noch weiter vorgedrungen sind?«

»Es geht immer noch tiefer, ein letzter Grund der Seele ist nicht zu finden.«

Bei der Vorstellung, dass seine Seele ein Abgrund ohne Boden sei, schwindelte es ihn fast. »Ich würde wirklich sehr gerne einen dieser weisen Männer besuchen«, sagte er dennoch mit Nachdruck.

»Nun gut. Ich will dir einen nennen. Er heißt Aman.«

»Aman ...«, wiederholte Miro, als konnte ihm der bloße Klang des Namens etwas über seinen Träger verraten.

»Komm morgen Nachmittag zu mir, dann gebe ich dir eine Beschreibung, wie du zu ihm gelangst.«

Miro spürte, wie ihm das Herz schneller schlug. Endlich schien er seinem Ziel näher zu kommen. »Ich danke Euch von Herzen«, sagte er strahlend und stand auf. Als er umständlich in seine Tasche griff, sagte Birga: »Lass mal, Junge. Wenn du wiederkommst und Rückenschmerzen hast, dann kannst du mir gern etwas geben.« Sie begleitete ihn zur Tür und nickte ihm zum Abschied zu.

Als er auf die Straße trat und durch die Dunkelheit zu seiner Unterkunft ging, kam ihm die Begegnung mit Birga wie ein seltsamer

Traum vor. War das alles wirklich gewesen? Oder hatte sie ihm etwas in den süßen Tee getan, sodass er weite Teile des Gesprächs nur geträumt hatte? Wie auch immer, er würde es morgen herausfinden.

Glück, Schmerz und Wahrheit

Drei Vollmonde waren seit der Beerdigung vergangen und es war inzwischen Frühjahr geworden. Es war noch seltsam, auf der Hochebene anzukommen und nicht von Marta und Artur empfangen zu werden. Friedmann und Rodolf hatten die Hütte wiederhergerichtet, die Reste des Stalls beseitigt und die Tierkadaver vergraben. Alles wirkte wieder idyllisch.

Venia schaute verzückt Jonas zu, wie er bäuchlings auf der Decke vor der Hütte lag, sein Köpfchen hob und mit den Armen seinen Oberkörper hochstemmte, um dann mit einer Hand nach einem Blumenstängel zu greifen, der sich über den Rand der Decke wagte. Doch nur auf die andere Hand gestützt konnte er sein Gewicht nicht halten und plumpste wieder flach zu Boden. Unerlässlich richtete er sich wieder auf und versuchte es erneut. Er begann immer mehr von der Erdenwelt zu entdecken.

Neben ihm lag Peter auf dem Rücken und war eingeschlafen. Zärtlich tasteten Venias Augen sein Gesicht und seine Gestalt ab. Ihnen ging es richtig gut miteinander. Dann blickte sie zu ihrer Mutter, die über die Wiese schritt und ihre Färbepflanzen pflückte.

Ich bin glücklich, dachte sie und staunte, dass ihr dies trotz des Verlustes von Marta und Artur wieder möglich war. Was Marta uns geschenkt hat, ist unbezahlbar. Doch es muss angewandt werden und ich bin so froh, dass es mir immer wieder möglich ist. So ist das Leben trotz all seiner Schicksalsschläge auch immer wieder glücklich.

Sie dachte darüber nach, warum Marta und Artur dieses befreiende Beobachten für sich selbst nicht auf den Weggang von Merle angewandt hatten. Und warum wollte Wolfram bis zu seinem Tod sein Leiden um seine verlorene Frau keinesfalls einer allmählichen Linderung öffnen? Zweieinhalb Jahre später war er ebenso wie Lisabetha eines Morgens einfach nicht mehr aufgewacht. War er an seinem Schmerz gestorben oder wäre er auch gestorben, hätte er einen anderen inneren Weg genommen? Vielleicht, aber seine letzte Lebenszeit wäre doch leichter gewesen, oder?

Würde sie selbst es anwenden können, wenn Ma, Pa, Peter oder Jonas sterben würden? Ihr Atem stockte. Sie wagte es kaum, sich ihren Tod vorzustellen. Je enger die Bindung war, umso schwieriger wurde es, das spürte sie deutlich. Und doch ... was gab es für einen anderen Ausweg?

Weiter sinnierend machte sie sich bewusst, was sie jetzt gerade glücklich machte: ihr friedlich beschäftigtes Kind, ihr still schlafender Mann, ihre in diese wunderschöne Landschaft versunkene Mutter und die schmeichelnd wärmende Sonne auf ihrem eigenen Gesicht. Alles gute Gründe, um glücklich zu sein. Ihr Lächeln wollte nicht enden.

Dann kam ihr eine Idee. Sie beobachtete dieses Glücksgefühl der guten Gründe nur. Sie nahm es einfach nur wahr, ohne an ihm festzuhalten. Da erfasste sie plötzlich etwas, was sie noch nie erfahren hatte. Ein Glück, das sie sprachlos machte, das noch viel größer und weicher und tiefer war als alle Glücksgefühle, die sie bis dahin erlebt hatte. Es war nicht jubilierend, nicht euphorisch. Es war unerschütterlich in sich ruhend und wunderschön still.

Sie schloss die Augen und hatte das Gefühl, dass ihr Körper so viel Glück gar nicht aushalten konnte. Aber das brauchte er auch nicht, denn sie bemerkte, dass dieses Glück eigentlich nicht in ihrem Körper war, sondern dass sie selbst dieses Glück war. Sie war etwas, was nicht der Körper war.

Eine kleine Weile schienen die Erdenwelt und die Zeit stehenzubleiben. Es gab nichts zu tun, nichts zu wollen, nichts zu erreichen. Es war ein Angekommen-Sein. Und nun öffnete sich etwas, wo eigentlich nichts mehr zu öffnen war. Instinktiv ahnte sie, würde sie dort hindurchgehen, würde sie sich als Venia ganz auflösen, aber es wäre gut. Dennoch ließ es sie aufschrecken und die Augen öffnen. Sie fand sich in ihrem Körper und in der Erdenwelt wieder und dieses besondere Glücksgefühl verblasste.

Sie dachte darüber nach, was ihr gerade widerfahren war. So recht konnte sie es nicht verstehen. Es war wunderschön gewesen, hatte ihr aber am Schluss doch Angst gemacht.

»Mein Schatz, was schaust du so ernst an diesem wunderschönen Tag?«, erklang Lilias Stimme neben ihr.

Venia zuckte, jäh aus ihren Gedanken gerissen, zusammen und schaute zu ihrer Mutter, die sich neben ihr niedergelassen hatte und Jonas sanft über den Rücken strich. Und tatsächlich, jetzt wurden seine eifrigen Bemühungen belohnt. Er ergriff den Blumenstängel und zog daran. Und als dieser zu plötzlich riss, landete er mitsamt dem Stängel in der Hand wieder in seiner Flachlage. Doch er strahlte, die Expedition war endlich geglückt.

Nun startete er die nächste Phase derselben. Er begann, seinen kleinen Körper nach rechts aufzustemmen und mit den Beinen nach hinten zu rudern, auf dass ihn irgendwann sein Gewicht auf den Rücken kullern lassen würde. Auch das gelang schließlich und zufrieden begann er mit seinen Fingerchen den Stängel und die Blüte daran zu untersuchen. Venia lächelte. »Das habe ich auch gerade gedacht, Ma, wie glücklich ich bin heute, trotz der Verluste uns so lieber Menschen in der letzten Zeit.«

Lilia nickte.

»Weißt du, Ma, ich dachte auch an meine Elfenlichtung und die ewige Stille, die sie mich lehrte, und an die Liebe, die immer in mir ist, ob ein geliebter Mensch nun da ist oder nicht.«

Lilia schaute ihre Tochter zärtlich an und hörte ihr mit jeder Faser ihres Seins zu.

»Ich habe gerade auf meine Glücksgefühle geschaut, weil ich mit Jonas, Peter und dir hier oben in dieser wunderschönen Natur bin und es uns allen gut geht. Da hat mich plötzlich ein Glück erfasst, das noch viel schöner und größer war. Ich war überrascht und fragte mich, woher es kommt. Aber es hatte keinen Grund.«

»Es war grundlos?«, fragte Lilia nach.

»Ja, ich war grundlos glücklich.«

»Aus dir selbst heraus?«

»Ja, das stimmt, es ist aus mir selbst heraus und nicht mehr wegen irgendetwas.«

»Grundlos glücklich«, schmunzelte Lilia, »eine schöne Wortverbindung.«

»Hast du das auch schon erlebt, Ma?«

»Ich denke schon. Wir haben ja mal über die Freude gesprochen, die von nichts abhängt, die aus sich heraus einfach hervorquillt, wenn wir still werden und nur schauen. Ich habe es nur nicht grundloses Glück genannt. Ich kam auf diese passende Beschreibung nicht. Aber auch das ist unsere wahre Natur. Sie scheint viele Facetten zu haben, kann mit verschiedenen Worten benannt werden, aber letztlich ist sie nicht in Worte zu fassen. Immer, wenn es aus sich heraus kommt und sich über alles ausdehnt, alles umfängt, dann sind wir mit unserer wahren Natur in Berührung. Mit den verschiedenen Worten umkreisen wir sie nur, um uns darüber auszutauschen und es für uns fassbarer zu machen. Doch sie wird immer unbeschreibbar und nur still erlebbar bleiben.«

Venia lauschte den Worten ihrer Mutter. »Ja, du hast recht, so ist es wohl. Bekommst du auch manchmal Angst, wenn es zu stark und zu schön wird?«

»Ja, auch das kenne ich und dann ist es sofort abgeschwächt oder verschwindet wieder ganz aus meiner Wahrnehmung.«

»Was glaubst du, warum wir dann Angst bekommen? Mir war eben, als würde ich mich auflösen, wenn ich weiterginge. Würde das wirklich geschehen?«

»Das weiß ich nicht. Vielleicht müssen wir uns nur langsam daran gewöhnen. Es ist jedenfalls etwas, was uns nicht aufgezwängt wird, und genau dieser Umstand kann uns die Angst davor auch wieder nehmen. Nur wir selbst tun die Schritte. Und weil es so anders ist als alles, was wir sonst kennen, macht es uns erstmal noch Angst, denke ich.«

»Wenn wir uns auflösen würden, dann wären wir nicht mehr und auch die Erdenwelt wäre fort. Und ganz ehrlich, die möchte ich nicht missen, trotz der vielen auch unschönen Erlebnisse. Aber ich bin erst 24 und ich freue mich eben doch an so vielem hier, wie gesagt ...« Venia machte eine Geste, die ihre Familie und die Landschaft umfing.

»Ja«, stimmte Lilia zu und schaute der Geste ihrer Tochter folgend auf ihren Enkelsohn. »Sieh mal, unser Jonas fängt auch schon an, Kräuter zu sammeln. Er hat eine Ringelblume gepflückt. Als wüsste er, dass er die Salbe daraus auf seinem wunden Popo hat. Hat sie geholfen?«

Venia lachte. »Ja, er tritt Kräuter sammelnd in deine Fußstapfen, wenn auch noch bäuchlings und krabbelnd. Und die Haut an seinem Popo ist wieder heil und zart.«

»Kräuter ist ein gutes Stichwort. Ich fahre am Sammeltag mit Friedmann nach Meerstadt. Ich will bei Grundula vorbeischauen, Kräuter holen und mit ihr erzählen. Magst du mitkommen?«

»Gern, ich wollte auch mal wieder in die Bibliothek, um nach Büchern zu stöbern und den guten alten Herrn Frodan zu treffen. Er kam mir als Kind schon immer so alt vor, aber jetzt ist er es wirklich. Er wartet sicherlich schon auf die Rückgabe einiger Bücher und darauf, mir von den neuesten zu erzählen.«

»Ihr zwei seid ein Herz und eine Seele mit eurer Bücherleidenschaft«, lächelte Lilia.

»Er hat mir in der Bücherwelt so viel gezeigt, ich möchte ihn nicht missen. Ich komme danach zu Grundula. Dann können wir sie auch fragen, ob sie etwas zu diesem Sich-Auflösen weiß. Ach, Ma, wir haben wundervolle Menschen in unserem Leben. Grundula strahlt so eine Ruhe und Liebe aus, das habe ich schon als Kind gespürt bei all unseren Besuchen.«

Venia lief die Straßen von Meerstadt entlang, die vom Markt zur Bibliothek führten. Die Riemen ihres Jutesackes gruben sich tief in ihre Schultern. Die fünf dicken Bücher darin, die sie Herrn Frodan zurückbringen wollte, hatten ihr Gewicht. Sie freute sich darauf, mit ihm über die Bücher zu sprechen. Bestimmt würde er ihr auch wieder einen seiner neuesten Schätze ans Herz legen.

Als sie nur noch drei Straßenecken von der Bibliothek entfernt war, nahm sie einen merkwürdigen Geruch wahr. Sie schnupperte und kräuselte ihre Nase, bis sie plötzlich wusste, was es war: Es roch nach verbranntem Holz. Im Weitergehen fiel ihr auf, dass ungewöhnlich viele Menschen auch in ihre Richtung strebten und aufgeregt schienen. Sie schnappte einige Worte auf, die ein Mann und eine Frau wechselten, als sie sie überholte.

»Es soll ein riesiger Brand gewesen sein ...«

»Ist alles zerstört?«

»Das werden wir gleich sehen ...«

Es hatte gebrannt in Meerstadt? Stimmt, danach roch es. Leider kam das immer wieder vor, weil in jedem Haus die Öfen und Herde mit Feuer beheizt wurden und Nachlässigkeiten oder Unfälle geschahen.

An der nächsten Ecke kam ein Junge aus der Seitenstraße gerannt. Er rief über die Schulter einem Mädchen zu: »Komm schnell, alle Bücher sollen verbrannt sein!«

Was? Venia blieb abrupt stehen. Bücher? Hatte die Bibliothek gebrannt? Ihr Herz ging schneller und nun begann auch sie zu rennen. Der Jutesack schlug ihr schwer in den Rücken, aber sie spürte es nicht. Der Menschenstrom wurde dichter, doch sie drängte sich eilig hindurch und dann sah sie es. Die Bibliothek war völlig ausgebrannt!

Aus einem riesigen Trümmerfeld ragten schwarz verkohlt nur noch die steinernen Hauswände empor, aber der hölzerne Dachstuhl war gänzlich zerstört und eingestürzt, die Fenster alle geborsten und ihre Holzrahmen weggebrannt oder vom Feuer geschwärzt.

Auch die schöne Eingangstür mit ihren kunstvollen Schnitze-
reien war kaum noch zu erkennen. Über die waren ihre Kinder-
hände ehrfürchtig geglitten, bevor sie sich gegen die schwere Holztür gestemmt hatte, um in die wunderbare Bücherwelt dahinter
einzutauchen. Das Feuer hatte die Tür zerfressen. Sie hing nach innen geöffnet schief in den Angeln und gab nur noch einen Blick auf
eine undurchdringliche Schwärze dahinter frei.

Venia stand stumm, mit weit aufgerissenen Augen und offenem
Mund da und wollte nicht glauben, was sie sah. Sie kämpfte sich
weiter durch die dichte Menge der Schaulustigen, die raunten und
spekulierten.

Sie versuchte, durch die zerstörten Fenster einen Blick in die Innenräume zu erhaschen. Hier und da glomm noch ein Holzbalken
ganz schwach und verströmte mit letzter Kraft kräuselnden Rauch
und kalten Brandgeruch. Die Holzregale, die bis unter die Raum-
decken gereicht und all die vielen Bücher beherbergt hatten, waren
kaum noch zu erkennen und zumeist in sich zusammengefallen.
Das Feuer hatte die Bücher darin gierig und fast vollständig ver-
schlungen. Vereinzelt konnte sie dicke Bände ausmachen, deren
feste Lederumhüllungen versucht hatten, sich zu widersetzen und
sich dennoch nicht gänzlich erwehren konnten.

Alles zerstört, dachte Venia entsetzt, all das Wissen, all die
Schätze, all die Mühen des Forschens und Niederschreibens. All
die Fantasien und Geschichten. Alles fort. In einer einzigen Brand-
nacht. Ihr lief ein kalter Schauer über den Rücken. Schrecklich, es
ist so schrecklich!

Und dann schoss ihr ein heftiger Stich durch ihr Herz. Herr Frodan, der arme Herr Frodan, wie sollte er das verkraften? Sein Le-
benswerk, seine Leidenschaft, seine ganze Freude. Alles zerstört!

Sie drehte sich um und suchte mit ihren Augen die Menschenmenge nach ihm ab. Wo war er? Sie musste zu ihm, unbedingt.
Langsam schritt sie durch die Menge, sich in alle Richtungen um-
sehend. »Wen sucht Ihr denn?«, wurde sie von einer älteren Frau
angesprochen.

Venia blieb stehen. »Herrn Frodan, den Bibliothekar. Habt Ihr ihn gesehen?«

Sie schüttelte den Kopf. »Ich kenne ihn nicht, ich war nie in der Bibliothek.«

»Wenn ich nur wüsste, wo er wohnt ...«, überlegte Venia laut.

Da mischte sich ein junger Mann ein. »Ich habe gehört, es soll auch ein Mensch verbrannt sein.«

Venia erstarrte und sah den Mann erschrocken an. »Gehört? Was heißt gehört?«

Er zuckte mit den Achseln. »Genau weiß ich es nicht, aber ich hörte, es habe einen Toten gegeben.«

Die umstehenden Menschen, die dem Gespräch lauschten, rückten raunend näher.

»Wer hat das gesagt?«, fragte Venia nach.

»Dort drüben, der Brandmeister zu seinen Männern.« Er deutete zu einer Gruppe Uniformierter mit geschwärzten und müden Gesichtern, die neben der Eingangstür standen. Sie hatten ihre Wassereimer neben sich abgestellt und schienen eine Pause zu machen. Etwas von ihnen entfernt sah Venia nun auch den Pferdewagen mit dem großen Wassertank.

Der Mann führte aus: »Der Brandmeister hat sich bei ihnen für ihren Einsatz bedankt und bedauert, dass sie den Mann, der hineingerannt war, nur tot bergen konnten.«

»Hineingerannt?«, wiederholte Venia atemlos und die Menschen um sie herum begannen, diese Nachricht aufgeregt wispernd weiterzuverbreiten. Sie drehte sich ruckartig zu der Truppe Männer um und steuerte zielstrebig, wenn auch mit wackligen Knien, auf den Brandmeister zu.

»Wer ist der Tote?«, sprach sie ihn ohne Begrüßung von der Seite an und griff dabei nach seiner Schulter, um ihn zu sich zu drehen.

Irritiert wandte sich der Brandmeister ihr zu. »Wer seid Ihr?«, fragte er.

Doch Venia ging darauf nicht ein. »Ich suche Herrn Frodan, den Bibliothekar. Ich kenne ihn seit meiner Kindheit und wir haben viel Zeit miteinander verbracht. Wo ist er? Ist er der Tote?« Ängstlich flehend, er möge den Kopf schütteln, sah sie dem Brandmeister direkt in die Augen.

Doch er schlug diese nieder und nickte.

»Es ist Herr Frodan?«, versicherte sich Venia nochmals leise und am ganzen Körper bebend.

»Ja, es tut mir leid. Wir konnten ihn nicht abhalten.«

»Abhalten?«

»Als wir in der Nacht zum Brand gerufen wurden«, setzte der Brandmeister zu einer Erklärung an, »war er schon da und schlug mit einer Decke verzweifelt nach den Flammen. Wir begannen mit dem Löschen und schickten ihn fort, damit wir unsere Arbeit machen konnten. Doch er nahm uns kaum wahr und tränkte seine Decke in einem unserer Wassereimer, hängte sie sich um und wollte in die lichterloh brennende Bibliothek rennen.«

»Was? Warum?«

»Wir hielten ihn fest, doch er schrie, er müsse hinein. Es seien wertvolle Bücher darin. Er müsse versuchen, möglichst viele zu retten.«

»Er wollte die Bücher retten ...«, sagte Venia mehr zu sich selbst als zum Brandmeister, verstehend nickend.

»Aber das war vollkommen verrückt«, fuhr der Brandmeister fort. »Es fielen brennende Balken von den Decken und das Feuer hatte sich bereits überall ausgebreitet. Ich befahl einem meiner Männer, ihn in Schach zu halten, obwohl ich auch ihn dringend gebraucht hätte, und nahm mit den anderen Männern die Arbeit auf.« Der Brandmeister verstummte.

Venia drängte ihn mit Blicken weiterzusprechen.

»Plötzlich sah ich, wie der Bibliothekar an mir vorbei in die brennende Bibliothek rannte. Ich schrie ihm nach, doch da war er schon im Innern verschwunden. Ich drehte mich zu seinem Bewacher um, der mir zurief, Herr Frodan habe ihn mit aller Wucht gegen das Schienbein getreten und vor Schmerz habe er ihn kurz losgelassen.«

Venia liefen Tränen über die Wangen und zärtlich flüsterte sie: »Mein Herr Frodan ...«

Der Brandmeister wirkte bedrückt: »Es tut mir so leid ...«

Venia spürte seine Schuldgefühle in diesen Worten. »Euch alle trifft keine Schuld«, sprach sie leise und halb abwesend, weil ihr Herz unglaublich schmerzte, während sie Herrn Frodan innerlich vor sich sah.

Der Brandmeister nickte. »Und doch fühlt es sich furchtbar an, es nicht verhindert zu haben. Es wäre lebensmüde gewesen, wenn einer von uns ihm nachgegangen wäre. Wir haben ihn heute früh bergen können. Er lag gleich im ersten Zimmer auf der Erde, verbrannt und mit verkohlten Buchresten im Arm. Es war ein grauenhafter Anblick.«

Venia weinte nun haltlos. Der Brandmeister legte ihr eine Hand auf die Schulter. Sie blickte zu ihm auf, nickte ihm zu und wandte sich dann zum Gehen. Sie sah die Menschen nicht, die sie flüsternd anstarrten. Wie blind taumelte sie durch die Menge und irrte dann in den Straßen der Stadt ziellos umher.

Eine junge Frau sprach sie an. »Kann ich Euch helfen?«

Venia schüttelte den Kopf.

»Wo wollt Ihr hin?«, wollte die Frau dennoch wissen.

»Ich weiß es nicht ... zu meiner Mutter.«

»Wo ist sie?«

Venia hielt inne. »Bei Grundula, ich will zu Grundula ... Ich danke euch!«

Sie saßen gemeinsam am Tisch. Es war eine liebevolle Ruhe in der Küche, die von Lilia und Grundula ausging. Venia konnte darin weinen und still werden und wieder von Herrn Frodan erzählen und weinen.

Lilia hatte den Arm um ihre Tochter gelegt und beobachtete bei sich selbst alle Gedanken und Gefühle, die in ihr zu Venia und Herrn Frodan aufkamen. Sie entdeckte in sich Sorge um Venia, den Wunsch, sie zu beschützen und ihr Leid zu ersparen. Sie fand in sich Unverständnis für Herrn Frodan, dann Mitleid mit ihm, aber auch Wut, dass er so unvernünftig gewesen war. Und immer wieder kam ihr der Gedanke: Ich trete zurück und bin nur da. Ich weiß nicht, was richtig und was hilfreich ist, möge die Liebe durch mich wirken. Auf diese Weise war sie in voller Aufmerksamkeit für Venia präsent und alles durfte sein, wie es gerade war.

Grundula hatte Venias Hand genommen und hielt sie sanft umschlossen in ihren Händen. Sie war sich beim Zuhören der wahren Natur aller bewusst, ohne dass sie es mit Worten benannte. Dies erfüllte den Raum mit Leichtigkeit, die Venias Schmerz umhüllte, trug und Wandlung anbot.

»Es tut so gut, bei euch zu sein«, sagte sie zu den beiden, während sie sich mit einer Hand die Tränen von den Wangen wischte und vorsichtig lächelte.

Die beiden anderen Frauen nickten und Grundula fragte: »Magst du einen Tee?«

»Ja, gerne, danke.«

Grundula stand auf und griff nach drei Glasbehältern auf ihren Regalen und löffelte verschiedene Kräuter aus diesen in ein Teesieb. Sie stellte einen Kessel mit Wasser auf den Herd. »Der wirkt beruhigend, ausleitend und erhellend«, sie lächelte Venia zärtlich an.

Sie kannte sie, seit sie ein Säugling gewesen war. Immer wieder war Venia mit ihrer Mutter bei ihr gewesen, hatte im Kräuter- und Heilpflanzengarten hinter ihrem Haus an den Blüten geschnuppert und mit den Käfern gespielt, während Lilia und sie sich unterhielten, über Pflanzen, Lebensereignisse und Weisheiten. Je älter Venia wurde, hatte sie ihren Gesprächen erst andächtig gelauscht, dann angefangen nachzufragen und schließlich eigene Erfahrungen und Erkenntnisse beigesteuert. Es war für alle drei immer eine Bereicherung, sich miteinander auszutauschen und gemeinsam tiefer in die Lebensgeheimnisse einzudringen.

»Wir wollten dich etwas fragen, Grundula«, setzte Venia an, als sie beide Hände um die warme Tasse Tee geschlungen hatte. Ihr

Gesicht war nun nicht mehr so schmerzverzerrt. Sie wirkte wieder klarer.

»Da bin ich gespannt«, lächelte Grundula.

»Ma und ich haben die Erfahrung gemacht, dass wir beim weiteren Beobachten des inneren Friedens und Glückes an einen Punkt kommen, an dem wir das Gefühl haben, würden wir noch weitergehen, würden wir uns auflösen. Dann schrecken wir zurück. Was weißt du darüber? Verschwinden wir dann wirklich?«

»Hm, ja, ich kenne das auch und ich habe damals auf meinen Reisen einen Heilmann kennengelernt, der mir diese Erfahrungen prophezeite. Er erklärte es damit, dass sich dann unsere Erfahrung, ein Einzelwesen zu sein, auflöst. Dieses Sein als Einzelwesen sei nicht unsere wirkliche Wirklichkeit, sondern die wahre Natur sei unsere wirkliche Wirklichkeit. Diese Natur sei körperlos und beinhalte keinerlei Abgrenzungen mehr, auch keine individuelle Seele, keinen eigenständigen Geist. Sie sei Einheit, in der es keine zwei mehr, geschweige denn noch viele gibt.«

Venia und Lilia sahen Grundula interessiert, aber auch verwirrt an.

»Wie ist das zu verstehen?«, fragte Lilia nach. »Ich kann als Lilia mit einem Körper die wahre Natur des Friedens, der Liebe, der Freude und Fülle doch erleben, wenn ich sie einlade und alles beobachte, was sie stört. Warum käme es zu einer Auflösung, wenn ich noch weiterginge?«

»Als Mensch bleiben wir begrenzt, veränderlich und vergänglich. In diesem menschlichen Sein können wir uns der wahren Natur also nur annähern, die ewig und unveränderlich ist. Ihr bemerkt ja, dass sie immer gleich ist, wenn ihr von ihr berührt werdet, auch wenn ihr verschiedene Worte dafür benutzt, oder?«

»Ja, Ma benannte das auch neulich so. Und ich merke auch immer wieder, dass jedes Wort es nur umschreibt, und mal scheint die eine, mal die andere Qualität mich gerade mehr anzusprechen. Aber zwischen Stille, Frieden, Liebe und Freude, die aus sich selbst sind, gibt es eigentlich keine Unterschiede.«

Grundula nickte und fuhr fort: »Wir können uns im Glanz dieser wahren Natur hier als Mensch baden. Doch das ist nur ein Übergang, um sie wieder vollkommen zu *sein*, für immer frei von allen Grenzen, Veränderungen und allen Schmerzen.«

Lilia schaute Grundula nachdenklich an und sprach dann ihre Gedanken laut aus: »Dieser Heilmann meinte also, in Wahrheit gibt es nicht viele, sondern nur Einheit, und daher ist dieser letzte Schritt eine Auflösung der Vielen?«

»So könnte man es auch ausdrücken, ja.«

»Und weil wir so sehr an dem Einzelwesen-Sein hängen, macht uns dieser Schritt Angst?«

»Ganz genau. Wir nähern uns dem so lange an, bis er uns keine Angst mehr macht. Bis wir so oft und immer beständiger die wahre Natur hier erlebt haben, dass wir zutiefst begreifen, dass *das* unsere wirkliche Wirklichkeit ist und freiwillig wieder ganz in ihr aufgehen wollen.«

»Puh«, stöhnte Venia, »das ist ganz schön heftig.« Sie schüttelte den Kopf. »So ganz verstehe ich das nicht. Aber ich muss gerade daran denken, was du zur Beerdigung von Marta und Artur sagtest, Ma, dass sie in ihrer wahren Natur ruhen mögen, die nie vergeht. Irgendwie erinnert es mich daran, was Grundula von diesem Heilmann erzählt.«

»Das stimmt, Venia, das sagte ich, aber ich weiß nicht, woher es kam. Es berührte mich selbst sehr und fühlte sich wahr an. Es war plötzlich da, als ich an ihrem Grab stand. Irgendwie war mir klar, dass unsere wahre Natur nie vergeht.«

Grundula nickte und Venia fügte hinzu: »Mich hat es damals sehr getröstet. Es bedeutete für mich: Was Marta und Artur wahrhaft sind, geht nie verloren. Und wenn es jetzt so zu verstehen ist, dass diese wahre Natur keine Einzelwesen enthält, dann sind also die zwei mit all uns vielen als eins in ihr geborgen.« Venia lachte auf. »Das klingt jetzt kompliziert.«

»Es übersteigt unseren Verstand«, stimmte Grundula zu, »aber so ist es wohl. Aus unserer Sicht der Vielen ist das nicht wirklich zu erfassen. Der Heilmann sagte, es werde einfach geschehen, wenn die Bereitschaft dafür da sei.«

»Na, ich weiß nicht, ob ich jemals dafür bereit sein werde«, murmelte Venia, »aber es hört sich auch irgendwie schön an, vereint zu sein, ohne Grenzen, ohne Leid.«

»Ja, die wahre Natur scheint mehr zu sein, als wir bisher ahnten«, fügte Lilia hinzu. »Bisher dachte ich auch, jeder hat seine eigene wahre Natur. Aber da sie bei allen gleich ist, jeder ihr Wesen gleich erlebt, wenn er sich ihr öffnet, muss es natürlich so sein, dass es nur *eine* wahre Natur gibt, auf die alle zugreifen.«

»Genau«, nahm Grundula Lilias Worte auf. »Und diese *eine* wahre Natur der Liebe, des Friedens, der Stille und der Freude ist die wirkliche Wirklichkeit, die nie vergeht.«

Die drei Frauen sahen sich an, ergriffen von einer Dimension, die sie miteinander still werden ließ.

In den nächsten Wochen dachte Venia viel über das nach, was Grundula ihnen von dem Heilmann erzählt hatte. Sie dachte auch an all die Menschen, die in ihrem Leben in letzter Zeit gestorben waren. Alle auf unterschiedliche Weise und in unterschiedlichen Verfassungen.

Großma war einfach eingeschlafen, ihr war es gutgegangen. Sie hatte keinerlei körperliche Beschwerden und schien mir glücklich. Großpa war auch einfach eingeschlafen, aber er war unglücklich gewesen, weil er den Tod seiner Frau nicht verwunden hatte.

Marta und Artur waren durch ihr Dach erschlagen worden, das ein Sturm zum Einsturz gebracht hatte. Sie lebten ihr selbstgewähltes Leben in der Einsamkeit, in der sie sich sehr wohl fühlten und doch betrübte sie der Weggang von Merle.

Und Herr Frodan opferte sein Leben für seine Bücher, er konnte es sich ohne sie nicht vorstellen.

Ich liebe Bücher auch sehr, aber hätte ich dafür sogar mein Leben riskiert?, fragte sich Venia. Sie schüttelte entschlossen den Kopf. Nein, es tut mir auch weh, dass all diese Schätze verbrannt sind, aber was bringen sie mir, wenn ich dafür mein Leben hergebe? Und ist der wirkliche Schatz überhaupt in Büchern zu finden? Ist es nicht unsere wahre Natur, die der wirkliche Schatz ist, den wir finden müssen? Sie nickte. Das ist das Heilsamste und Hilfreichste, was uns hier geschehen kann, und wir finden es in uns selbst.

Ihre Gedanken kehrten wieder zu den von ihr geliebten Verstorbenen und deren Leben zurück und sie erkannte: Es ist die Anhänglichkeit, die uns unglücklich macht. Großpa wollte seinen Schmerz um Großma nicht loslassen, Marta und Artur hielten ihr Leiden an Merles Weggang fest und Herr Frodan wollte nicht ohne seine Bücher sein. Wenn wir uns aber statt der Anhänglichkeiten unserer wahren gemeinsamen *einen* Natur zuwenden, sind wir glücklich und können Schicksalsschläge besser verwinden.

Und wenn unsere wirkliche Wirklichkeit die wahre Natur der Einheit ist, ist niemals jemand verloren. Verlust ist unmöglich. Ein Mensch kann gehen, ein Gegenstand zerstört werden, aber die wahre Natur bleibt immer, was sie ist.

Ihr schwirrte der Kopf, doch je öfter sie dem nachspürte, umso klarer und friedlicher wurde sie.

Frieden in der Veränderung

Ich bin wieder schwanger«, flüsterte Venia Peter zärtlich ins Ohr, als sie sich im Bett an ihn kuschelte. Er drehte sich ganz zu ihr, nahm ihr Gesicht in seine Hände, küsste sie liebevoll auf ihre Lippen und flüsterte zurück: »Wirklich?«

»Ja. Ich freue mich so.«

»Das ist wunderbar, Liebste.« Er strahlte sie an.

»Wie wir es uns gewünscht haben, Peter, ein zweites Kind mit einem nicht zu großen Altersunterschied zu Jonas.«

»Ich hoffe, es wird am Anfang nicht auch so anstrengend.«

»Meine Familie würde uns sicher wieder helfen. Jonas hat sich so schön entwickelt. Er ist ein süßer und lieber, kleiner Junge geworden.«

»Das stimmt. Wieviel Vollmonde, denkst du, sind es noch bis zur Geburt?«

»Ich vermute sechs.«

»Das wäre die Sommermitte.«

»Ja, und Jonas ist dann zwei.«

Peter drehte sich auf den Rücken zurück und streckte einen Arm aus. »Komm«, flüsterte er. Venia schmiegte sich hinein und betrachtete sein Gesicht von der Seite. Er schwieg. »Du siehst nachdenklich aus. Was ist?«, fragte sie schließlich.

»Ich habe mich gerade gefragt, wie es dann weitergeht.«

»Was meinst du?«

»Du weißt doch, dass mein Auftrag Mitte des Sommers ausläuft. Letzte Woche sprach mich der Direktor darauf an. Ich habe es dir noch nicht erzählt, weil ich …« Peter hielt seufzend inne. Venia hob ihren Kopf und sah ihm in die Augen. Peter fuhr fort: »Ich brauche dann eine neue Arbeit, um euch ernähren zu können. Du wirst eine Weile nicht arbeiten, wie bei Jonas. Der Direktor hat mir wiederum den Posten als sein Stellvertreter angeboten. Mit dem jetzigen ist er nicht zufrieden. Er sagte auch, er habe nichts mehr für mich, was ich von Friedweiler aus machen könnte.«

Aus Venias Mund kam nur ein »Oh«, und ihr Kopf sank zurück in seinen Arm. Sie schaute wie er zur Zimmerdecke. Ihre Gedanken überschlugen sich. Es war beiden klar, was dies bedeutete. Sie konnten nicht in Friedweiler bleiben.

»Ich denke seit Tagen darüber nach, Liebste, diese Arbeitsstelle wäre mein Traum, das weißt du. Und ich weiß, dass du Friedweiler nicht verlassen möchtest. Ich kann mir aber auch nicht vorstellen, hier auf einem Bauernhof oder im Kaufladen zu arbeiten. Ich liebe nun mal die Wissenschaft. Ich weiß einfach nicht, wie wir es gut für uns beide lösen können.«

Venia nickte und begann zögernd zu sprechen. »Hm ... ja ... gut, ich wusste ja, dass dein Auftrag zeitlich begrenzt ist, aber ich wollte mich bisher damit nicht beschäftigen. Nun muss ich es. Wir bekommen ein zweites Kind, wir sind eine Familie. Wir werden zusammenbleiben und das bedeutet wohl, dass wir nach Meerstadt gehen werden. Gib mir ein paar Tage Zeit, das zu verarbeiten.«

»Ach, Venia.« Peter umschlang sie auch mit seinem anderen Arm und zog sie noch näher zu sich heran. Auch sie legte ihren Arm um ihn und presste sich fest an ihn.

Es ist unter den gegebenen Umständen einfach vernünftig, nach Meerstadt zu ziehen, dachte Venia, als sie Jonas zusah, wie er auf seinen zwei kleinen Beinchen und mit großen Augen ihren Garten eroberte. Er babbelte dabei vor sich hin und kam immer wieder mit seinen Fundstücken strahlend zu ihr. Mit wichtiger Miene übergab er ihr kleine Steinchen, eine Blüte oder ein Stöckchen. »Ma, Ma, Ma ...« konnte sie manchmal heraushören, wenn er sie dabei anschaute. Ihr Mutterherz machte freudige Sprünge. Er versuchte sich darin, sie an seinen Entdeckungen teilhaben zu lassen.

Doch dann seufzte sie und wurde traurig, weil Jonas nicht weiter in ihrem geliebten Friedweiler aufwachsen würde, sondern in einer großen, lauten Stadt. Und ihr Ungeborenes würde dort das Licht der Erdenwelt erblicken. Aber wichtig ist, dass wir zusammen sind, und Friedweiler ist nicht außer Reichweite, dachte sie weiter. Pa kommt meist am Markttag nach Meerstadt, Ma wird dann öfter mitkommen und uns besuchen. Und ich fahre ab und an nach Friedweiler und besuche Rodolf und alle Freunde. Es wird schon gehen. Und eine Schule für mich ... Ja, die wird sich finden, wenn unser zweites Kind aus dem Gröbsten heraus ist. Es wird alles werden. Ich muss nur zuversichtlich sein. Ihr wurde leichter zu Mute.

Doch dann dachte sie an die schöne Natur, die ihr fehlen würde und das ruhige Landleben. Sie wurde still mit diesen Gedanken und daraus entstand ein neuer Gedanke: Ich werde die Annehmlichkeiten des Stadtlebens entdecken. Sie nickte, sich selbst aufmunternd. Ich werde also jetzt mit 24 ein Stadtmensch, der die Natur liebt. Und ich habe die wahre Natur, die immer bei mir, in mir, um mich ist und die mein wirkliches Zuhause ist. Bin ich darin verankert, wird mir nichts fehlen, weil ich darin glücklich bin. Ja, ich bin sogar die wahre Natur!

Sie rollte sinnierend ein Stöckchen von Jonas zwischen ihren Fingern hin und her und es fiel ihr dabei aus der Hand. Sie wollte sich gerade danach bücken und es wieder aufheben, als ihr durch den Kopf ging: Es ist das Festhalten, was uns unglücklich macht. Das hatte ich doch schon festgestellt. Das Anhaften an Menschen, Umständen und eben auch Wohnorten. Wenn etwas sich verändert, von uns geht, neu ausgerichtet werden muss, dann ist es so.

Ja, ich darf Pläne, Wünsche und Vorlieben haben und versuchen sie umzusetzen, aber mein Glücklichsein sollte nicht davon abhängen. Ich gehe einfach mit den unausweichlichen Veränderungen mit und bleibe innenwärts auf das Unveränderliche gerichtet. Sie atmete tief durch. So war es gut. Ein befreites Lächeln ergriff ihr Gesicht. Jetzt konnte sie mit ihrer Familie nach Meerstadt gehen.

Sie hatten erst überlegt, an den Stadtrand zu ziehen, um der Natur näher zu sein. Dann aber fanden sie, dass es einfacher und für den Alltag zeitsparender sei, mitten in der Stadt zu wohnen. Auch Peters Lohn gab dies her.

Sie fanden eine schöne Wohnung im ersten Obergeschoss eines herrschaftlichen Hauses mitten im Zentrum von Meerstadt, von dem sie sogar den Garten mitnutzen durften.

Die wohlhabende Besitzerfamilie Siebold, die im Erdgeschoss wohnte, hatte drei Kinder. Riewa, ein Mädchen in Jonas' Alter, Lothar, einen fünfjährigen Jungen und Fredian, einen gerade geborenen zweiten Jungen.

Von dort aus war außerdem alles gut fußläufig zu erreichen, die Wissenschaftliche Akademie, der Marktplatz, die sich im Wiederaufbau befindliche Bibliothek und auch zu Grundula war es nicht weit.

Venia freute sich darauf, Grundula öfter sehen zu können. Das würde ihr über den eingeschränkten Kontakt zu ihrer Ma ein wenig hinweghelfen, wenn es auch kein Ersatz war. Doch mit ihr konnte sie ebenso tiefe Gespräche über die Seelenwelt und die wahre Natur wie mit ihrer Ma führen.

Grundula bot ihr auch Hilfe für ihre dann bald zwei Kinder an, ebenso Peters Eltern. Alles schien sich gut zu fügen. Peters Eltern empfand Venia zwar etwas steif und unnahbar, aber das lag wohl daran, dass sie selbst aus einem Elternhaus kam, das viel Nähe und Offenheit lebte.

Drei Tage nach ihrem Einzug, noch nicht alle Holzkisten und Koffer waren ausgepackt, aber das meiste schon gemütlich hergerichtet, klopfte Venia, mit einem selbstgebackenen Kirschkuchen in der Hand, an die Tür von Familie Siebold im Erdgeschoß.

Die Tür sprang auf und Lothar, der älteste Sohn, verschwand wieder in seinem Zimmer. Zögerlich rufend blieb Venia in der geöffneten Tür stehen. Mit dem Säugling Fredian auf dem Arm kam schließlich die Hausherrin an die Tür. »Ja? Bitte?«

»Guten Tag, Frau Siebold, ich wollte nicht stören und Euch nur diesen Kuchen bringen. Wir fühlen uns jetzt schon sehr wohl hier, und entschuldigt, wenn es in den letzten Tagen lauter war beim Schränkerücken und Hämmern. Jetzt ist das meiste geschafft.«

»Frau Wenzel, das war kein Problem. Kommt doch zu Kaffee und Kuchen nachher herunter und bringt Eure Familie mit. Wie wäre das? Ich habe auch gebacken, da werden alle satt.«

»Danke, gerne. Doch mein Mann kommt heute erst spät von der Arbeit, aber Jonas und ich und es...«, Venia tippte auf ihren schwangeren Bauch, »... kommen gerne.«

»Und mein Mann ist gerade auf einer Dienstreise. Dann lernen wir Frauen uns erstmal näher kennen.« Sie lächelte herzlich.

Später saßen sie am Esstisch im Erker, der über große Fenster einen Blick in den herrlichen Garten zuließ. Sie plauderten über ihre Kinder, das Anlegen von Gärten und über Kuchenrezepte.

»Wie habt Ihr bloß diesen leckeren Blaubeerkuchen gemacht?«, wollte Venia wissen. »Meiner fällt nämlich immer auseinander, weil die Blaubeeren zu viel Saft abgeben.«

»Das ist ein Mürbeteig, der nimmt die Feuchtigkeit nicht so auf. Wartet, ich hole Euch das Rezeptbuch aus der Bibliothek.«

»Ihr habt eine Bibliothek?«

»Ja, einen Leseraum mit Büchern bis unter die Decke«, lachte Frau Siebold. »Mein Mann und ich lieben Bücher und lesen leidenschaftlich gern.«

»Ich auch, ich auch!«, rief Venia begeistert.

»Dann kommt gleich mal mit, ich zeige Euch unsere Bibliothek.«

Mit vor Begeisterung glänzenden Augen stand Venia wenig später in der größten privaten Büchersammlung, die sie bisher gesehen hatte. Dunkle, schwere Mahagoniregale bis unter die hohe Stuckdecke. Buchrücken an Buchrücken in braunem, schwarzem oder eingefärbtem Leder füllten sie.

Zwei große, mit dunkelgrünem Samt bezogene Ohrensessel standen mit Blick zum Fenster mitten im Raum auf einem edlen Perserteppich in verschiedenen Ockertönen. Vor ihnen zwei Hocker, auch mit dunkelgrünem Samt bezogen, zum Hochlegen der Füße. Ein Beistelltisch zwischen ihnen, ebenfalls aus dunklem Mahagoni, bot Platz für das Ablegen der Bücher und für Tassen mit Tee oder Kaffee. Seitlich hinter ihnen befand sich jeweils eine Öllampe an einem Ständer, die ausreichend Licht auf die Buchseiten werfen konnten.

»Das ist ja ein privates Leseparadies«, entfuhr es Venia verzückt.

Frau Siebold lachte und beobachtete Venia, wie sie ehrfürchtig die Regale abschritt, die Titel auf den Buchrücken las und hier und da ein Buch herauszog.

»Im Keller lagern noch mehr, manche haben wir sogar mehrfach, weil wir gerne bei Haushaltsauflösungen alle Bücher aufkaufen, bevor eines weggeworfen wird.«

»Der Keller ist auch noch voll?«, staunte Venia.

»Ja, aber nicht mehr lange. Wir sind dabei auszusortieren, welche Bücher wir der Meerstädter Bibliothek spenden. Auch mit unserer Gruppe *Bücherfreunde* sammeln wir Taler, Silberlinge und Bücher ein, um die vor dem Brand so schöne Bibliothek wieder gut zu bestücken.«

»Wirklich? Wie wunderbar! Eine Büchergruppe? Kann ich da mitmachen?«

»Natürlich, wir brauchen jeden! Wir haben uns einst zusammengetan, um über Bücher zu reden und uns gegenseitig welche zu empfehlen. Aber zurzeit dreht sich alles um den Wiederaufbau. Nächsten Mittentag treffen wir uns abends zum Sonnenuntergang bei Gerlinde, der Gründerin der Gruppe.«

»Ich spreche mit meinem Mann, ob er dann für Jonas da ist. Ich möchte sehr gerne dabei sein. Dann kanntet Ihr sicherlich auch Herrn Frodan?«

»Ja, natürlich, das wandelnde Lexikon der Bücherwelt. Er war auch Mitglied unserer Gruppe und wir trafen uns vor dem Brand immer bei ihm in der Bibliothek. Wir vermissen ihn sehr. Sein Tod ist so tragisch.«

»Ja, ich vermisse ihn auch. Ich hatte seit meiner Kindheit immer so schöne Gespräche über Bücher mit ihm.« Venia kullerte eine Träne über die Wange, die sie eilig wegwischte. Doch Frau Siebold war sie nicht entgangen und einen Augenblick lang standen die beiden Frauen still und bewegt voreinander, bevor beide gleichzeitig dem Impuls folgten, sich in die Arme zu nehmen. Sie spürten, dass dies der Beginn einer Freundschaft war.

Die ersten Vollmonde in Meerstadt vergingen für Venia im Nu. Sie hatte so viel zu tun: einen Alltag in der neuen Wohnung finden, Peter neugierig zuhören, wenn er strahlend von seiner Arbeit erzählte, mit Jonas die neue Umgebung erkunden, mit Grundula philosophieren, mit Frau Siebold, die zu ihrer guten Freundin Anna wurde, und ihren Bücherfreunden den Aufbau der Bibliothek unterstützen, und auch ihre kleine Tochter Milou wurde geboren, ein Sonnenschein vom ersten Tag an.

Venias Leben war so angereichert und neu, dass sie Friedweiler kaum vermisste. Ihre stille Elfenlichtung hätte sie gern öfter besucht, doch mit ihren zwei kleinen Kindern wäre das auch von Friedweiler aus immer weniger möglich gewesen. Sie schaffte es auch immer seltener, wenn Friedmann zum Marktverkauf in Meerstadt war, ein, zwei Tage mit nach Friedweiler zu fahren. Doch Lilia kam oft mit Friedmann mit und schaute bei ihr vorbei.

»Weißt du, Ma«, sinnierte Venia bei einem dieser Besuche während des Mittagsschlafes von Jonas und Milou, »das Leben ist schon spannend. Oder vielmehr, es ist dadurch spannend, wie ich es innerlich begleite. Es ergibt sich eine intensive Tiefe und Bewusstheit für alles. Viel mehr Freude entsteht daraus auch an den kleinen Dingen, weil ich sie sehe. Und diese Stille und der Frieden sind immer wieder in mir, wenn ich mich ihnen zuwende, mitten in all dem Trubel meines Alltages. Und so lebe ich jetzt in einer Stadt, wo ich nie leben wollte, und bin dennoch glücklich.«

Lilia lächelte. »Was für ein Geschenk doch die Hinwendung zu unserer wahren Natur in jeder Situation ist, nicht wahr? Ich merke seit geraumer Zeit, dass ich mich körperlich schwach fühle und daher alles langsamer angehen und mehr Pausen machen muss …«

»Ma, dir geht es nicht gut? Seit wann? Das hast du gar nicht erzählt!«, unterbrach sie Venia besorgt.

»Alles gut, meine Liebe, es ist sicherlich vorübergehend. Vielleicht habe ich nur zu viele Jahre zu viel gearbeitet oder ich schaffe nicht mehr so viel, weil ich eben älter geworden bin.«

»Meinst du?«

»Ja, ganz sicher, sonst geht es mir ja gut. Aber was ich dabei gerade lerne, wollte ich dir eigentlich erzählen. Erst machte mich dies ungeduldig und missmutig. Doch dann entdeckte ich in der Verlangsamung, dass die Stille natürlich nach wie vor dieselbe ist und diese mich meine Schwäche einfach annehmen lässt. Ich versenke mich in den Ausruhphasen nun noch häufiger ganz bewusst und präsent in die wahre Natur. Noch viel mehr innere Leichtigkeit umhüllt mich dadurch, obwohl mein Körper sich oft schwer und müde anfühlt. Noch mehr geistige Klarheit ist da, darüber, was wichtig ist zu tun, und was liegen bleiben kann.«

»Das hört sich gut an, Ma.« Venia strich ihrer Mutter sanft über den Oberarm. »Ich weiß, meine Verbindung zur wahren Natur wird mir auch helfen, wenn ich wieder in den Schuldienst zurückkehre und vielleicht in Meerstadt nicht so frei unterrichten kann, wie ich es möchte.«

»Natürlich wird es dir helfen. Warte mal ab, wie alles wird. Wie geht es dir mit Peter?«

»Wunderbar, wir haben uns immer viel zu erzählen, über seine Arbeit, die Kinder und meine sonstigen Aktivitäten. Wenn wir uns mal über etwas nicht einig sind oder einer von uns gereizt ist, können wir das bald ruhig ansprechen und aus dem Weg räumen. Peter ist da sogar unkomplizierter als ich. Ich hänge manchmal länger fest, aber letztlich weiß ich, dass sich alles in mir wieder glätten und lösen wird.«

»Das klingt alles sehr gut«, lächelte Lilia.

»Ich hatte mit euch eben gute Vorbilder. Manchmal ist es mir auch zu viel mit Jonas und Milou, wenn ich mit ihnen tagsüber allein bin und sie gerade beide quengeln oder ständig etwas wollen und brauchen. Aber das hält sich die Waage. Kanntest du das auch mit mir?«

»Nicht so sehr, ich hatte ja nur dich. Zudem waren immer deine Großma und Großpa mit im Haus, die sich mit um dich kümmerten. Das war eine große Hilfe.«

»Das stimmt. Na ja, manchmal finden Peter und ich es schade, dass wir nur noch wenig Zeit für uns ganz allein haben. Aber Zeit für liebevolle Gesten und Blicke gibt es immer. Das ist so schön, ich fühle mich sehr geliebt von ihm und liebe ihn jeden Tag mehr, wenn mehr überhaupt noch geht. Und da Grundula oder seine Eltern uns ab und zu für einen Tag die Kinder abnehmen, genießen wir einander dann umso mehr. So ist halt unser Leben jetzt und es wird auch wieder andere Phasen geben. Was ist mit dir und Pa?«

»Bei uns ist auch alles bestens. Seit seine Eltern tot sind, haben wir wiederum mehr Zeit miteinander allein. Er sorgt sich manchmal um meinen Zustand und so habe ich auf seine Bitten hin mit Grundula darüber gesprochen. Sie mischte mir einen Ausleitungstee, weil sie vermutete, es könnte irgendetwas meinen Körper belasten. Außerdem holte Friedmann Jadoo den Heilsamen, der mich behandelte wie damals in der Tiefen Nacht. Seither ist Friedmann beruhigt, alles getan zu haben und versteht meinen Umgang damit.«

»Rodolf ist auch ausgeglichen wie eh und je, er besucht mich ab und zu«, fügte Venia hinzu. »Alles gut gerade in unseren Familien. Wir haben auch schon genug durchgemacht.«

»So ist das Leben, ständige Veränderung und ein Auf und Ab.«

»Nur nicht die wahre Natur«, sprachen nun beide zugleich, sie hielten inne und mussten lachen.

Ein weiser, alter Mann

Miro hielt in seinem langen Aufstieg inne. Er verschnaufte und warf einen Blick zurück auf die weite Ebene hinter ihm. Erst nach einigem Suchen hatte er den Anfang des schmalen Pfades gefunden, der sich den Berg hinaufwand. Das Ende des Pfades konnte er nicht sehen, denn immer wieder tauchten neue Hänge und Felsen auf, die es zu erklimmen galt.

Er gab sich einen Ruck und setzte den Aufstieg fort. Neben dem Pfad wuchsen distelartige Gewächse, mit denen man besser nicht in Berührung kam, denn ihre vielen kleinen Stacheln verhakten sich allzu gern in der Haut und sorgten dann für schmerzhafte Entzündungen.

Als er um eine Ecke bog, blieb er wie erstarrt stehen. Etwa 100 Schritte von ihm entfernt sah er einen großen Nubi, der an einem hohen und dichten Gebüsch entlang schlich. Das Tier schien ihn nicht bemerkt zu haben und so verharrte er weiter und wagte kaum zu atmen. Noch niemals hatte er eine solch große Raubkatze in freier Natur gesehen. Nur einmal in einem Gehege, irgendwo in einem Dorf im Fernland. Aber jenes Tier war kleiner und schon altersschwach gewesen. Davon konnte bei diesem Nubi nicht die Rede sein. Kraftvoll und anmutig pirschte er voran. Miro atmete auf, als das Tier schließlich in dem Gebüsch verschwand. Er wartete noch ein wenig, dann setzte er leise auftretend seinen Weg fort.

Vor drei Tagen war er losgezogen von Maederos, mit der Wegbeschreibung von der alten Birga. In der Ferne erblickte er manchmal Dörfer, die er aber mied. Er hatte genügend Proviant dabei und stieß immer wieder auf kleine Bäche, in denen er seinen Trinkschlauch auffüllen konnte.

Je höher er kam, desto karger wurde die Vegetation und desto kühler der Wind. Schließlich gelangte er auf eine Hochebene, die von noch höheren, schroffen Felsmassiven eingefasst war. Am Ende der Hochebene sollte nach der Wegbeschreibung die Hütte von Aman, dem Weisen, sein.

Miro durchquerte die Hochebene, indem er links an den Felsen entlang ging und damit einen Bogen lief. Das schien ihm sicherer, als ungeschützt mitten durch die Ebene zu gehen. Vielleicht gab es hier noch mehr wilde Tiere.

Als er um einen weiteren Felsvorsprung bog, sah er sie: eine Hütte am Ende der Hochebene, gut eingefügt zwischen zwei mächtigen Felswänden. Man hätte glauben können, dass die Hütte gleichzeitig mit den Felsen entstanden war, von ein und demselben Baumeister erschaffen.

Während er sich der Hütte näherte, wurde ihm auf einmal bange. Würde Aman, wenn er denn wirklich hier lebte, ihn überhaupt willkommen heißen? Schließlich kam er ohne Einladung und ohne Ankündigung. Ihm wurde bewusst, wie viel Hoffnung er in diese Begegnung legte und wie leicht sie enttäuscht werden konnte.

Miro fing an, laut ein Lied zu pfeifen, um den Alten nicht zu sehr zu erschrecken, wenn er plötzlich an die Tür klopfte. Und womöglich hatte er einen Nubi als Wachhund, das könnte dann übel ausgehen.

An der schweren Holztür hing ein eiserner Ring. Miro atmete ein paar Mal tief durch und klopfte schließlich dreimal kräftig an. Nach einigen Momenten regte sich etwas in der Hütte und er hörte, wie sich jemand näherte.

Langsam und knarrend öffnete sich die Tür und Miro sah … einen alten Mann. Das war, was er erwartet hatte und doch war es anders. Der Alte war nicht groß und sehr einfach gekleidet. Er wirkte nicht so, wie Miro das von einem der sagenhaften alten, weisen Männer erwartet hätte. Immerhin hatte er einen grauen Bart.

»Verzeiht, dass ich Euch hier störe! Ich bin Miro und …«, brachte er hervor, doch der Alte unterbrach ihn und sagte: »Ich weiß.«

Damit wandte er sich um und ging wieder in seine Behausung hinein, ließ aber die Tür offen.

Völlig verdattert und zögernd betrat Miro die Hütte und sah sich um. Er befand sich in einem großen schlichten Raum, in dem nur wenige Möbel standen. Weiter hinten war eine kleine Sitzecke eingerichtet, mit einem alten Sofa, zwei verschlissenen Sesseln und einem niedrigen Tisch, auf dem eine riesige Kerze stand. Auf der rechten Seite des Raumes hatte Aman alles, was man brauchte, um Essen zuzubereiten. Und daneben sah Miro einen in die Wand eingearbeiteten, offenen Kamin. Davor lag eine dicke, grau-weiße Katze, die schläfrig blinzelte, Miro einen strafenden Blick zuwarf und sich dann auf die andere Seite drehte.

Aman holte aus einem Schrank einen Krug und zwei Becher, die er auf den kleinen Tisch stellte. »Sei willkommen, Miro aus dem Seenland!«, sagte er in Miros Sprache und lud ihn mit einer Geste ein, in einem der Sessel Platz zu nehmen.

»Woher kennt Ihr mich?«, fragte Miro, immer noch verwundert. Waren die alten, weisen Männer etwa Hellseher? Oder konnten sie Gedanken lesen?

»Nun, ich erfuhr, dass du bald zu mir kommen wirst. Ich lebe zwar hier allein, doch habe ich meine Boten und Kundschafter, manche mit zwei oder mit vier Beinen, manche auch mit Flügeln.«

Miro nahm nun Platz und Aman setzte sich in den Sessel gegenüber. Er hob den Krug an und füllte beide Becher. Miro hatte Durst und so trank er gerne. Es war herrlich kühler, süß und fruchtig schmeckender Apfelsaft. »Das schmeckt wunderbar«, lobte er den Saft und bekam sogleich seinen Becher wieder gefüllt. Aman lächelte, während Miro den zweiten Becher leerte.

»Ich war bei der alten Birga in Maederos, die hat mir eine Wegbeschreibung zu Euch gegeben«, sagte Miro.

Aman nickte verstehend und fragte dann: »Wie lange bist du gereist, Miro?«

»Ich glaube, fast drei Vollmonde, vom Seenland aus«, antwortete er nach kurzem Überlegen.

»So eine weite und gefährliche Reise, nur um einen alten Mann zu besuchen? Du musst dir viel davon versprechen.«

Miro hatte das Gefühl, dass ihm das Blut in die Wangen stieg, aber er zwang sich zu einem Lächeln und erwiderte: »Na ja, ich bin umherziehender Musiker und immer viel unterwegs. Also dachte ich, ich könnte doch mal eine Reise ins Fernland machen und dabei einen der berühmten, weisen Männer besuchen.«

Er ärgerte sich im selben Moment schon über seine Antwort, und tatsächlich sah ihn Aman etwas ungläubig an. »Ich will Euch natürlich nicht zur Last fallen oder Eure Zeit stehlen!«, fügte er schnell hinzu.

»Einem aufrichtigen Sucher schenke ich gern meine Zeit. Doch wenn jemand nur einen der – wie du sagst – berühmten, weisen Männer sehen will, dann stehe ich nicht zur Verfügung.«

»Verzeiht! So war es nicht gemeint«, sagte Miro hastig, doch Aman lächelte schon wieder. »Miro aus dem Seenland, wenn wir ernsthaft ins Gespräch kommen sollen, darfst du keine Spielchen spielen, sondern musst offen und ehrlich sagen, was du willst und was du denkst.«

Miro senkte den Blick und nickte mit dem Kopf. Nach einer Weile des Schweigens sagte er: »Birga hat mir erzählt, dass Ihr in die Tiefen des Geistes und der Seele vorgedrungen seid und alles darüber wisst.«

»Ja, ich habe in die Tiefen meines Geistes geblickt. Aber man kann nicht alles darüber wissen. Muss man auch nicht.«

Miro nickte, obwohl er nicht verstand, was Aman meinte. »Und was ist mit der Seele? Ich verstehe nicht genau den Unterschied zwischen Geist und Seele. Könnt Ihr mir das erklären?«

»Das sind einfach nur Worte. Sie bedeuten nichts von sich aus. Sie bedeuten das, was wir an Bedeutung in sie hineinlegen. Für manche bedeuten beide Worte dasselbe, für andere bedeuten sie etwas Unterschiedliches. Wichtig ist nur, dass wir beide, wenn wir darüber sprechen, das gleiche darunter verstehen. Sonst reden wir aneinander vorbei.«

Das leuchtete Miro ein.

»Ich gebrauche das Wort Seele nur selten, auch wenn es ein schönes Wort ist. Aber das Wort Geist ist für mein Verständnis und meine Lehre ausreichend«, fuhr Aman fort. »Je mehr unterschiedliche Worte man benutzt, desto mehr verwirrt man sich selbst.«

»Hm ... ich fürchte, ich kann mich nicht so gut ausdrücken, wenn es um diese Dinge geht.« Miro schaute zu der Katze hinüber, die nun wach war und ihn argwöhnisch beäugte.

»Das macht nichts. Ich werde dich schon verstehen, wenn wir uns Zeit lassen. Du hast doch Zeit, oder?«

Miro bejahte, obwohl ihm einfiel, wie unangenehm leicht sich sein Münzbeutel anfühlte.

»Hast du auch Hunger? Mit leerem Bauch lässt sich nicht so gut reden, nicht wahr?« Ohne auf eine Antwort zu warten, stand Aman auf und begab sich in seine Küchenecke. Er kramte zwei Töpfe und zwei Messer heraus. Dann verschwand er durch eine Tür und kam kurz darauf mit einem Beutel voller Kartoffeln zurück. »Du kannst mir beim Kartoffelschälen helfen, Miro«, sagte Aman, fast wie zu sich selbst.

Miro gesellte sich zu ihm, bekam ein kleines Messer in die Hand gedrückt und begann, die Kartoffeln zu schälen.

In einem Regal an der Wand lagerten Zwiebeln, Tomaten, Gurken, Paprika und verschiedenartigste Gewürze. Aman kochte die Kartoffeln, bereitete einen Salat zu und schnitt dann die Kartoffeln in Scheiben und briet sie zusammen mit den Zwiebeln in einer großen Pfanne.

Als sie das Essen beendet hatten, lehnte sich Miro satt und zufrieden in seinen Sessel zurück.

»Du kannst einen Vollmond lang bei mir bleiben, Miro«, sagte Aman und wischte sich dabei den Mund und die Finger an einem Tuch ab.

»Oh, so lange? Ich ... ich weiß nicht, ob ich noch so viel Taler habe«, druckste Miro herum.

»Das weiß ich auch nicht. Aber du kannst mir im Haus und Garten helfen, dann werden wir uns schon einigen.«

»Das ist gut. Aber denkt Ihr, dass es so lange dauern wird, um meine Fragen zu beantworten?«

Aman sah ihn nachdenklich an. »Wenn ich dir einfach irgendwelche Antworten auf deine Fragen geben würde, würdest du mit ihnen fortgehen, aber nichts wirklich verstanden haben.«

»Ist es wirklich so schwierig? Birga sagte, es sei schwierig, aber gleichzeitig einfach.«

Aman lachte. »Ja, am Ende ist alles sehr einfach. Aber bis dahin musst du dein gesamtes Weltbild auf den Kopf stellen. Du musst die Art und Weise, wie du die Welt wahrnimmst, in Frage stellen und nach und nach ändern.«

»Was meint Ihr mit dem Wort Welt? Ich spreche immer von der Erdenwelt«, sagte Miro.

»Die Erdenwelt ist das, worauf wir leben. Alle Länder, die es gibt, und der Boden darunter. Mit Welt meine ich aber alles, was wahrnehmbar ist. Also die Erdenwelt und alle Dinge darauf, aber auch die Sonne, der Mond, die Sterne. Und auch alle Wesen, alle Gedanken und Gefühle.«

»Aber das ist ja unendlich viel, das soll ich alles auf den Kopf stellen?«, fragte Miro ungläubig. »Ist das Eure ganz eigene Lehre?«

»Ich nenne es *Der Weg*. Er ist alt, vielleicht tausend Jahre oder noch älter. Er wurde immer direkt weitergegeben, in persönlichen Gesprächen. Er war nie ein Weg für die Masse der Menschen. Es gibt keine Bücher über den *Weg* und er wird auch nicht in Tempeln gelehrt.«

»Kennen ihn die Mondmänner?«, fragte Miro neugierig.

»Ja. Aber sie versuchen, ihn zu unterdrücken.«

Miro nickte. Das passte zu dem Bild, das er von den Mondmännern hatte. »Warum sind sie so dagegen?«

»Weil sie wissen, dass der *Weg* ihre Autorität untergräbt. Eben weil es darin keine Autoritäten gibt. Jeder Mensch ist seine eigene Autorität. Niemand kann dir sagen, wer oder was du wirklich bist und was deine Wahrheit ist. Andere können dir höchstens Hinweise geben.«

»So wie Ihr zum Beispiel?«

»So wie ich, ja«.

Miro war beeindruckt. So bescheiden sich Aman gab, so genau schien er zu wissen, wovon er sprach.

»Es ist nicht nur so, dass du deine eigene Autorität bist, sondern du bist der Gebieter deiner Welt, alle Macht liegt bei dir. Du bist der König in deiner Welt, nicht nur der Bauer oder Stallbursche.«

»Davon habe ich bisher nichts gemerkt.« Miro lächelte gequält.

»Alles, was du fühlst, geht auf deine eigenen Gedanken zurück. Wenn du dich glücklich fühlst, ist es nur wegen deiner Gedanken. Wenn du dich unglücklich fühlst, ist es ebenso wegen deiner Gedanken.«

Miro überlegte. »Stimmt. Wenn ich glücklich bin, habe ich gerade glückliche Gedanken. Wenn ich dagegen unglücklich bin, habe ich unglückliche Gedanken. Aber das ist doch normal, oder?«

»Ja, aber woher kommt es, dass du manchmal glückliche und manchmal unglückliche Gedanken hegst?«

»Das kommt eben darauf an, was ich gerade erlebe. In schönen Augenblicken bin ich meistens glücklich, in unschönen eher unglücklich.«

»Also, du meinst, es liegt an den jeweiligen Umständen, in denen du dich befindest?«

»Ja, schon … Na gut, es kann auch sein, dass ich unglücklich bin, obwohl die Umstände gerade gut sind.«

»Was dann wiederum an deinen Gedanken liegt. Die Kunst ist, seine Gedanken möglichst unabhängig zu machen von dem äußeren Geschehen.«

»Aber es ist doch normal, dass meine Gedanken auf das reagieren, was mir geschieht, oder nicht?«

»Wollen wir darüber reden, was normal ist oder was uns glücklich und friedlich macht?«

Miro atmete hörbar aus.

»Wenn wir den *Weg* gehen, entfernen wir uns zunehmend von dem, was die Menschen für normal halten. Normal ist es zu leiden, zu kämpfen, zu hassen, zu lügen und zu töten.«

»Aber es ist doch auch normal zu lieben, zu hoffen, zu glauben und sich zu freuen!«

»Sicherlich. Doch wenn dies immer nur davon abhängt, wie die Dinge in der äußeren Welt sich gestalten, dann sind wir eben völlig abhängig. Dann sind wir weniger als ein Blatt im Wind, das mal dahin und mal dorthin getrieben wird.«

Ja, Miro hatte sich schon öfter wie ein Blatt gefühlt, das die Winde des Schicksals nach Belieben durch die Luft wirbelten. »Also sollten wir besser darauf achten, dass wir gar nicht erst vom Ast fallen?«

Aman lächelte. »Ja, wenn du in dem Bild bleiben willst.«

»Aber wie soll man das machen? Das muss ungeheuer schwierig sein«, sagte Miro zweifelnd.

»Du musst als erstes erkennen, wie mächtig deine Gedanken sind. Wenn dich zum Beispiel ein Mensch beleidigt, dann liegt es ganz allein an dir selbst, ob du ärgerliche oder beleidigte Gedanken hegst.«

»Aber es ist doch ganz …« Miro brach ab. *Normal* hatte er sagen wollen. Aman schmunzelte wissend.

»Also muss ich die ärgerlichen Gedanken unterdrücken?«, fragte Miro weiter.

»Nein, nicht unterdrücken. Das geht nicht. Durch Einsichten, die du auf dem *Weg* immer mehr gewinnen wirst, werden immer weniger ärgerliche Gedanken aufkommen. Oder wenn sie doch aufkommen, erinnerst du dich rasch an diese Einsicht, und die Gedanken verschwinden.«

»Diese Einsicht …«, wiederholte Miro nachdenklich.

»Wir werden das nach und nach immer mehr vertiefen. Mach dir keine Sorgen.«

»Und nach einem Vollmond habe ich dann diese Einsicht so verinnerlicht, dass ich nur noch glückliche Gedanken habe?«

»Nein, das wohl nicht«, lachte Aman. »Aber du hast dann ein Instrument, mit dem du arbeiten kannst. Du wirst es in deinem täglichen Leben anwenden, üben und vervollkommnen. Die Zeit bei mir ist nur ein erster Schritt. Die Arbeit an dir selbst beginnt dann erst richtig.«

Bei diesen Worten schaute Miro zu seiner Laute, die gut verpackt in ihrem Beutel an der Wand lehnte.

»Du bist Musiker, Miro. Du weißt, was es heißt, ein Instrument zu lernen und zu spielen. Das dauert seine Zeit, aber die Mühe lohnt sich, nicht wahr?«

»Oh ja.«

»Magst du mir nicht etwas vorspielen? Für heute haben wir genug geredet. Ich würde gerne deine Musik hören.«

Miro holte seine Laute, packte sie aus, stimmte sie und begann zu spielen. Wie immer genoss er es, sich in den Tönen zu verlieren, sie klingen und verklingen zu lassen, und dabei in seiner eigenen magischen Welt zu verweilen.

Aman lauschte still mit geschlossenen Augen.

Ein anderer Wind

Hier ist Eure Klasse, Frau Wenzel«, sagte Herr Donario, der Schuldirektor, zu Venia und zeigte auf die zweite Holztür rechts des Ganges, den sie gemeinsam hinuntergingen. »Wie gesagt, in dieser Sechser werdet Ihr die Hauptlehrerin sein, einige Fächer aber auch in anderen Klassen unterrichten. Euren Stundenplan habt Ihr ja schon.« Mit diesen Worten erreichten sie die Tür und Herr Donario legte sein Ohr daran. Venia blieb irritiert stehen. »Was ist?«, sie flüsterte unwillkürlich.

»Ich horche, ob sie sich ordentlich benehmen, sie nicht zu laut sind und keine unflätigen Worte benutzen. Das dulde ich keinesfalls! Sch ... sch ...« Er legte den Zeigefinger an die Lippen und verharrte noch ein paar Augenblicke.

Dann riss er mit einem heftigen Ruck die Tür auf und donnerte los: »Maximilian! Ich will nicht noch mal hören, dass du die Schule nicht magst! Du schreibst bis morgen einen Aufsatz, welche Vorteile du davon hast, dass du zur Schule gehst!«

Venia fuhr erschrocken zusammen und blieb im Türrahmen stehen, während der Direktor durch die Tischreihen schritt, hinter denen sich die Schüler schnell und stramm aufgestellt hatten und schweigend zu Boden blickten.

»Und die ganze Klasse bleibt jetzt stehen, bis mir jeder eine Einmaleins-Reihe aufgesagt hat. Ihr wart viel zu laut gerade! Franz, fang an!«

Zu laut?, fragte sich Venia überrascht, ich habe nichts gehört und der Direktor musste sein Ohr regelrecht im Türholz vergraben.

Ein Junge in der ersten Reihe ganz links begann, Zahlen aufzusagen, leise und ängstlich. Herr Donario drehte sich zu Venia um und winkte sie zu sich. Sie schloss die Klassentür, stellte sich zum Direktor und lächelte den Schülern zu, einem nach dem anderen. Doch sie sahen es nicht, denn niemand traute sich aufzuschauen.

Oh je, wo bin ich hier hingeraten, durchfuhr es Venia. Die Schule hatte so einen guten Ruf, sollte die Beste in Meerstadt sein. Aber in *was* das Beste, fragte sie sich jetzt – im Abrichten?

Es dauerte eine Weile, bis alle Schüler dran waren. Manche stotterten oder machten Fehler, doch unerbittlich ließ Herr Donario sie die Reihe vortragen, bis sie flüssig saß.

Venia schwitzte und wäre am liebsten geflohen. Doch dann fiel ihr ein, ihre Gedanken und Gefühle nur zu beobachten, was anderes hatte sie gerade eh nicht zu tun. Sie spürte die unangenehme und drückende Atmosphäre und verband sich mit ihrer ruhigen Mitte in sich selbst. Aus dieser stieg schließlich ein Gedanke empor: Hier werde ich gebraucht, gerade weil ich es anders mache als der Direktor.

Liebevoll schaute sie nun auf die gesenkten Haarschöpfe vor sich und war mit ganzem Herzen bei jeweils dem Kind, das gerade eine Reihe aufsagte.

Als alle fertig waren, schien der Direktor etwas milder gestimmt. Seine Stimme klang nicht mehr ganz so streng, als er befahl: »Alle setzen!«

Die Schüler kamen dem schnell nach. Kerzengerade saßen sie auf ihren Holzstühlen, die sie dicht an ihre Pulte herangezogen hatten, und legten ihre Unterarme auf der Schreibfläche ab, eine Hand auf die andere.

»Das ist eure neue Hauptlehrerin, Frau Wenzel. Ich erwarte Gehorsam! Sie setzt nun den Unterricht fort.«

Er nickte Venia zu und verließ das Klassenzimmer. Als er die Tür hinter sich zugezogen hatte, ahnte sie, dass er wieder lauschen würde. Doch das war ihr egal.

»Guten Tag, ich bin Frau Wenzel und ich freue mich, euch kennenzulernen. Dafür steht bitte auf und schiebt die Pulte an die Wände. Nehmt eure Stühle und setzt euch in einen Kreis«, Venia nahm ihren Lehrerstuhl und platzierte ihn im Raum, »der hier rechts und links neben mir beginnt.«

Einige Schüler schauten nun auf, irritiert, doch alle blieben wie festgewachsen sitzen.

»Kommt, ich helfe euch auch.« Venia trat an das erste Pult und zögerlich stand die Schülerin auf und sah zu, wie Venia das Pult zur Seite schob.

»Komm, schieb bitte mit.«

Das Mädchen kam nun in Bewegung und half. Dann nahm Venia den Stuhl des Mädchens und stellte ihn neben den ihren.

»Und nun ihr alle und helft einander bitte.« Venia sprach ruhig und sanft und das brachte die Kinder dazu, allmählich aufzutauen. Sie schoben die Pulte beiseite, größtenteils schweigend und höchstens flüsternd.

»Ihr braucht nicht zu flüstern. Sprecht ganz normal miteinander. Ihr macht das sehr gut.«

Schließlich saßen alle im Kreis.

»So, nun bin ich gespannt, wer ihr seid. Ich würde gerne von jedem seinen Namen erfahren. Und sehr gerne wüsste ich auch von jedem, was er mag, zum Beispiel welche Farben, welche Leibspeise, welche Fächer, welche Beschäftigung außerhalb der Schule. Alles, was euch einfällt. Ich beginne mal mit mir selbst. Ich heiße Venia Wenzel. Ich liebe Bücher. Und ich bin in Friedweiler geboren, einem Dorf, das ich sehr liebe, etwa zwei Stunden mit der Kutsche entfernt. Ich liebe den Fluss dort und meine Elfenlichtung. Wisst ihr, was eine Elfenlichtung ist?«

Venia schaute in erstaunte und ungläubige Gesichter. Einige wagten, auf ihre Frage den Kopf zu schütteln. Also beschrieb sie ihren neuen Schülern ihre Elfenlichtung in allen Farben, Formen und Tönen und ließ sie die liebliche Stille spüren. Manch einem Schüler stand der Mund offen, alle hingen nun an ihren Lippen.

»Kennt ihr auch einen Ort, an dem ihr so zur Ruhe kommen könnt?« Venia wartete eine Weile und schließlich wagte es ein Junge, sich zu melden. Sie nickte ihm freundlich zu.

»Es gibt in unserem Garten zu Hause eine dichte Hecke und da krabble ich manchmal hinein. Niemand sieht mich und ich fühle mich beschützt.«

»Wie schön! Wie heißt du?«

»Marlon Braun.«

»Und was magst du sonst noch gerne?«

»Ich liebe Erdbeeren und Ball spielen und im See vor der Stadt baden.«

Venia hörte ihm aufmerksam zu. »Du bist also Marlon und du magst diese Dinge. Mag noch jemand hier etwas davon?«

Vier Kinder meldeten sich und so setzte sich die Runde fort, dass jeder sich vorstellte und alle von ihren Gemeinsamkeiten und Unterschieden hörten. Die Stimmung wurde langsam gelöster und bald erschien das erste zarte Lächeln beim Erzählen darüber, was gemocht wurde. Noch nicht alle waren dran gewesen, als der Pausengong ertönte.

»Das war sehr schön. Vielen Dank! Nachher machen wir mit dem Unterricht an der Stelle weiter. Ich möchte jeden von euch hören. Ich freue mich darauf.«

»Aber das war doch gar kein richtiger Unterricht«, sagte Mia zu Jule, als sie über den Schulhof schritten und an ihren Broten kauten. Diese zuckte unschlüssig mit den Schultern. »Aber schön war es.«

»Ja, der schönste Unterricht, den ich bisher hatte.«

»Ja, ich auch! Und wie oft sie *bitte* zu uns gesagt hat ...«

»Und *danke* ...«

»Und dann sollten wir die Pulte an die Wand schieben und die Stühle in einen Kreis stellen«, erzählte Robert seinem Freund Friedolin, der in eine andere Klasse ging.

»Warum das denn? Die stehen doch immer in einer Reihe.«

»Sie wollte es so, es sah richtig chaotisch im Klassenzimmer aus. Aber irgendwie auch lustig«, kicherte Robert.

»Und dann?«

»Dann sollten wir erzählen, was wir mögen.«

»Was? Was ihr mögt? Welches Fach hattet ihr?«

»Mathematik.«

»Was hat Mathematik damit zu tun?«

»Vielleicht können wir jetzt ausrechnen, wie viele von uns Ballspiele mögen oder Puppen oder am liebsten Würmer beobachten?« Robert lachte laut auf und Friedolin fiel ein.

»Würmer? Iiieh! Wer mag das denn?«

»Heribert. Und weißt du, was Frau Wenzel dazu sagte?«

»Nein, was?«

»Dass sie das interessant fände, dabei könne man viel lernen. Würmer seien wichtig für unsere Böden und müssten geschützt werden. Ihr Mann wisse ganz viel über Steine und das habe den Bauern für ihren Anbau sehr geholfen.«

Friedolin blieb der Mund offen stehen.

»Es war jedenfalls schön und ich wusste gar nicht, dass Ruby auch Bärlauchpesto so mag wie ich. Bisher hatte ich nicht viel zu tun mit ihm, aber ich fragte ihn gleich, wo er Bärlauch sammelt, und er will es mir zeigen.«

Erstmals seit ihren ersten Schultagen gingen die Kinder der Sechser nach der Pause mit vorsichtiger Freude und Neugier in ihr Klassenzimmer. Wie würde wohl die zweite Unterrichtsstunde mit Frau Wenzel werden? Würde sie auch noch den Rest der Schüler über sich erzählen lassen? Und natürlich ließ Venia es sich nicht nehmen, auch die zweite Unterrichtsstunde in ihrer neuen Klasse zu nutzen, um alle bis zum Letzten anzuhören.

»Gut, jetzt habe ich schon einiges Wichtige von euch kennengelernt. Vielen Dank. Lasst uns jetzt die Pulte wieder in die Reihen schieben.«

Eifrig machten sich die Kinder ans Werk und saßen bald wieder an ihren Tischen. Alle waren gespannt, was jetzt kommen würde. Doch wohl Grammatik, wie im Stundenplan vorgesehen?

»Und nun wünsche ich mir«, sagte Venia, »dass ihr eure Malblöcke herausholt und ein Bild malt von allem, was ihr mögt. Fühlt, welche Farbtöne dazu passen! Vergesst nicht, euren Namen gut sichtbar und in eurer Lieblingsschriftweise darauf zu schreiben! Er soll ein Teil des Bildes sein. Und dann hängen wir sie alle hier an die Wand.«

Es blieb also ungewöhnlich. Und bald leuchteten bunte Farben von den Korkflächen, von denen Venia die verschriftlichten Einmaleins-Reihen abgenommen hatte. Sie versammelte die Klasse davor und gemeinsam betrachteten sie jedes einzelne Bild und würdigten es. »Schaut nur, wie unterschiedlich wir alle sind. Jeder leuchtet auf seine Weise. Und jeder hat Freude am Leben.«

Die Schüler nickten. Noch immer waren sie verunsichert, in der Schule so viel liebevolle Aufmerksamkeit zu bekommen, doch es fühlte sich auch sehr, sehr gut und miteinander verbunden an.

»Das wird schwierig«, antwortete Venia, als Peter sie am Abend nach ihrem ersten Schultag fragte. »Der Direktor geht völlig anders mit den Schülern um als ich.« Sie schilderte ihm, was sie erlebt hatte. Peter ließ ein empörtes Zischen hören, als sie fertig war. »Das ist allerdings heftig. Du weißt ja, ich war selbst auf dieser Schule, aber damals war es noch ein anderer Direktor. Er war auch streng, aber nicht so wie dein Herr Donario. Du meine Güte! Und die anderen Lehrer?«

»Dazu kann ich noch nicht viel sagen, es war ja erst mein erster Tag. Allen, denen ich begegnete, schienen nett, aber wie sie unterrichten, weiß ich nicht.«

»Sicher sind sie nicht alle so. Und der Direktor ist ja auch nicht in deinem Unterricht dabei. Du kannst es doch auf deine Weise machen«, dachte Peter laut und wollte Venia damit beruhigen. »Warte mal ab und komm dort erstmal richtig an.«

»Ja, du hast recht.«

»Und Jonas und Milou, wie ging es ihnen mit ihrem ersten Tag mit Frau Sebiel?«

»Sie sagte, es sei alles gut gewesen, und ich hatte auch den Eindruck. Dass sie zuletzt oft bei uns war und wir viel zusammen unternommen haben, hat es leicht gemacht.«

»Das freut mich. Die Zeit vergeht so schnell, nicht wahr? Jetzt sind sie schon zwei und vier, unglaublich.«

»Ja, und so sehr ich es liebe, mit ihnen Zeit zu verbringen, wurde es jetzt auch Zeit, dass ich wieder Zeit habe für meinen Lieblingsberuf.«

»Stimmt, also könnte man sagen, zurzeit geht es uns wirklich gut.« Peter schmunzelte. »Wäre es da jetzt nicht gut, zeitig ins Bett zu gehen, um Zeit für die eheliche Liebe zu haben?«

Venia lachte auf, verwuschelte seinen Haarschopf und sagte: »Na dann ...«

»Frau Wenzel, kommt gleich mal in mein Büro!«

Herr Donario stand im Lehrerzimmer an der Tür und sein Befehlston ließ Venia sofort von ihren Unterlagen aufschauen, die sie gerade durchsah.

»Guten Morgen, Herr Donario!«

Ohne zu antworten, machte er eine Geste, die ihr bedeutete mitzukommen. Sie stand auf und folgte ihm.

»Wie war Euer erster Tag gestern?«

»Danke, dass Ihr fragt. Sehr schön, ich freue mich schon auf heute.«

»Schön? Ich habe die Bilder in Eurem Klassenzimmer gesehen. Was habt Ihr im Unterricht durchgenommen?«

»Wir machten ein Kennenlernen und was die Schüler mögen.«

»Was sie mögen? Wozu soll das gut sein?«

»Dann kann ich sie besser verstehen und fördern.«

»Wie kommt Ihr darauf?«

»Das ist meine Erfahrung. Ich kann ihnen Aufgaben stellen und Erklärungsansätze wählen, die zu ihren Vorlieben passen. Außerdem bin ich an ihnen als Menschen interessiert und wenn sie sich verstanden und gesehen fühlen, lernen sie gerne und besser.«

»Frau Wenzel, ich bin seit 30 Jahren im Schuldienst. Aber das habe ich noch nicht gehört. Mit den Vorlieben der Schüler arbeiten? Jedem nach seiner Nase? Wo kommen wir da hin? Wir haben Lehrpläne zu erfüllen und die sind für alle gleich!«

»Ja, natürlich, Herr Donario, ich werde die Lehrpläne erfüllen. Das habe ich schon immer.«

»So, dann werdet Ihr sie also nicht jeden Tag bunte Bilder malen lassen und wieder das Einmaleins aufhängen?«

»Ich wollte das Einmaleins von den Schülern auf ihre Weise gestalten lassen und dann wieder aufhängen. Meint Ihr, ich könnte noch mehr Korkwände in der Klasse haben?«

»Noch mehr Korkwände?«

»Ja, ich möchte, dass wir viel aufhängen können, sodass es sich besser einprägt.«

»Wir? Wer ist wir?«

»Die Schüler und ich.«

»So, die Schüler ...«

Venia wartete auf eine Antwort und merkte, dass es in Herrn Donario heftig arbeitete. Sie spürte, dass sie vorsichtiger sein musste. »Es muss auch nicht sein, wenn es nicht geht, Herr Donario.«

Er brummte und sie konnte ein »Mal sehen« heraushören. Die Schulglocke erklang. Doch Venia blieb vor seinem Schreibtisch stehen. »Braucht Ihr mich noch, Herr Donario?«

»Nein, nein, geht Ihr nur und haltet Euch an den Lehrplan!«

Auf dem Flur atmete Venia tief durch. Sie spürte die Anspannung in ihrem Körper, die wich, als sie sie jetzt nur wahrnahm. Das tat gut und dann dachte sie: Auf in meine Klasse, ich mache jetzt meinen Unterricht und darauf freue ich mich.

In den kommenden Wochen und Vollmonden hielt Venia ihren Unterricht wie immer. Sie ließ die Schüler die Einmaleins-Reihen in ihren Heften bildlich neugestalten, jeden in einer Verbindung mit etwas, was er mochte. Marlon zum Bespiel mit Erdbeeren, und so wusste er im Nu, dass 7 mal 7 Erdbeeren 49 Erdbeeren sind. Juri freute sich an den Bällen auf seinem Blatt, die ihm verrieten, dass 3 mal 5 Bälle 15 Bälle ergeben und Marlari rechnete mit Puppen, Suse mit Blumen und Robert und Ruby mit Bärlauchblättern. Sie hatten alle eine eifrige Freude dabei.

Bald wusste jedes Kind um sein besonderes Talent und wer von den anderen Kindern in der Klasse Experte für dieses oder jenes Thema war. So halfen sie sich untereinander, denn Venia fand, sie sollten immer erst einen anderen Schüler fragen, bevor sie gefragt wurde. Doch sie war immer da, um den Rahmen zu bilden, um Neues einzuführen, und für Fragen, die noch niemand lösen konnte.

Am Dienertag begann der Unterricht immer damit, dass die Schüler von ihren zwei freien Tagen erzählen konnten. Mit der Zeit war durch Venias zugewandte Art so viel Vertrautheit miteinander entstanden, dass sie auch von ihren ganz persönlichen Sorgen erzählten und untereinander eine große Anteilnahme und Hilfsbereitschaft entstand.

Alle freuten sich außerdem immer besonders auf den Frontag. Da stellten die Schüler nach und nach in Referaten ihre ganz eigenen Erkundungen zu einem Lieblingsthema vor.

Heribert begann mit den Würmern und alle staunten, dass diese Tierchen tatsächlich interessant waren, denn Heribert erzählte mit einer solchen Begeisterung, dass alle ihm gebannt lauschen mussten. Und die Nachfragen seiner Mitschüler spornten ihn zu weiteren Nachforschungen an.

Lisa liebte das Schlittschuhlaufen auf zugefrorenen Seen und sie berichtete davon, warum manche Seen schnell zufroren, andere fast nie, woran man erkennen könnte, dass das Eis tragfähig sei, wie man sich verhalten sollte, falls man doch mal einbrach, wie die Kufen am besten geschliffen sein mussten und was sie beachtete, um den Schwung des Körpers für ihre Pirouetten einzusetzen.

Als Venia sie fragte, ob sie auch etwas über die Funde in abschmelzenden Gletschern wüsste, wurde sie ganz neugierig darauf und tat sich mit Hannes zusammen, der Urzeittiere liebte, und sie entwickelten gemeinsam ein weiteres Referat über Knochenfunde im Eis.

Bald wussten natürlich auch alle Schüler, was an Bärlauch gesund war, wo er am besten wuchs, wie die verschiedenen Stadien vom Keim bis zur Blüte aussahen, wann er gepflückt werden sollte und was man damit alles anstellen konnte. Die von Ruby und Robert mitgebrachten Kostproben fanden unterschiedlichen Anklang, aber allen blieben sie im Gedächtnis.

Ewald spielte leidenschaftlich gern Klavier und stellte seine Lieblingskomponisten vor, erzählte, was an ihnen besonders war, wie ihre Stücke die Musikgeschichte revolutionierten und alle lauschten im Musikraum mit ganz anderen Ohren den Melodien, die er ihnen andächtig vortrug.

Gerlinde hingegen spielte auf ihrem Akkordeon eine ganz andere Art von Musik, vor allem fröhlich-rhythmische Tanzlieder. So brachte sie ihren Mitschülern Tänze aus verschiedenen Ländern bei und zu welchen Anlässen sie dort aufgeführt wurden. Alle hatten einen Riesenspaß, auch Rosa und Emil, die behauptet hatten, nicht tanzen zu können. Doch sie wurden von der Fröhlichkeit der anderen angesteckt und Venias Umsicht, dass sie nicht unbedingt mitmachen müssten, ließ sie sich dann doch auf die Tanzfläche wagen, und alle freuten sich mit ihnen.

Kurzum, sie lernten viel mehr, gerne und mit Freude, als was in den Lehrplänen für dieses Schuljahr stand. Ihre Noten verbesserten sich zum Teil drastisch, weil der Unterricht von Venia so interessant, abwechslungsreich und liebevoll gestaltete wurde.

Venia mochte das Notengeben gar nicht, es waren für sie nur Zahlen. Und so behielt sie es auch in Meerstadt bei, dass sie jedem Kind zu jedem Fach zusätzlich in einem Brief beschrieb, was es in dem Schuljahr gelernt und geschafft hatte, worauf es nochmals oder künftig sein Augenmerk richten sollte und warum das eine oder andere ihm vielleicht Schwierigkeiten machte. Sie bestärkte jeden darin, dass nicht jeder alles gut können konnte, aber jeder etwas gut konnte.

Natürlich hatte es sich unter den Schülern der Schule schnell herumgesprochen, wie besonders Frau Wenzel und ihr Unterricht waren. Fast alle beneideten bald die Schüler der Sechser, die sie so oft genießen konnten.

Einige Klassen waren froh, sie wenigsten ein bis zwei Stunden in der Woche zu erleben. Alle anderen, die sie nicht unterrichtete, konnten all die Erzählungen über ihren Unterricht kaum glauben. Doch schauten sie in den bunten Klassenraum der Sechser und in deren unbeschwerte Gesichter, war ihnen klar, dass hier etwas völlig anders vor sich ging. Sie umschlichen Venia bei der Hofaufsicht, um ein wenig von ihrem sonnigen Gemüt zu erhaschen. Immer war ein Pulk an Schülern um sie her, was Herrn Donario und einigen Lehrern zunehmend ein Dorn im Auge war.

Was ging da vor sich? Sie musste doch eine Respektsperson sein und keine Freundin. Zugleich mussten sie sich eingestehen, dass Venia sehr respektiert wurde. Wenn es Streitereien unter den Schülern gab oder kleine Raufereien, wurde immer sie dazu geholt und stets endete der Konflikt schnell, obwohl sie nicht laut und streng wurde und nicht strafte. Wie machte sie das nur?

Natürlich war Herrn Donario auch nicht entgangen, wie bunt ihr Klassenraum war und dass der Notenspiegel ihrer Klasse sich deutlich verbessert hatte. War sie zu nachlässig und drückte beide Augen zu? Das konnte Herr Donario keinesfalls zulassen. Also ließ er sich die Klassenarbeiten zeigen, fand jedoch beim besten Willen keine falsche Beurteilung.

Daraufhin setzte er sich argwöhnisch zwei, drei Mal mit in die Klasse, als Arbeiten geschrieben wurden. Doch niemand schrieb heimlich aus irgendeinem Buch ab und Venia half ihnen auch nicht bei den Lösungen. Es schien alles mit rechten Dingen zuzugehen und dennoch waren auch diese von ihm beobachteten Klassenarbeiten außergewöhnlich gut ausgefallen und richtig benotet. Was ging hier vor? Verriet sie ihnen etwa schon vorher die Aufgaben?

Doch er konnte nicht in jeder ihrer Unterrichtsstunden dabei sein, um das zu überprüfen. Schließlich hatte er noch viele andere

Aufgaben, musste auch noch selbst Unterricht geben und eine ganze Schule führen.

Er hätte zu gern das Kollegium befragt, welchen Eindruck sie von Frau Wenzel hatten. Aber das verbat er sich, denn es hätte den Anschein, dass er nicht alles unter Kontrolle habe. Und das hatte er doch, oder?

Zudem beschwerte sich bisher niemand über Frau Wenzel, weder Kollegen noch Eltern und Schüler. Im Gegenteil, mit einigen Eltern ihrer Schüler, vor allen den angesehenen Meerstädter Familien, stand er im Kontakt, weil sie sich bei gesellschaftlichen Anlässen sahen. Und diese berichteten ihm, dass ihre Kinder noch nie so freudig in die Schule gegangen seien und so gute Noten gehabt hätten und beglückwünschten ihn dazu, eine so fähige Lehrerin eingestellt zu haben.

»Nun gut, ihre Methoden sind wohl etwas unüblich«, meinte der Vater von Cilia. »Was mir meine Tochter manchmal erzählt, ist schon sehr anders als in meiner Schulzeit.«

»Ja, ja«, pflichtete Herr Donario gleich bei. »Sie ist noch jung, gerade mal 27. Ich werde sie schon noch schleifen, gebt mir etwas Zeit, ich ...«

Doch Cilias Vater unterbrach ihn: »Wenn die Noten stimmen, ist doch alles gut, Herr Donario. Ich empfehle Eure Schule jedem weiter, besonders seit meine Cilia so gerne hingeht. Sie ist richtig aufgeblüht und interessiert sich für viel mehr als früher.«

Herr Donario nickte stumm und schluckte schwer, weil er das Gefühl hatte, dass ihm etwas aus der Hand glitt, obwohl doch alle zufrieden zu sein schienen. Er wusste noch nicht genau, was es war, aber es fühlte sich bedrohlich an. Er beschloss, sich doch ab und zu in Venias Unterricht zu setzen und aus nächster Nähe zu schauen, was sie machte.

Manchmal hatte er schon an ihrer Tür gelauscht, er musste doch schließlich wissen, was in seiner Schule vorging, ein guter Ruf stand auf dem Spiel. Er vernahm beim Lauschen oft Stille oder gemeinsames Lachen oder eifrige Unterrichtsgespräche. Was es so viel zu lachen gab, verstand er zwar nicht, doch die Stille gefiel ihm und in den Gesprächen ging es um Unterrichtsstoff der Lehrpläne, das musste er zugeben.

Venia war natürlich nicht begeistert, als der Direktor des Öfteren angekündigt und unangekündigt in ihrem Unterricht erschien. Ihre Schüler verunsicherte dies sofort, denn die Angst vor seiner Strenge ließ sie gleich nicht mehr so unbeschwert sein wie sonst in Venias Unterricht.

Doch alle spürten instinktiv, dass es darum ging, für ihre geliebte Frau Wenzel jetzt alles zu geben, damit der Direktor zufrieden sein würde. So war die Stimmung in diesen Stunden gedämpfter und es erklang weniger Lachen. Aber Herr Donario konnte beim besten Willen trotz der oft für ihn ungewöhnlichen Unterrichtsmethoden und der sehr sanften Führung durch Venia keinen Ungehorsam und durchweg bei allen Schülern nur einen großen Lerneifer feststellen. Daran war nun wirklich nichts auszusetzen.

Doch statt sich darüber zu freuen, nagte dies umso mehr an ihm. Konnte es wirklich sein, dass man auch auf andere Weise erfolgreich unterrichten konnte, ja, womöglich sogar erfolgreicher als er? Er musste das weiter aufmerksam verfolgen.

Alle kümmern sich

Venia kam aufgeregt vom Markt nach Hause. »Peter?«, rief sie gleich, sobald sie die Wohnungstür geöffnet hatte, »Peter?« »Ja, hier, im Wohnzimmer, was ist?« Sie eilte zu ihm, ohne die Straßenschuhe und den Mantel abzulegen, auch ihr Einkaufsbeutel hing ihr noch prall gefüllt über die Schulter. Atemlos blieb sie vor ihm stehen, der im Sessel sitzend sanft die zweijährige Milou auf dem Schoß wiegte. Gerade waren ihr die Augen zugefallen, die sie nun wieder aufgerissen hatte, als sie ihre Eltern rufen hörte. Jonas trieb mit Schnalzgeräuschen seine Holzpferdchen unter den anderen Sessel und drehte sich dann zu seinen Eltern um. Peter bemerkte sofort, dass Venia eine große Sorge ins Gesicht geschrieben stand. Er hielt in den Schaukelbewegungen inne. »Was ist?«

»Ma geht es nicht gut«, platzte sie heraus. »Es geht ihr sogar immer schlechter, sagte Pa. Ich habe ihn gerade auf dem Markt getroffen. Peter, ich muss zu ihr, noch heute. Ich fahre mit ihm nach Friedweiler, ja? Geht das?«

»Ja, natürlich, ich habe die nächsten zwei Tage frei und bin für die Kinder da. Falls du länger weg bist, frage ich meine Eltern um Hilfe. Was ist mit ihr?«

»Du weißt ja, dass sie sich seit dem Jahr, in dem Milou geboren wurde, immer wieder über längere Zeiten sehr schwach fühlt. Das geht also schon mehr als zwei Jahre so, aber jetzt ist es innerhalb einiger Tage noch schlimmer geworden. Sie schafft es kaum noch, auf zu sein. Sie liegt ganz viel und schläft. Wir nehmen auch Grundula mit, vielleicht kann sie etwas für sie tun.«

»Gut«, sagte Peter. Er stand auf, setzte Milou vorsichtig auf dem weichen Teppich ab und trat an Venia heran. Er nahm ihr den

Einkaufsbeutel von der Schulter und stellte ihn auf den kleinen Beistelltisch neben seinem Sessel. Dann nahm er Venia fest in die Arme und sagte: »Pack schnell alles zusammen, was du brauchst, und mache dir keine Gedanken um uns. Wir kommen klar und sind im Herzen bei euch.«

Venia presste sich fest an ihn, vergrub ihr Gesicht an seiner Brust und schluchzte auf. »Ich habe solche Angst.«

Er strich ihr zart über den Kopf. »Ja, das verstehe ich.«

Friedmann, Venia und Grundula saßen eng aneinander gedrängt auf dem Bock des Pferdekarrens. Vom Markttag brachte Friedmann nur eine nicht verkaufte Kiste Äpfel wieder nach Hause sowie eine neue Spitzhacke und einige Lebensmittel. Er hatte es eilig, nach Hause zu Lilia zu kommen. Marie versorgte sie in seiner Abwesenheit. Er war froh, dass Venia mitkam und Grundula verschiedene Heilkräuter mitnahm, die ihr zu den Krankheitszeichen zu passen schienen.

Grundula hatte darauf bestanden mitzukommen, um sich ein eigenes Bild zu machen und außerdem war ihr Lilia in all den Jahren durch ihre Besuche sehr ans Herz gewachsen. Nie ging es dabei nur um den Kauf von Pflanzen, sondern sie führten auch immer tiefgehende Gespräche. Sie kannten sich, seit Lilia mit Venia schwanger gewesen war, und die war jetzt schon 28. Sie wollte bei ihr sein und sehen, was sie noch tun konnte. Doch das Wichtigste schien ihr, ihre Stille und ihren Frieden mitzubringen, bei all den Sorgen, die Friedmann und Venia plagten. Friedmann hatte berichtet, dass Lilia manchmal verzweifelte, aber doch meistens still in sich ruhte. Ihre Schwäche zwang sie zum Nichtstun und so blieb ihr außer schlafen nur noch, sich in sich selbst zu vertiefen.

Die drei sprachen nicht viel auf der Fahrt, doch jeder dachte an Lilia, jeder auf seine Weise. Als Friedmann den Pferdekarren auf den Hof lenkte, kam ihnen Marie entgegengelaufen und rief aufgeregt: »Schnell, sie würgt und würgt und es kommt nichts mehr aus ihr heraus!«

Venia und Grundula sprangen sofort vom Bock, bevor der Karren ganz gehalten hatte, und rannten mit Marie ins Haus.

Friedmann band eilig die zwei Pferde an. Er würde sie später abspannen, in den Stall bringen und versorgen. Jetzt musste er erst zu Lilia. Schnell griff er noch nach dem Korb mit Grundulas Heilpflanzen.

Venia erschrak, als sie ihre Mutter sah. Deren Gesicht war kreidebleich. Ihr im Ehebett auf der Seite liegender Körper krampfte sich immer wieder zusammen. Dann beugte sie sich völlig erschöpft über eine Schüssel, doch es kam nur etwas Speichel aus ihrem Mund. »Ma«, rief sie leise, »meine arme Ma.« Sie eilte zu ihr ans Bett und stützte sie an den Schultern, wenn sie sich vorbeugte.

Grundula nahm von Friedmann den Korb entgegen und bat ihn, heißes Wasser für eine Teezubereitung zu besorgen. Er verschwand in der Küche.

Sie griff ein Handtuch, das über einer Stuhllehne hing und tunkte es in die Schale mit kaltem Wasser, die auf dem Nachttisch stand. Dann legte sie es der verschwitzten Lilia auf die Stirn und fragte sie sanft: »Was hast du gegessen?«

»Ich weiß nicht«, stöhnte Lilia, »Brot, ein Apfel, etwas zartes Fleisch …«

»Wann hat sich dein Darm zuletzt entleert?«

Lilia konnte erst nach dem nächsten Würgeanfall antworten. »Das ist schon Tage her.«

»Wie lange liegst du schon im Bett?«

»Auch seit Tagen.«

Grundula nickte verstehend. »Da du nur liegst, kommt es zu Verstopfung. Ich gebe dir einen abführenden Tee.«

Dann wandte sie sich an Marie, die froh war, nicht mehr allein mit Lilia zu sein. Sie hatte nicht mehr gewusst, was sie noch tun konnte. Sie litt mit Lilia mit. Die Ruhe, die Grundula ausstrahlte und ihre Klarheit im Tun empfand sie als große Stütze. »Marie, frag bitte Friedmann, ob er eine Zitrone hat. Schneidet sie auf und bringt ein Messer mit.«

Marie eilte los, erleichtert, sich nützlich machen zu können.

»Ma, wir sind da, wir sind alle da für dich«, flüsterte Venia ihrer Mutter zu und diese bedankte sich mit einem Kopfnicken und flüsterte zurück: »Es ist alles gut, mein Kind, alles gut.«

»Aber Ma«, wollte Venia protestieren, doch der zärtliche Blick von Lilia erreichte so warm ihr Herz, dass sie nun verstand, was sie meinte. Sie ruhte in sich – trotz der körperlichen Qualen.

Marie kam mit einer aufgeschnittenen Zitrone zurück. Grundula hielt die eine Hälfte Lilia unter die Nase. »Riech daran, meine Liebe, es wird deine Übelkeit lindern.«

Lilia folgte dem Rat und atmete tief ein und aus.

Endlich kam auch Friedmann mit dem heißen Wasser. Grundula übergab Venia die Zitronenhälfte zum Halten und zog aus ihrem Korb gezielt zwei Kräuter und eine Ingwerknolle hervor. Sie gab Kamillenblüten und Löwenzahnwurzeln in das heiße Wasser, die Ingwerknolle schälte sie mit dem Messer, schnitt sie in kleine Stücke und gab sie ebenfalls in die Teekanne. »Wir lassen ihn noch eine Weile ziehen und etwas abkühlen.«

Lilias Würgereize flachten bereits ab, die Zitrone schien ihre Wirkung zu tun. Bald konnte sie schluckweise den Tee aufnehmen. Danach lag sie ruhig und erschöpft auf dem Bett, umringt von vier Menschen, die sie liebten. Sie schloss die Augen und schlief ein.

Friedmann küsste sie sanft auf die Stirn und ging dann zu den Pferden, die immer noch an den Karren geschnallt waren und deren ungeduldiges Hufscharren und Wiehern immer lauter wurde.

Marie drückte leicht Lilias Hand auf der Bettdecke und flüsterte den anderen zu, dass sie morgen wieder vorbeischauen würde.

»Danke«, flüsterte Venia, »dass du für Ma da bist.«

»Aber natürlich, Venia, jederzeit.«

Venia und Grundula saßen noch eine Weile still bei Lilia. Und nun konnte sich auch Venia in der wahren Natur versenken, in der Grundula bereits die ganze Zeit ruhte. Eine friedvolle Stimmung erfüllte den Raum.

Venia hatte in der Nacht kaum ein Auge zugetan. Zwar konnte Lilia nach ihrem Schlaf am Vortag bald ihren Darm entleeren und fühlte sich dadurch besser, aber ihre körperliche Schwäche blieb und machte Venia große Sorgen. Das war nicht nur eine Erschöpfung vom vielen Arbeiten oder vom Älterwerden. Grundula stimmte ihr zu, was Venia noch mehr ängstigte. Doch sie hoffte auch, dass Grundula eine Idee haben würde, wie ihrer Ma geholfen werden konnte. Heute wollte diese Lilia eingehend untersuchen und befragen. Venia musste sich zurückhalten, nicht schon früh morgens an die Tür des Gästezimmers zu klopfen und Grundula zu wecken.

Stattdessen lief sie zu ihrer Elfenlichtung und saß nun im Morgenlicht auf dem weichen Moss an ihrem Baum und verband sich mit der Stille. Doch immer wieder tauchte das Bild ihrer schwachen Mutter vor ihr auf und ihr Herz verkrampfte sich sorgenvoll. Ich will, dass du gesund wirst. Du musst gesund werden!, beschwor sie ihre Mutter im Geist. Dann erinnerte sie sich wieder daran, ihre Ängste nur zu beobachten und der Frieden nahm sie wieder ein. So ging es ständig hin und her. Schließlich trieb ihre Unruhe sie zurück zum Bauernhof.

Friedmann und Grundula saßen beim Frühstück und zeigten auf das Gedeck, das sie für Venia bereitgestellt hatten.

»Guten Morgen, wir dachten, du schläfst noch«, begrüßte Friedmann sie.

»Guten Morgen, nein, ich war draußen. Wie geht es Ma?«

»Seit gestern Abend unverändert. Ihr ist nicht mehr übel, sie muss nicht würgen, aber sie fühlt sich sehr schwach. Ich musste sie stützen, damit sie zur Latrine gehen konnte. Sie liegt jetzt wieder und schickte uns frühstücken. Was möchtest du trinken?«

Venia schüttelte den Kopf, sie verspürte keinen Hunger und hatte keine Ruhe für eine Tasse Kaffee. »Ich schaue nach Ma«, sagte sie und verließ die Küche.

»Ich komme gleich zu euch«, rief ihr Grundula nach, die den Blick von Venia richtig gedeutet hatte.

Grundula befragte Lilia nochmals, obwohl sie ihr schon öfter Kräuter und Salben wegen der Schwäche gegeben hatte. Sie vermutete eine späte Nachwirkung der Tiefen Nacht, worüber ihr nichts bekannt war, weil sie von niemandem wusste, der das überlebt hatte. Jetzt wollte sie alles nochmals ganz ausführlich hören. Wann hatte es genau begonnen? Vor gut zwei Jahren. Was hatte sie in der Zeit davor anders gemacht als sonst? Andere Tätigkeiten und Gewohnheiten, ein anderes Essen, eine Verletzung, besondere Aufregung? Doch nichts davon traf zu. Wurden die Intervalle kürzer? Ja, erst lagen Vollmonde dazwischen, jetzt waren es nur noch Wochen. Nahm die Schwäche zu? Ja. Wo hatte sie die Schwäche zuerst gespürt? Erst nur in den Füßen, dann in den Beinen, und jetzt fiel ihr schon das Sitzen schwer.

»Die Schwäche steigt also auf?«, fragte Grundula nach.

»Ja, so könnte man es beschreiben«, stimmte Lilia zu.

Venia beobachtete ängstlich, dass Grundulas Gesichtsausdruck mit jeder Antwort von Lilia ernster wurde. Sie legte nun eine Handfläche an Lilias Fußsohle, drückte dagegen und forderte Lilia auf, den Fuß zu strecken. Auch sollte sie dann ein Bein anwinkeln und es gegen ihren Widerstand strecken. Gleiches wiederholte sie mit den Händen und Armen von Lilia. Dabei war deutlich zu sehen, dass in den Armen noch mehr Kraft war als in den Beinen.

»Grundula, was denkst du? Hast du eine Idee, was es ist? Ist es heilbar?«, drängte Venia sie auf eine Antwort.

Grundula zögerte.

»Sag es uns«, ermutigte Lilia sie. In dem Moment kam Friedmann herein und er spürte sofort die ernste Stimmung.

»Was sollst du sagen?«, fragte er Grundula.

»Was ich denke, was es ist«, antwortete sie ruhig und ernst.

Friedmann setzte sich zu Lilia auf das Bett und griff nach ihrer Hand. Alle sahen Grundula abwartend an.

»Nun, ich bin mir nicht ganz sicher und darum weiß ich nicht, ob es sinnvoll ist, es zu sagen ... Aber da ihr mir es angesehen habt und direkt nachfragt, wäre es wohl nicht gerecht, nichts zu sagen.«

Alle nickten und Lilia fügte hinzu: »Ich möchte wissen, was du denkst und ich werde mit allem umgehen können.«

Also holte Grundula tief Luft: »Ich weiß von zwei Krankheiten, die so beginnen, wie du es geschildert hast. Die Muskelschwäche nimmt immer weiter zu. Doch bei der einen Form kann man durch viel Bewegung und das Siliumkraut, was ich dabeihabe und dir geben werde, ein Fortschreiten verhindern. Bei der anderen Form kann es dadurch nur verlangsamt werden, doch sobald der ganze Körper von der Schwäche erfasst ist, besonders das Herz ...« Grundula sprach nicht weiter, brauchte nicht weiterzusprechen, denn alle wussten, was dann wäre.

Venia schrie auf: »Nein!« Ihr strömten sofort die Tränen über die Wangen.

Friedmann war bleich geworden und Lilia war zusammengezuckt, doch gleich griff sie nach den Händen von Friedmann und Venia und sagte leise: »Ich habe schon geahnt, dass es ernst werden könnte. Ich habe schon darüber nachgedacht und mich friedlich darin versenkt.«

»Nein, Ma«, rief Venia wiederum aus, »wir tun alles, dass es dir wieder gut geht.«

»Ja, natürlich. Ich werde das Kraut einnehmen, ich werde versuchen, mich viel zu bewegen, auch wenn mir die Kraft zunehmend fehlt. Wir werden sehen, wie es weitergeht. Und doch weiß ich, dass mir kein Verlauf am Ende den Frieden nehmen kann. Und das wünsche ich mir auch für euch.«

Friedmann streichelte Lilias Hand, ihm fehlten die Worte, sein Gesicht zeigte nur Angst. Venia ließ ihre Tränen weiterlaufen, während Grundula ihren Fokus auf ihrer aller wahren Natur hielt.

Er hatte sie schon durch den Garten zur Haustür kommen sehen und empfing sie dort. »Wie geht es deiner Mutter?«

Venia flog in Peters Arme, drückte sich fest an seine Brust und sprudelte los: »Ich denke, es wird jetzt besser werden. Ich wäre noch gerne geblieben, aber ich muss in die Schule und Ma bestand darauf, dass ich fahren solle. Ich war erst beruhigter, als wir einen Plan gemacht hatten. Friedmann wird morgens mit ihr Bewegungsübungen machen und Marie nachmittags. Grundula hat ihr ein spezielles Kraut dagelassen. Ich werde sie oft besuchen, ja? Jede Woche, ja?«

Peter stimmte zu. »Wisst ihr, was es ist?«

Venias Augen füllten sich sogleich mit Tränen. »Ich hoffe, dass es das ist, was zum Stillstand gebracht werden kann.« Sie erzählte ihm von Grundulas Überlegungen.

»Ich hoffe, dass alles gut wird«, sagte er bedrückt.

Eine Lektion über Gedanken

Am nächsten Morgen erwachte Miro spät. Er hatte gut auf dem Sofa geschlafen, das ihm Aman als Schlafstätte hergerichtet hatte. Er schaute sich um, aber von Aman war nichts zu sehen. Auch die dicke Katze lag nicht an ihrem Platz.

Er stand auf und ging zum Fenster. Aman war draußen im Garten vor dem Haus und jätete Unkraut. Miro öffnete das Fenster. »Guten Morgen!«, begrüßte er den Alten.

»Guten Morgen, Miro! Gut geschlafen? Lust auf Frühstück?«

»Und wie!«

Aman legte sein Werkzeug ab und kam ins Haus.

»Arbeitet Ihr immer schon so früh?«

»Früh? Es ist seit Stunden hell«, sagte Aman lächelnd.

»Oh … Ich war wohl doch sehr müde von der Wanderung«, murmelte Miro verlegen.

Aman kochte Kaffee und bereitete einen Haferbrei mit Früchten zu. Miro musste an den Haferbrei seiner Mutter denken, den es jeden Morgen gab und den er als Kind so satthatte. Jetzt aber erfasste ihn bei der Erinnerung ein warmes Gefühl für seine Mutter. Beim nächsten Besuch würde er sich auf ihren Haferbrei freuen.

Sie ließen sich das Frühstück schmecken und sprachen nicht viel dabei. Nachdem sie das Geschirr abgewaschen hatten, sagte Aman: »Jetzt kannst du mir die Fragen stellen, die du auf dem Herzen hast.«

Miro dachte kurz nach und beschloss, nur von seiner Erfahrung im Kerker von Wiesdorf zu erzählen. Alle anderen Geschichten über seine Ma, seinen Vater und über Sina erschienen ihm auf einmal nebensächlich. Und so erzählte er in kurzen, aber lebendigen

Worten, wie er zu Unrecht des Mordes bezichtigt und wie er dem Tod im letzten Augenblick von der Schippe gesprungen war.

Und erst dann berichtete er ausführlich, wie ihn in der Nacht vor der geplanten Hinrichtung ein tiefer, unerklärlicher Frieden erfasst hatte, der ihm aber später wieder verloren ging. Wie nur könnte er ihn wiederfinden und bewahren? Er erwähnte auch das Bild von dem Auge des Wirbelsturms, das ihm Birga gegeben hatte.

»Das ist ein gutes Bild«, sagte Aman. »Du hast in diesem Moment die stille Mitte deines Geistes gefunden. Du bist von deinen Gedanken der Angst zurückgetreten und hast dich nicht mehr in ihnen verloren. Du warst der bloße Beobachter deiner Gedanken. Und dadurch verloren sie ihre Macht und verschwanden sogar.«

»Ja, das mit dem Beobachten der Gedanken habe ich schon einmal gehört und ich habe es auch praktiziert! Aber in dem Kerker damals war es mir nicht bewusst, es geschah einfach«, erinnerte sich Miro. Plötzlich hatte er eine Idee. »Meister, kennt Ihr vielleicht den Musiker Arvad?«

Aman zog die Augenbrauen hoch. »Nenn mich nicht Meister, sondern einfach Aman, mein Junge!«, sagte er mit sanftem Tadel. »Ich habe von einem Musiker, der sich Arvad nennt, gehört. Aber ich habe ihn nicht persönlich kennengelernt. Er ist wohl ständig auf Reisen, spielt mal hier, mal dort. Es ist lange her, dass ich von ihm gehört habe.«

»Er zeigte mir vor vielen Jahren das Beobachten der Gedanken und er sagte, dass er es von den weisen, alten Männern des Fernlandes gelernt habe.«

»Damals gab es noch mehr von uns. Einige waren sehr alt und sind gestorben. Was hat dich Arvad denn gelehrt?«

Miro erzählte ihm alles, an das er sich erinnern konnte, und auch, dass es ihm schon einige Male geholfen habe, ruhiger und gelassener zu werden.

Aman nickte bedächtig. »Das war ein guter Anfang, Miro. Die Gedanken zu beobachten, und auch die Gefühle, die immer zu ihnen gehören, heißt im Grunde, sich nicht in ihnen zu verlieren, sondern sich beim Denken bewusst zu sein, dass man selbst der Denker ist. Oder dass man die Quelle der Gedanken ist, wenn du so willst.«

»Aber das weiß man doch immer, oder nicht?«, wandte Miro ein.

»Nein. Lass es uns gleich einmal versuchen. Wir schließen jetzt beide die Augen und warten einfach auf die Gedanken, die dann kommen. Wir unterdrücken sie nicht, sondern sind uns ihrer bewusst. Wir beobachten sie.«

Und so schloss Miro die Augen und versuchte sich in der stillen Einkehr, wie es damals Arvad genannt hatte. Nach etwa einer Viertelstunde räusperte sich Aman und Miro öffnete wieder die Augen.

»Und, wie war es?«, fragte Aman.

»Mir schossen sehr viele Gedanken durch den Kopf«, gab Miro zu.

»Konntest du sie beobachten?«

»Zu Beginn, ja. Aber dann verlor ich mich in ihnen. Ihr hattet recht. Ich war so in meinen Gedanken versunken, dass ich vergaß, dass ich sie eigentlich beobachten wollte. Ich habe sogar mich selbst vergessen, der hier sitzt. Irgendwann erinnerte ich mich wieder, aber kurze Zeit darauf war ich wieder ganz und gar in den Gedanken drin.«

»Tröste dich, das passiert mir auch«, sagte Aman. »Es ist nicht schlimm, man muss sich einfach immer wieder erinnern. Wenn du dich in deinen Gedanken verlierst, ist es, als ob du einen Tagtraum hast. In der Nacht, wenn du träumst, schaffst du auch eine eigene Gedankenwelt, in der du dich vollkommen verlierst. Du hast dabei vergessen, dass du selbst der Träumer bist. Bis du aufwachst. Und so ist es auch mit dem Tagtraum. Du verlierst dich darin und vergisst, dass du selbst all das in deinem Geist erzeugst. Aber je mehr dir das bewusst ist, desto unabhängiger bist du von den äußeren Umständen. Dann erkennst du tatsächlich, dass du selbst es bist, der unglückliche Gedanken hegt, ganz egal, was irgendjemand zu dir sagt oder dir antut.«

»Aber bedeutet das, dass ich mich gar nicht mehr wehre, wenn mich jemand beleidigt oder angreift?«

»Wenn dich jemand körperlich angreift, wirst du dich wahrscheinlich zur Wehr setzen, einfach um dich zu schützen. Aber das ist nicht das Entscheidende. Es geht auf dem *Weg* nie um die Handlung, sondern um deine innere Haltung, um deinen Geist. Es ist nur deine Entscheidung, ob du wütende Gedanken gegen den Angreifer hegst oder nicht. Und wütende Gedanken machen uns immer unglücklich.«

»Gut, aber wenn ich mich nun gegen einen Angreifer körperlich wehre, dann werde ich doch ganz bestimmt wütende Gedanken haben. Wie soll ich solche Gedanken verhindern?«

»Du sollst sie nicht verhindern. Wie ich schon sagte – du kannst Gedanken gar nicht verhindern oder unterdrücken. Aber du kannst lernen, dich in jeder Situation möglichst schnell an die Macht deines Geistes zu erinnern. Du kannst dich wehren, ja, aber du musst keinen Hass auf den Angreifer haben.«

»Aber es ist doch nicht richtig, dass er mich angreift!«, wandte Miro ein.

»Es liegt nicht an dir, das zu beurteilen. Du bist nicht sein Richter. Du kannst nicht wissen, was es alles für Gründe gegeben hat, dass er dich angriff. Ob er schuldig ist, darüber kann am Ende ein Richter entscheiden. Für dich ist hier nur wichtig, wie du trotz des Angriffs wieder in deine Mitte, in deinen Frieden kommen kannst.«

»Geht es am Ende nur um Vergebung?«

Aman wiegte langsam den Kopf. »Ja, am Ende geht es um Vergebung. Aber das geht weitaus tiefer, als wir Vergebung normalerweise verstehen. Die Vergebung, die ich meine, ist nicht etwa ein Akt der Gnade. Es ist gelebte Einsicht. Du vergibst, aber nicht dem Angreifer zuliebe, sondern dir zuliebe.«

»Ich fürchte, ich verstehe das noch nicht.«

»Das kommt nach und nach, keine Sorge. Mach dir erst mal nur klar, dass du kein Urteil über den Angreifer sprechen kannst, denn du weißt nicht, warum er dich angriff. Vielleicht aus Angst oder aus Not, vielleicht weil er aufgehetzt oder gezwungen wurde.«

»Oder vielleicht weil er einfach ein böser Mensch ist? So wie der Mann, der mir das Messer verkauft hat, obwohl er wusste, dass es mich in Lebensgefahr bringen würde«, sagte Miro und merkte, dass er trotziger klang als beabsichtigt.

»Gut. Aber was bringt es dir, dieses Urteil zu fällen? Du wirst dadurch nur zornig und unglücklich. Und du verlierst dich wieder vollkommen in deinen Gedanken. Halte inne und schau dir deine Gedanken des Urteilens, des Ärgers und der Wut an! Aber tu das, ohne über dich selbst zu urteilen und ohne deine Gedanken zu rechtfertigen. Sieh dir einfach nur an, was du denkst und wie du dich dabei fühlst.«

Miro schwieg und dachte über das Gehörte nach. Er spürte, wie eine Stimme des Widerstandes in ihm laut wurde. War es überhaupt möglich, das so zu leben? Entschuldigte man damit nicht alle Untaten?

Aman bemerkte, wie Miro innerlich mit sich kämpfte. »Es ist nicht schlimm, wenn du das am Anfang nicht annehmen kannst«, sagte er verständnisvoll. »Wir werden das täglich üben. Und in der Praxis wirst du es auch immer besser verstehen und merken, dass es wirkt.«

Miro lächelte zerknirscht und betrachtete die dicke Katze, die es sich wieder auf ihrem Stammplatz gemütlich gemacht hatte. Katze müsste man sein, dachte er.

Die Tage auf der Hochebene vergingen und der Frühsommer zeigte sich von seiner freundlichsten Seite. Tagsüber war es trotz der Höhe warm und nur am Abend, wenn die Sonne hinter den schroffen Felsen versunken war, zog eine klamme Kälte über die Hochebene. Doch Miro schlief in der Wohnstube, wo die Glut im Kamin das Zimmer bis in die Nacht hinein angenehm warmhielt. Die dicke Katze schlief vor dem Kamin. Sie hatte sich an seine Anwesenheit gewöhnt und ließ sich manchmal sogar von ihm streicheln.

Amans Schlafzimmer war direkt neben dem Wohnraum, durch eine Tür getrennt. Jeden Morgen stand er früh auf und obwohl er keinen Lärm machte, wachte Miro dadurch auf. Sie tranken dann zusammen Kaffee und schwiegen dabei. Das fand Miro anfangs befremdlich, aber bald genoss er diese stille Zeit vor Anbruch des Tages. Anschließend arbeiteten sie eine Stunde lang im Garten, bevor es ein ausgiebiges Frühstück gab.

Danach sprach Aman weiter über die Macht des Geistes und der Gedanken. Miro erzählte ihm Geschichten aus seinem Leben, über den Vater, den er vermisste, über seine einsame Mutter, über die verlorene Liebe mit Sina.

Und Aman zeigte ihm, wie er anders darauf schauen konnte, ohne Urteil und ohne Groll. Auch wenn Miro noch oft inneren Widerstand empfand, so spürte er doch auch immer wieder, wie leicht es sich anfühlte, wenn er die Dinge ohne Urteil, Wut oder Angst betrachten konnte.

Miro fasste zunehmend Vertrauen zu dem Alten und manchmal ertappte er sich dabei, dass er ihn fast wie einen Großvater ansah. Er fragte sich, ob es Aman ähnlich erging.

Eines Tages kamen von der anderen Seite der Hochebene, die Miro noch nicht erkundet hatte, zwei Männer mit einem Eselkarren angefahren. Offensichtlich gab es dort einen Weg, der zugänglicher war als der steile Pfad, über den er die Hochebene erreicht hatte.

Die Männer sprangen von dem Karren und begrüßten Aman wie einen alten Bekannten. Sie brachten Honig, Käse, Brot und Mehl und einen riesigen Schinken sowie verschiedene Früchte und Gewürze. Nach und nach trugen sie alles in die Speisekammer der Hütte und traten wieder den Heimweg an.

Als Aman ihnen nachwinkte, fragte Miro: »Aman, wie oft kommen die Männer und bringen dir diese Sachen?«

»Sie kommen zweimal während eines Vollmondes. Es sind aber immer wieder andere Männer oder auch Frauen. Sie haben mir vor Jahren auch das Sofa, die Sessel und noch viele andere Dinge hier heraufgeschafft. Oder dachtest du, ich habe das alles auf dem Rücken getragen?«

»Nein«, lachte Miro. »Ich hatte noch gar nicht darüber nachgedacht.«

»Sie erweisen mir auf diese Art ihre Ehre und ich bin ihnen dankbar. Von Zeit zu Zeit kommt einer der Bewohner aus dem Umland und sucht meinen Rat.«

»Geht es dabei auch um den *Weg*?«

»Nur manchmal. Die Menschen kommen, wenn sie großen Kummer haben, wenn vielleicht jemand aus ihrer Familie gestorben ist und sie die Trauer nicht verarbeiten können.«

»Du machst dann mit ihnen nicht auch das Beobachten der Gedanken?«

Aman wiegte den Kopf. »Es kommt jedes Mal darauf an, was ich glaube, wie viel der Besucher von diesen Dingen erfassen kann. Meist sind es Menschen, die gar keine Erfahrung mit der Innenschau haben.«

»Die Innenschau ...«, wiederholte Miro. Das Wort gefiel ihm.

»Und es kommt darauf an, in welchem Zustand die Menschen sind. Jemand, der in völliger Verzweiflung zu mir kommt, kann keine theoretischen Erklärungen aufnehmen. Er braucht Trost und ein offenes Ohr.«

Miro überlegte, ob Aman auch seiner Mutter helfen könnte, aber es war kaum vorstellbar, sie hierher zu bringen. Bestimmt würde sie es nicht wollen. Sie glaubte, dass ihr nichts und niemand helfen könne.

Eine überraschende Inspiration

Als zwei Wochen vergangen waren, schulterte Miro seine Laute und erkundete weiter die Umgebung der Hochebene. Aman hackte derweil Brennholz und wollte sich dabei nicht helfen lassen. Also stieg Miro zwischen den Felsen noch höher hinauf, um eine gute Aussicht auf die Hochebene und das darunterliegende Tal zu finden. Die Nubis fürchtete er nicht mehr, denn Aman hatte ihm versichert, dass sie niemals Menschen angriffen und eher scheu waren.

Nach einiger Zeit fand er eine lauschige Stelle unter einer Kiefer, die einen wunderbaren Blick über die Landschaft bot. Da war die Hochebene mit ihren wenigen, dürren Sträuchern, eingefasst von schroffen Felsen. In der Ferne sah er das flache Land in einem milchigen Dunst, der die Konturen der Dörfer und Wege verschluckte. Vor dem Blau des Himmels zogen einzelne Wolken unendlich langsam vorbei.

Er versenkte sich in die Stille hier oben und atmete tief und gleichmäßig ein und aus. Nach einiger Zeit packte er seine Laute aus und spielte ein paar einfache Melodien. Er war immer wieder erstaunt, wie anders die Töne seiner Laute klangen, wenn er in einer anderen Umgebung war.

Hier oben verloren sich die Klänge schnell in der Weite der klaren, reinen Luft. Und so schien es Miro, als würde er seine Töne freigeben und in die Erdenwelt hinaussenden. Vielleicht war es ja so, dass er sie nicht mehr hören konnte, aber die Vögel weit unten im Wald der Ebene. Ihm gefiel die Vorstellung, dass die Töne gar nicht wirklich verschwanden, sondern einfach nur sehr, sehr still wurden.

Vielleicht wurden sie so still, dass sie von keinem Wesen mehr gehört werden konnten, und klangen doch immer weiter fort. Und vielleicht war die ganze Erdenwelt erfüllt von stillen Tönen, die nur von Zeit zu Zeit hörbar wurden.

Ihm fiel ein, dass Arvad damals gesagt hatte, dass seine Lieder gar nicht von ihm seien, sondern sich selbst geschrieben hätten. Das hatte Miro nicht verstanden, aber jetzt ahnte er, wie es gemeint war. Arvad hörte einfach Melodien und Lieder, die bereits in der Stille da waren. Er empfing sie wie ein Geschenk. Ob ihm selbst irgendwann auch solche Melodien geschenkt werden würden?

Er spielte wieder auf seiner Laute und versuchte, solch verborgene Melodien aus der Stille herauszuhören. Und tatsächlich schien etwas da zu sein, zumindest eine vage Ahnung davon, wie ein vergessener Name, der einem auf der Zunge liegt und doch nicht einfallen will. Enttäuscht gab er nach einiger Zeit auf und legte seine Laute beiseite. Die Sonne versank jetzt hinter den Felswänden und augenblicklich fühlte sich die Luft kühler an. Er machte sich auf den Rückweg zur Hütte.

Aman war fleißig gewesen und hatte jede Menge Holz gehackt. Auf der Hochebene war immer ein langer Winter zu erwarten. Jetzt stand Aman in seiner Küchenecke und bereitete das Abendessen vor. Miro bekam ein schlechtes Gewissen wegen seines Müßiggangs und ging dem Alten schnell zur Hand. Es gab mit Käse überbackenen Blumenkohl, dazu Brot und Schinken sowie die übliche Kanne Tee.

Nach dem Abendessen erzählte Miro Aman von seinen Gedanken über die verborgenen Melodien. Aman dachte einige Zeit lang nach und sagte dann: »Das Geheimnis liegt im Loslassen. Wenn du etwas erzwingen willst, verhinderst du es genau dadurch. Vielleicht ist es mit den Melodien wie mit den schlechten Gedanken. Wenn du die Gedanken unterdrücken willst, bestärkst du sie. Du musst die Gedanken ohne Urteil anschauen, sie so sein lassen, wie sie sind. Dadurch werden sie bedeutungslos, verlieren ihre Kraft und können verschwinden. Mit den Melodien ist es möglicherweise so ähnlich. Wenn du sie unbedingt zu dir heranholen willst, versperrst du ihnen den Zugang zu dir. Versuche, dich zu öffnen und lausche ohne Erwartung. Sei aufmerksam, ohne deine Aufmerksamkeit auf etwas zu richten, was du dir vorstellst. Und warte ganz ruhig ab, was dann geschieht. Wenn du ein Reh sehen willst, darfst du auch nicht laut in den Wald hineintrampeln, sondern musst still sein und geduldig abwarten.«

Miro schloss die Augen und lauschte in sich hinein. Er wusste noch nicht, wie er die Ratschläge von Aman umsetzen sollte, aber er fühlte jetzt schon eine Wahrheit darin.

In der darauffolgenden Woche versuchte Miro immer wieder, ohne Absicht und Erwartung zu lauschen, während er auf seiner Laute spielte. Aber es wollte sich noch immer keine verborgene Melodie zeigen. Er konnte natürlich irgendwelche beliebigen Tonfolgen spielen. Auch wenn die Töne zusammenpassten, ergaben sie aber noch nicht das, was man eine eigene Melodie nennen konnte. Sie entfalteten keinen Zauber und berührten kein Gefühl. Er begann, mutlos zu werden. Vielleicht war es ja nur ganz wenigen auserwählten Menschen vorbehalten, solche Melodien zu hören.

Er erzählte Aman von seiner Enttäuschung. Der hörte schweigend zu und sagte dann: »Mir fällt etwas ein. Vor ein paar Jahren hatte ich einen Gast hier oben, der Dichter war. Er hinterließ mir ein Gedicht über die Freude. Warte!« Aman stand auf und ging in seine Schlafkammer.

Miro fragte sich, was dieses Gedicht mit seinem Problem zu tun habe. Hatte Aman ihm überhaupt zugehört? Nach kurzer Zeit kam der Alte zurück und legte ein Papier auf den Tisch. Miro las die Überschrift: Freude ist. Er sah Aman fragend an.

»Ich hatte den Gedanken, dass dieses Gedicht dich vielleicht zu einer Melodie inspirieren könnte. Vielleicht wird dadurch etwas in dir geöffnet«, sagte Aman.

»Hat es mit dem *Weg* zu tun?«

»Ja. Es ist zumindest in seinem Geiste geschrieben.«

Miro war nun neugierig, nahm das Papier und las den ganzen Text. Als er fertig war, sah er Aman kurz an und las ihn noch einmal von vorne durch. Dann legte er das Papier fast behutsam auf den Tisch zurück. »Es ist sehr schön. Ich fürchte aber, dass ich nicht alles darin verstehe.«

»Das macht nichts. Es ist ein Gedicht und keine philosophische Abhandlung. Du musst nicht alles verstehen. Lass dich von der Schönheit der Worte inspirieren, lies zwischen den Zeilen. Versenke dich darin.«

»Du meinst, der Text führt mich zu einer Melodie?«

»Ich weiß es nicht, es war nur so eine Idee. Manchmal braucht man einen Anstoß aus einer anderen Richtung.«

»Ich kann es versuchen«, sagte Miro nachdenklich und blickte wieder auf den Text.

Die nächsten Tage las Miro das Gedicht immer wieder und versuchte, sich in dessen Bedeutung hineinzufühlen. Dabei suchte er auf der Laute nach einer passenden Melodie. Aber es war weiterhin wie mit dem vergessenen Namen, der einem auf der Zunge liegt.

Als bereits die vierte Woche auf der Hochebene anbrach, ging er in den darunterliegenden Wald, um Blaubeeren zu pflücken, wie Aman ihm aufgetragen hatte. Er trug einen Korb und warf die frisch gepflückten Beeren hinein. Nach einiger Zeit ertappte er sich dabei, wie er irgendetwas vor sich hin summte und sich darin Worte des Gedichtes über die Freude wiederfanden. Er stutzte und summte weiter. Dabei merkte er, dass er das Gedicht schon auswendig konnte und wie sich jetzt aus heiterem Himmel eine Melodie um die Worte rankte und ihnen Halt gab.

Er schnappte sich den Korb und rannte zurück zur Hütte. Dabei purzelte die Hälfte der Blaubeeren wieder heraus.

Vor dem Haus jätete Aman Unkraut. Er schaute verwundert, als Miro an ihm vorbei in die Hütte stürmte. Dort ließ er den Korb fallen und nahm sofort seine Laute zur Hand. Aman folgte ihm. »Welche Dämonen sind denn hinter dir her?«

»Ich habe eine Melodie und ich muss sie sofort auf der Laute spielen, sonst vergesse ich sie«, rief Miro atemlos und ohne aufzusehen. Er spielte die neue Melodie und suchte dann nach den passenden Akkorden, die der Melodie ein Gerüst verliehen. Aman ging leise wieder hinaus in den Garten. Ein zufriedenes Lächeln umspielte seine Lippen.

Nach dem gemeinsamen Abendessen saßen sie beisammen und Aman sagte: »Jetzt möchte ich gern dein neues Lied hören.«

Miro spürte, wie ihm das Blut in die Wangen stieg. Er hatte Scheu, das Lied vorzutragen. Das war etwas ganz anderes als bekannte Lieder bei Feiern nachzusingen. »Ich ... Ich bin aber nicht sicher, ob es wirklich fertig ist«, sagte er verlegen. Aman hob nur die Augenbrauen und sah ihn eindringlich an. »Na gut«, brummte Miro und nahm die Laute zur Hand. Er sammelte sich und fing dann an, das Lied zu singen. Aman schloss die Augen und lauschte.

Freude ist unser wahres Wesen
Frieden unser wahres Sein
Liebe ist unsere Bestimmung
Leben mehr als nur ein Schein
Aus Schmerzen ist diese Welt geboren
Lächelnd lassen wir sie gehen
Stille ist, was wir uns ersehnen
Demut lässt es uns verstehen

Suche deinen Frieden nicht im Außen
Schaue tief in deinen Geist
Strebe nicht nach irgendwelchen Dingen
Sieh, was wirklich Glück verheißt
Schenke allen Wesen dieser Erde
Hoffnung und Vertrauen zugleich
Glaube an die Macht der guten Taten
Tief im Inneren bist du reich

Komm und such das Ewigland
Warte nicht am Wegesrand
Hör die sanfte Stimme tief in dir

Vergebung ist, was alle Seelen brauchen
Niemand bleibt dabei allein
Versöhnung steht am Ende unserer Reise
Jeder ist in Wahrheit rein
Im Herzen strahlen wir wie tausend Sonnen
Im Geiste sind wir längst vereint
Verbindung überwindet alle Grenzen
Gilt für Freund und Feind

Komm und such das Ewigland
Warte nicht am Wegesrand
Hör die sanfte Stimme tief in dir

Freude ist unser wahres Wesen
Frieden unser wahres Sein[2]

Als der letzte Ton in der Stille versunken war, atmete Aman tief durch. »Wunderschön, Miro, wirklich!«, sagte er leise.

»Ehrlich? Du kannst sagen, wenn es dir nicht gefällt!«

»Ehrlich! Es ist, als habe dieses Gedicht jahrelang auf dich und auf diese Melodie gewartet.« Miro strahlte über das ganze Gesicht, lehnte sich zurück und schloss nun auch die Augen. Nach einer Weile des Schweigens sagte er: »Weißt du, was ich glaube?«

»Nun?«

»Jedem schönen Text wohnt eine Melodie inne und jede Melodie trägt ihre eigenen Worte.«

Aman nickte nur stumm und goss ihnen noch einmal Tee ein.

---

[2] Lied »Freude ist« zu hören auf CD oder per Streaming auf lesewunder.de

Liebe stellt keine Bedingungen

Herr Donario musste schließlich bei seinen argwöhnischen Beobachtungen von Venia und den Vorgängen an seiner Schule feststellen, dass sich das Kollegium allmählich in drei Gruppen aufspaltete.

Die eine Gruppe wusste nicht genau, was Venia anders machte, aber sie bekam mit, wie anders ihr Klassenraum aussah. Die Tische standen oft nicht in Reih und Glied, sie hatte Regale aufgestellt, in denen zahlreiches Material lagerte, von dem sie nicht wussten, was damit gemacht wurde. Und die Wände waren Flächen von ständig wechselnden Ausstellungen von Schülerarbeiten anstatt der üblichen einheitlichen Lerntafeln. Sie sahen, wie sich auf dem Schulhof Schülertrauben um Venia bildeten, was es noch nie gegeben hatte, und ihre Beiträge in Konferenzen über sogenannte schülerorientierte Projekte ließen sie irritiert zurück. Wovon sprach sie da?

Diese Gruppe an Lehrern kam zu Herrn Donario und meinte, Frau Wenzels Art des Unterrichtens würde sich früher oder später schlecht auf die Moral der Schüler auswirken. Sie würden die fehlende Strenge und die vielen Freiheiten im Unterricht bestimmt bald ausnutzen und nachlässig werden. Das gelte es auf jeden Fall zu verhindern, um den guten Ruf der Schule zu sichern. Herr Donario fühlte sich dadurch in seiner Sorge und Ansicht bestätigt.

Die zweite Gruppe beunruhigte ihn jedoch noch mehr, denn sie interessierte sich für diese merkwürdigen Unterrichtmethoden, und der eine oder andere schien bereits etwas davon zu übernehmen. Immer öfter kam aus dieser Gruppe jemand zu ihm und beantragte weitere Regale, oder er begegnete ihnen auf den Gängen, wie sie irgendwelche Utensilien anschleppten oder gerade mit einer Schülergruppe schon wieder zu einer Exkursion aufbrachen. Und nach den Konferenzen, die er stets straff, knapp und effektiv organisierte und in denen hauptsächlich er das Wort führte, blieb diese Gruppe oft noch bei Frau Wenzel sitzen und besprach eifrig irgendetwas. Wo sollte das nur hinführen? Er unterband dies kurzerhand, indem er ankündigte, er müsse das Schulhaus anschließend immer sofort verlassen und abschließen. Aber ob sie sich dann woanders trafen?

Die dritte und größte Gruppe musste er auf jeden Fall auch im Auge behalten, denn sie war für ihn am wenigsten einschätzbar. Diese schien sich noch nicht für die neuen Einflüsse zu interessieren, aber auch nichts dagegen zu haben. Als er einige daraus vorsichtig auf Frau Wenzel Methode ansprach, bekam er zur Antwort, wenn alle Schüler gehorchen und die Leistungen stimmen, sei doch alles gut, solange sie davon nichts übernehmen müssten. Sie führten ihren eigenen Unterricht wie immer fort und schienen nicht nach rechts und links zu schauen. Aber wie lange noch?

Es würde mit Sicherheit auf lange Sicht alles kippen. Diese Frau Wenzel brachte seine ganze Schule durcheinander. Was sollte er nur tun? Er konnte sie nicht ohne einen triftigen Grund kündigen, eine eindeutige Verfehlung musste her. Aber die Schüler erbrachten exzellente Noten, die Lehrpläne wurden voll erfüllt, die Elternschaft war sehr zufrieden. Es gab keinen Punkt, den er ihr vorwerfen könnte, außer vielleicht den, dass sie das Kollegium spaltete, dass sie den einheitlichen Frieden störte. Wenn das jedoch seine Begründung sein würde, um sie zu entlassen, könnten die Eltern, deren Kinder Bestnoten erhalten hatten, unangenehme Fragen stellen. Sie würden zu tuscheln beginnen, dass er seine Lehrerschaft nicht im Griff habe. Welch eine Schande wäre dies? Nein, er musste einen anderen Weg finden, Frau Wenzel loszuwerden.

»Wie schön, dass wir jetzt öfter beisammensitzen, seit du in Meerstadt lebst«, lächelte Grundula Venia über den gedeckten Kaffeetisch in ihrem Kräutergarten an. Es duftete um sie her nach allen möglichen Blüten und Gewürzen, eine herrliche Mischung aus lieblich, kräftig und exotisch. »Wie geht es dir inzwischen in der Schule?«

»Ach, Grundula, es ist schwierig. Also mit den Kindern ist es wunderbar, das macht mir Spaß wie eh und je. Aber Herr Donario und einige Kollegen machen mir das Leben schwer. Sie beäugen mich, wenn ich auf dem Schulhof mit den Schülern spreche. Sie tuscheln hinter meinem Rücken, denn wenn ich an ihnen vorbeikomme, verstummen sie plötzlich. Ich spüre ihre Abneigung in ihren Gesten und Blicken. Ich habe das Gefühl, mich ständig rechtfertigen zu müssen, dass auch mein Unterricht ein guter ist, obwohl sie mich nicht direkt darauf ansprechen.«

»Und tust du das, dich rechtfertigen?«

»Na ja, nicht direkt, weil sie mich ja nicht direkt ansprechen. Aber in den Konferenzen erkläre ich manchmal so ganz allgemein, was ich tue und warum.«

»Warum tust du das?«

»Weil ich hoffe, dass sie mich und meinen Unterricht dann besser verstehen und Ruhe geben oder offen mit mir reden.«

»Du willst ihnen auf diese Weise die Hand reichen?«

»Ja, schon ...«

»Klappt das?«

»Mit manchen. Es gibt einige Kollegen, die sich dafür interessieren und das eine oder andere übernehmen. Das ist schön, dadurch fühle ich mich nicht mehr so allein dort.«

»Aber alle erreichst du nicht?«

»Nein, wohl nicht.« Venia sah nachdenklich in ihre Tasse, die sie gerade angehoben hatte, ließ sie sanft kreisen und schaute zu, wie die helle Sahne darin sich mit dem dunklen Kaffee vermengte. Grundula wartete ruhig ab und ließ Venia ihren Gedanken nachhängen, bis diese von sich aus wieder zum Sprechen ansetzte.

»Weißt du, jetzt, wo du so fragst, geht mir auf, dass das auch nicht mein Ziel sein sollte …«

»Was sollte nicht dein Ziel sein?«

»Alle zu erreichen, alle zu überzeugen oder auch nur, dass alle mich mögen, wenn sie mir schon nicht zustimmen. Das ist einfach nicht möglich.«

»Ja, das ist nicht möglich.« Grundula nickte bedächtig. »Und das erreichen zu wollen, macht dich abhängig von ihnen in deinem Ergehen. Und … was du auch bedenken musst, es lässt niemandem seine Freiheit.«

Venia löste mit einem Ruck ihren Blick von ihrer Tasse und sah Grundula fast erschrocken an. »Du hast recht, so habe ich das noch gar nicht gesehen! Ich würde auch nicht wollen, dass sie mich von ihren Methoden überzeugen wollen. Wir haben einfach verschiedene Ansichten über das Unterrichten.«

Venia legte eine Pause ein, denn ein neuer Gedanke entwickelte sich in ihr. Nach ein paar Augenblicken teilte sie ihn Grundula mit: »Wir können uns unsere verschiedenen Methoden gegenseitig darlegen, ohne Anspruch darauf, was das Beste ist und dass der andere etwas übernehmen muss. Puh … Ich spüre, das fällt mir ebenso schwer wie wohl ihnen. Ich bin überzeugt von meiner Art und … ja, ich verurteile oft, wie sie vorgehen.«

»Schön, dass du da jetzt so ehrlich mit dir selbst bist.«

»Grundula, ich bin ja wie sie! Sie verurteilen meine Art und ich ihre! Sie wollen mich überzeugen und ich sie!« Venia schüttelte erstaunt den Kopf.

»Interessant, wie sich eine neue Sicht ergibt, wenn wir uns tiefer in uns hineinbegeben, unsere wirklichen Absichten hinter unseren vermeintlich guten Taten betrachten und uns dann im anderen, sogar im vermeintlichen Feind, wiederfinden, nicht wahr?« Grundula schien aus Erfahrung zu sprechen.

Venia nickte. In ihr arbeitete es stark, sie hatte die Tasse inzwischen abgestellt und knetete ihre Finger. Sie flüsterte nach innen gekehrt: »Ich bin wie sie und sie sind wie ich.«

Grundula ließ es in Venia wirken, bis diese wieder fragend zu ihr aufschaute.

»Ja, Venia, im Kern sind wir alle gleich, wenn unsere Handlungen auch so unterschiedlich auszusehen scheinen. Wir sind von Überzeugungen getrieben, wollen uns behaupten, fühlen uns angegriffen und haben Angst, wenn man uns nicht zustimmt«, führte Grundula aus.

Venia nickte wiederum und flüsterte dann ergriffen: »Weißt du, was ich jetzt fühle?«

»Ich ahne es«, lächelte Grundula. »Beschreib es mir.«

»Verständnis.«

Grundula nickte.

»Und plötzlich fühle ich mich so verbunden mit ihnen.«

Grundulas Lächeln wurde noch breiter.

»Und ... du wirst es nicht glauben ... ich fühle sogar Liebe für sie.«

Grundulas Gesicht strahlte nun vollkommen. Und auch in Venias Gesicht breitete sich mehr und mehr ein Lächeln aus, das alle Sorgen und Enge in ihr auslöschte.

»Liebe ... Kann das wirklich sein, für Menschen, die meinen Überzeugungen so widersprechen?«

»Ja, Venia, und nur das ist wirkliche Liebe.«

»Nur das ist wirkliche Liebe? Wie meinst du das?«

»Sie ist bedingungslos. Sie ist absichtslos. Sie nimmt den anderen, wie er ist.«

»Oh ... Ja, das ist stark. Aber ...« Venia musste erneut eine Denkpause einlegen und schaute plötzlich wieder sehr ernst.

»Ein *aber* klingt nicht nach bedingungsloser Liebe«, neckte Grundula sie fröhlich.

»Stimmt«, lachte Venia auf.

»Aber wenn wir schon beim *aber* sind, dann sag trotzdem, was du denkst«, griff Grundula den Faden wieder auf. »Welches *aber* steht dir gerade noch im Weg?«

»Na ja, dass dann bedingungslose Liebe wohl bedeutet, niemanden sagen zu dürfen, wenn ich etwas nicht gut finde, was er macht oder dass ich meine andere Meinung nicht sagen darf oder dass ich alles ohne Widerspruch mit mir machen lassen muss.«

»Nun, dem ist nicht ganz so. Zum einen ist es natürlich so, dass du in bedingungsloser Liebe an viel weniger Anstoß nimmst und dadurch viel weniger Widerspruch in dir hast. Du siehst viel mehr hinter die Dinge, hast mehr Verständnis, wie du gerade selbst erlebt hast. Plötzlich kannst du ihr Handeln gar nicht mehr verurteilen, nicht wahr?«

»Ja, das stimmt.«

»Zum anderen kannst du durchaus deine Meinung sagen. Was aber wegfällt, ist, und darum geht es eigentlich – du verurteilst niemanden für seine andere Meinung. Das ist das Entscheidende! Du trennst dich innerlich nicht von ihm ab. Auch das hast du vorhin deutlich gespürt. Du hast Liebe und Verbundenheit empfunden, obwohl ihr nach wie vor unterschiedliche Methoden für richtig haltet, nicht wahr?«

»Ja ... Jaaa ... So war es!« Jetzt strahlte Venia wieder über das ganze Gesicht. »Und das ist so befreiend!«

»Das ist mit Bedingungslosigkeit gemeint. Lieben trotz Differenzen und nicht nur bei Übereinstimmung. Das ist für alle befreiend, mit denen du dann in Berührung kommst.«

»Stimmt, weil sie sich nicht mehr gegängelt, sondern geliebt fühlen, egal wie sie sind.«

Liebe ist absichtslos

Herr Donario wusste sich zunächst nicht anders zu helfen, um Venia loszuwerden, als sie immer öfter zu fragen, ob es ihr denn an der Schule gutginge oder sie lieber an einer anderen Schule arbeiten wolle. Doch sie antwortete ihm stets höflich, dass sie sich wohl fühle.

Das Gespräch mit Grundula hatte einiges in ihr bewegt, um besser mit der Situation umgehen zu können. Sie strebte nun schon seit Wochen nicht mehr danach, von allen gemocht und verstanden zu werden. Sie ließ jedem seine Meinung und merkte, wie dadurch eine große Last von ihr abfiel.

Natürlich spürte sie die Dornen an der Blume, die Herr Donario ihr mit diesen Nachfragen reichte. Aber schnell konnte sie sich klar machen, dass er nur aus Angst handelte und ihm zurzeit kein anderes Herangehen möglich war.

Venia fand das mit der Bedingungslosigkeit, gar Absichtslosigkeit der wahren Liebe sehr spannend. In diese Worte gefasst hatte sie es noch nie gesehen und auch nicht, dass es natürlich auch um Liebe ging zu Menschen, bei denen sie normalerweise nicht sagte, dass sie sie liebe. Doch es stimmte natürlich, wenn sie genau hinsah. In ihrer wahren Natur war sie nur Liebe und Frieden. Wie könnte also noch Groll auf irgendjemanden oder Widerstand gegenüber irgendjemandem da sein? Es floss einfach Liebe, anders konnte sie es aus dieser Quelle heraus nicht nennen.

Und das bedeutete, niemand musste eine Bedingung erfüllen, also irgendwie auf bestimmte Weise sein, etwas Bestimmtes tun, um geliebt zu werden. Das war schon sehr außergewöhnlich. Und klang auch schier nicht machbar. Aber das war genau der Punkt, bemerkte Venia immer wieder. Es war nicht machbar, sondern es entstand von allein, wenn sie sich tief in sich hineinbegab und ehrlich alles ausfindig machte, was sie daran hinderte, den anderen zu lieben.

Und da traf sie auf eigene Bedürfnisse, auf Moralvorstellungen, auf Überzeugungen, die sie glaubte, verteidigen zu müssen. Sie traf auf Urteile und auf Ängste, die sie kontrollierten. Das alles fühlte sich gar nicht gut und frei an, sondern eng und abhängig.

Betrachtete sie all diese Hindernisse nur still, sank sie tiefer, und dann öffnete sich eine andere Sicht auf die Situationen und Menschen. Sie landete stets in der Erkenntnis: Wir sind im Kern gleich und eins, sowohl in unseren Ängsten als auch in unserer wahren Natur. Und dann breitete sich Liebe aus, für jeden, selbst wenn er vorher noch der Feind gewesen war.

Das mit der Absichtslosigkeit der Liebe, das war Venia allerdings noch nicht ganz klar. Diese hatte Grundula nur kurz im Zuge der Bedingungslosigkeit erwähnt. Venia war in dem Gespräch so sehr mit dem Thema beschäftigt gewesen, niemanden von der Liebe auszuschließen, ganz gleich unter welchen Bedingungen, dass sie vergessen hatte nachzufragen, was es mit der Absichtslosigkeit auf sich hatte. Venia wollte diese nun mehr erforschen und beobachtete sich diesbezüglich ganz genau.

Sie bemerkte, dass sie in der Regel bei allem, was sie tat oder sagte, eine Absicht verfolgte und daraus sich auch zwangsläufig das *Wie* ihrer Taten und Worte ergab. Ohne Absicht würde sie es doch nicht tun und sagen, oder?

Sie wollte ihre Kinder zu guten Menschen erziehen. Sie wollte, dass ihre Schüler angstfrei und begeistert lernten. Sie wollte mit ihrer Arbeit auch Taler verdienen, um sich und die Familie ernähren zu können. Sie wollte höfliche und schöne Begegnungen mit anderen Menschen erleben und ebenso respektvoll behandelt werden. Sie wollte ihrer Mutter helfen, wieder ganz gesund zu werden. Sie wollte so vieles ... Sie verfolgte also ständig Absichten.

»Was täte ich, wenn ich wirklich absichtslos wäre? Doch nichts mehr, oder?«, fragte sie schließlich Grundula bei ihrem nächsten Treffen. Sie gingen mit den Kindern im Stadtpark spazieren. Milou thronte im Kinderwagen und bestaunte die vorbeiziehende Erdenwelt. Sie gluckste und zeigte mit ihrem Fingerchen auf die Enten, andere Menschen und bunte Blumen am Wegesrand. Jonas ritt vor oder hinter ihnen sein Steckenpferd. Rodolf hatte es ihm aus Holz geschnitzt und bemalt.

»Ja, was bedeutet es, wirklich absichtslos zu sein?«, begann Grundula. »Darüber habe ich auch viel nachgedacht. Zu lieben ohne Bedingungen scheint noch einigermaßen nachvollziehbar zu sein. Ich liebe, ganz gleich was der andere tut oder sagt. Aber was heißt, ohne Absicht zu lieben? Ohne etwas dabei im Sinn zu haben, ohne etwas erreichen zu wollen?«

Venia nickte eifrig und reichte Milou einen Keks, den sie sofort emsig mit ihren Zähnchen beknabberte. »Genau, wie soll das gehen und wohin führt es?«

»In meiner Erfahrung ist Absichtslosigkeit eine natürliche Folge aus der Quelle heraus, wenn du in ihr sehr klar verankert bist und alles Weitere nur geschehen lässt. Wahre Liebe strömt und du weißt nicht, warum oder wofür. Es ist nicht von Belang. Du denkst nicht über die Dinge nach, warum und wofür du sie tust. Du tust sie einfach. Du tust, was ansteht. Und das in tiefem Frieden und in Liebe. Deine Handlungen drücken einfach nur Liebe aus.«

»Gut, das verstehe ich. Ich frage mich nur, was für Handlungen dann entstehen?«

»Vermutlich meist die gleichen wie sonst auch. Wir können mit unserem Körper nicht *nichts* tun. Du wirst vermutlich dem Kranken seinen Heiltee reichen, dein Kind zärtlich in den Arm nehmen, wenn es weint oder ihm erklären, warum es bestimmte Dinge nicht tun sollte. Du wirst arbeiten und die Taler dafür nehmen und davon Essen kaufen. Aber, und das ist anders, du kümmerst und sorgst dich nicht um die Ergebnisse. Wenn der andere nicht gesund wird, bleibst du ebenso in Frieden, als würde er gesund werden. Das klingt natürlich verrückt. Doch wenn du in dieser Liebe bist, hast du keine Angst. Wenn du in dieser Liebe bist, weißt du, dass der Körper sich ständig verändert und vergehen wird, aber dass er nicht unsere wahre Natur ist, die unverändert die Natur der Liebe ist. Was gibt es da noch zu befürchten oder zu beabsichtigen? Du ruhst bereits in der Ewigkeit. Kannst du das erahnen?«

Venia war stehengeblieben und sah Grundula mit großen Augen und offenem Mund an. Grundula stand ihr gegenüber und strahlte einen solchen Frieden und eine Wahrheit aus, die Venia zutiefst berührten. Jonas galoppierte fröhlich schnalzend zwischen ihnen hindurch und ließ einige Schritte weiter sein Steckenpferd sich aufbäumen.

Venia fand erste Worte. »Was du da sagst ... das ist ... das geht über alles hinaus, was ich bisher erfahren habe. Es klingt sehr schön.«

»Du hast es schon so oft erfahren, Venia, du hast es wohl nur nicht so benannt oder nicht auf diesen Aspekt geachtet. Du hast schon oft Momente in der wahren Natur gehabt und du wirst weitere haben. Achte dann einmal darauf«, lächelte Grundula ihr ermutigend zu.

Venia nickte langsam. »Vielleicht hast du recht, diese Momente sind wirklich frei von allem, was mich sonst oft beherrscht. Weißt du, es nimmt mir gerade den Atem, weil es bedeutet, mir nicht zu wünschen, dass Ma wieder ganz gesund wird. Ich bin so froh, dass es ihr wieder besser geht.«

»Natürlich darfst du dir das wünschen, das ist doch ganz normal und verständlich. Nur deine Liebe und deinen Frieden machst du nicht davon abhängig und die sind es auch, die Lilia in allen Umständen am hilfreichsten sind, oder?«

»Oh! Ja, natürlich, meine Ängste und Sorgen bedrücken sie eher. Sie sagte mir, als es ihr sehr schlecht ging und ich weinte, dass sie sich wünscht, dass ich konsequent den inneren Weg gehe, ganz gleich, was mit ihr geschieht.«

»Ja, wir unterdrücken nichts, keine Angst, keine Trauer, keinen Schmerz, doch wir kehren immer schneller in die wahre Natur zurück und werden von ihr durch alles friedvoll hindurchgetragen und sind dadurch für uns selbst und andere wirklich hilfreich. Wir alle rufen doch hinter allem nur nach Liebe und Frieden, oder?«

»Grundula, du sagst heute Sätze! Ja, natürlich, wir wollen alle Liebe und Frieden. Wir wollen zu dem zurück, was wir wahrhaft sind. Und bietet uns jemand diese Präsenz in seinem Dasein an, wenn wir gerade in Schmerz und Unfrieden sind, kann es uns daran erinnern, nicht wahr?«

»Ja, so ist es. Das ist wirkliche Heilung.«

»Das ist wirkliche Heilung«, wiederholte Venia andächtig und ergänzte: »Das ist wirkliche Heilung. Frieden und Liebe, ganz gleich, was mit unseren Körpern ist.«

Grundula nickte und beide schwiegen.

»Ma, ich will endlich zum Spielplatz!«, drang nun Jonas' Ruf zu ihnen. Das Steckenpferd war nicht mehr spannend, nachdem er mit ihm etliche Runden um die beiden im Gespräch vertieften Frauen gejagt war und waghalsige Sprünge überlebt hatte.

Venia wandte sich ihm zu. »Ja, Jonas, wir gehen jetzt zum Spielplatz.« Sie schob den Kinderwagen mit Milou an, bei der mehr Kekskrümel auf ihrem Bäuchlein als darin weilten. Schweigend dachte sie weiter über das Gesagte nach, das nicht so leicht zu verdauen war, bis sie und Grundula nebeneinander auf der Bank am Spielplatz Platz nahmen. Jonas erklomm schon das Klettergerüst, Milou saß nicht weit von ihnen mit einer Schaufel in der Hand im Sand und hantierte damit ungelenk, aber zufrieden.

»Das bedeutet aber auch«, griff Venia den Faden wieder auf, »dass ich nicht darauf hoffe, dass Herr Donario seine Angst loslässt, wenn ich ihn bedingungslos liebe. Das wäre ja sonst eine Absicht. Ich dachte zuletzt oft, vielleicht würde Herrn Donarios Angst allmählich vergehen, wenn er bemerken würde, wie wohlgesonnen ich ihm jetzt bin und dass nicht wirklich Schlimmes geschieht, wenn ich unterrichte, wie ich unterrichte.«

»Weißt du, es kann durchaus sein, dass ein anderer dann auch seine Angst loslässt, sich verändert und für die Liebe entscheidet, aber das muss nicht sein. Jeder entscheidet jederzeit für sich selbst. Manchem macht es sogar noch mehr Angst, wenn er nicht mehr den gewohnten Gegenwind erfährt. Das kann sehr irritierend sein, wenn er sehr in seinen Überzeugungen und Ängsten feststeckt. Denn das bedeutet ja auch, sich selbst zu hinterfragen und von eigenen Bedürfnissen, Überzeugungen, Ängsten und gewohnten Handlungen zurückzutreten. Jeder entscheidet dies für sich selbst und wir wissen nie, wie verstrickt ein anderer ist. Und auch nicht, welchen äußeren Weg er gehen muss, um zu lernen, was er zu lernen hat und was ihn schließlich wirklich bereit machen wird für die innere Wendung von der Angst zur Liebe. Es geht nie darum, andere zu lieben, *um zu* ... Das hieße sonst, eben doch wieder etwas bei ihnen erreichen zu wollen. Das wäre keine Bedingungslosigkeit ... und eben auch keine Absichtslosigkeit.«

»Das ist natürlich auch ein sehr wichtiger Punkt. Ich weiß gar nicht, was wann für jemand anderes richtig oder wichtig ist und auf welche Weise er am besten lernt, nicht einmal, was er gerade jetzt für sich lernt. Vielleicht meine ich, Herr Donario müsse doch erkennen, dass meine Methoden liebevoller und menschlicher sind, aber vielleicht lernt er gerade, sich mit seinen Sorgen um seine Schule seiner Frau anzuvertrauen, vor der er sich bisher immer nur stark zeigte. Und selbst wenn er aus meiner Sicht gerade nichts lernt und sich nur auf der Stelle tretend immer weiter verstrickt, kann es sein, dass es das Beste für ihn ist, weil es noch eine Zuspitzung braucht, bis es ihn irgendwann woanders hinführt. Was weiß ich denn? Ich kann eigentlich nur ganz bei mir bleiben und mir nur meine Lektion in der ganzen Sache anschauen.«

»Ja, und das ist nicht nur ein *nur*, das beinhaltet alles. Du umfängst damit alle in der Situation und du kehrst zur gemeinsamen *einen* Natur zurück.«

»Das stimmt.« Venia nickte zufrieden und holte aus der Kinderwagentasche eine Flasche Wasser und Gläser sowie die Keksdose. Sie goss ihnen ein und legte die Keksdose geöffnet auf die Bank, nachdem sie sie Grundula gereicht und diese sich dankend bedient hatte.

Venia streckte die Beine aus und atmete tief und erleichtert durch. Sie schaute zu Jonas, der mutig über einen Holzbalken balancierte und sich von dem Mädchen, was um ihn herumsprang, nicht an die Hand nehmen lassen wollte. »Gut, Grundula, ich gehe mit all dem, was du sagst, voll mit. Aber lass uns das auch noch mal auf meine Kinder beziehen. Ich habe schon die Absicht, sie zu guten Menschen zu erziehen, fröhlich, neugierig, offen, höflich, gebildet, einfühlsam, ehrlich, hilfsbereit und sicherlich noch vieles mehr. Was ist damit?«

»Das sind ehrenwerte Absichten und wenn du aus deiner Quelle schöpfst, bietest du all dies ganz natürlich an, das musst du dir gar nicht vornehmen oder es verfolgen. Die wahre Liebe ist genau so wie das, was du eigentlich beabsichtigst und daher gar nicht beabsichtigen musst. Sie ist reine Herzensbildung. Wenn deine Kinder dann dennoch etwas tun, was nicht Liebe ist – und nebenbei gesagt, tun wir das ja ständig alle, bis wir wirklich nie mehr die Quelle aus dem Blick verlieren – ist da keine Enttäuschung, sondern weiterhin Liebe für deine Kinder. Du müsstest dich nicht erst wieder ausrichten, sie bedingungslos zu lieben, ganz gleich was sie tun. Absichtslosigkeit garantiert sozusagen die Kontinuität.«

»Absichtslosigkeit ist also, nicht nur zu lieben, ohne für die Liebe Bedingungen zu stellen, sondern auch keine Bedingungen an die Ergebnisse der Liebe zu stellen?«

»Ja, so kann man es sagen. Absichtslosigkeit ist eine Art Bedingungslosigkeit, die in die Zukunft gerichtet ist.«

»Und erst dann bin ich selbst wirklich frei von Angst«, ergänzte Venia, bevor sie schnell zu Milou sprang, die gerade eine Schaufel voll Sand essen wollte. »Nein, Milou, Sand kann man nicht essen.« Venia sprach ruhig zu ihrer Tochter und hielt sie am Ärmchen fest, um zu verhindern, dass sie die Schaufel erneut zum Mund führte. Milous Gesicht verzog sich zum Protest. Gleich würde sie ansetzen zu weinen, Venia kannte diese Vorläufer.

»Magst du einen Keks?« Doch Milou kämpfte um die Schaufel. Überließ Venia ihr diese, nahm sie sofort wieder Sand damit auf und führte die Schaufel zum Mund. »Nein, Milou.« Sie nahm Milou die Schaufel aus der Hand, woraufhin diese wütend zu schreien begann.

Venia holte einen Keks von der Bank und hielt ihn Milou hin, doch sie schrie weiter und versuchte, nach der Schaufel in Venias Hand zu greifen. Daraufhin klopfte Venia die Schaufel frei von Sand, legte den Keks darauf und reichte beides Milou, die nun juchzte und die Schaufel samt Keks an den Mund führte. Er plumpste herunter und Milou griff ihn mit ihren Fingerchen. Venia pustete ihn frei von Sand und dann verspeiste Milou genüsslich den Keks. Sie sah Venia dabei an und winkte ihr mit der Schaufel. Venia musste lachen. »Ach, du wolltest nur etwas essen. Woher sollst du auch wissen, dass Sand nicht essbar ist? Wunderbar, meine Kleine.« Sie strich ihrer Tochter zärtlich über den Kopf und kehrte zu Grundula auf die Bank zurück.

»Und wenn Milou in einem unbeobachteten Moment doch Sand isst, werde ich auch einfach nur für sie da sein, falls er ihr nicht bekommt und ihr geben, was sie gerade braucht«, lächelte Venia sinnierend.

Überraschung

Ich habe heute eine Überraschung für dich«, flüsterte Friedmann Lilia ins Ohr, die neben ihm noch schlief. Die morgendlichen Sonnenstrahlen stahlen sich durch die schmalen Lücken, die die Vorhänge im Schlafzimmer ließen und tauchten ihr Gesicht in ein warmes, freundliches Licht.

Ihre geschlossenen Augenlider zuckten und gleich darauf begann ihr Körper sich zu räkeln. Lilia drehte sich langsam zu ihm hin. Sie lagen Gesicht an Gesicht, als sie ihre Augen öffnete und in die seinen schaute.

»Soso, eine Überraschung ...« Sie lächelte und küsste ihn auf den Mund. »Was ist es denn?«

»Das verrate ich nicht, sonst wäre es ja keine Überraschung. Wie geht es dir heute?«

»Gut, mein Liebster.«

»Meinst du, du kannst ein kleines Stück laufen?«

»Ja, seit zwei Wochen geht es wieder besser. Gestern waren wir doch sogar ein Stück am Fluss spazieren.«

»Deshalb dachte ich auch, heute könnte ich meine Überraschung anbringen.« Er strich Lilia zärtlich die helle Haarsträhne aus dem Gesicht, die ihr über die Wange floss.

»Ich bin gespannt. Also, wo ist sie jetzt?«

»Nicht so neugierig! Pass auf, wir machen es so: Ich gehe mich waschen und anziehen, während du noch ein wenig döst. Dann machst du dich in Ruhe fertig. Du ziehst dir etwas Bequemes an und kommst ins Wohnzimmer, hast aber Küchenverbot.«

»Gut, aber erst, wenn ich noch einen Kuss von dir bekommen habe«, schmunzelte sie.

Er lächelte und küsste sie innig. Dann machte er sich von ihr los und verschwand mit seiner Kleidung in der Hand.

Lilia drehte sich zurück auf den Rücken und schloss die Augen. Sie versenkte sich in sich selbst und tauchte in ein Meer tiefen Friedens. Das tat sie inzwischen sehr oft am Tag. Und wenn sie wieder die Augen öffnete, nahm sie diesen Frieden mit in ihre Begegnungen, Worte und Handlungen. Dann war es, als schaue sie nicht vorne aus den Augen ihres Körpers heraus auf die Erdenwelt, sondern von einem Ort tief hinter sich selbst. Ihr Körper war kein Teil dieses Ortes, aber er erfuhr den Frieden dieses Ortes. Nun, es war auch nicht wirklich ein Ort, es war eine ortlose Präsenz – nicht in Worte zu fassen.

Aus der Küche drang ein Klirren zu ihr und sie öffnete lächelnd die Augen. Sie drehte sich auf die Seite und konzentrierte sich darauf, ihre Beine aus dem Bett zu schwingen. Obwohl es ihr gerade wieder deutlich besser ging, blieb nach jeder schlechteren Phase mehr Schwäche in ihren Beinen zurück. Sie verschwieg das ihrer Familie nicht, denn sie wollte niemandem etwas vorspielen und falsche Hoffnungen machen. Während der letzten beiden schlechten Phasen ging es mit dem Laufen sogar gar nicht mehr und Friedmann hatte sie durch das Haus und nach draußen auf die Bank tragen müssen. Umso mehr freute sie sich, wenn sie in den guten Phasen, wie jetzt, wieder allein zurechtkam und niemand sie stützen musste.

Barfuß und in ihrem weißen, leichten Rüschennachthemd ging sie langsam zum Fenster und zog die Vorhänge zurück. Sie öffnete das Fenster und ließ die Sonne und die Morgenwärme herein. Dann begann sie mit ihren täglichen Bewegungs- und Kräftigungsübungen.

Als sie gewaschen, die blonden, langen Haare zu einem Zopf geflochten und bequem angezogen ins Wohnzimmer trat, saß Friedmann schon auf dem Sofa und blickte ihr strahlend entgegen. Vor ihm auf dem Wohnzimmertisch lag etwas, groß und flach, verdeckt von einem ihrer bunten Tücher.

»Komm her, meine Liebste, setz dich zu mir!«

Lilia folgte seinen Worten und freute sich über sein glückliches Gesicht. Er sah oft sorgenvoll aus, wenn es ihr schlecht ging, auch wenn sie einen guten Umgang damit gefunden hatten. Sie wusste, es half ihm, wenn sie ihm Aufträge gab, was er für sie tun konnte. Sie scherzten und lachten dabei sogar so viel miteinander, wie zuvor auch.

Einmal hatte Lilia ihn gefragt, wann er Zeit habe, sie über die Schwelle zu tragen. Er wusste zwar, was sie meinte, spielte die Neckerei aber mit. »Du willst noch mal von mir geheiratet werden?«

»Ja, unbedingt und am besten gleich!«, erwiderte Lilia.

»Und wo möchtest du diesmal heiraten?«

»Am liebsten im Waschzimmer, wollen wir diese Türschwelle nehmen?«

»Aber liebend gerne, warte kurz, ich hole nur noch schnell den Brautstrauß.« Und Friedmann kam mit einem kunstvoll gefalteten Handtuch zurück, kniete sich vor Lilia und sprach andächtig: »Schwöre, dass du mir immer eine saubere Ehefrau sein wirst!«

Sie konnte vor Lachen nur nicken und schwungvoll hob er sie auf seine Arme und trug sie ins Waschzimmer, nicht ohne auf der Schwelle zu fragen: »Willst du wirklich?« Und Lilia knuffte ihn zärtlich und antwortete: »Ja, immer wieder!«

»Ist unter dem Tuch die Überraschung?«, fragte Lilia nun, als sie neben ihm saß, obwohl es offensichtlich war. Aber sie liebte es, diese von beiden Seiten von Vorfreude erfüllten Momente auszudehnen.

»Ja, nimm es weg!«

Lilia zog langsam das Tuch beiseite. »Oh!« Sie hielt sich eine Hand vor den Mund, die andere griff nach seinem Arm.

»Gefällt es dir?«

»Es ist wunderschön!« Sie beugte sich über das Geschenk und betrachtete es eingehend. Ihre Augen füllten sich mit Tränen der Rührung. Friedmann streichelte ihr über den Rücken. »Das hast du gemacht, nicht wahr?« Er nickte.

»Aber wann hast du es gemacht? Ich habe dich daran gar nicht arbeiten sehen.«

»An den letzten Sammeltagen, Peter und Venia haben abwechselnd meinen Marktstand betreut, während ich bei ihnen zu Hause war.«

»Es ist sooo schön! Jetzt kann ich sie immer ansehen, wann immer ich will.« Sanft strich sie über ihr Geschenk. »Wo hängen wir es hin?«

»Wo du möchtest.«

Lilia schaute auf und sah sich im Wohnzimmer um. »Am besten da!«, und sie zeigte auf die Wand dem Sofa gegenüber. »Hier sitzen wir oft und haben Zeit. Aber da hängt schon das schöne Landschaftsbild von dir ...«

»Das hängen wir woanders hin. Warte, ich nehme es gleich ab und wir schauen, ob es passt. Es hat etwa die gleiche Größe.« Friedmann stand auf und nahm die Leinwand, die auf dem Wohnzimmertisch vor Lilia lag, und hängte sie auf den freigewordenen Nagel.

»Na, was meinst du?« Friedmann drehte sich nach Lilia um, nachdem er ein paar Schritte von der Wand zurückgetreten war und die neue Ausstattung zufrieden betrachtet hatte.

»Es ist perfekt, mein Liebster. Ich danke dir tausendfach!« Sie stand auf, ging zu ihm, umschlang ihn von der Seite und drückte ihm einen zarten Kuss auf die Wange. Dann lehnte sie ihren Kopf an seine Schulter, während sie beide weiter zu dem neuen Bild an ihrer Wand schauten.

Von dort winkte ihnen Jonas auf seinem Dreirad sitzend zu, während Milou in Venias Arm geschmiegt in ihr Wohnzimmer lächelte. Peter und Venia standen eng aneinander, die Hände um die Taille des anderen gelegt und lächelten ebenfalls in ihre Richtung.

»Das ist wirklich eine sehr gelungene und wunderschöne Überraschung!«

»Warte nur, ich bin noch nicht fertig mit den Überraschungen für heute.«

»Nicht?« Lilia sah ungläubig zu Friedmann auf.

»Nein, es sei denn, du kannst dich von dem Anblick des Bildes nicht losreißen«, schmunzelte Friedmann.

»Hm, dann muss ich das wohl. Also, wo ist die nächste Überraschung? Ich kann gar nicht genug davon bekommen, wenn sie so schön sind!«, lachte Lilia.

Friedmann nahm sie an der Hand und zog sie sanft hinter sich her. »Komm!«

Er führte sie nach draußen auf den Hof. Dort stand der Pferdekarren bereit, die zwei Pferde waren auch schon angeschirrt.

»Wo fahren wir hin?«

»Nicht so neugierig, lass dich überraschen!«

»Aber wir haben noch gar nicht gefrühstückt, nicht mal Kaffee getrunken ...«, wunderte sich Lilia.

»Das machen wir unterwegs. Komm, steig auf!« Er half ihr auf den Bock, schwang sich neben sie und schnalzte mit der Zunge. Die Pferde zogen an.

Nach kurzer Zeit hielten sie an einem kleinen See, an dem ein grober Holztisch und zwei Bänke zum Verweilen standen. Schon so manches Mal waren sie an ihren freien Tagen dort gewesen, zum Baden und in der Sonne liegen, mit kleinen Mahlzeiten im Gepäck. Venia hatte hier schwimmen gelernt und es geliebt, im Schilf die Vögel zu beobachten oder auf der kleinen Wiese davor herumzutoben. »Hier frühstücken wir«, verkündete Friedmann.

Lilia drückte seinen Arm. »Herrlich, zum Frühstück waren wir noch nie hier. Schau nur, wie die Morgensonne das Wasser zum Glitzern bringt!«

Friedmann half Lilia vom Bock und holte vom Karren einen großen Korb, den er zum Tisch trug. Sie folgte ihm, um zu helfen, doch er winkte ab: »Lass mich das machen, du bist mein Gast. Aber ich gebe erst noch den Pferden zu trinken.«

Mit zwei Eimern ging er zum See, füllte sie und stellte sie vor den Pferden ab. Lilia schlenderte ebenfalls zum Seeufer, ging in die Hocke und fuhr mit ihren Fingern durch das Wasser. Verträumt beobachtete sie die kleinen Wellen, die dadurch entstanden und das Glitzern schaukeln ließen.

Dann drang ein frischer Kaffeeduft zu ihr und sie drehte sich zu Friedmann um. Gerade goss er aus einer Flasche, die in einem dicken Stoffbeutel steckte, den heißen Kaffee in zwei Tassen.

Das war eine ihrer besten Erfindungen gewesen. Ein Beutel, der aus mehreren Schichten Stoff und Fell bestand und Getränke tatsächlich eine ganze Weile warmhalten konnte. Das war in Friedweiler sofort gut angekommen und hatte sich schon weit über ihr Dorf hinaus herumgesprochen. Sie hatte in den letzten Jahren Hunderte davon genäht. Auf Wunsch auch in den Lieblingsfarben der Käufer und sogar mit deren Namen bestickt.

Friedmann blickte auf, als beide Tassen gefüllt waren, und winkte ihr zu kommen. »Es ist angerichtet, junge Dame!«, rief er.

Lilia schaute sich suchend um und rief dann zurück: »Wen meinst du? Hier bin nur ich!«

Er lachte auf: »Genau dich meine ich!«

»Tatsächlich? Na, ich habe aber einen gar nicht damenhaften Hunger!«

Er deutete auf den Tisch. »Es ist genug auf der Tafel für meine Lieblingsfrau, überzeuge dich selbst!«

Lilia wollte sich erheben und zu ihm gehen, doch stattdessen sackte sie zur Seite. Sie fing sich mit den Händen ab und stellte ihre Füße wieder auf, um erneut zu versuchen, sich aufzurichten. Doch ihre Knie hatten nicht genug Kraft dafür. Friedmann war sofort an ihrer Seite und griff ihr von hinten unter die Arme.

»Hoch mit Euch, junge Dame, Ihr wollt euch doch das fürstliche Frühstück nicht entgehen lassen?«

»Nein, keinesfalls, ich wollte nur standesgemäß geleitet werden, junger Mann.«

»Nun denn ...« Er reichte ihr seinen angewinkelten Arm, als sie sicher stand. »Hakt Euch unter, es ist mir eine Ehre!«

Nach dem Frühstück, das bei Lilia keine Wünsche offenließ und bei dem sie sich gegenseitig an viele schöne und lustige Szenen an diesem Ort erinnerten, fragte Friedmann: »Nun, bist du bereit für deine nächste Überraschung?«

»Was, noch eine?«

»Ja, das ist der Tag der Überraschungen.«

»Oh Friedmann ...« Lilia lächelte ihn an.

»Also?«, fragte er nach.

»Ja, natürlich, was gibt es jetzt?«

»Ich packe schnell zusammen und wir fahren weiter.«

»Wohin, brauche ich wohl nicht zu fragen?«

»Nein, brauchst du nicht«, grinste er.

»Und auch nicht, was noch in dem anderen Korb auf dem Karren ist?«

»Nein, das wirst du noch sehen.«

Sie fuhren weitere zwei Stunden durch das Grünland, über Wege, die Lilia und Friedmann noch nie gefahren waren. Sie durchfuhren wogende Felder, schattige Wälder und kleine Dörfer. Die Sonne begleite sie.

Lilia genoss den Ausflug sehr. Sie ließ sich den Fahrtwind um die Nase wehen und ihre Augen konnten sich an der Landschaft nicht sattsehen. Sie saß so dicht bei ihrem geliebten Mann, dass sie seine Körperwärme spürte. Sie sangen gemeinsam Lieder, wiesen sich auf schöne Ausblicke hin oder schwiegen einträchtig miteinander.

In einem Dorf hielt Friedmann plötzlich und sprang vom Bock. »Warte kurz, ich muss etwas fragen.«

»Du machst es wirklich spannend«, rief sie ihm nach, als er auf einen alten Mann zulief, der vor seinem windschiefen Holzhaus auf der Bank saß und neugierig zu ihnen hinüberschaute. Friedmann fragte etwas und Lilia sah, wie der Mann in die Richtung zeigte, aus der sie gekommen waren und weiter mit seinem Arm gestikulierend einen Weg zu beschreiben schien. In dem Moment, als Friedmann sich nickend zum Gehen wandte, stand der Mann auf und bedeutete ihm zu warten.

Er verschwand in seinem Haus und kam kurz darauf mit einem kleinen Papierpäckchen zurück, das er Friedmann überreichte.

Der bedankte sich mit einer angedeuteten Verbeugung und kehrte zu Lilia zurück.

»Ist alles in Ordnung?«, fragte Lilia.

»Ja, alles gut, wir sind gleich da, ich habe nur einen Abzweig verpasst, nicht weit zurück von hier«, erklärte er und wendete den Pferdekarren.

»Und was hat er dir gegeben?«

»Oh, das war jetzt auch eine Überraschung für mich, er hat uns zwei Stück Kuchen geschenkt.«

»Herrlich, das freut mich, dass du an diesem Überraschungstag auch eine Überraschung bekommen hast!«, lachte Lilia.

Kurz darauf hielt Friedmann erneut. »Das muss es sein, wir sind da. Hier steht links die große Eiche einzeln auf der Wiese, rechts von uns ist der Wald und der Weg macht eine scharfe Rechtskurve. Halte dich fest, wir fahren über die Wiese zur Eiche und binden dort die Pferde an.«

Lilia sah sich staunend um. Was sollte hier sein? Es sah schön aus, wie fast überall auf dem Weg hierher. Sie hätten an so mancher Stelle da sein können. Warum aber gerade hier? Doch sie sagte nichts, war doch auf dem ganzen Weg nichts aus Friedmann herauszubekommen gewesen.

Als die Pferde vom Karren befreit und an die Eiche gebunden waren, holte er für sie die Eimer, die er am See noch mit Wasser gefüllt hatte. Er stellte diese vor die Pferde, die bereits zu grasen begonnen hatten. Anschließend nahm er den zweiten Korb, über dessen Inhalt eine Decke lag, sowie einen prall gefüllten Jutesack.

»So, ich bin abmarschbereit. Siehst du da hinten die zwei Laubbäume auf dem kleinen Hügel? Dort müssen wir hin. Denkst du, du schaffst das?«

»Ich glaube schon, meine Neugier treibt mich auf jeden Fall hin.« Lilia lief los, langsam, aber zielstrebig. Sie überquerten die Wiese, deren hohe Gräser ihre Waden streiften. Insekten surrten und das Vogelgezwitscher aus dem Wald hinter ihnen wurde allmählich leiser, je weiter sie sich von ihm entfernten.

Als der Anstieg auf den kleinen Hügel begann, sagte Friedmann: »Warte hier kurz, ich gehe schnell allein hoch und hole dich dann.«

»Oh, Friedmann, mache es nicht noch spannender als es schon ist!«

»Doch, mache ich!« Er gab ihr einen Kuss und sie ließ sich im Gras nieder. Sie sah ihm nach, wie er schnellen Schrittes bald oben war. Er stand mit dem Rücken zu ihr zwischen den beiden Bäumen und schaute nach vorne. Er wirkte ergriffen, denn er rührte sich eine kleine Weile nicht. Als er sich zu ihr umdrehte, drückte sein ganzes Gesicht Freude aus. Was hatte er da nur gesehen?

Lilia stand auf, diesmal gelang es ihr allein. Er bedeutete ihr, noch zu warten und stellte nun den Korb und den Jutesack ab, nahm die zusammengefaltete Decke und breitete sie auf dem Boden aus. Dann kam er zu ihr.

»So, meine Liebste, jetzt sind wir da. Komm, lass uns hochgehen!« Er nahm sie an die Hand und sie erklommen langsam den kleinen Hügel. Oben angekommen breitete sich zu ihren Füßen ein flach abfallendes Gelände aus. Zum zweiten Mal an diesem Tag ließ Lilia ein erstauntes »Ooohhh« hören und hielt sich eine Hand vor den Mund. Sie schaute und schaute. Vor ihr ergoss sich ein Blütenmeer ganz in lila und rosa. Darüber flatterten tausende gelbe Schmetterlinge. »Friedmann, was ist das?«

Sie ließ seine Hand los und ging einige Schritte vor zu den ersten Blumen. Sie beugte sich zu einer Blüte, strich mit ihren Fingern darüber. »Sie duften so süß. Ich kenne diese Blume nicht, habe ich noch nie gesehen. Schau nur, sie ist lila und innen rosa gefärbt.«

»Das ist eine Blume, die nur alle paar Jahrzehnte bei uns blüht, wenn alle Bedingungen dafür stimmen. Sie heißt Fligaris oder Flugblume.«

»Flugblume? Woher weißt du das?«

»Das hat mir Peter erzählt. Ein Botaniker an seiner wissenschaftlichen Akademie berichtete ihm davon, dass sie sich dieses Jahr hier zeigt.« Er breitete die Arme aus und umfing damit die weite Fläche vor ihnen.

»Welche Bedingungen braucht sie?«, fragte Lilia, während sie weitere Blüten berührte und den Schmetterlingen zusah, die von einer zur anderen flatterten.

»Man vermutet, dass die Samen in Wolken aus fernen Ländern hergetragen werden. Dafür müssen die Winde sie aber in unsere Richtung wehen. Wenn sie dann durch Regen auf einen Boden fallen, der gut für sie ist, gibt es diese Pracht. Doch sie sind nicht zu kultivieren. Die Samen brauchen etwas, was sie aus den fernen Ländern mitbringen.«

»Sie bleiben also ein kleines Wunder in unserem Land?«

»Ja.«

»Und die Schmetterlinge?«

»Sie lieben den süßen Duft, so wie du.«

Lilia stand auf und kam zurück zu Friedmann. Sie umarmte ihn. »Was soll ich sagen? Danke, danke, danke!«

»Gefällt es dir?«

»Und wie!«

»Komm, wir setzen uns auf die Decke und genießen es. Wir haben ein paar Stunden Zeit, bevor wir zurückfahren.«

Aus dem zweiten Korb zauberte Friedmann weitere Getränke und Speisen für den Rest des Tages hervor. Und seinem Jutesack entnahm er eine zusammengerollte Leinwand und seine Pinsel und Farben.

»Du willst malen?«

»Ja, dich in diesem Blumen- und Schmetterlingsmeer.«

Später waren sie Arm in Arm auf der Decke liegend eine kleine Weile eingeschlummert. Das Bild von Lilia, sitzend zwischen den Blumen und mit gelben Schmetterlingen um ihr blondes geöffnetes langes Haar und glücklich lächelnd, hatte neben ihnen gelegen und war in der Sonne getrocknet.

Nun standen sie zum Abschied von diesem besonderen Ort eng umschlungen beieinander und schauten noch ein letztes Mal über das Farbenmeer.

Er nahm ihr Gesicht zärtlich in seine Hände und sagte: »Ich will dich nicht verlieren.« Seine Augen wurden feucht.

Sie verstand ihn sofort, legte ihre Hände auf seine und antwortete: »Ich weiß. Das wirst du nicht, nicht wirklich. Ich werde dich niemals wirklich verlassen.«

Liebe fühlt sich nicht angegriffen

Die Vollmonde, die nach Lilias erster schwerer Krankheitsphase vergingen, waren sehr anstrengend und herausfordernd für Venia. Unter der Woche ging sie vormittags in die Schule, nachmittags kümmerte sie sich um die Kinder und den Haushalt, abends war sie für Peter da. An ihren freien Tagen fuhr sie nach Friedweiler. Manchmal nahm sie die Kinder mit, denn Lilia freute sich immer daran, ihre Enkel um sich zu haben.

Gedanken um ihre Ma begleiteten sie fast ständig, denn mal ging es Lilia besser, mal wieder schlechter. So schwankte auch Venia in ihren Hoffnungen und Sorgen. Doch bisher war zum Glück Lilias körperliche Schwäche von den Beinen nicht weiter aufgestiegen.

Venia vertiefte sich bei all dem Hin und Her im Außen und in ihrem Innern immer wieder in ihre wahre Natur. Denn sie betrachtete all die Bedingungen, die sie stellte, all die Absichten, die sie hatte, und ruhte dadurch immer öfter losgelöst vom erdenweltlichen Geschehen in sich selbst.

Auch die unentwegte Beäugung durch Herrn Donario rückte dabei für sie meistens in den Hintergrund. Denn sie stellte fest, wenn sie gerade in Bezug auf ihre Mutter wieder gut in sich ruhte, berührten sie auch die Ereignisse in der Schule nicht.

Entweder sie war allumfassend in ihrer wahren Natur verankert oder nicht, ganz gleich, mit welchem äußeren Geschehen sie gerade befasst war. Der Unfrieden oder der Frieden galt jeweils allem, weil sie immer nur in einem der beiden inneren Zustände sein konnte, und nicht in beiden zugleich.

Das war eine große Erkenntnis für sie, denn es bedeutete auch, dass sie nicht alle Themen, Ereignisse und Beziehungen in dieser

Erdenwelt einzeln und nacheinander durcharbeiten musste. Sie musste nur immer mehr Zeit in ihrer inneren Quelle verbringen, um in Frieden und Liebe zu sein. Welcher äußerliche Anlass sie dazu brachte, war nicht entscheidend, denn war sie in Frieden, war sie eben mit allem in Frieden.

So gesehen gab es immer nur ein Problem und nicht viele verschiedene. Es gab nur das *eine* Problem: nicht in der wahren Natur verankert zu sein. Und ruhte sie in ihr, empfand sie *nichts* mehr als ein Problem, sondern sie handelte friedvoll aus der Liebe heraus.

Dennoch zehrte es an ihr, dass sie zusätzlich auch in der Schule ständig achtsam sein und sich immer wieder innerlich ausrichten musste, um gut durch den Tag mit ihren Schülern zu kommen. Aber natürlich übte sie sich dadurch auch intensiv darin, immer öfter und länger aus ihrer wahren Natur zu schöpfen. Die Situationen ließen nichts anderes mehr zu. Denn machte sie sich diese Verbindung zu ihrer wahren Natur nicht bewusst, rutschte sie in eine Schwere aus Traurigkeit, Wut und Machtlosigkeit. Sie fühlte sich dann als unschuldiges Opfer.

Verband sie sich aber bewusst mit ihrer wahren Natur, spürte sie, wie frei und friedlich es sie machte, wie sie dann mit ihrer Mutter im Augenblick herzlich verbunden war und wieviel Freude sie mit ihren Schülern teilte. Herrn Donario und die anderen Lehrer, die immer wieder kritische Bemerkungen fallen ließen oder aus deren Blicke Bände sprachen, lächelte sie dann an und fühlte sich in keiner Weise angegriffen.

»Das ist wirklich spannend«, erzählte Venia Grundula, als sie sich bei ihr eine Teemischung abholte, was natürlich nicht ohne einen tieferen Austausch zwischen den beiden vonstattengehen konnte. »Ich muss mich dann nicht wehren.«

»Was meinst du damit, du musst dich dann nicht wehren?«, fragte Grundula nach. Sie standen in ihrer Kräuterküche und sie reichte Venia die Papiertüte mit der Teemischung. Venia nahm sie entgegen und antwortete: »Nun, natürlich meine ich mit Wehren nicht, dass ich Herrn Donario und die anderen, die gegen mich sind, sonst schlagen würde, wenn ich wütend bin, dafür habe ich mich gut genug im Griff. Aber die Wut, die ich sonst empfinde, würde schon gerne zuschlagen oder zumindest sie wegstoßen, aus dem Weg haben wollen. Weißt du, anfangs war ich sehr erschrocken darüber, dass so etwas in mir vorhanden ist.«

»Das glaube ich dir, doch ich kann dich beruhigen, es ist in jedem von uns. Für jeden gibt es Situationen, in denen er für sich nicht mehr die Hand ins Feuer legen könnte. Es ist gut, sich dem zu stellen, um es sich auflösen zu lassen.«

Venia nickte. »Das stimmt. So mache ich es auch. Und dann kommt eine umso intensivere Wahrnehmung der wahren Natur durch.« Nachdenklich fügte sie hinzu: »Es ist, als würde das Pendel ebenso weit zurückschwingen in die Liebe, wie es auf der anderen Seite in den aufgedeckten Hass pendeln durfte.«

»Das hast du gut beschrieben, das erlebe ich auch so.« Grundula lächelte. »Je mehr wir in die Tiefe unserer Dunkelheit absteigen, diese uns ehrlich eingestehen und unsere Angst davor verlieren, umso mehr Licht erfasst uns.«

»Das ist auch ein guter Vergleich«, fand Venia, »denn eigentlich haben wir Angst, von der Dunkelheit verschluckt zu werden. Doch wo Licht hinfällt, vergeht alle Dunkelheit von allein.«

»Und dann müssen wir uns gegen nichts mehr wehren«, ergänzte Grundula, »wie du selbst festgestellt hast.«

»Ja, ich habe keinen Impuls, mich gegen die Bemerkungen und Blicke durch Worte oder Handlungen zur Wehr zu setzen. Und das ist kein Kleinbeigeben aus Angst oder um des Scheinfriedens willen, sondern – und das fühlt sich so frei an – das ist so, weil ich mich gar nicht angegriffen *fühle*! Ich habe keine Angst und fühle mich tatsächlich nicht angegriffen. Und so komme ich weder auf die Idee, mich zu erklären, noch die anderen zurechtzuweisen und mich auf diese Weise zu wehren. Davon ist überhaupt nichts da.«

»Und was ist stattdessen?«

»Frieden und sogar Liebe, die nichts deuten, sondern sich einfach nur geben. Ich höre und sehe, was die anderen sagen und tun, aber es löst nichts in mir aus. Es hat nichts mit mir zu tun. Es ist einzig ihre Geschichte, die ich ohne Urteil ganz bei ihnen lassen kann.«

»Und wie zeigen sich Liebe und Frieden dann den anderen?«

Venia zuckte mit den Schultern. »Das weiß ich vorher nie. Ich lasse es völlig offen. Es entsteht einfach. Mal durch ein Lächeln, mal durch einen freundlichen Gruß, mal ohne Worte durch meinen offenen Blick oder eine andere Geste, mal spreche ich sie auf etwas völlig anderes an, mal frage ich sie nach ihrem Unterricht oder anderen schulischen Belangen, mal gehe ich nur vorbei und tue sonst gar nichts.«

»Es ist also nicht so wichtig, *was* wir sagen und tun, sondern aus welcher *Haltung* es kommt. Würdest du das so sagen?«, versuchte Grundula eine Zusammenfassung.

»Ja. Ich schaue nicht nach dem, was ich sage und tue. Ich schaue nach dem, was mich zum Sprechen und Handeln bewegt. Ist es Angst oder Liebe?«

Sie schwiegen einen Moment, bevor Venia wieder ansetzte: »Weißt du, ich lerne so viel von dir, Grundula, ohne dass du darüber sprichst, nur, indem ich mich mit dir erlebe. Ich spüre zum Beispiel bei deinen Fragen an mich, dass sie aus einer liebevollen Weisheit kommen, die mich behutsam an die Hand nimmt und mich selbst weiter entdecken und alles in Worte fassen lässt, was ich zuvor noch nicht ganz so hätte ausdrücken können. Du hättest mir auch die Antwort geben können, und in anderen Momenten tust du es auch und es ist genau richtig, weil ich es dann auf diese Weise aufnehmen kann. Eben gerade musste ich es aber durch deine Fragen in mir selbst finden, weil es jetzt so für mich eindrücklicher ist. Und das passiert aber auch in anderen Momenten, wenn du weder etwas sagst oder etwas fragst, sondern einen Moment schweigst, und ich in diesem stillen Raum gehalten werde, mich erfahre und sich etwas in mir sortiert und nach oben kommt. Ich bin dir so dankbar, wie du es mir vorlebst.« Venia öffnete ihre Arme und drückte Grundula fest an sich.

Diese erwiderte die Umarmung innig. »Und ich bin so dankbar, mit und von dir zu lernen. Unsere Gespräche richten auch mich immer wieder aus und machen mir vieles noch klarer. Zum Beispiel sagtest du gerade, du schaust, ob die Quelle, aus der deine Handlungen kommen, Angst oder Liebe ist. So habe ich es noch nie benannt. Aber es stimmt, unser Antrieb ist immer nur Angst oder Liebe. Gemeint ist natürlich die bedingungslose Liebe, die nie schwankt. Alle so scheinbar unterschiedlichen Gedanken und Gefühle können wir einer dieser beiden grundlegenden inneren Haltungen zuordnen.«

»Das freut mich, dass unsere Gespräche auch dich unterstützen«, erwiderte Venia und dann lachte sie: »Da habe ich gleich noch eine Frage.«

»Gut, schieß los«, lachte nun auch Grundula, »aber willst du dich nicht doch dafür setzen?« Sie machten sich voneinander frei und ließen sich am Küchentisch nieder.

»Möchtest du einen Tee oder Kaffee und etwas essen, Kekse? Kuchen habe ich auch da.«

»Nein, danke, ich muss bald fort, Jonas und Milou von ihren Großeltern abholen, aber die Frage stelle ich dir noch.«

»Nun, hoffentlich ist sie schnell zu beantworten«, schmunzelte Grundula.

»Och, du könntest sie ja gleich direkt beantworten, ohne mich erst mit Fragen oder Stille hinzuführen«, scherzte Venia.

Grundula lachte und meinte es dennoch ernst, als sie antwortete: »Ich garantiere für nichts. Man weiß nie, wie aus der wahren Liebe die Erkenntnis am schnellsten zu einem gelangt.«

»Klar, das hatten wir ja gerade schon besprochen. Dann bin ich mal gespannt, wie ich jetzt zu meiner Antwort komme. Also, meine Frage lautet: Was ist, wenn mich jemand körperlich angreift? Wehre ich mich dann auch nicht aus meiner wahren Natur heraus?«

»Die ganz schnelle Antwort wäre: Auch das entscheidet sich von selbst aus deiner wahren Natur heraus. Wir wissen nicht im

Voraus, ob ein körperliches Sich-Zur-Wehr-Setzen alles noch schlimmer macht oder ob es Schlimmeres verhindert.«

»Oh, das ist eine beeindruckende Antwort und nur folgerichtig.«

»Aber?«

»Aber«, griff Venia Grundulas Ahnung auf, »wäre ein Sich-Wehren nicht ein Zeichen des Sich-Angegriffen-Fühlens, und kann ich mich überhaupt in der wahren Natur angegriffen fühlen?«

»Gute Nachfrage! Ich antworte dir am besten mit zwei kleinen Geschichten, die ich selbst erlebte.«

»Geschichten habe ich schon immer geliebt«, freute sich Venia. Sie schien vergessen zu haben, dass sie bald fortmusste.

Grundula lehnte sich auf ihrem Küchenstuhl zurück und blickte aus dem Fenster auf den großen Haselnussstrauch, dessen bunte Blätter der Herbstwind tanzen ließ. Sie begann mit einem tiefen Atemzug: »Ich musste mich auf meinen vielen Reisen öfter mit genau diesem Thema auseinandersetzen. Wehre ich mich körperlich oder nicht? Denn als Fremde zog ich häufig Argwohn und Angriffe auf mich. Mit der Zeit lernte ich, dass ich aus meiner wahren Quelle heraus einfach keine Angst hatte, egal, wie es um mein körperliches Überleben bestellt war. Sehr eindrücklich erfuhr ich dies, als mich eine Bande von drei Männern bedrohte. Einer hielt mir sein Messer an die Kehle, während die anderen beiden meine Sachen nach Wertvollem durchwühlten. Ich wusste, es gab keine Chance sich zu wehren. Und ich wusste nicht, ob sie mir noch mehr antun würden. Doch ich besann mich darauf, in mich selbst zurückzusinken, nur zuzusehen, was geschah, und ich fühlte mich plötzlich wie herausgehoben aus der Situation, als schaute ich von oben zu. Da war kein Impuls, sich zu wehren und zugleich auch keine Angst.«

Venia nickte. »Ich verstehe, dass es sinnvoll war, sich in dieser Situation nicht zu wehren. Denn das Messer wäre schneller gewesen als alle deine Versuche. Aber dass du keine Angst hattest, das ist beeindruckend.«

»Ja, und weißt du, was noch da war?«

»Was?«

»Oder vielmehr war es nicht da ...«, korrigierte sich Grundula.

»Was denn nur?«

»Da war kein Urteil in mir. Kein einziger Gedanke, der die Handlungen der Männer bewertete.«

»Wirklich? Wie kann das sein?«

»Ich sah, was sie taten, aber dennoch war einfach in diesem Zustand nur Neutralität in mir. Als sie fort waren, sie hatten all meine Taler mitgenommen, saß ich da und merkte, dass mein Herzschlag ganz ruhig geblieben war und ich mich fragte, ob ich das überhaupt zur Anzeige bringen sollte.«

»Aber es war doch Unrecht! Du hast es nicht angezeigt?« Venia schüttelte ungläubig den Kopf.

»Doch, ich habe es angezeigt, als mir klar wurde, dass ich das Geschehen auf zwei Ebenen betrachten musste. Zwischen unseren Körpern in dieser Erdenwelt war Unrecht geschehen und das zeigte ich an, auch wenn ich mich davon nicht angegriffen *fühlte*. Äußerlich gesehen war es ein Angriff, aber in meiner inneren Erfahrung, in meinem Fühlen, nicht. Es war jedoch richtig, durch die Anzeige in der Erdenwelt eine Grenze im Zusammenleben aufzuzeigen. Doch auf der Ebene meiner wahren Natur war nichts geschehen. Keine Angst, kein Unfrieden hatte sie gestört, denn sie ist und bleibt immer, was sie ist. Und aus dieser Ebene heraus war kein Urteil da, auf dieser Ebene war eine Wehrlosigkeit da, denn nichts muss hier verteidigt werden, weil nichts sie je bedrohen kann.«

Grundula hielt inne und schaute Venia an, die ihr gebannt gelauscht hatte. Sie schwiegen einen Moment, bis Venia nachdenklich ansetzte: »Die Wehrlosigkeit bezieht sich also auf unsere Gedanken und unser Fühlen ... Wir verurteilen gedanklich nichts und bleiben somit in der bedingungslosen Liebe. Und wir fühlen uns nicht angegriffen, zeigen aber auf, wo in der Erdenwelt nicht aus Liebe gehandelt wurde.«

»Ja, wir zeigen es auf und dabei warten wir auch nur auf den Impuls aus unserer friedvollen Weisheit. Mal geben wir dann etwas zur Anzeige, mal begegnen wir dem still und ohne weitere Handlung, wie du auch manchmal auf Herrn Donarios Bemerkungen hin nichts tust.«

»Hm, das verstehe ich …«

»Aber?«, fragte Grundula lachend nach, denn diese nachdenklichen Pausen von Venia kannte sie nun schon gut.

»Aber ist dieses Aufzeigen nicht doch ein Zurechtweisen, ein Sich-Wehren?«

»Das kann es sein, muss es aber nicht.«

»Wie meinst du das?«

»Erinnere dich daran, was wir vorhin sagten, es kommt darauf an, aus welcher Haltung es kommt.«

»Angst oder Liebe«, ergänzte Venia sofort.

Grundula fuhr fort: »Ja, Angst oder Liebe. Und es geht nicht darum, dass aus der Liebe heraus alles mit einem gemacht werden kann und darf. Es darf eine Grenze des Umganges gesetzt werden, doch es bedeutet, dass keine Angst und kein Urteil dabei sind. Das ist die wirkliche Freiheit. Das ist wirklicher Frieden und Liebe.«

Venia holte tief Luft und sagte, während sie mit einem Finger auf ihren Unterarm deutete, auf dem sich eine Gänsehaut ausbreitete: »Das ist meine Antwort.«

Sie brachen in ein Gelächter aus, aus dem heraus Venia schließlich etwas einfiel. »Du hattest von zwei Geschichten gesprochen. Was ist dir noch passiert?«

»Diese zweite war für mich auf andere Weise ebenso eindrücklich wie die erste. Aber hast du noch Zeit dafür?«

»Ich glaube nicht, außer ich renne nachher zu Peters Eltern. Ist sie lang?«

»Das kommt auf dich an«, zwinkerte Grundula ihr zu.

»Ich bin zu gespannt, also los, ich gebe mir Mühe, sie schnell zu verstehen. Ansonsten sehen wir uns heute ja nicht zum letzten Mal«, zwinkerte Venia zurück.

»Gut, zu einer anderen Begebenheit betrachtete ich gerade die Eisenwerkzeuge, die an einem Marktstand feilgeboten wurden, als zwei Männer neben mir sich lautstark zu streiten begannen. Im Nu hatte sich eine kleine Menschenmenge um uns drei gebildet. Alle sahen neugierig zu, was geschah. Ich wusste nicht, worum es ging, aber ich konnte beobachten, wie die zwei Männer sich immer mehr hineinsteigerten. Nicht nur in ihren Stimmen war die zunehmende Wut zu hören, auch ihren Körpern war sie anzusehen. Ich nahm alles einfach nur aufmerksam wahr. Sie waren beide sehr groß, der eine sehnig-muskulös, der andere von sehr fülliger und dennoch kräftiger Statur. Dieser Kräftige nahm plötzlich eine Axt vom Marktstand und hob sie bedrohlich über seinen Kopf, bereit, im nächsten Moment sie auf den anderen heruntersausen zu lassen. Ohne zu denken, legte ich in diesem Moment dem Kräftigen sanft meine Hand auf die Schulter. Er wandte seinen Kopf zu mir und wir schauten uns an. Sein Blick war wutverzerrt und ich wusste, er könnte nun auch auf mich die Axt heruntersausen lassen, aber …«

Atemlos unterbrach Venia die Erzählung: »Lass mich raten, aber du hattest keine Angst?«

»Genau, ich hatte überhaupt keine Angst. Ich war ganz ruhig, schaute ihn an und sagte leise: Das musst du nicht tun.«

»Und was geschah dann?«

»Er ließ die Axt sinken und legte sie zurück auf den Marktstand.«

»Wirklich? Unglaublich! Wie ging es weiter?«

»Das war auch sehr interessant. Denn in dem Augenblick, in der die Situation entschärft war, schrie jemand aus der Menge: Packt ihn, packt ihn! Er wollte Rainhardt umbringen! Und plötzlich kam Bewegung in die kleine Menge, drei Männer sprangen hervor und stürzten sich auf den Kräftigen. Sie rangen ihn zu Boden und nun begann er wieder wütend zu werden. Er versuchte, sich zu wehren, brüllte und trat um sich. Doch die drei Männer brachten ihn in ihre Gewalt, hievten ihn auf die Beine und schleiften ihn fort. Sie riefen: Wir bringen ihn zum Bürgermeister, der soll über ihn richten.«

»Oh, keine schöne Wendung der Geschichte.«

»Aber so eindrucksvoll für mich. Denn ich sah, wie jeweils die innere Haltung sich auf jemand anderes übertragen kann. Ich war ganz in Ruhe und ohne Angst und das spürte der Kräftige anscheinend. Es erreichte ihn und er entschied sich auch dafür. Doch als die anderen in ihrer Angst und Wut auf ihn losgingen, peitschte dies auch in ihm wieder die Wut an.«

»Stimmt, so schien es gewesen zu sein. Das zeigt sehr deutlich, je nachdem, wofür ich mich entscheide, entsteht daraus eine Handlung und ein Angebot, dass den anderen umstimmen kann, in beide Richtungen.«

»Ja, so ist es. Doch es ist nicht gesagt, dass der andere immer auch die Ruhe wählt, wenn ich sie ihm anbiete. Denn natürlich hat er dennoch stets die freie Wahl. Der Kräftige hätte zum Beispiel auch ruhig bleiben können, als man ihn niederrang, in der Einsicht, das Ganze jetzt friedlich lösen zu wollen. Und er hatte ebenso die Wahl, auf meine ruhige Handlung hin in seiner Wut zu bleiben, sie durch mich sogar noch stärker zu empfinden, weil er sich von mir vielleicht unverstanden fühlen könnte. Er hätte mich grob wegstoßen oder gar in seiner Rage umbringen können.«

»Oh ja ... Du hast recht. Also jeder hat jederzeit für sich selbst die Wahl, ob er aus Angst oder Liebe handeln will. Es gibt keine Garantie, dass meine Liebe den anderen auch zur Liebe bringt. Schade eigentlich.«

»Ich weiß nicht, ob es schade ist. Es scheint so, ja. Aber es lässt eben auch jeden Menschen frei und macht ihn nicht zu einer Marionette eines anderen. Es gibt ihm alle Macht über sich selbst. Er kann seinen ganz eigenen Weg bewusst gehen und er macht zu jeder Zeit die Erfahrungen und Erkenntnisse, die für ihn nötig und ihm möglich sind.«

»Stimmt, das hatten wir schon bei unserem Gespräch über die bedingungslose Liebe festgehalten.«

»Genau, es geht nicht darum, jemand anderen zu beeinflussen. Aber ich kann ihm ein Angebot machen, das er annehmen oder ablehnen kann.«

Venia nickte und führte aus: »Und da ist das Angebot der Ruhe und der Liebe stets das bessere.«

»Ja, denn es ist immer auch das bessere Angebot für mich selbst. Weil ich selbst dann ohne Angst und Urteil bin und in meiner Wehrlosigkeit ruhe.«

Venia griff diese Worte auf: »Ja, das Beste für mich ist immer, in Frieden zu sein. Also ist die Essenz aus deinen beiden Geschichten: Es gibt nichts zu verlieren, wenn ich in der wahren Natur ruhe, ganz gleich, wie das Erdenweltgeschehen verläuft.«

Grundula nickte. Kurz schwiegen sie miteinander, dann sprang Venia auf und rief: »Danke, liebste Grundula, danke, aber jetzt muss ich wirklich rennen!«

Es wird nicht besser

Herr Donario, wann habt Ihr Zeit für ein Gespräch?« Venia war ihm auf dem Gang begegnet, auf dem Weg in ihre Pause. Herr Donario horchte auf. Schon lange hatte Frau Wenzel ihn nicht mehr um ein Gespräch gebeten. Sie grüßten einander und ansonsten arbeiteten sie nebeneinanderher. Sie machte ihren seltsamen Unterricht, er suchte nach Ansätzen, ihr nachzuweisen, dass sie als Lehrerin unfähig sei, fand aber nichts. Anscheinend brauchte sie mal wieder neue Regale? Oder wollte sie doch kündigen?

Denn zuletzt, als sie ihn um eine größere Auswahl an Malfarben gebeten hatte, verneinte er dies natürlich und sagte, sie solle sich gut überlegen, ob sie an seiner Schule wirklich richtig sei. Er musste einfach direkter werden.

Sie hatte ihn freundlich angesehen und genickt: »Das werde ich, Herr Donario.«

»Wir sind schließlich keine Malschule...«, hatte er noch hinzugefügt. War sie nun vielleicht zu einem Schluss gekommen?

Am besten, er bot ihr gleich ein Gespräch an. Das Elterngespräch konnte warten, schließlich war es weitaus wichtiger, die Ordnung an seiner Schule schnellstmöglich wiederherzustellen. Schon viel zu lange ging es hier drunter und drüber, jedenfalls empfand er das so. »Kommt gleich mit in mein Büro, Frau Wenzel.«

»Gerne.« Venia folgte ihm.

Als sie an seinem Schreibtisch saßen, lehnte er sich gönnerhaft in seinem gut gepolsterten und mit einer hohen Lehne versehenen Schreibtischstuhl zurück, während Venia auf dem nackten Holzstuhl vor seinem Schreibtisch vorne auf der Kante saß, mit aufrechtem Rücken.

»Was gibt es, Frau Wenzel?«

»Herr Donario, ich habe ein Anliegen. Ich befinde mich in einer schwierigen Situation. Meine Mutter ist schon lange krank und ihre Krankheit schreitet leider fort. Sie lebt in Friedweiler und ich bin an den freien Tagen immer bei ihr.«

»Das tut mir leid, Frau Wenzel.« Damit hatte er nicht gerechnet, aber vielleicht war es nur die Vorrede zu ihrer Kündigung? Wollte sie ganz zu ihrer Mutter ziehen? Leise Freude wollte sich in ihm breit machen, aber er hielt sie lieber noch zurück. »Ich stehe Euch nicht im Wege, wenn Ihr nach Friedweiler gehen wollt.« Er kam sich großzügig vor.

Doch Venia schüttelte den Kopf. »Ich will nicht nach Friedweiler gehen. Ich habe meine Familie in Meerstadt, mein Mann arbeitet hier. Ich wollte Euch um etwas bitten.«

Nun war Herr Donario ratlos, was sollte er denn mit ihrer kranken Mutter zu tun haben? »Um was geht es, Frau Wenzel?«

»Nun, es kann sein, dass mal eine Zeit kommt, in der es ihr so schlecht geht, dass ...« Kurz brach Venia ab, denn ihre Gefühle übermannten sie und vor Herrn Donario wollte sie klar bleiben. Sie schluckte ein paar Mal, räusperte sich und fuhr fort: »... dass sie sterben könnte ... und mir wäre es wichtig, dann bei ihr zu sein.«

Herr Donario spürte, dass Venia um Fassung rang. Er war nicht gefühllos. »Ja, das verstehe ich ...« Dennoch blieb er ratlos, was das mit ihm zu tun haben sollte.

Venia setzte nach einem kurzen Schweigen zwischen ihnen erneut an. Jetzt mit entschlossener Stimme. »Falls ihr Sterben in eine Zeit fällt, in der ich unterrichten müsste, würdet Ihr mir dann freigeben können?«

Jetzt war es heraus. Herr Donario war verblüfft. So etwas war noch nie an ihn herangetragen worden, obwohl es natürlich in den Familien seiner Lehrerschaft schon Todesfälle gegeben hatte. Wie diese es gehandhabt hatten, wusste er nicht, es interessierte ihn auch nicht. Er hatte ihnen lediglich sein Beileid ausgesprochen. Er räusperte sich, um Zeit zu gewinnen. In seinem Kopf überschlugen sich die Gedanken. Es wäre menschlich, ja, aber wo sollte das hinführen? Wieder ein Zugeständnis an Frau Wenzel? Um was würde sie ihn noch bitten? Und was würden die anderen Lehrer dann für sich einfordern?

»Ähem, das ist ein verständlicher Wunsch, aber das gab es noch nicht an meiner Schule. Ich muss darüber nachdenken und in den Schulgesetzen nachlesen. Ich gebe Euch Bescheid.«

Venia nickte, bedankte sich und stand auf, um zu gehen.

»Wieviel Zeit bräuchtet Ihr denn frei?«, wollte Herr Donario noch wissen.

Sie zuckte mit den Schultern. »Das weiß ich natürlich nicht, Herr Donario.«

»Gut. Ich werde Euch Bescheid geben. Ihr könnt gehen.«

Als Venia die Bürotür hinter sich geschlossen hatte, ging sie rasch einige Schritte um die nächste Ecke des Ganges. Dort lehnte sie sich mit dem Rücken und Hinterkopf an die Wand und atmete tief durch. Ein paar Tränen fanden ihren Weg über ihre Wangen. Sie wischte sie schnell fort und sprach leise zu sich selbst: »Ich will in Frieden auf meine Tränen schauen ...« Sie ließ den Satz in sich wirken und wartete, was sich weiter zeigen würde. »Ich will in Frieden darauf schauen, dass ich Herrn Donario als kalt empfinde ... als Gegner ... Ich will in Frieden auf meine Wut auf ihn schauen ... Ich will in Frieden darauf schauen, dass ich solche Angst vor Mas Tod habe ... Ich will in Frieden darauf schauen, dass ich gerade nicht in Frieden bin ...«

Es entstand eine längere Pause. Ihr Inneres gab keine Ruhe. Sie nahm es wahr. Dann setzte sie wieder an. »Ich will in Frieden darauf schauen, dass ich den Frieden gerade nicht spüre, der dennoch immer da ist ...«

Etwas fand leise Anklang in ihr, doch sie konnte dem nicht mehr Raum geben, denn sie hörte Schritte sich ihr nähern. Sie stieß sich von der Wand ab und ging weiter, hinaus aus dem Schulhaus. Sie wollte ihre Pause nutzen, um sich im nicht weit entfernten Stadtpark zu sammeln.

Dort lief sie eine kleine Runde, bevor sie sich auf eine Bank setzte und ihr Gesicht in die Sonne hielt. Sie hatte die Übung nicht bewusst fortgesetzt, doch sie spürte dennoch eine sich langsam entfaltende Wirkung.

Dass die wahre Natur mit ihrem unzerstörbaren Frieden immer da ist, das hatte sie sich in einer Selbstbeobachtung noch nie so klar gemacht. Sie spürte den tiefen Trost darin und eine Sicherheit. Es schenkte ihr im Nachklang Frieden im Unfrieden. Denn sie konnte den Frieden niemals wirklich verlieren, und sie würde früher oder später immer wieder zu ihm zurückkehren, weil er immer da war. Dieser Frieden war ihre Wahrheit und die Wahrheit hinter jedem und allem.

Ihre Gedanken kreisten nun nicht mehr um das Gespräch mit Herrn Donario und auch die eben noch stark empfundene Angst vor dem Tod ihrer Mutter ließ nach. Stattdessen formte sich ein klarer Gedanke: Ich werde wissen, wann ich was zu tun habe! Sie merkte sofort, dass dies allumfassend gemeint war und nicht nur Herrn Donario oder dem möglichen Tod ihrer Mutter galt, sondern für alle Situationen ihres Erdenlebens. Ein tiefes Vertrauen in sich selbst, in ihr wahres Selbst, erfasste sie.

Drei Wochen hörte Venia nichts von Herrn Donario, doch sie wusste, sie durfte ihn nicht bedrängen. Seit es Lilia zunehmend schlechter ging, fuhr Venia nicht erst am Abend des Markttages mit Friedmann nach Friedweiler, sondern sie nahm schon am Mittag gleich nach Schulschluss die Postkutsche. Sie musste dann fast schon rennen, um sie noch zu erreichen.

Heute stand unerwartet Herr Donario vor ihrem Klassenraum, als sie ihn eilig verließ. Sie grüßte ihn kurz, doch er trat ihr entgegen, ganz offensichtlich wollte er etwas von ihr. »Frau Wenzel, kommt mit in mein Büro, damit ich Euch auf Eure Bitte Antwort geben kann.«

Venia hielt in ihrem forschen Schritt inne und blitzschnell formte sich ihre Antwort. »Das freut mich, aber heute muss ich ganz schnell fort, die Postkutsche bekommen. Können wir das auf nächste Woche verschieben?«

»Ich dachte, es ist Euch wichtig?«

»Ja, ist es auch, aber jetzt muss ich schnell zu meiner Mutter.«

Herr Donario war es nicht gewohnt, dass man keine Zeit für ihn hatte. Er brummte irritiert etwas Unverständliches. Venia brannte die Zeit im Nacken und so sagte sie kurzerhand: »Herr Donario, es tut mir leid, aber ich muss jetzt unbedingt los. Auf Wiedersehen und schöne freie Tage Euch.« Und dann rannte sie wirklich.

Herr Donario schaute ihr völlig verdutzt nach und zwischen seinen Augen bildete sich eine tiefe Furche. Doch dann hellte sich sein Gesicht plötzlich auf. Er schritt entschlossen in sein Büro, holte ein weißes Blatt Papier heraus und setzte ein Schreiben auf. Zufrieden knallte er am Ende den offiziellen Schulstempel neben seine Unterschrift. Er lächelte.

Lilia konnte nicht mehr allein laufen, jetzt schon seit einigen Vollmonden nicht mehr. So lange hatte eine schlechte Phase noch nie angehalten.

»Bereit zum Waschen, Liebste?« Friedmann trat an die Bettseite, auf der Lilia sich bereits aufgesetzt und ihre Beine mit Hilfe ihrer Hände über den Bettrand bugsiert hatte, und beugte sich zu ihr hinunter.

Sie nickte lächelnd und schlang ihre Arme um seinen Hals, während er unter ihre Knie griff und sie hochhob. Er trug sie ins Waschzimmer und setzte sie dort auf einen Schemel. Während er das in der Küche im Kessel erhitzte Wasser mit dem kalten Wasser in der Waschschale vermengte, zog Lilia sich ihr Nachthemd über den Kopf.

Friedmann tauchte den Waschlappen in das nun wohltemperierte Wasser und Lilia hob mit Hilfe einer Hand ihr Bein an, damit er ihr den Fuß waschen konnte. Dafür stützte sie sich wie immer mit der anderen Hand an der Wand ab. Doch ihre Hand rutschte langsam ab. Sie versuchte, ihren Arm gut durchzudrücken und alle Kraft in die Hand zu stemmen, um sich zu halten, doch so sehr sie sich auch bemühte, es war ihr nicht möglich.

Schließlich ließ sie den Arm herunterfallen und er klatschte gegen ihren nackten Oberschenkel. Und auch ihr Fuß plumpste zu Boden.

Erschrocken sah Friedmann auf, der gerade mit dem Lappen ihre Wade hochfahren wollte. »Was ist?«, fragte er.

Sie zuckte mit den Schultern. »Keine Kraft«, sagte sie leise. Schweigend sahen sie sich an. In seinem Gesicht arbeitete es, er biss die Zähne aufeinander. Sie hätte ihm so gern Gutes gesagt, doch sie wollte bei der Wahrheit bleiben. Ihr dämmerte es schon seit ein paar Tagen.

»Mein Liebster, meine Arme werden schwächer.«

»Nein!«, stieß Friedmann hervor. Er ließ den Waschlappen auf den Boden fallen, griff nach ihren Oberarmen und drückte sie leicht. »Sie sind stark, du hast nur heute vielleicht keinen so guten Tag.«

Sie schüttelte den Kopf. »Doch, mir gleitet mehr aus den Händen, ich muss mich stärker anstrengen beim Aufstützen und halte es nicht mehr so lange durch. Und die Schwäche in den Beinen geht nun schon lange nicht mehr zurück.«

Ihm traten Tränen in die Augen und er schüttelte vehement den Kopf und wehrte sich gegen die Erkenntnis, die durch Lilias Worte in ihm aufsteigen wollte. »Nein, nein, nein ...«

»Doch, Friedmann, die Krankheit schreitet fort ...«

Beide wussten, was das bedeutete. Erschüttert schaute er sie an. Auch ihre Augen waren feucht.

»Liebste ... Liebste ...«, stammelte er und rieb sanft ihre Oberarme. Dann nahm er das große Handtuch, schlang es um ihren Körper, hob sie auf seine Arme und trug sie zurück ins Bett. Lilia ließ ihn gewähren.

Er legte sich zu ihr und sie umschlangen einander. Seine Tränen flossen und auch ihre. Sie flüsterte: »Ich würde auch so gerne an deiner Seite bleiben.«

Er schluchzte auf. Sie streichelte ihn.

Als er sich wieder etwas gefangen hatte, fragte er: »Seit wann weißt du es?«

»Ich ahnte es in den letzten Tagen schon, doch eben wurde es mir richtig klar.«

»Meinst du nicht, es gibt sich wieder, wie auch in die Beine immer wieder die Kraft zurückkam?«

»Vielleicht zeitweise, aber du siehst ja, auch die Beine erholen sich nicht mehr. Und Grundula ...«

»Ich weiß, was Grundula sagte«, unterbrach er sie leise. »Wenn es die Arme erreicht, wird es weiter bis zum Herz ...« Er brach ab und weinte haltlos, sein Gesicht in ihre Haare vergraben. Seine Qual schmerzte sie und es blieb ihr nichts anderes, als dies still in sich zu beobachten und für sie beide zu warten. Plötzlich hielt er inne und sah sie an. »Was bin ich unachtsam, weine dir etwas vor. Dabei geht es um dich. Was ist mit dir?« Er strich zärtlich ihre Wange.

»Alles ist gut, Friedmann. Ich würde mich schon sehr wundern, wenn du nicht weinen würdest.« Diese Worte ließen beide zaghaft lächeln, bevor sie fortfuhr: »Ich habe mich seit Beginn der Krankheit immer wieder mit diesem möglichen Ausgang befasst und in den letzten Tagen täglich. Es überkommt mich daher jetzt nicht unerwartet. Wenn ich die Wahl hätte, würde ich noch nicht ... gehen wollen. Aber ich bin bereit, wenn es sein soll.«

Sie nahm sein Zusammenzucken bei ihren letzten Worten wahr und deshalb fuhr sie fort: »Ich bin bereit, weil jedes Sich-Wehren dagegen nur Angst und Schmerz erzeugt, das kann ich sehr gut beobachten. Wenn aber mein erstes Ziel ist, tief mit meiner wahren Natur verbunden zu sein, dann, Friedmann, wirklich, dann ist ein tiefer Frieden da und kein Anhaften daran, was mit dem Körper passiert.«

Er nickte. »Ich ... ich glaube dir. Und ich will nicht, dass du Angst hast und leidest.«

»Ich bin mir sicher, dass ich zumeist im Frieden sein werde. Durch die vielen Vollmonde der Krankheit bin ich nochmals tiefer gedrungen und erinnere mich immer schneller, mich wieder auszurichten, wenn ich mich verliere.«

»Das ist gut. Ich will auch mein Bestes geben. Ich weiß nur gerade nicht wie. Ich muss das erstmal ... na ja, an mich heranlassen. Ich habe es ehrlich gesagt verdrängt. Ich wollte davon ausgehen, dass die Krankheit nicht fortschreitet.«

»Du wirst deinen Weg finden, da vertraue ich dir.«

»Hm«, brummte er unsicher und doch gestärkt. »Vielleicht ...« Doch er brach ab.

»Was vielleicht?«

Er winkte ab. »Ist schon gut.«

»Nein, lass uns alles aussprechen. Alles darf sein.«

»Vielleicht irrt sich ja Grundula oder es gibt eine Wunderheilung. Wenn ich es jemandem zutraue, dann dir!«

»Ja, auch das kann sein, aber ich werde nichts ausklammern und auf meinen Frieden ausgerichtet bleiben«, lächelte Lilia.

»In Ordnung, meine geliebte Frau.« Er küsste sie.

»Und weißt du, was wir jetzt machen?«, sagte er dann.

»Nein, was?«

»Wir entwickeln eine neue Variante, dich zu waschen.«

Ein neuer Horizont

Am nächsten Morgen nach dem Frühstück sollte Miro wieder für Aman das Lied singen. Diesmal ging es ihm ganz leicht über die Lippen. Er merkte, dass ihm das Lied mit jedem Mal vertrauter wurde. Worte und Melodie bildeten immer mehr eine Einheit. Hatte es je das eine ohne das andere gegeben?

»Aman, was denkst du? Wenn eine Melodie wie ein Geschenk über einen kommt, woher kommt es? Kommt es nur einfach so aus der Stille? Oder ist es ein Geschenk des Ewigen?«

»Glaubst du denn an den Ewigen?«

»Na ja, nicht wirklich. Aber man weiß ja nicht, oder?« Miro kratzte sich hinter dem Ohr.

»Ich glaube nicht an den Ewigen, von dem die Mondmänner erzählen. Aber ich glaube an etwas, das alles umfasst und alles durchdringt. Es ist noch vor dem Anfang aller Dinge und nach dem Ende aller Dinge. Im *Weg* nennen wir es meist der Eine. Manche nennen es auch der Erste und manche Gott.«

»Aber was ist der Unterschied zu dem Ewigen?«, fragte Miro ratlos.

»Der Eine ist kein Wesen außerhalb von dir und außerhalb der Welt. Wie ich schon sagte: Er umfasst und durchdringt alles. Er ist ebenso jeder Stein auf der Hochebene wie auch unser innerstes Wesen.«

»Dann ist er auch das Unkraut?«

»Ja.«

»Warum jätest du es dann?«

Aman lachte. »Eine schlaue Frage, Miro! Doch du könntest auch fragen, warum wir dann die Tomaten abrupfen und essen. Wir und alle Dinge sind in dem Einen geborgen. Wir kommen aus ihm, leben in ihm und vergehen in ihm.«

»Also kennt er uns gut?«

»Besser als du denkst.« Aman lächelte geheimnisvoll.

»Ich fürchte, das verstehe ich mal wieder nicht.«

»Merke dir einfach, dass der Eine in dir selbst ist und nicht getrennt von dir.«

»Aber wie soll ich ihn mir vorstellen? Was ist er? Kannst du ihn nicht beschreiben?«

»Nein, er ist unbeschreibbar. Er ist kein Wesen, er hat nicht einmal eine Form.«

»Das heißt also, du hast ihn noch nie gesehen?«, fragte Miro verwundert.

»Gesehen habe ich ihn nicht.«

»Dann irgendwie gefühlt?«

»Auch nicht.«

»Was dann?«

»Ich habe ihn erkannt.«

Miro warf den Kopf in den Nacken und stöhnte. »Du sprichst in Rätseln«, warf er Aman vor.

»Ich habe ihn erkannt, weil ich mich erkannt habe.«

»Na, dann ist ja alles klar«, rief Miro halb spöttisch, halb verzweifelt. Aman grinste. Miro hatte wieder den Verdacht, dass der Alte ihn zum Narren hielt. Vielleicht wartete Aman nur auf eine bestimmte Reaktion, aber welche?

»Ich will dich nicht an der Nase herumführen«, sagte Aman, als habe er Miros Gedanken gelesen. »Um deine Erfahrung im Gefängnis in aller Tiefe zu verstehen und vor allem zu nutzen, musst du deinen Geist erforschen und verstehen. Und dazu musst du auch das Wesen der Welt und den Einen erkennen.«

»Nichts leichter als das«, sagte Miro schmunzelnd.

»Du wirst lernen, dass dein Geist, die Welt und der Eine viel mehr zusammenhängen als du jetzt noch ahnst«, fuhr Aman unbeirrt fort.

»Aber Aman, ich bin ein einfacher Mann. Ich war nur ein paar Jahre in der Schule und weiß nicht allzu viel. Wie soll ich jemals solche Dinge verstehen?«

»Darum geht es nicht«, tröstete ihn Aman. »Du musst nicht komplizierte Dinge verstehen. Du musst eher vieles verlernen, was du bisher für selbstverständlich hieltest.«

»Aber ich bin nur noch einige Tage bei dir. Das wird nicht so schnell gehen.«

»Du kannst gern noch zwei Wochen länger bleiben. Danach aber muss ich zu einer kleinen Reise aufbrechen. Und du kannst jederzeit wieder zu mir kommen.«

»Gut. Und du erzählst mir ab jetzt alles über den Einen?«

Aman antwortete nicht direkt, sondern fragte nach einem Moment des Schweigens: »Kannst du mir deinen Geist zeigen?«

»Meinen Geist? Wie soll ich ihn dir zeigen? Das geht nicht!«

»Siehst du. Und ich kann dir nicht den Einen zeigen. Ich kann etwas, das kein Ding ist und keine Form hat, nicht jemandem zeigen. Nicht einmal beschreiben.«

Miro dachte nach. »Dann ist der Eine einfach nur Geist?«

»Ja.«

»Aber wo ist er?«

»Wo ist dein Geist?«

»In meinem Kopf. Oder nicht?«

»Es erscheint dir so, aber es ist nicht so. Dein Geist ist nicht in deinem Körper, sondern dein Körper ist in deinem Geist.«

Miro sah Aman verständnislos an.

»Schau, wie ist es, wenn du in der Nacht einen Traum hast. Du träumst, ein bestimmter Mensch mit einem Körper zu sein, egal ob du da auch Miro heißt oder nicht. Aber du siehst eine geträumte Welt voller Dinge und anderer Menschen, die alle in deinem Geist sind und die du selbst geträumt, also erschaffen hast. Und du siehst sie aus der Sicht eines Menschen, den du auch selbst geträumt hast und für den du dich hältst. Also ist in deinem nächtlichen Traum dein Körper im Geist, nicht der Geist im Körper.«

Miro sann nach. »Willst du damit sagen, dass diese gesamte Welt auch nur ein Traum ist?«

Aman lächelte nur.

»Und wer träumt die Welt?«, hakte Miro nach.

»Du selbst.«

»Aber ich träume doch jetzt nicht, ich bin doch wach!«, lachte Miro.

»Das glaubst du auch in deinem nächtlichen Traum, oder?«

Miro nickte langsam.

»Solange du träumst, hast du vergessen, dass du selbst der Träumer bist. Du glaubst, in einer Welt zu sein, die dir gegenübersteht, nicht wahr?«

»Stimmt.«

»Dabei bist du es, der diese ganze Welt in sich erschafft. Und die kann sich sehr wirklich anfühlen. Vielleicht hast du Angst und sogar Schmerzen in dem nächtlichen Traum.«

»Ja, manchmal wache ich früh auf und brauche einen Moment, um zu begreifen, dass ich nur geträumt habe. Es fühlte sich so wirklich an.«

»Eben.«

»Aber wie mache ich es, die ganze Welt zu träumen? Und warum weiß ich davon nichts?«

»Du musst eines verstehen: Nicht du als Miro, als menschliches Wesen, träumst die Welt. Sondern du als Geist. Du als Geist bist der Träumer deiner Welt. Und du träumst darin, Miro zu sein.«

Miro schüttelte den Kopf. »Aber in der Nacht träume doch auch ich als schlafender Miro den Traum!«

»Nein, auch nicht. Es erscheint dir nur so. Auch der nächtliche Traum wird von dir als Geist geträumt, nicht als Mensch, der in seinem Bett liegt. Aber wenn du glaubst, früh zu erwachen, bist du in Wahrheit nur in diesen gegenwärtigen Traum gefallen. Von einer Traumebene in die andere. Der nächtliche Traum ist also nur ein Traum in einem Traum.«

Miro schnaubte laut. »Das klingt alles völlig verrückt.«

»Ich weiß. Am Anfang klingt es verrückt. Vielleicht wäre es am besten, wenn du einen langen Spaziergang machst und darüber nachdenkst. Du musst mir das jetzt nicht glauben. Lass es einfach mal in dir wirken. Lass es als Möglichkeit zu. Stell dir vor, was wäre, wenn es doch nicht verrückt, sondern die Wahrheit wäre. Spiele mit dem Gedanken!«

Miro schaute ihn ungläubig an, nickte aber.

Er blieb lange weg. Erst am späten Nachmittag kam Miro zurück. Ohne ein Wort zu verlieren, gesellte er sich zu Aman und half ihm, Karotten zu schälen. Aus den Augenwinkeln sah er den Alten an, aber der stellte keine Fragen, sondern bereitete einfach weiter das Abendessen zu.

Während des gemeinsamen Mahls sprachen sie wenig und nur über alltägliche Dinge. Danach schürte Aman den Kamin an und sie machten es sich in ihren Sesseln bequem.

»Wie war dein Nachmittag?«, fragte Aman.

Miro beobachtete die dicke Katze, die sich gerade vor dem Kamin räkelte. »Ich habe viel nachgedacht. Ich weiß nicht, ob es wahr ist, dass die Welt ein Traum ist. Ich weiß auch nicht, wie ich das erleben oder fühlen sollte. Wie fühlt sich das an? Und irgendwie scheint mir, dass man das nicht beweisen kann. Aber man kann auch nicht beweisen, dass es nicht so ist.«

Aman nickte bedächtig.

»Und jetzt frage ich mich ... Wenn es nicht beweisbar ist, dann kann ich doch nur das eine oder das andere glauben. Aber ich dachte, es geht um ein Verstehen, nicht ums Glauben«, sagte Miro, in der Hoffnung, einen geistreichen Einwand vorgebracht zu haben. Erwartungsvoll schaute er Aman an.

Doch der antwortete gelassen: »Erst kommt der Glaube, dann die Erkenntnis und schließlich die Erfahrung. Diese drei gehören zusammen, die Grenzen zwischen ihnen sind fließend. Der Glaube ist oft der Anfang, aber er allein reicht nicht aus. Es muss auch die Erkenntnis kommen. Das ist der schwierigste Punkt. Und dann kann die Erkenntnis zur Erfahrung werden. Vielleicht schnell, vielleicht aber braucht es eine geraume Zeit.«

»Genau danach wollte ich dich fragen. Was soll das sein, diese Erfahrung? Im Moment kann ich nicht verstehen, was es mir für mein Leben bringen soll zu glauben, dass die Welt ein Traum ist.« Miro zuckte mit den Schultern.

Aman nickte verständnisvoll. »Solange du es nur glaubst, wird es noch keine Früchte tragen. Der Glaube ist aber dein Vertrauensvorschuss, den du dieser Aussage und damit auch mir gibst. Und wie ich schon sagte: Du spielst mit dem Gedanken, du lässt ihn zu und beobachtest deine Gefühle dabei. Du wirst inneren Widerstand finden, Protest, Unverständnis, Ablehnung. Lass alles zu und sei geduldig!«

»Aber was ist das Ziel, was steht am Ende?«

»Innerer Frieden. Freude. Und Liebe.«

»Das ist, was ich suche«, sagte Miro und stutzte. »Ist es nicht genau das, was ich im Gefängnis erfahren habe?«

»Ja. Damals war dir eine Erfahrung beschieden, ohne vorherige Erkenntnis. So etwas geschieht manchmal. Doch du wusstest deine Erfahrung nicht einzuordnen und konntest sie daher nicht wieder hervorrufen.«

»Das will ich aber! Ich will diese Erfahrung wieder haben!«, rief Miro.

»Langsam, langsam ... Wir werden das üben, Miro. Aber du musst auch demütig und geduldig sein. Denk an das Reh im Wald! Wenn du es unbedingt sehen willst und laut in den Wald hineintrampelst, verscheuchst du es. So ist es auch hier. Und wir werden noch einige theoretische Dinge besprechen. Die Theorie allein ist nutzlos, aber sie bereitet den Boden vor zur Erkenntnis und schließlich zur Erfahrung. Der *Weg* ist eine Lehre, die sehr tief geht.«

Miro nickte, aber wieder beneidete er die dicke Katze, die offenbar auch ohne tiefere Erkenntnis ihren inneren Frieden genoss.

Während sich Miros Besuch bei Aman langsam dem Ende zuneigte, hielt der Sommer Einzug auf der Hochebene. Die Sonne verschwand nun erst spät hinter dem westlichen Felsmassiv und die Tage wurden zunehmend wärmer.

Wenn er nicht gerade Aman zur Hand ging, unternahm Miro kleine Wanderungen in die Umgebung. Manchmal legte er sich einfach nur ins Gras und blinzelte in den strahlend blauen Himmel oder setzte sich auf einen Stein und ließ den Blick über die Weite des Tales unterhalb von ihm schweifen. Und er dachte über das nach, was ihm Aman über den Träumer und die Welt erzählt hatte. Zuweilen fürchtete er, er würde den Verstand verlieren, wenn er sich zu sehr auf diese Vorstellung einließ. Wenn all dies sein eigener Traum wäre, dann wäre er doch als Träumer völlig allein! Mit wem sollte er diese Erfahrung teilen? Und wer oder was war er dann überhaupt? Er ging zu Aman, der gerade im Garten saß und in die Ferne sah, und fragte ihn direkt: »Wenn ich der Träumer der Welt bin, aber nicht als Miro, wer oder was bin ich dann?«

Aman schaute ihn nachdenklich an. »Du bist kein Körper, du bist Geist. Formloser Geist.«

»Etwa so wie der Eine?«

»Ja, genau so.«

»Und du? Was bist du?«

»Ebenso formloser Geist.«

»Aber du sagst mir in meinem Traum, dass all dies nur mein Traum ist, und damit auch du selbst. Das ist ja vollkommen verrückt!« Miro lachte laut, verstummte aber schnell wieder, als er merkte, dass Aman nicht mitlachte.

»Für unseren Verstand ist es verrückt, ja. Wenn du der Träumer deiner Welt bist, dann hast du dir auch den alten Aman geträumt, der dir erzählt, dass du der Träumer bist. Du hast dir auch den *Weg* geträumt, obwohl du als Miro ihn noch kaum kennst.« Jetzt lachte Aman, während ihn Miro völlig verdattert ansah.

»Aber das kannst du doch nicht wirklich denken! Denkst du wirklich, dass ich dich nur träume?«

»Nein. Ich denke, dass *ich* der Träumer der Welt bin, der träumt, Aman zu sein und der auch einen Miro träumt, den Aman zu unterweisen versucht.«

»Jetzt verstehe ich überhaupt nichts mehr«, sagte Miro und setzte sich auf den Klotz zum Holzhacken. »Hast du nicht zuvor das Gegenteil gesagt?«, fragte er mit ratloser Miene.

Aman seufzte. »Schau, es ist so, dass nur *ich* sagen kann, dass *ich* der Träumer der Welt bin. Wenn ich sage, du bist der Träumer der Welt, dann ist es genau genommen falsch, aber ich will dir damit helfen, dass du am Ende auch voller Überzeugung sagst: *Ich bin der Träumer der Welt!*«

Miro sah ihn an und versuchte krampfhaft, das Gehörte zu verstehen.

»Es gilt einfach immer der Satz: *Ich bin der Träumer der Welt*, ganz egal, wer *Ich* sagt. Es gilt sogar für den, der nur miaut.«

Miro brauchte eine kleine Weile, um zu begreifen, dass Aman damit seine dicke Katze meinte. Jetzt konnte er wieder lachen. »Aber heißt das, dass es viele Träumer gibt?«

»Nein, es gibt nur einen Träumer. Wir alle sind der eine Träumer. Hinter Miro steht der eine Träumer, und genau derselbe Träumer steht hinter mir und auch hinter der Katze.«

»Dann ist das, was ich wirklich bin, dasselbe, was auch du bist?«

»Ja. Es gibt keinerlei Unterschied auf der geistigen Ebene. Auch wenn du, ich und die Katze im Traum ein wenig unterschiedlich aussehen«, sagte Aman lächelnd und ließ Miro nachdenken.

Nach einer ganzen Weile sagte der: »Aman, du hast gesagt, dass am Ende innerer Frieden, Freude und Liebe stehen. Angenommen ich würde wirklich überzeugt sein, dass ich der *eine* Träumer der Welt bin, wieso sollten sich dann Frieden, Freude und Liebe einstellen?«

»Erinnere dich an die Sache mit den Gedanken! Wenn du erkennst, dass es immer nur deine Gedanken sind, die dich glücklich oder unglücklich sein lassen, du also die Ursache dafür nicht mehr in der Welt wähnst, kannst du inneren Frieden finden. Das ist ein guter Anfang und das Beobachten deiner Gedanken ist eine Übung, die du auch in Zukunft immer machen kannst. Die Sache mit dem Träumer aber geht noch weiter. Du erkennst, dass nicht nur alle Gedanken und Gefühle, sondern überhaupt die ganze Welt aus dir selbst, aus deinem Geist, kommen. Alle Menschen, die du siehst, auch die, die dich scheinbar kränken oder angreifen, sind in Wahrheit deine eigenen Traumfiguren. Wie könntest du ihnen jetzt noch zürnen? Wie könntest du noch Angst vor ihnen oder Hass auf sie haben? Diese Gefühle entstehen nur, weil du glaubst, ein Mensch im Traum zu sein und dich von den anderen getrennt fühlst.«

»Und was ist mit den Menschen, die ich liebe? Höre ich als Träumer auf, sie zu lieben?«

»Nein, überhaupt nicht. Aber du setzt keine Erwartungen in sie und du knüpfst keine Bedingungen an deine Liebe für sie. Wenn du jemanden begehrst – du weißt, was ich meine – dann ist das mit Erwartungen und Bedingungen verbunden. Aber das ist nicht das, was im *Weg* mit Liebe gemeint ist.«

»Also ist es falsch, jemanden zu begehren?« Miro dachte an Sina und die anderen Frauen, bei denen er gelegen hatte.

»Nein, nichts daran ist falsch. Aber es ist keine Liebe und es wird dich nicht glücklich machen.«

»Meinst du wirklich, es ist nicht möglich, jemanden zu begehren und gleichzeitig wahrhaft zu lieben?«

»Jemanden zu begehren, heißt, ihn nicht zu lieben. Etwas, das man besitzen will, kann man nicht lieben, das schließt sich aus. Wenn du jemanden wahrhaft liebst, wirst du ihn nicht begehren. Aber du kannst dennoch mit ihm körperlich zusammenkommen. Das geschieht dann unter dem Mantel der euch umfassenden Liebe. Wahre Liebe ist immer allumfassend, sie schließt nichts und niemanden aus. Wenn du glaubst, du würdest viele lieben, aber einen einzigen nicht, dann liebst du keinen wahrhaft. Und wenn du einen einzigen wahrhaft liebst, liebst du alle.«

»Aber liebe ich sie dann nur als träumender Geist oder auch als leibhaftiger Mensch?«

»Sowohl als auch, das lässt sich nicht wirklich trennen. Wenn du als Träumer liebst, wirst du auch als Mensch in der Welt andere lieben, aber nicht unbedingt auch körperlich. Und es muss auch nicht heißen, dass du mit verzücktem Gesicht umherschwebst und jeden umarmst.«

Miro lachte. »Das erschiene mir auch ganz schön anstrengend.«

Auch Aman lächelte, fuhr dann aber ernsthaft fort. »Wahre Liebe ist kein Gefühl für diesen oder jenen, sondern ein innerer Zustand. Es ist sogar dein wahres Wesen.«

»Ich dachte, Geist sei mein wahres Wesen?«

»Das ist dasselbe. Beide Worte stehen für einen inneren Zustand, der kein Getrenntsein kennt. Sich als Träumer der Welt zu erkennen, ist die Erkenntnis. Und sie bedeutet, auch zu erkennen, Geist zu sein und nicht Körper. Das heißt auch, dass du erkennst, dass du Liebe bist, denn in diesem Zustand ist nichts und niemand von dir getrennt. Und das ist das Gefühl wahrer Liebe, das *ist* Liebe.«

Miro stocherte mit einem kleinen Zweig im Gras herum und schaute dann Aman lange an. »Das klingt wirklich wunderschön. Ich will das unbedingt auch fühlen. Fühlst du das die ganze Zeit?«

Aman lachte. »Nein, nicht die ganze Zeit. Manchmal ärgere ich mich, wenn die Vögel meine bescheidene Ernte wegfressen. Aber ich erinnere mich dann rasch wieder daran, dass es mein eigener Traum ist. Niemand ist vollkommen, aber mit den Jahren habe ich immer mehr meinen Frieden mit mir selbst und meinem Traum gemacht.«

Miro nickte und sagte dann grinsend: »Ich glaube, ich träume gerade, dass ich Hunger habe und es bald Essen gibt.«

»Dann lass uns reingehen und dafür sorgen, dass dein Traum in Erfüllung geht!«

Der Zeit auf der Spur

Nun war der letzte Tag von Miros Besuch bei Aman gekommen. Am nächsten Morgen würden sie beide aufbrechen. Aman wollte eine Familie besuchen, eine Tagesreise entfernt, und Miro wollte nach Hause, zu seiner Ma.

Am Abend aßen sie zum Abschied Bratkartoffeln mit Ziegenkäse, sowie einen Salat aus Tomaten und Löwenzahn. Dazu gab es statt des üblichen Tees einen schweren Rotwein.

Als sie schon beide zwei Becher getrunken hatten, machte Aman eine Miene, als wollte er etwas Bedeutungsvolles von sich geben. Und tatsächlich sagte er: »Ich würde dir gern zum Abschied etwas mit auf die Reise geben. Der *Weg* ist Theorie wie auch Praxis. Aber die Theorie ist wie das Gerüst, um das herum wir das Haus erbauen. Deine Praxis, die du dann in deinem Leben anwendest, wird sich immer an der Theorie orientieren, an die du tief in dir glaubst. Ein wichtiger Schlüssel dafür ist das Wesen der Zeit.« Aman hielt kurz inne. »Wie alt bist du, Miro?«

»30.«

»Wenn du auf dein Leben zurückschaust, auf diese 30 Jahre, dann erscheint dir das vermutlich wie eine Perlenkette von Erlebnissen und Erfahrungen, die nacheinander aufgefädelt sind und hinter dir liegen, richtig?«

»Ich denke, ja.«

»Und je länger es her ist, desto weiter hinten ist es auf der Perlenkette, nicht wahr?«

»Hm, ja ...«, sagte Miro zögerlich.

»Und wo bist du auf der Perlenkette?«

Miro dachte nach. »Ganz vorne, oder?«

»Und was ist mit der Zukunft?«

»Die ist noch vor mir. Aber eigentlich gibt es die ja nicht wirklich. Oder noch nicht …«

»Aber wenn sie kommt, dann ist sie nicht mehr Zukunft, sondern bereits Gegenwart, richtig?«

»So gesehen, ja«, sagte Miro gedehnt.

»Das heißt, dass die Zukunft, von der du glaubst, dass sie vor dir liegt, nur eine Idee ist. Alles, was du glaubst, was noch geschehen könnte, ist nur dein Gedanke.«

»Also besteht die Perlenkette vor mir nur aus gedachten Perlen, richtig?«

»Ja. So könnte man es sagen«, erwiderte Aman lächelnd. »Aber wenn du es dir genau anschaust – und überlege gut: Wo auf der Perlenkette sind diese Gedanken?«

»Nicht vor mir? Nein … Hier, wo ich bin auf der Perlenkette, oder?«

»Richtig. Sie existieren nur hier in der Gegenwart, in deinem Geist. Es gibt keine Perlen vor dir, nur die Idee davon, und zwar hier und jetzt in dir.«

Aman schwieg und ließ Miro Zeit, das Gehörte zu verdauen. Und er sah, wie es in ihm arbeitete. Nach einiger Zeit sagte Miro: »Gut, also die Zukunft ist nicht wirklich, sie existiert nur als Idee jetzt in meinem Geist?«

Aman nickte kaum merklich. »Und wo ist deine Vergangenheit?«, fragte er.

»Na, hinter mir, oder nicht?«

»Was ist es genau, was du deine Vergangenheit nennst?«

»Alles, was ich erlebt habe.«

»Und daran denkst du jetzt. Also besteht deine Vergangenheit aus deinen Erinnerungen *jetzt*, sprich deinen Gedanken.«

Miro dachte angestrengt nach. Irgendwie hatte er das Gefühl, dass Aman ihn aufs Glatteis führen wollte. Vielleicht war es ein Trick, den er noch nicht durchschaute. »Gut, meine Erinnerungen sind nur meine Gedanken. Aber meine Vergangenheit ist doch wirklich und besteht nicht nur aus Gedanken. Ja, ich erinnere mich an meine Vergangenheit, aber die Vergangenheit und meine Erinnerung daran sind doch zweierlei«, sagte Miro bestimmt.

»Bist du dir sicher?«

»Ja! Wenn ich etwas aus meiner Kindheit vergessen habe, also keine Erinnerung mehr daran habe, dann heißt das doch nicht, dass es nicht passiert ist. Vielleicht hat meine Mutter die Erinnerung daran. Das zeigt doch, dass meine Vergangenheit auch existiert, wenn ich mich nicht daran erinnere.«

»Ein kluger Einwand, Miro! Aus dir wird noch ein Philosoph.«

Miro war sich nicht sicher, ob Aman das ernst oder spöttisch meinte.

»Aber in dem Fall existiert deine Vergangenheit wiederum nur in der Erinnerung deiner Mutter jetzt«, fuhr der Alte fort. »Wenn du dich nicht erinnerst, existiert für dich keine Vergangenheit. Und für andere auch nicht, wenn sie sich ebenfalls nicht erinnern. Also ist Vergangenheit nichts anderes als Erinnerung, ganz egal, wer die nun hat. Darüber hinaus gibt es keine Vergangenheit und hat es nie eine gegeben.«

»Willst du damit sagen, dass die Vergangenheit gar nicht wirklich geschehen ist?«, fragte Miro ungläubig.

»Sie ist nur als Gegenwart geschehen. Aber mir geht es jetzt darum, dass die Vergangenheit nicht hinter dir liegt. Sie liegt gar nicht außerhalb dieses Momentes. Sie existiert nur hier in der Gegenwart, als Erinnerung. Und Erinnerung ist ein Bild in deinem Geist, jetzt.«

»Aber dann ist das Bild mit der Perlenkette ja falsch!«

»Richtig!«, lachte Aman. »Es ist eine Illusion. Es gibt keine Zeit vor oder hinter dir, es gibt nur diese Gegenwart, immer nur diesen Moment, der sich ständig wandelt.«

»Hm, ich vermute, das hat damit zu tun, dass ich der Träumer bin, nicht wahr?«

»Genau. Wenn du die Sache mit der Zeit verstehst, kann vielleicht die Erkenntnis, dass du der eine Träumer bist, leichter geschehen. Am Anfang ist es sehr schwer zu begreifen, denn die Zeit ist wie ein Gaukler, der dir ständig etwas vormacht, was gar nicht da ist. Aber wenn du es durchschaut hast, ist es so offensichtlich, dass du dich wundern wirst, warum du es nicht schon viel früher erkannt hast. Wenn die ganze Welt in deinem Träumergeist ist, dann ist selbstverständlich auch alle Zeit in deinem Geist, und zwar jetzt. Wo sollten Vergangenheit und Zukunft sonst sein?«, fragte Aman und breitete zur Bekräftigung seine Arme aus.

Miro war dagegen tief in seinen Sessel gesunken und grübelte vor sich hin. »Also gibt es in Wahrheit nur Gegenwart und die ist in meinem Geist, oder?«

»Die Gegenwart *ist* dein Geist, Miro! Es ist am Ende nur ein anderes Wort dafür. Die Gegenwart ist dein Geist, der eine Welt träumt.«

»Die Gegenwart ist mein Geist, der eine Welt träumt …«, wiederholte Miro sinnierend.

Aman hob seinen Weinbecher und trank ihn aus. »Ich denke, wir sollten jetzt schlafen gehen. Wir haben morgen einen weiten Weg vor uns. Wir können ein Stück zusammen gehen, dann kannst du mir noch die ein oder andere Frage stellen.«

»Ich fürchte, ich werde noch tausend Fragen an dich haben.« Miro lächelte gequält.

Am nächsten Morgen brachen sie nach einem leichten Frühstück und einem großen Becher Kaffee auf. Miro war ein wenig schwer ums Herz, denn er hatte sich an Aman gewöhnt und sich mit ihm und in seiner Hütte auf der Hochebene sehr wohl gefühlt. Die dicke Katze ließ Aman hinaus und versicherte Miro, dass sie ein paar Tage allein zurecht käme und genügend Futter finden würde.

Sie stiegen den steilen und gewundenen Pfad hinab, bis sie im Tal ankamen. Dort gingen sie noch eine Weile zusammen.

»Aman, ich hätte noch viele Fragen, aber ich fürchte, dass unsere Zeit nicht mehr ausreicht. Ich würde gerne wissen, warum wir Angst und Hass empfinden, wenn wir doch in Wahrheit Liebe sind.

Und ich frage mich, was passiert, wenn ich sterbe, was ist der Tod? Außerdem ist mir unklar, welche Bedeutung der Eine hat, wenn doch ich der Träumer der Welt bin.«

Aman lachte leise. »Das ist in der Tat heute nicht mehr zu beantworten. Aber vielleicht ahnst du nun, dass der *Weg* sehr, sehr tief geht. Dazu gehört aber auch zu verstehen, dass manche Fragen einfach nicht beantwortet werden können. Das liegt weniger daran, dass wir die Antwort nicht finden, sondern daran, dass die Fragen bereits falsch sind.«

»Das ist auf jeden Fall wieder eine typische Antwort von dir«, grinste Miro.

»Ja, aber es ist so. Bleib zunächst bei dem, was wir besprochen haben. Damit hast du genug zu tun. Erinnere dich so oft wie möglich an den Träumer, der du wirklich bist. Und praktiziere das Beobachten deiner Gedanken und Gefühle, verliere dich nicht zu oft und zu lange in ihnen. Sei achtsam und geduldig. Dann werden die Früchte am Baum deiner Weisheit wachsen und reifen.«

Sie waren nun an eine Wegkreuzung gekommen. Miro musste links gehen, Aman rechts. Es gab nichts mehr zu sagen. Sie umarmten sich lang und innig.

»Vielen Dank, Aman!«, sagte Miro mit feuchten Augen.

»Alles Gute, mein Junge!«

Dann ging jeder seines Weges und sie winkten sich einmal noch zu.

Ausblick auf

Das vergessene Lied

Band III
Geheimnis und Geschenk

Wird Lilia überleben?

Kann Venia Lehrerin bleiben?

Wird der *Weg* für Miro hilfreich sein?

Ein lang gehütetes Geheimnis
sorgt für unerwartete Wendungen
und eine spannende Auflösung.

Der wahren Natur weiter auf der Spur.

LIEBE LESER UND LESERINNEN,

wir sind beseelt, wenn die Lektüre Sie die Zeit vergessen ließ, Sie auch den dritten Band verschlingen möchten und Sie uns auf unserer Autorenwebseite besuchen:

Hier finden Sie alles rund um unsere Bücher und Musik, Termine für Lesungen und Konzerte, einen Blog und unsere Kontaktdaten.

Über Ihre Lesermeinung dort und anderswo freuen wir uns mehrfach rund um den Globus und sie hilft potentiellen Lesern, sich für »Das vergessene Lied« zu entscheiden.

**Seien Sie herzlichst gegrüßt
und bis zum dritten Band,**

Katja Bode und Tom Horn